BETTINA STORKS

DORA MAAR UND DIE ZWEI GESICHTER DER LIEBE

Picasso ist ihr Leben,
die Kunst ihre Leidenschaft

ROMAN

atb aufbau taschenbuch

MIX
Papier aus verantwortungsvollen Quellen
FSC® C083411
FSC
www.fsc.org

ISBN 978-3-7466-3797-6

Aufbau Taschenbuch ist eine Marke
der Aufbau Verlage GmbH & Co. KG

1. Auflage 2021

Satz Greiner & Reichel, Köln
Druck und Binden CPI books GmbH, Leck, Germany
Printed in Germany

www.aufbau-verlage.de

»Nicht dich habe ich verloren,
sondern die Welt.«

INGEBORG BACHMANN

PROLOG

Buenos Aires, 1925

Henriette Theodora Markovitch lag in ihrem Mädchenbett und neigte den Kopf in Richtung Fenster. Hinter den Häusern der Stadt ging die Sonne auf.

Ein milchiges Licht schimmerte durch die Lamellen der Jalousien und spiegelte sich auf der gläsernen Schiebetür, die ihr Zimmer vom Rest der Wohnung trennte.

Mit blinzelnden Augen hob sie ihre Hand gegen den Strahl und betrachtete sie eingehend. Streifen aus Licht und Schatten tanzten auf ihrer Haut, und jede Bewegung ließ eine unvergleichlich einzigartige Figur entstehen. Wenn sie still hielt, erkannte sie die zarten Gefäße ihres Handrückens, das rosig schimmernde Nagelbett unter den transparenten Fingernägeln.

Sie war eine Zauberin.

Durch die Verglasung zur Wohnseite erinnerte sie ihr Mädchenzimmer in der Innenstadt von Buenos Aires an einen Käfig, in dem sie sich zuweilen ausgestellt fühlte wie ein exotisches Tier in einem Zoo. Ihre Eltern besaßen die Macht des uneingeschränkten Blicks auf sie. Eines Blicks, dem Theodora ihre geschlossenen Augen entgegensetzen konnte, ihr einzig möglicher Rückzug und das Tor in eine Welt der Phantasie. Manchmal versteckte sie sich im Kleiderschrank, dann war sie unsichtbar.

Tata, wie sie ihren Vater zärtlich auf Kroatisch nannte, hatte ihr schon mit zwölf einen Fotoapparat geschenkt, ein wunderbares Medium, mit dem sie schnell umzugehen wusste. Ihre ersten Objekte waren Hafenarbeiter unten am Meer, ausfahrende

Schiffe und Innenhöfe, die zuweilen überraschende Gärten mit hochgewachsenen Bäumen bargen.

Von Theodoras späteren Bildern mit den Frauen, die an staubigen Hauswänden lehnten und lächelten, durfte *Maman* niemals erfahren.

Ihr Vater nannte ihre Fotos kleine Kunstwerke, ihre Mutter hingegen runzelte nur die Stirn und wandte den Blick von ihnen ab. In ihrer Welt existierten keine Kontraste, wie ihre Tochter sie in ihren Motiven stets suchte. Mit dieser Art von Kunst hatte sie nie etwas anfangen können.

Der Vater indessen ermutigte Theodora stets, weiterzumachen, und erteilte ihr nach der Schule in seinem Architekturbüro regelmäßig Zeichenunterricht. Fortan bildeten Formen und Winkel, das Zusammenspiel von Licht und Schatten Theodoras Leidenschaft, zugleich schufen sie eine unsichtbare Verbindung zum Vater. So lernte sie früh, dass sich Licht zähmen ließ, ja einfangen, je nach der Perspektive, die man wählte.

Plötzlich vernahm Theodora Geräusche im Flur. Ein Murmeln. Schritte. Räuspern. Das Rascheln von Kleidung.

Aus einem Seitenwinkel schlich eine Gestalt in ihr Blickfeld. Sie schloss die Augen, spürte den Blick ihres Vaters auf sich ruhen.

Er stand stumm hinter der Glasscheibe. Sie verharrte und rührte sich nicht.

Bestimmt trug Josip Markovitch bereits seinen Hut, den Stock und die Aktentasche. Tagaus, tagein ging er in einem eleganten Anzug zur Arbeit. Sein dunkles, glänzendes Haar war mit Brillantine zurückgekämmt, der gepflegte Schnurrbart zurechtgestutzt.

Dora. Dorica. Dorita. Dorissima. Ihr Vater hatte viele melodische Namen für sie, alle waren sie voller Zärtlichkeit.

Theodora lauschte.

Als die Tür ins Schloss fiel, ertönte aus dem Nebenzimmer das schmerzverzerrte Stöhnen ihrer Mutter Julie. Wahrscheinlich beklagte *Maman* die Hitze der Nacht, die Ankunft eines weiteren verhängnisvollen Tages und ihre damit verbundene Migräne.

In Paris hatte Julie anscheinend nie Migräne gehabt.

Wussten denn die Eltern nicht, dass eine Glaswand zwei Seiten hatte? Eine für den Betrachter und eine für den Betrachteten.

Nichts war während der Jahre ihrer Kindheit in dieser Wohnung inmitten von Buenos Aires geheim geblieben. Weder die Streitereien zwischen *Maman* und *Tata*, Julies an Josip gerichtete Vorwürfe, ihre Zurückweisungen, ihre Härte. Noch das Quietschen des Betts aus dem elterlichen Schlafzimmer und die damit verbundenen wimmernden Töne der Mutter, die sich von jenen ihrer Migräneattacken kaum unterschieden. Gesprächsfetzen, bei denen es immer um dasselbe ging, gefolgt von *Tatas* Wutanfällen.

Geld. Buenos Aires. Paris. Gesellschaftlicher Aufstieg.

Offensichtlich war Josip der einzige Architekt in Buenos Aires, der nicht reich werden wollte.

Wenn er gut gelaunt war, nannte er Julie auf Kroatisch *šašavica*, was so viel wie *Kleine Verrückte* hieß. In einer anderen Bedeutung versteckte sich dahinter das Wort *Kuckuck*. Auf jeden Fall zeugte seine verbale Liebkosung von einer lebhaften Zuneigung. Oder war es der Hüte wegen, die Julie so gern trug und die sie sonntags nach der heiligen Messe in ein Jugendstilcafé in der Avenida de Mayo ausführte?

Auf *Mamans* Lieblingshut thronte ein zerbrechliches Vögelchen aus reinster Seide mit leicht geöffnetem Schnabel, bereit für den Abflug. Doch es war festgenäht. In Wahrheit war Julie Markovitch vom Wesen her so weit von einem Vogel entfernt wie Paris von Buenos Aires. Ihrer unnahbaren Schönheit fehlte alles Leichte, Unbeschwerte.

Zudem barg die Tatsache, in Buenos Aires eine Französin zu sein, einen unüberwindbaren gesellschaftlichen Widerspruch: Französinnen waren hier jene Frauen, die an Hauswänden lehnten und Männer anlachten. Die Französin, genannt *Francesa*, besaß etwas Anrüchiges.

»Eine *Francesa* verdient unten am Hafen ihr Geld mit Prostitution«, hatte das Hausmädchen einmal hinter vorgehaltener Hand zu Julie gesagt, während sie das Staubtuch vor dem Fenster ausschüttelte. Entsetzt hatte Julie das Fenster geschlossen und Theodora, die neugierig zugehört hatte, durch die Tür geschoben. Dabei hatte *Maman* einen Blick aufgesetzt, als habe sie genau das schon immer geahnt.

Nach diesem Ereignis wurde Julie nicht müde, den Staub von Buenos Aires noch mehr zu hassen, die Hitze und den Lärm. Besonders jedoch verdammte sie den Tango, den hier bereits die Kinder erlernten. Für sie war die Stadt, in der sich Josip und Theodora heimisch fühlten, ein Ort der unsittlichen Annäherung, der schamlosen Blicke.

»Lach niemals einen Mann an, Theodora. Hier in Buenos Aires bist du sonst eine *Francesa*«, bläute Julie fortan ihrer Tochter tagtäglich ein.

Theodora begriff: An einer *Francesa* klebten die Hitze, der Staub und die Erregung des Tangos wie eine zweite Haut. Das Verbotene musste einen besonderen Reiz besitzen, wenn *Maman* sich so viel Mühe gab, die Sünde erst gar nicht aufkommen zu lassen. Dass Theodora schon als kleines Mädchen diesen Widerspruch erfasst und in sich aufgesogen hatte, blieb ihr Geheimnis.

Aber in Buenos Aires war der Tango unvermeidbar.

An einem heißen Sommertag wurde Theodoras Schicksal besiegelt, nachdem die inzwischen Achtzehnjährige das erste Mal mit glühenden Wangen und leuchtenden Augen nach Hause gekommen war und den Tanz der Tänze getanzt hatte.

Der Junge war in ihrem Alter gewesen, und es war nach dem Unterricht auf einem großen Platz nahe ihrer Schule geschehen. Plötzlich spielte ein Geigenduo auf einem Platz in der Nähe Tangomusik, sehnsuchtsvoll, melancholisch und verführerisch. Sofort bildeten sich Paare, die zu tanzen begannen. Erwachsene, Kinder und Jugendliche. Ein Junge, dessen Namen Dora nicht kannte, hatte sie mit schwarzen Augen angesehen, sie wortlos an die Hand genommen, an die Seite geführt und sich ihr gegenübergestellt.

Bis zu jenem Tag hatte Dora nur den distinguierten Salontango getanzt. Dann aber hatte der Junge sie nach wenigen Takten eng an sich gezogen. Sie hatte seine muskulösen Schenkel an ihren gespürt und sich mit geschlossenen Augen seinen Bewegungen hingegeben. Beim Schlussakkord waren die beiden auseinandergetreten und hatten sich verschämt zugenickt. In diesem Moment begriff Dora, dass der Tango einer Kapitulation gleichkam. Der Tanz hatte einen Rausch ausgelöst, der ihren Körper irgendwie nach Hause trug. Sie schwebte über dem Boden. Was blieb, war die Erinnerung an den gemeinsamen Takt, das Feuer des Augenblicks.

Den Jungen hatte sie nie wiedergesehen.

Doch Julie hatte sie bereits beim Öffnen der Wohnungstür durchschaut: Ihr unschuldiges Mädchen war vom Tangofieber heimgesucht worden, einer hochansteckenden Krankheit, die den Unterleib junger Frauen befiel und jederzeit ausbrechen konnte.

Nur Paris und eine rigorose Entwurzelung, das machte Julie

ihrem Ehemann nun hinter der Glasscheibe Nacht um Nacht klar, würden die Tochter heilen.

Theodora weinte sich jedes Mal, wenn sie Julies Klagelied hörte, in den Schlaf. Wie sehr würde sie ihre Freundinnen, die spanische Sprache, den Tanz der Tänze und die Melancholie von Buenos Aires vermissen!

Wenige Wochen später machten sich Mutter und Tochter über den Atlantik mit der *La Touraine* auf den Weg nach Le Havre und stiegen in den Zug nach Paris, das sie in den frühen Morgenstunden erreichten.

Julie hatte Josip keine Wahl gelassen: Einer von ihnen musste sich für Theodoras Zukunft opfern.

Josip, der zunächst in Argentinien zurückblieb, hatte nachgegeben, weil er auf die explosive Mischung aus dem unbeugsamen Willen und der Anpassungsfähigkeit seiner Tochter vertraute.

Der allererste Eindruck, den Theodora von ihrer Geburtsstadt gewann, war der beißende Geruch nach Rauch und Ruß an der Gare de Lyon, der den Duft der exklusiven Parfüms vorbeieilender Damen überlagerte. Draußen an der großen Treppe, die hinab in die Stadt führte, blitzte die Sonne hinter den Wolken vor. Licht strömte über den Boulevard Diderot, und Paris erwachte in einem Farbenmeer aus Grün, Blau und Rot.

TEIL 1

Dora erobert Paris (1928–1936)

Da stehe ich auf der Brücke und
bin wieder mitten in Paris,
in unserer aller Heimat.
Da fließt das Wasser, da liegst du,
und ich werfe mein Herz in den Fluss
und tauche in dich ein,
und liebe dich.

KURT TUCHOLSKY

KAPITEL 1

Paris, 1928

Henriette Theodora Markovitch wartete auf einer harten Holzbank vor dem Büro des Kunstprofessors in den ehrwürdigen Hallen der *Académie des Beaux-Arts*. Nervös spielte sie mit den Ecken ihres Taschentuchs.

Ihre Bewerbungsmappe mit Skizzen und Bildern hatte sie bereits vor Wochen eingereicht.

Von Weitem hallten unter den großen Säulen die Schritte und Stimmen der Studenten, die um diese Zeit die Räumlichkeiten wechselten.

Sie strich mit den Fingern durch ihr schwarzes Haar, das sie neuerdings als Bubikopf mit einem kurzen Pony trug.

Einer der Studenten warf ihr im Vorbeigehen einen indiskreten Blick zu. Sie sah demonstrativ gelangweilt in seine Augen, bis er verlegen den Kopf senkte. Ihrer Ausstrahlung war sich Theodora bewusst: Die Frisur setzte ihre großen dunklen Augen und die ovale Gesichtsform perfekt in Szene. Selbst in einer Stadt wie Paris würde sie als eine hübsche, junge Frau gelten, wenngleich auch als Exotin.

In ihrem ausdrucksstarken Gesicht spiegelten sich die gleichmäßigen Züge ihres Vaters. Ihr Körperbau war weit von der französischen Grazie ihrer Mutter entfernt. Theodora war kräftig gebaut, mit runden Hüften und stämmigen, doch wohlgeformten Beinen, die mit hohen Absätzen perfekt zur Geltung kamen.

»Du hast den Körper einer Slawin«, pflegte Julie zu sagen,

was in ihrer Welt gleichzusetzen war mit all den Eigenschaften, die sie in Josip verkörpert sah, dem in ihren Augen grobschlächtigen Slawen. Als Tochter aus den besten bürgerlichen Kreisen von Tours war Julie vor ihrer Ehe Geigerin gewesen – und hatte damit ein Instrument gewählt, das ihr zartbesaitetes Nervenkostüm in allen Nuancen widerspiegelte. Aber Dora wusste, dass Julie sich täuschte, denn das Wesen ihres Vaters war weitaus feiner und subtiler, als es sein Äußeres vermuten ließ. Auch Josip war sich dessen bewusst, und in stiller Übereinstimmung belächelten Vater und Tochter Julies Herabsetzungen.

Ein Geräusch direkt hinter ihr riss Theodora aus ihren Gedanken.

Schritte. Eine Tür ging auf. Neben ihr stand eine dunkel gekleidete Dame und blickte streng zu Theodora herab.

»Mademoiselle Markovitch?«

»Ja, die bin ich«, sagte Theodora mit ihrer tiefen, heiseren Stimme und stand auf.

»Folgen Sie mir bitte.«

Ohne eine Regung zu zeigen, drehte sich die Sekretärin um und lief zurück an ihren Schreibtisch, auf dem eine überdimensional große Pappmappe lag. Theodora erkannte sie sofort. Es handelte sich um die ihre.

Die Sekretärin deutete auf einen leeren Stuhl gegenüber von einem Pult. »Nehmen Sie Platz, bitte. Monsieur Sage wird gleich mit Ihnen sprechen.«

Theodora warf einen Blick auf den Stuhl, richtete sich auf und blieb stehen.

Die Sekretärin runzelte die Stirn und verließ den Raum.

Nach einer Weile öffnete sich eine zweite Tür, die hinter einem Regal versteckt war. Ein mittelgroßer Mann mit einer Nickelbrille trat ein, nahm Platz und fuhr mit der flachen Hand über ein vor ihm liegendes Blatt Papier. Dann sah er mit strengem Blick zu Theodora und schüttelte den Kopf.

»Ihre Arbeit wurde rein zufällig geprüft, Mademoiselle, bis sich herausstellte, dass es sich um die Bewerbung einer Frau handelte. Ich muss Ihnen leider sagen, dass wir keine weiblichen Studentinnen aufnehmen. Wussten Sie denn nicht, dass eine Bewerbung an der Académie des Beaux-Arts als Frau sinnlos ist?«

Er schob die Mappe zu ihr herüber. Theodora spürte ihren Herzschlag. Eine Mischung aus Enttäuschung, Wut und Trotz stieg langsam in ihr auf, und sie starrte auf ein graues, widerspenstiges Haar, das an seinen Brauen hing. Ob es wohl dort gewachsen war?

»Das ist mir bekannt«, sagte sie schließlich beherrscht. »Aber diese Tatsache muss doch nicht in Stein gemeißelt sein. Frauen leisten hervorragende künstlerische Arbeit. Wir sind eine ernstzunehmende Konkurrenz.«

»Wohl kaum«, schmunzelte er und machte dann ein entrüstetes Gesicht, als sei ihm die Impertinenz, Mann und Frau in der Kunst auf eine Stufe zu stellen, erst jetzt bewusst geworden.

Dora presste die Lippen aufeinander.

»Mademoiselle, wir befinden uns in der Metropole der europäischen Kunst. Paris ist eine Klasse für sich, ganz zu schweigen von unserer Einrichtung hier. Ich glaube nicht, dass ein Matisse, ein Braque oder ein Pablo Picasso Ihre Ansicht auch nur in Erwägung ziehen würde. Eine Frau mag die Muse eines Künstlers sein, aber sie kann ihm doch nicht den Pinsel aus der Hand nehmen. Ich bitte Sie!«

Dora musste angesichts des zweideutigen Bilds, das soeben vor ihren Augen entstand, lachen, beherrschte sich aber. Am liebsten hätte sie das quer gewachsene Haar aus seinen Brauen herausgerissen.

»Ich behaupte, dass wir Frauen die männliche Kunst bereichern, ihr mit unserem Werk unsere weibliche Sicht entgegensetzen. Und noch mehr – wir vermögen, ganz eigene Wege zu gehen«, sagte Theodora selbstbewusst.

Monsieur Sage räusperte sich.

»Es gibt andere Wege, Mademoiselle, da gebe ich Ihnen recht. Weibliche Wege. Hier in Paris existieren Schulen, die Ihresgleichen durchaus ausbilden. Es bleibt dabei: die Académie des Beaux-Arts ist eine Anstalt für angehende *männliche* Künstler, weltweit anerkannt. Rodin, Degas und Renoir waren unsere Absolventen. Wo kämen wir denn dahin, wenn wir …« Er brach ab. »Ich wünsche Ihnen viel Glück.«

»Haben Sie schon von Camille Claudel gehört? Sie hat großartige Werke geschaffen«, platzte es aus Dora heraus.

»Ihr Beispiel hinkt, Mademoiselle. Mademoiselle Claudel war einst Rodins Muse, und was ist aus ihr geworden? In einer Irrenanstalt ist sie gelandet.«

»Weil sie seine Muse war – oder weil Rodin sie als Künstlerin nie ernst genommen hat?«, fragte Dora mit zusammengekniffenen Augen zurück. »Da muss man ja verrückt werden. Was blieb dieser armen Frau denn sonst als Ausweg als die Flucht in den Wahn?«

Monsieur Sage wischte mehrmals durch die Luft, als verscheuche er eine lästige Fliege, nahm dann den Bleistift in die Hand und widmete sich konzentriert seinen Unterlagen.

»Ich darf doch sehr bitten, Mademoiselle. Ich wünsche Ihnen einen angenehmen Tag. *Au revoir.*«

Theodora riss die Zeichenmappe vom Tisch, atmete tief durch und rauschte grußlos aus dem Raum.

Sie rannte die breiten Treppen des sandsteinfarbenen Gebäudes hinab. Unten angekommen schnappte sie nach Luft.

Rodin. Degas. Renoir.

»Den Pinsel aus der Hand nehmen«, sagte sie laut und fing mitten auf dem Gehweg herzhaft an zu lachen. »Was würde nur ein Matisse dazu sagen? Oder ein Picasso?«, äffte sie den Mann mit dem seltsamen Augenbrauenwuchs nach und hob mahnend ihren Zeigefinger in die Luft. »Was wäre mit den Herren, wenn wir ihnen den Pinsel aus der Hand nähmen?«

Einige Passanten drehten sich kopfschüttelnd nach ihr um. Sie reagierte mit einer übertriebenen höfischen Verneigung. Dann ging sie weiter.

Ihr Vater hatte sie gleich gewarnt.

»Du wirst eine Enttäuschung erleben, wenn du dich in den heiligen Hallen bewirbst, *Dorica*. Niemals, noch nie im Leben haben sie dort Frauen akzeptiert. Warum sollten sie ausgerechnet mit dir anfangen?«

Dorica. Doralein.

»Weil irgendjemand den Anfang machen muss und weil die Zeit reif ist«, hatte sie stolz erwidert.

Sie warf einen Blick auf ihre Uhr. Sicher wartete *Tata* bereits im *La Rotonde* auf sie. Den Treffpunkt hatte sie vorgeschlagen. Es galt im Moment als *das* Lokal der Kunstszene.

Im Quartier Latin herrschte der übliche Trubel. Menschen schlangelten sich durch die schmalen Gassen, einige blieben vor Kunstgalerien stehen und bewunderten die ausgestellten Werke. Theodora war nicht nach Kunst zumute. Sie lief, ohne nach links und rechts zu sehen, durch die Rue de Seine, überlegte an der Place de l'Odéon kurz, ob sie die Métro nehmen sollte, steuerte dann aber das Musée de Cluny an und erreichte den Jardin du Luxembourg. Sie lief immer schneller durch die gepflegten Grünanlagen, ließ Rodins Statue mit Stendhals in Bronze gegossenem Profil hinter sich, bis sie endlich auf die

Rue Notre-Dame-des-Champs stieß und den Boulevard du Montparnasse erreichte.

Sie entdeckte ihren Vater hinter einer Fensterscheibe des La Rotonde an einem Tisch sitzend.

»Warum nimmst du nicht die Métro, *Dorica*«, sagte er zur Begrüßung, als sie schwer atmend vor ihm stand. Er erhob sich, zog einen Stuhl unter dem Tisch für sie hervor und küsste sie auf die Wange.

»Weil ich wütend bin, *Tata*. Ich laufe gern, wenn ich wütend bin.«

Sie streifte ihre Handschuhe ab, setzte sich und zündete, nachdem ihre Atmung sich beruhigt hatte, eine Zigarette mit ihrer Spitze an. Dann nahm sie einen kräftigen Zug und blies den Rauch aus. Konzentriert schloss sie die Augen.

War das wirklich gerade alles geschehen?

Stockend berichtete sie ihrem Vater, was sich soeben in der Académie zugetragen hatte.

»Ich habe dich gewarnt, *ma fille*«, sagte er und gab dem Kellner ein Zeichen.

Theodora bestellte heiße Schokolade mit einer *Tarte aux abricots*, der Vater einen weiteren Pernod. Er nahm die Zeichenmappe seiner Tochter, klappte sie auf und blätterte sie durch.

»Ich halte dich für sehr begabt. Was wirst du jetzt tun?«

Theodora seufzte und zuckte die Schultern.

»Du musst einen anderen Weg wählen, mein Kind. Du brauchst eine Ausbildung. Lehrer, die dich weiterbringen.«

Theodora lächelte ihren Vater geheimnisvoll an und nickte zustimmend. Fragend runzelte er die Stirn und bedeutete ihr, zu sprechen.

»Richtig! Es gibt noch andere namhafte Ausbildungsstätten hier in Paris.«

Ihr Vater stellte seinen Pernod zurück auf den Tisch und sah sie mit einer Mischung aus Bewunderung und Neugierde an.

»Ich habe mich an der *Union centrale des Arts décoratifs* beworben. Sie lehren Malerei und Fotografie.«

»Fotografie?«, fragte Josip entrüstet. »Warum ausgerechnet Fotografie? Wie wäre es mit einem bürgerlichen Beruf, *Dorica*? Als Architektin? Ich könnte dich mit namhaften Leuten zusammenbringen.«

Sie zuckte die Achseln und nahm einen großen Schluck ihrer Schokolade. Sofort stieg ihre Laune. Genüsslich leckte sie sich die Lippen.

Josip tippte nervös mit seinen Fingerspitzen auf den Tisch.

»Zu spät«, sagte sie, und der Triumph spiegelte sich in ihren Augen. »Ich wurde bereits angenommen. Ein bürgerlicher Beruf kommt nicht infrage, *Tata*. Niemals. Das wäre mir zutiefst zuwider.«

»Aber warum denn, um Himmels willen, ausgerechnet Fotografin?«

»Weil ich die anderen studieren und nicht selbst ein Studienobjekt sein möchte. Wer hat mir im Alter von zwölf eine Kamera geschenkt?«

Sie sah ihn herausfordernd an.

Josip rollte die Augen. »Dann werden die Leute sich über deine Fotografien auslassen, so oder so. Wer etwas schafft, über denjenigen können die Kritiker schreiben, was sie wollen.«

Dora kniff die Augen zusammen.

»Ich werde Erfolg haben! Malerei oder Fotografie. Es bleibt dabei«, sagte sie nach einer langen Pause. »Entweder du unterstützt mich in meinem Vorhaben, oder ich kämpfe allein.«

Josip holte tief Luft. Um seine Augen zuckte es. So war es

immer, kurz bevor er explodierte. *Maman* nannte seine Wutausbrüche Anfälle. Anfälle, die sich in der Regel gegen Julie, niemals aber gegen Theodora richteten.

»Versteh doch, *Tata*. Ich möchte eine richtige Künstlerin werden«, sagte sie in bittendem Ton und legte ihre Hand auf seine.

Die Worte *Künstlerin* und *Tata* wie auch die Berührung ihrer Hand schienen Josip Markovitch unmittelbar zu besänftigen, und sogleich entspannten sich seine Gesichtszüge.

»Du bist genauso stur wie ich. Selbstverständlich stehe ich hinter dir, mein Kind. Ich warne dich nur vor den Folgen«, presste er hervor.

»Weißt du, bei wem ich schon bald Malunterricht erhalte?«, fragte sie, nahm genüsslich einen weiteren Zug von ihrer Spitze und lächelte Josip Markovitch herausfordernd an.

»Du wirst es mir sagen.«

»Bei dem Größten, *Tata*. Bei keinem Geringeren als André Lhote.«

Anerkennend hob Josip die Brauen und tippte sorgfältig seine Asche in den Aschenbecher. »Du erhältst Zeichenunterricht bei Monsieur Lhote?«

Theodora nickte.

»Das ist ja ganz wunderbar, *Dorica*. Wann?«

Josip atmete erleichtert durch.

»Morgen? Übermorgen? Schon bald. Aber wichtiger ist das Danach. Was ich nach der Grundausbildung tun werde. Danach gehe ich an die *Académie Julian,* wo …«

»… wo Frauen dieselbe Ausbildung erhalten wie Männer an der Académie des Beaux-Arts«, vollendete Josip ihren Satz und hob theatralisch die Hände. »Selbstverständlich übernehme ich sämtliche Kosten, *Dorica*. Ich schätze mich glücklich, eine Tochter zu haben, die weiß, was sie will.«

»Und was sie *nicht* will, *Tata*. Das ist manchmal noch wichtiger.«

Im Stillen dachte sie, dass sie niemals ein bürgerliches Leben wie Julie und Josip führen wollte. Josip hatte sich durch seine Reisen zwischen Paris und Buenos Aires etwas Freiheit und Abstand von seiner Ehe erkämpft. Abstand von Julie, die hier glücklicher war als damals als Modistin in Buenos Aires, wo sie vergeblich versucht hatte, Damenhüte zu verkaufen.

So lange lag das gar nicht zurück.

Heute, wenn Josip Markovitch seine Familie in Paris besuchte, zog er meist schon nach wenigen Tagen ins *Hotel du Palais d'Orsay*, weil er Raum und Ruhe brauchte, wie er stets betonte. Die darauf folgenden Eifersuchtsszenen von Julie waren Theodora ein Graus, einfach unerträglich.

Seit einiger Zeit jedoch stürzte sich Julie in das gesellschaftliche Leben von Paris. Mittagstee. Nachmittagskaffee und Modeschauen. Cafébesuche mit gleichgesinnten Damen, bei denen ausgiebig in Modezeitschriften geblättert wurde. Julie gab ein Vermögen für ihre Garderobe aus, was Josip bei seiner monatlichen Buchführung meist zähneknirschend zur Kenntnis nahm.

»Es geht *Maman* gut, solange sie einkaufen kann, *Tata*. Lass sie doch«, beschwichtigte Theodora.

Theodora, die ihrerseits ebenso stets ausgefallene Kleidung trug, setzte auf Qualität, nicht auf Quantität. Sie wusste das Exklusive geschickt zu kombinieren. Immer war sie auf der Suche nach dem Besonderen, nach den Dingen, die man nicht kaufen konnte. Sie sehnte sich nach einem Leben ohne Konventionen, voller Überraschungen und Eroberungen. Ein Leben, wie es hier in Paris die Bohème führte. Und auch wenn sie noch nicht genau wusste, was das Leben für sie bereithalten sollte, wusste Theodora doch, dass sie von Inspiration, billigem Rotwein,

Zigaretten, von Luft und Liebe, der Poesie, berauschenden Bildern und Skulpturen leben wollte.

Von Breton und Éluard hatte sie bereits gehört – Männer, die einer neuen Strömung der Kunst angehörten, den Surrealisten. Es hieß, sie ließen auch Frauen in ihrem Kreis zu. Sie musste also einfach die richtigen Leute kennenlernen. Es war bekannt, wo sich die Pariser Bohème herumtrieb. Derzeit bildeten Lokale wie das La Rotonde hier in Montparnasse, das Café de Flore und das Les Deux Magots die Heimat der Künstlerszene, galten als deren zweites Wohnzimmer.

Theodora war klug genug, um wertzuschätzen, dass sie sich ein Künstlerleben nur ihrer Privilegien wegen leisten konnte. Diese verdankte sie allein ihrem *Tata*. Josip war nicht nur ein liebender Vater, sondern auch ihr finanzieller Förderer, genau wie er in seiner Heimat Kroatien einst einen gefunden hatte. Einen gebildeten Mann von gesellschaftlichem Rang, der wie ein Vater über seine geistige Entwicklung gewacht und ihm in Wien ein Architekturstudium ermöglicht hatte.

»Dieser Gönner war sein leiblicher Vater«, hatte Julie in der ihr eigenen indiskreten Art mehr als einmal zu Theodora gesagt. Aber Julies versteckte Häme interessierte Theodora nicht, genauso wenig wie die sogenannten gesellschaftlichen Normen.

Sie ließ ihren Blick durch das Lokal schweifen. Am anderen Ende saß eine Gruppe junger Männer und diskutierte lauthals. Zwei von ihnen glaubte sie von Zeitungsbildern zu erkennen: Der Mann im weißen Anzug musste der Lyriker Paul Éluard sein, der neben ihm der Poet André Breton, ein Mann mit einer Nickelbrille, dichtem, dunklem zurückgekämmtem Haar und sinnlichen Lippen. Beide verschwanden hinter dicken Rauchschwaden. Theodora schnappte ein paar Worte ihres Gesprächs auf.

Revolution. Unbewusstes. Soziale Gerechtigkeit.

»Ich weiß nicht so recht«, hörte sie irgendwann Josips Stimme wie aus der Ferne. Beherrscht wandte sie sich wieder ihrem Vater zu.

Er kreiste unbehaglich die Schultern, nachdem er Geld in den auf dem Tisch bereitstehenden Teller geworfen hatte, und stand auf. Mit einer versteckten Geste, die Theodora sofort zu lesen verstand, deutete er auf das Publikum des La Rotonde.

»Was, *Tata*?«, fragte sie freundlich und warf einen letzten Blick zu den Männern hinüber.

»Hier fühle ich mich nicht wohl. Keine Ahnung, woran es liegt. Als wäre ich ein Fremder unter all diesen Leuten.«

»Wir sind immer Fremde, *Tata*. Es ist unsere Natur, Außenseiter zu sein. Du hast mich das gelehrt«, schmunzelte Theodora.

»*Quand même!*«, gab er lächelnd zurück. »Trotzdem. Dann gestehe mir gerade deshalb die mir vertrauten Lokalitäten der bürgerlichen Art zu.«

Ja, Josip Markovitch setzte alles daran, ein Bürger zu sein, einer von feinem Geist mit künstlerischen Ambitionen, ein Weltenbürger, der Buenos Aires, New York, Zagreb und Wien wie seine Westentasche kannte. Trotzdem haftete an seinen maßgeschneiderten Seidenanzügen nicht nur der Duft seines hölzernen, edlen Rasierwassers, sondern auch ein verräterischer Hauch seiner Herkunft. Als uneheliches Kind einer Wäscherin trennte ihn gerade einmal *eine* Generation von der Gosse.

Theodora wusste sehr genau, was sie wollte, und sie würde mit einem Geheimnis um ihre Biographie anfangen. Genau wie Josip Markovitch es sie gelehrt hatte.

»Gib niemals zu viel von dir preis«, lautete seine Devise.

Zu schweigen war keine Lüge, und es gab den anderen Raum

für Phantasie. Je mehr ihr die anderen andichteten, umso besser.

»Ja, *Tata*«, sagte Theodora und hakte sich auf dem Nachhauseweg bei ihm ein. »Wir können gern woanders hingehen. Das nächste Mal.«

Sie spürte das weiche Leder seines Handschuhs auf ihrer Hand, als sie die Métro-Station Notre-Dame-des-Champs ansteuerten. Von dort ging es ins 17. Arrondissement auf die Place de la Porte de Champerret, wo die Familie Markovitch eine großzügige Etage in einem Bürgerhaus bewohnte.

»Diesem Monsieur Sage ragte ein schrecklich widerspenstiges Haar aus seiner Braue – und das, während er mir zu verstehen gab, ich solle meine Ambitionen in der Kunst vergessen. Am liebsten hätte ich es ihm herausgerissen.«

»Dora«, mahnte ihr Vater und tätschelte ihre Hand, während sie die Métro-Station erreichten. »Du mit deinem Temperament. Du machst den Leuten Angst.«

»Woran denkst du, *Tata*?«, fragte Dora. Die Métro fuhr ein und wehte ihr die Haare aus dem Gesicht. Josip hielt seinen Hut fest.

»Wie ich diese Zukunftspläne deiner Mutter beichte. Was wird meine kleine Verrückte dann wohl tun?«

Theodora lächelte und legte ihren Kopf an seine Schulter.

»Sie wird toben und dich beschimpfen, mein lieber *Tata*, und am Ende wird sie sich damit abfinden.«

KAPITEL 2

Paris, 1929

Tatsächlich hatte sich Julie nach mehreren Ausbrüchen, die Josip routiniert abgefangen hatte, mit Theodoras Wahl abgefunden und sich damit getröstet, dass ihr Kind irgendwann von selbst zu sich finden und einen bürgerlichen Weg einschlagen würde.

Die Zeit verging, ohne dass sich Julies Wunsch erfüllte.

Die höhere Schule für Malerei und Fotografie schloss Theodora erfolgreich ab, genau wie die darauf folgende Ausbildung an der Académie Julian. Beharrlich folgte sie ihrem inneren Drang, sich eines Tages als Künstlerin in Paris zu verwirklichen.

Behilflich dabei waren ihr vor allem Kontakte, die sie durch den Filmemacher Louis Chavance knüpfen konnte. Louis war unsterblich in Dora verliebt, und sie gab seinem Werben nach, obschon sie spürte, dass er nicht der Mann war, den sie brauchte. Seinem Feingeist fehlte jenes Feuer, nach dem sich Dora so sehr sehnte. Trotzdem hatten die beiden einander sogar ihre Eltern vorgestellt. Julie war hingerissen und hoffte auf den ehelichen Hafen für Theodora.

Nur Josip sah seiner Tochter an, was in ihr vorging. Louis war nicht einmal annähernd der Richtige für die Leidenschaft seiner Tochter.

»Du brauchst Kontakte zur Modebranche, Theodora«, erklärte der berühmte ungarische Fotograf Brassaï, den sie durch Louis kennengelernt hatte, während er sie am Arm über die belebten Champs-Élysées zog. »Paris ist die Stadt der Mode. Und sieh dich an! Du, mit deinem stilvollen und extravaganten

Äußeren, bist geradezu geschaffen, um mitzumischen. Du hast einen Riecher für Zeitgeist.«

Brassaï blieb stehen und deutete auf ihren Hut aus smaragdfarbenem Taft mit kleinen angebrachten Pailletten. Dora selbst hatte ihn nach ihren Vorstellungen von der Hutmacherin am Boulevard Saint-Germain machen lassen.

»Nichts ist in der Modewelt wichtiger. Hinzu kommt, dass du eine begnadete Fotografin bist.«

Eine begnadete Fotografin zu sein ließ sich Theodora nicht zweimal sagen. Bereits André Lhote, bei dem sie während ihrer Ausbildung Malkurse absolviert hatte, hatte schnell erfasst, welchem Genre ihre wahre Passion gelten sollte. Obwohl sie durchaus Talent zum Malen besaß, zeichnete sich für sie immer klarer ab, dass sie in der Fotografie ihren Weg als Künstlerin finden könnte. Warum also keine Modefotografien?

»Empfehle mich gern, Brassaï«, sagte sie selbstbewusst und hängte sich bei ihm ein. »Wie immer der Auftrag lautet, ich traue ihn mir zu.«

In jener Umgebung, wo Theodora schon sehr bald nichts mehr dem Zufall überließ, reifte ihre Kunst. Sie entfaltete sich wie eine Pflanze in einem Gewächshaus bei tropischer Hitze. Hinzu kam, dass Theodora die Atmosphäre von Paris aufsaugte, ihre Freiheiten genoss und tagtäglich ihren Freundeskreis erweiterte. Sie lernte schnell, was sich in der Modewelt zügig herumsprach. Es folgte Auftrag um Auftrag, und sie war sich für nichts zu schade, denn am Ende würde ihre Arbeit Früchte tragen.

Mit ihrer ehemaligen Kommilitonin Jacqueline Lamba erkundete sie das wilde Nachtleben von Paris. Fast jeden Abend besuchten die unzertrennlichen Freundinnen abwechselnd jene Pariser Lokale, in denen sich ein buntes Volk von Andersdenkenden einfand. Die Stadt der Lichter tanzte zwar keinen

Tango, aber aus den verrauchten Bars und Bistros klangen die dumpfen, sündigen Töne des Jazz, denen man sich ebenso hingeben konnte. An keinem anderen Ort, so schien es den Freundinnen, vermochten Frauen so leicht ihre Korsetts zu sprengen und gegen den Strom der Konventionen zu schwimmen. Paris zeigte sich weltoffen, vor allem freizügig – nicht nur im *Moulin Rouge* an der Place Pigalle.

Binnen kürzester Zeit hatte Jacqueline Lamba herausgefunden, wo man welche Leute in Paris traf, und bei ihrer Wahl sogleich die Spreu vom Weizen getrennt.

Nur wenige Namen waren nach Jacquelines Einschätzung von großer Bedeutung. Namen, denen Theodora bereits Gesichter zuordnen konnte, unter ihnen das des Fotografen und Malers Man Ray und jenes von André Breton, des Dichters und Begründers des Surrealismus. Sogar der große Picasso tauchte hin und wieder mit Éluard und dessen Frau Nusch auf. Nur Theodora war dem berühmtesten Maler von Paris, Picasso, noch nie begegnet, nicht einmal von ferne, was angesichts der wenigen Lokalitäten, in denen die Pariser Bohème verkehrte, einem Wunder gleichkam. Picasso schien einer eigenen Klasse und Kategorie anzugehören. Auf zahlreichen Ausstellungen hatte Theodora bereits seine Kunst bewundert. Ihr gefiel seine Farb- und Formgebung, und sie wusste nicht, warum, aber viele seiner Bilder erreichten ohne Umweg ihr Herz.

Ähnlich erging es ihr mit Paul Éluards Gedichten. Keiner vermochte es wie er, das Lebensgefühl der Künstler in der Metropole in seiner Lyrik wiederzugeben.

»Wir richten Tage und fliegen Zeiten nach dem Maß unserer Träume ein«, waren Zeilen aus Éluards Hand, die niemanden kaltließen, und die Pariser Bohème feierte ihn dafür. Theodora bewunderte ihn aus tiefstem Herzen.

Jacqueline hingegen schwärmte für André Breton, sie setzte alles daran, ihn kennenzulernen, und wartete nur auf die passende Gelegenheit. Doras Stolz verbot ihr, auf irgendeinen jener Männer zuzugehen. Sie genoss es, Freunde zu haben, die ihr das Gefühl gaben, etwas ganz Besonderes zu sein – was sie nicht brauchte, waren Liebhaber, die ihr am Rockzipfel hingen. Aus diesem Grund hatte sie sich schnell von Louis Chavence getrennt, der ihrer Stärke wenig entgegenzusetzen wusste. Sie wollte einen Mann auf Augenhöhe, der sich ihrem wilden Wesen stellte. Ihre Ansprüche diesbezüglich waren sehr hoch, und es gab so viel Unbekanntes, das noch vor ihr lag! Mit einem halben Glück gäbe sie sich niemals zufrieden.

Vor der elterlichen Wohnung an der Place de la Porte de Champerret klemmte Theodora ihre Arbeitstasche auf den Gepäckträger ihres Fahrrads.

Wartet mit dem Abendessen nicht auf mich, hatte sie ihren Eltern auf einem Zettel hinterlassen. *Ich arbeite noch.*

Für genau zwei Stunden durfte sie die Dunkelkammer eines Kollegen nutzen. Es galt, keine Zeit zu verlieren. Das Atelier lag in der Rue de l'Université, knappe zehn Fahrradminuten entfernt.

Dort angekommen, lief sie in den Hinterhof, nahm den Schlüssel, der wie verabredet unter einem Stein lag, schloss den Kellereingang auf und ging die wenigen Stufen hinab.

Das Atelier war abgedunkelt, der Vorhang zugezogen. Nach einer kurzen Inspektion fand sie die Dunkelkammer und zog die Tür hinter sich zu. Der winzige Raum maß keine zwei Quadratmeter.

Sie machte alles genau so, wie sie es gelernt hatte, vergewisserte sich bei Licht, ob das Arbeitsmaterial richtig platziert war. Nahezu alle Fotografen stellten die Flaschen für die einzelnen

Arbeitsschritte nach demselben Muster auf. Film, Flaschenöffner, Schere, Entwickler, Stoppbad, die Wanne mit dem Fixierer und das abschließende Wasserbad, das Metronom, die kleine Petroleumlampe. Als Linkshänderin hatten sich ihre Hände schnell an eine Reihenfolge von links nach rechts gewöhnt.

Mit geschlossenen Augen ging sie gedanklich jeden einzelnen Schritt noch einmal durch.

Gleich würde sie in kompletter Dunkelheit arbeiten. Jeder Handgriff musste sitzen, selbst der kleinste Fehler war unverzeihlich und zeigte sich anschließend als schwarze oder weiße Fläche auf dem Fotopapier.

Vor ihr standen die Wannen mit den dazugehörigen Flaschen. Die Petroleumlampe spendete schwaches Licht. Sie zog den schweren Vorhang an der Innenseite der Tür so zu, dass nicht einmal ein winziger Streifen Licht von außen durchschimmerte. Das Licht, mit dem Dora tagsüber hinter der Kamera zu spielen wusste, konnte während des Entwicklungsprozesses schnell zum größten Feind werden.

Sie warf einen letzten Blick zur Seite. Das Metronom stand an seinem Platz. In der Dunkelheit diente es als einziger Zeitmesser. Wie ein Herzschlag wachte sein Takt zuverlässig über die Dauer ihrer Handgriffe.

Die Stille war dicht, nah, unmittelbar.

Jetzt musste es schnell gehen.

Sie löschte das Licht, von dem ein roter Punkt zurückblieb, der erlosch, bevor es stockfinster wurde. Sie hatte die Abfolge bereits so viele Male durchgeführt, dennoch stellte sich immer wieder die Erregung des Augenblicks ein, wenn aus dem Nichts Menschen entstanden, Bilder, Momentaufnahmen, Fragmente einer verborgenen Welt.

Ihre rechte Hand griff nach der Flasche, die linke nahm

den Öffner. Sie spürte den Deckel, wo sie den Öffner ansetzen musste, an der quer verlaufenden Muskulatur zwischen Daumen und Zeigefinger. Mit einem quietschenden Geräusch entfernte sie den Deckel, legte ihn zur Seite. Leichter Säuregeruch stieg ihr in die Nase.

Vorsichtig nahm sie den Film heraus, darauf bedacht, keine Fingerabdrücke auf dem Streifen zu hinterlassen. Dann tastete sie nach dem schmalen Ende, das den Anfang markierte, griff nach der Schere und schnitt es ab. Mit dem angedrückten Daumen fühlte sie, wo sie entlangschneiden musste.

Sie atmete einmal tief durch und stellte das Metronom an.

Klick-klack. Klick-klack.

Geübt rollte sie den Streifen auseinander, hielt die beiden äußersten Seiten jeweils mit den Fingerspitzen fest und wartete einen Augenblick. Dann folgte das Tauchritual, und sie schwenkte den Film in der Wanne durch den Entwickler. Jeder Millimeter des Films musste dieselbe Menge an Flüssigkeit abbekommen und dabei stets in Bewegung bleiben.

Nur noch wenige Sekunden. Dora hatte ein gutes Zeitgefühl. Nach nahezu tausend Aufnahmen wusste sie instinktiv, auch ohne Metronom, wann dieser Vorgang abgebrochen werden musste.

Klick-Klack. Dann riss das Geräusch ab. Stille.

Jetzt war es Zeit für das Stoppbad. Sie gab den Streifen hinein und drehte anschließend am Regler der Petroleumlampe. Nun konnte das Licht dem empfindlichen Material nichts mehr anhaben.

Mit blinzelnden Augen tauchte sie den Streifen in die Wanne mit dem Fixierer und anschließend ins Wasserbad.

Jedes Mal, wenn sie zum Abschluss den schweren, lichtundurchlässigen Vorhang zur Seite schob und die Tür öffnete, wenn das Licht wie eine unaufhaltsame Welle in den kleinen Raum hereinströmte, stellte sie überrascht fest, dass draußen Tag war. Wenn sie ihre neuen Bilder zum ersten Mal sah, schwarz auf weiß, das Spiel von Schatten und Licht, die Schlichtheit eines Motivs, kam ihr das Ergebnis wie ein Wunder vor. Manchmal wusste sie nicht, was sie mehr genoss: die Jagd auf neue Motive oder die Arbeit in der Dunkelkammer, wenn all das, was sie durch die Linse eingefangen hatte, im Entwicklungsbad zum Vorschein kam.

Theodora hatte eine Schwäche für die Vogelperspektive. Was an der Leine vor ihr hing, zwang den Blick des Betrachters hinab auf die Seine, an deren Ufern schwarze, kahle Bäume ragten. Ein weiteres Foto zeigte eine Allee mit Kopfsteinpflaster, aufgenommen aus einem Fenster im fünften Stockwerk. An der Seite des Gehwegs warf eine dunkle männliche Gestalt einen überdimensional großen Schatten. Grautöne dominierten. Am besten gefiel ihr das Foto von Paris nach einem Wolkenbruch, eine nahezu schwimmende Straße mit Häusern, die sich in den Pfützen spiegelten.

Sie erinnerte sich daran, wie sie vor zwei Tagen klatschnass nach Hause gekommen, heimlich in ihr Zimmer geschlichen war und sich vor dem Abendessen umziehen musste.

Schon ein einziges gelungenes Bild war diesen Einsatz wert.

Beim letzten Foto, einer Montage von zwei nebeneinandergelegten Negativen ihres Profils, war eine Dopplung in einer surrealen Umgebung entstanden. Sie betrachtete das Ergebnis eingehend. Es handelte sich um eine kleine Auftragsarbeit eines Schönheitsmagazins – immerhin ein Anfang.

»Zwei identische Gesichter«, murmelte sie und dachte über die Symbolik nach.

War dies der richtige Weg? In diesem Moment verstärkte

sich der Wunsch, einmal ein eigenes Atelier zu haben. Wie viel würde es ihr bedeuten, wenn sie Tag und Nacht nach Herzenslust ihre eigene Dunkelkammer nutzen konnte! Was für eine ungeahnte Freiheit würde dem entwachsen! Sie sehnte den Tag herbei, und der Wunsch beflügelte ihre Arbeit.

Sie wartete, bis die Bilder getrocknet waren, sammelte sie ein, vergewisserte sich, die Kammer genau so zu verlassen, wie sie diese beim Betreten vorgefunden hatte, und legte Geld auf den Tisch neben der Eingangstür.

Merci bien, vous êtes très gentil, schrieb sie auf einen Zettel, befestigte den Geldschein zusammen mit dem Gruß unter einer kleinen Schale aus Keramik und steckte das Doppelporträt in einen adressierten Umschlag.

Vielen Dank für Ihre Freundlichkeit.

Draußen schob sie den Atelierschlüssel unter den Stein am verabredeten Ort.

KAPITEL 3

Paris, 1932

Theodora stieß die Tür zum Café de Flore auf und rieb ihre kalten Hände aneinander.

Jacqueline wartete bereits an einem Tisch in der Nähe der Bar. Sie rauchte genüsslich eine Zigarette. Ihre blonde Lockenmähne glänzte im Kerzenlicht, vor ihr stand eine Karaffe mit dunklem Rotwein. Die Freundinnen begrüßten sich mit zwei Wangenküssen.

Theodora ließ sich auf einen Stuhl fallen, nahm eine Auswahl älterer Fotos aus der Arbeitstasche und legte sie auf den Tisch.

»Die kennst du noch nicht, oder? Ich habe sie herausgesucht, um sie zu verkaufen.«

»Wie wunderschön und stimmungsvoll, *Dorica*«, sagte Jacqueline, nachdem sie diese eingehend betrachtet hatte.

Jacqueline war die Einzige, die sie außer ihrem Vater so nennen durfte.

Theodora seufzte und rümpfte die Nase.

»Was ist los?«, fragte Jacqueline. »Zweifelst du etwa an dir?«

»Damals fand ich sie großartig, jetzt, mit etwas Abstand, erscheinen sie mir brav, Jacqueline. Bourgeois.«

Sie schnaubte verächtlich.

»Bourgeois ist was anderes, Theodora. Diese Fotos sind nicht außergewöhnlich, aber gut. Sie haben Atmosphäre. Ich mag diese Vogelperspektive, den Schatten des Mannes.«

Dora schüttelte den Kopf. »Schau dir das nur an.« Sie tippte mit ihrem langen, perfekt lackierten Zeigefinger auf vier unterschiedliche Fotos. »Bäume. Die Seine. Ein Automobil. Ein Mann mit einem Schatten. Das alles reicht nicht. Es muss noch etwas anderes geben.«

»Du stehst am Anfang«, sagte Jacqueline. »*Wir* stehen am Anfang. Du bist gerade mit der Ausbildung fertig und warst die Beste in unserer Klasse. Louis hat dich mit den wichtigsten Leuten der Branche zusammengebracht. Die Menschen in deiner nächsten Umgebung bewundern dich, ich eingeschlossen! Du hast bereits Fotos verkauft. Was willst du denn noch?«

»Mehr als mittelmäßig sein. Viel mehr. Wenn du Großes erreichen möchtest, musst du etwas riskieren.«

»Etwas Geduld, Mademoiselle Markovitch«, mahnte Jacqueline, zog einen kleinen Spiegel aus der Tasche und malte sich mit dunkelrotem Lippenstift den Mund nach.

»Man kann sich doch Gedanken machen, wie man weiterkommt. Uns Frauen wird nichts geschenkt.«

Jacqueline nickte zustimmend. »Und wie genau willst du das anstellen?«

Doras Blick schweifte über die Menschenmenge, die durch den Zigarettenrauch hinter einer Nebelwand verschwamm.

»Indem ich etwas Außergewöhnliches schaffe, etwas, das aus der Masse heraussticht. Warum hat dieser Picasso solchen Erfolg? Weil er wunderschön malt?«

Picasso. Sein Name schwebte wie ein Phantom über allen Gesprächen, die Künstler hier in Paris führten. Stets behielt man sein außergewöhnliches Talent im Hinterkopf und verneigte sich vor seinem Werk in Ehrfurcht.

»Warum hat er solchen Erfolg? Erklär du es mir«, sagte Jacqueline.

Theodora schwieg und zuckte die Achseln.

»Vielleicht, weil er neue Wege geht?«, fragte Jacqueline schließlich nachdenklich mehr sich selbst, »womöglich sollte man ihn kopieren?«

Theodora schüttelte den Kopf und trank einen kräftigen Schluck Wein.

»Man darf ihn niemals kopieren, weil man es sowieso nicht so kann wie er. Ein wahrer Künstler muss seiner Zeit voraus sein. Das ist der Auftrag der Kunst. Die Fotografie ist jung und vielleicht eine Nische für uns Frauen. Was ist mit Lee Miller? Ilse Bing? Sie haben sich hier in Paris bereits einen Namen gemacht. Hast du schon einmal gehört, dass Picasso fotografiert?«, fragte sie provokativ.

Jacqueline schüttelte den Kopf.

Theodora lächelte, und um ihre Lippen zeigte sich eine Spur von Hochmut. »Dazu wäre er sich nämlich viel zu schade. Die meisten Künstler halten die Fotografie für eine mangelhafte Wiedergabe der Wirklichkeit. Ich wette, Picasso ist einer, der sein Inneres auf die Leinwand werfen *muss*. Anders kann er nicht leben. Er liebt die Frauen nicht, die er malt. Er liebt *sein Bild* von ihnen.«

»Kennst du Lee Miller und Ilse Bing persönlich?«, fragte Jacqueline ausweichend, als sei ihr das Thema Picasso unangenehm.

»Wieso weichst du immer aus, wenn von Picasso die Rede ist?«, fragte Theodora befremdet.

»Ich bitte dich, liebe Freundin! Die Vögel pfeifen es von den Pariser Dächern: Es heißt, er behandle Frauen wie Fußabstreifer. Seine Ehefrau Olga erzählt es jedem, der es hören möchte oder nicht. Sie ist verrückt geworden – seinetwegen.«

Theodora klopfte mit der Hand auf den Tisch. »Jacqueline, weißt du, was du da sagst? Erstens muss man nicht alles glauben, was die Leute reden, und zweitens vermag es nicht einmal der große Picasso, seine Frauen verrückt zu machen.«

Jacqueline schnaubte. »Du verteidigst ihn.«

»Nein«, sagte Theodora entrüstet. »Das tue ich nicht. Ich kenne ihn ja nicht einmal. Es geht mir um das Geschwätz der Leute. Du weißt, wie ich das hasse.«

»Wäre dir ein grobschlächtiger Picasso lieber als ein Louis Chavance, der dich auf Händen trägt? Warum hast du ihn verlassen? Diesen Feingeist, der außerdem ein göttlicher Tänzer ist!«

Theodora glaubte, sich verhört zu haben. Nicht einmal ihre engste Freundin durfte so weit gehen und sich in ihre Liebesangelegenheiten einmischen.

»Ich habe ihn nicht verlassen, Jacqueline«, fauchte sie. »Wir sind sehr freundschaftlich auseinandergegangen. Wir beide erwarten von der Liebe etwas völlig anderes. Das geht niemanden etwas an. Nur so viel: Im Zweifel ziehe ich den göttlichen Liebhaber einem göttlichen Tänzer vor.«

Den letzten Satz hatte sie geradezu ausgespuckt. Jacqueline lachte laut heraus. »Und was ist das, bitte schön, Mademoiselle Markovitch, ein göttlicher Liebhaber?«

Sie setzte einen Blick auf, der Theodora an den ihrer Mutter erinnerte. Diesen einschmeichelnden Blick, der sein Gegenüber zu Indiskretionen verleiten wollte. Sie konnte es von Jacquelines Augen ablesen: *Du kannst mir alles sagen. Bei mir ist es gut aufgehoben.* Jacqueline konnte nicht wissen, welch feine Antennen Theodora besaß, die beim geringsten Versuch von Manipulation Alarm schlugen. Sie schüttelte den Kopf.

»Das werde ich dir vielleicht sagen können, wenn er mir begegnet ist. Es wird ein Mann sein, der mich mit Haut und Haaren haben will. Ich will keinen Himmel voller Geigen, ich möchte Pauken, Posaunen und Trompeten und das Aphrodisiakum nicht enden wollender Gespräche. Was ich brauche, ist ein Mann auf Augenhöhe, einer mit Esprit.«

Jacqueline verstummte.

Theodora zündete sich eine neue Spitze an, während sie sich eingestand, dass Louis sehr wohl ein Mann mit Esprit war. Warum nur war er so brav gewesen und hatte sich niemals mit ihr angelegt? Sie ließ ihren Blick durchs Lokal schweifen. Es entstand eine lange Pause, und nur die Gesprächsfetzen von den Nebentischen schwappten zu ihnen herüber.

»Die Wiedergutmachung nach der *Grande Guerre* ist ein Witz«, hörte Theodora eine männliche Stimme.

Im Stillen gab ihm Theodora recht.

»Du wolltest wissen, ob ich Lee Miller und Ilse Bing jemals begegnet bin?«, fragte sie Jacqueline schließlich mit einem kühlen Unterton, als habe das Streitgespräch von gerade eben niemals stattgefunden.

»Stimmt. Da waren wir stehen geblieben«, erwiderte Jacqueline kleinlaut und lächelte sie versöhnlich an.

Theodora hatte die beiden Fotografinnen bereits in Pariser Lokalen gesehen, aber noch kein Wort mit ihnen gesprochen. Lee Miller war groß, blond und wunderschön, Fotografin und Mannequin – eine nicht unbedingt naheliegende Kombination. Es hieß, sie habe den schönsten Busen von Paris und sei einst die Geliebte Man Rays gewesen. Neben Lee Miller wirkte Ilse Bing mit ihrem dunklen Teint geheimnisvoll, verschlossen. In Deutschland hatte sie einst Physik und Mathematik studiert.

»Ich kenne sie nicht persönlich, aber ich weiß, dass sie Erfolg haben. Warum wollen wir nicht die Nächsten sein und es besser machen als die beiden? Dann spricht Paris von *der* Markovitch und *der* Lamba!«

Theodora blickte Jacqueline herausfordernd an.

Jacqueline gab dem Kellner ein Zeichen und bestellte eine neue Karaffe Rotwein. Theodora machte einen Kussmund um ihre Spitze und inhalierte den Rauch mit zurückgelehntem Kopf.

»Die Markovitch«, hauchte sie. »Jetzt weiß ich es. Endlich verstehe ich …«

»Was weißt du?«

Mit einem Ruck setzte sich Jacqueline auf, stellte ihren Ellbogen auf den Tisch und stützte ihren Kopf in die geöffnete Hand.

»Was? Sag schon!«, wiederholte Theodora.

»Du brauchst einen neuen Namen, Henriette Theodora Markovitch. Einen Künstlernamen, einen, der deine slawische Herkunft nicht preisgibt. Kurz und bündig. Einen, den man hört und nie mehr vergisst. Kennst du Man Rays richtigen Namen?«

Theodora schüttelte den Kopf.

»Emmanuel Rudnitzky oder Radnitzky, genau weiß ich es nicht. Klingt genauso slawisch wie Markovitch.«

Theodora schloss die Augen. Wie oft hatte Julie abfällig über die slawische Herkunft Josips gesprochen!

»Du bist nicht die Erste, die das meint«, erwiderte Theodora.

Ihr Blick verlor sich hinaus aus dem Fenster über den Boulevard St. Germain, auf dem einige Automobile zu sehen waren, und wieder zurück ins Café de Flore. Rauchschwaden zogen durch den Raum. Die Stimmen der Besucher überschnitten einander. Gelächter. Stühle und Tische wurden gerückt. Die Kellner drängten sich mit vollgestellten Tabletts durch die engen Gänge.

»Ein ehemaliger Kommilitone auf der Académie Julian hat

etwas Ähnliches gesagt, und seitdem denke ich immer wieder über einen neuen Namen nach.«

Theodora nahm einen Stift aus ihrer Brusttasche und kritzelte auf das Papiertischtuch *Dorica. Kleine Dora.* Nachdenklich inhalierte sie einen tiefen Zug, ohne die Augen von dem Schriftzug zu lassen, und schrieb dann in Druckbuchstaben: *DORA MARKOVITCH.*

»Dora sieht sehr gut aus«, sagte Jacqueline.

Theodora nahm einen kräftigen Schluck aus ihrem Weinglas, stellte es beherzt auf den Tisch, so dass die rote Flüssigkeit herausschwappte. Plötzlich spürte sie ihren Herzschlag und spannte ihren Oberkörper an. Dann zeigte sie der Freundin ein triumphierendes Lächeln.

Jacqueline blickte sie fragend an.

Entschieden strich Theodora die Silben KOVITCH durch und neigte sich ihrer Freundin entgegen. Sie war ihr so nah, dass sie die hellen Härchen in ihrem Gesicht sehen konnte und den Veilchenduft ihrer Haut einatmete.

»Es ist diese Endung, die meinen Namen fremd erscheinen lässt«, flüsterte Theodora. »Slawisch. Unter den osteuropäischen Zuwanderern gibt es viele Juden. Mein Vater wird oft gefragt, ob er jüdischer Herkunft sei.«

»Ist er?«, raunte Jacqueline mit großen Augen.

»Keine Ahnung. *Tata* weicht bei der Frage immer aus. Er liebt das Geheimnis.«

Sie legte ihren Zeigefinger auf die Lippen.

»Genau wie seine Tochter«, sagte Jacqueline leise.

Erneut setzte Theodora den Stift an und schrieb: *Dora Mar.*

»Das Meer ist in meinem neuen Namen. *Mare* – das Meer. In der Muttersprache meines Vaters heißt es *More.* Kannst du es hören? *More,* wie dunkel es klingt, wenn man einen einzigen

Selbstlaut austauscht? M-o-r-e. M-a-r-e. Wusstest du, dass ich das Meer liebe, welch innige Beziehung ich zum Element Wasser habe? Ich bin ein halber Fisch.«

Sie machte mit beiden Händen eine Wellenbewegung, und Jacqueline starrte auf ihre Finger.

»Du bist …«, sagte sie fast andächtig.

»Psst«, befahl Theodora und schrieb in Großbuchstaben DORA MARE. Dann strich sie das *E* wieder durch und betrachtete ihre Wortschöpfung ausgiebig. Gedankenverloren zeichnete sie ein *A* auf die Papierdecke, malte es aus, schrieb ein neues und bildete den Buchstaben immer wieder stumm nur mit ihrem Mund.

»Du scheinst wirklich ein halber Fisch zu sein«, lächelte Jacqueline, die das Schauspiel beobachtete. Vom Nebentisch sahen einige Gäste verständnislos zu ihnen herüber.

»Maar mit langem a«, sagte Theodora plötzlich und griff sich an die Stirn, als habe sie eine Eingebung. Sie schloss die Augen und zeichnete mit ihren schönen langen Fingern zwei entgegengesetzte Schwünge in die Luft, als dirigiere sie ein Orchester.

Die Leute vom Nebentisch sahen verlegen zur Seite und begannen untereinander zu tuscheln. Als Dora die Augen öffnete, hauchte sie dem Tisch eine Kusshand zu. Dann schloss sie erneut ihre Augen, warf den Kopf in den Nacken und sprach mit gerunzelter Stirn.

»Zwei kurze Takte, ein langer. Do-ra. Maar. Wir brauchen ein zweites *A*. Das O von *More* klingt dunkel, wie der Atem des Meers aus der Tiefe. Das A aber hell und sinnlich. Kannst du es hören?«

Jemand lief an ihr vorbei, und sie spürte einen Windhauch, die Magie dieses Augenblicks. In ihrem Nacken stellten sich die Härchen auf. Eine Gänsehaut wanderte langsam vom Hals hinab bis zu den Zehen.

»Dora Maar. Ich heiße Dora Maar«, sprach sie und ließ sich ihren neuen Namen auf der Zunge zergehen.

Dora Maar.

»Er klingt sehr geheimnisvoll.«

»Bisher weißt es nur du, bald aber ganz Paris, meine Liebe. Mein Name ist Dora Maar. Und diesen Namen werden sich sogar die Franzosen merken.«

Als ein Gast vom Nebentisch zu ihnen herüberstarrte, wandte sich Dora mit klarer Stimme an ihn, eine Verbeugung andeutend. Dann hob sie voller Stolz das Kinn: »Ich bin Dora Maar. Diesen Namen sollten Sie sich merken, Monsieur.«

Verwirrt sah der Mann weg.

Die Freundinnen stießen mit ihren Weingläsern an und warfen sich verschwörerische Blicke zu.

KAPITEL 4

Paris, 1933

Mit Wäscheklammern befestigte Dora ihre neuesten Arbeiten für ein Modemagazin an einer Leine und betrachtete kritisch Bild um Bild. Frauen trugen edle, lange Abendroben und wirkten durch die Perspektive schlank wie Gazellen, nahezu androgyn. Eine Nahaufnahme von liegendem, dichtem und gewelltem Haar spielte mit Licht und Schatten und wirkte wie ein weiter Ozean, auf dem mittig ein Segelschiff von der Größe einer Haarnadel platziert war. Es handelte sich um Werbung für ein Haaröl.

Doras geschultes Kameraauge prüfte, ob das Bild dem Blick des Betrachters und der Wirklichkeit standhalten konnte. Sie ging näher heran, trat zurück. Manchmal war sie selbst von der Magie überrascht, welche Wandlung ein Motiv vom Moment der Aufnahme bis zu diesem Neuanfang in der Dunkelkammer erfahren konnte.

»Das Licht ist unser Werkzeug.«

Die Worte ihres ersten und wichtigsten Lehrers Emmanuel Sougez, des Begründers der Nouvelle Photographie, klangen in ihrem Ohr, als stünde er neben ihr. Er war ihr Mentor gewesen und hatte sie stets ermuntert, Fotografin zu werden. Sie verdankte ihm viel.

Dora schloss die Augen und konzentrierte sich. Dunkelheit umgab sie wie eine wärmende Decke. Das Metronom klackte.

Als es verstummte, legte sie die Fotomontage in die säuerlich riechende Flüssigkeit. Ihr stockte der Atem angesichts dessen, was sich im Entwicklerbad abzeichnete – Doras Hand mit den langen, schmalgliedrigen Fingern lag auf Sand. Man Ray hatte sie vor Tagen fotografiert. Eine weiße Frauenhand, von der ein lackierter Daumennagel zu sehen war. Nur der dunkle Kontrast ließ den roten Nagellack erahnen. Das Motiv hatte Dora verfremdet, indem sie ihre schlanke Hand mittels Fotomontage aus einer Muschel auf Sand geradezu herauswachsen ließ. Je länger sie hinsah, desto mehr erschien es ihr, als sei genau dies deren Bestimmung, als verkörpere jene Muschelhand die schäumende Venus, den Beginn der Sinnlichkeit. Alles wirkte wie aus einem Guss. Ein wolkenverhangener Himmel mit einem tiefdunklen Rand verlieh dem surrealistischen Bild seinen Rahmen.

Dora wusste: Das schönste Motiv war ohne die richtige Technik nutzlos. Zwischen Herausragendem und Unbrauchbarem lag zuweilen ein schmaler Grat. Man musste das Licht bändigen, es zu seinem Komplizen machen. Darin lag das Geheimnis.

»Als stünde die Zeit still«, flüsterte sie, zog ihre Schürze aus und trat hinaus ins Studio.

Sie war allein heute.

Ihr Kompagnon Pierre Kéfer, mit dem sie sich seit einem Jahr das Atelier am Boulevard Richard Wallace in Neuilly-sur-Seine in der Nähe des Bois de Boulogne teilte, war einige Tage weggefahren. Pierres Abwesenheit kam ihr gelegen, denn in letzter Zeit hatte es zwischen ihnen Verstimmungen bezüglich der Ausrichtung ihrer Arbeit gegeben. Zwar galt das Kéfer-Maar-Studio als eine *der* Adressen für extravagante Mode- und Kosmetikfotos und Porträts, aber insgeheim wusste Dora, dass sie die wahre Ideengeberin war.

Sie nahm sich ein Glas Rotwein aus der Küche, ging zurück ins Studio, setzte sich und holte eine Mappe mit ihren chronologisch geordneten Fotos aus der Schreibtischschublade.

Wie schnell war die Zeit vergangen!

Ihr Blick schweifte über die Aufnahmen und haftete an den Anfängen ihres Erfolgs, wie alles mit ihrem neuen Namen angefangen hatte und wer sie auf ihrem Weg nach oben begleitet hatte. Ein Gefühl der Dankbarkeit erfasste sie, gefolgt von Neugier und Vorfreude. Sie war noch lange nicht dort, wo sie hinwollte.

Ein frühes Privatbild am Mont-Saint-Michel mit Pierre Kéfer in der Normandie katapultierte sie zurück in eine unbeschwerte Zeit. In einem übermütigen Moment hatten sie ein Foto mit Selbstauslöser gemacht. Dabei lagen sie bäuchlings auf einer Anhöhe, hinter ihnen der legendäre Felsen des Mont-Saint-Michel. Dora lachte aus vollem Hals, was nur selten auf Bildern zu sehen war. Dank einer perspektivischen Täuschung wirkte es, als fielen die beiden sogleich mit ihren Fotoapparaten in die Tiefe des Wassers.

Es gab auch eine ernste Dora, wovon ihre Fotos Anfang der Dreißiger zeugten. Anlässlich von Auftragsreisen war sie nach Barcelona und London in die Armenviertel der Städte gefahren und hatte neben ihren Modeaufnahmen soziale Außenseiter fotografiert, die großen Verlierer der Wirtschaftskrise, die sich in Europa immer stärker abzeichnete. Straßenfotografie nannte die Branche derartige Aufnahmen, die vom kritischen Blick des Fotografen auf die Verlierer der Gesellschaft geprägt waren. Für Dora bildeten sie ein klares politisches Bekenntnis, den Wunsch nach sozialer Gerechtigkeit, die in utopischer Ferne lag.

Sie nahm ihre Spitze, zündete eine Zigarette an und blätterte weiter. Die Standuhr neben ihr schlug zur vollen Stunde.

Nach einigen Seiten stutzte sie. Zwischen ihre eigene Arbeit hatten sich Fotoaufnahmen anderer Fotografen geschlichen. Großaufnahmen ihres jungen Gesichts, die Haare zum Bubikopf geglättet, die Hände vors Gesicht gehalten. Waren sie während ihrer Ausbildungszeit entstanden? Eines der späteren hatte Man Ray signiert.

Wo war sie dem großen Man Ray und all den anderen begegnet? Rückblickend war ihr, als habe sie vor langer Zeit im Handumdrehen Zutritt zur Pariser Bohème gefunden. Dabei waren gerade einmal ein paar Jahre vergangen. Seitdem hatte sie das Paris der Kostümfeste, des Jazz und des Rausches in die Hinterzimmer der Bohème entführt.

Auf diese Weise war Dora ihre Geburtsstadt Paris ein Stück weit wieder zur Heimat geworden. Das verdankte sie in erster Linie Louis Chavance, der sie mit so vielen Künstlerpersönlichkeiten zusammengebracht hatte. Niemals würde sie seine Unterstützung vergessen. Ausnahmekünstler, wie der ungarische Fotograf Brassaï und Man Ray, suchten ihre Nähe, bewunderten sie für ihren Mut und ihr Talent.

Immer noch erschien ihr all das wie ein Wunder. Dora trank Wein, aß mit berühmten Leuten zu Abend oder Mittag, arbeitete Hand in Hand mit den wichtigsten Fotografen der Stadt und war ein Teil der Pariser Kunstwelt geworden. Sie engagierte sich in linken Künstlergruppen, die nach sozialer Gerechtigkeit strebten. Die Pariser Kunstszene zeigte Profil und bekannte sich zur linken Politik, was Dora schätzte.

Die Aufnahme in den erlesenen Kreis der Surrealisten allerdings verdankte Dora einzig ihren außergewöhnlichen Fotografien. Die Gruppe, das hatte sie sehr bald zu spüren bekommen, war im Kern eine eingeschworene Männergesellschaft, deren Mitglieder einander seit den frühen Zwanzigern kannten. In Wahrheit duldeten die Surrealisten nur wenige Frauen: Freundinnen, Ehefrauen und herausragende Künstlerinnen. Offensichtlich gehörte Dora zur letzten Kategorie.

Sie blätterte weiter und stieß auf ein Werbefoto, das sie von Nusch gemacht hatte, der Ehefrau des Dichters und Surrealisten Paul Éluard. Zwischen ihr, Dora und Paul war gleich bei der ersten Begegnung der Grundstein für eine innige Freundschaft gelegt worden. Sie liebte Nusch wie eine Schwester, die sie nie gehabt hatte.

Kleine Nusch, flüsterte sie gedankenverloren und betrachtete das schöne Gesicht ihrer Freundin hinter einem Spinnwebennetz. Darunter stand der Werbeslogan, den Dora für eine französische Kosmetikfirma entworfen hatte: *Die Jahre lauern euch auf.*

Irgendwann konnte sich das Kéfer-Maar-Studio vor Aufträgen kaum noch retten. Veröffentlichungen in Magazinen wie *Madame Figaro,* dem *Magazine Beauté* und dem Erotikmagazin *Beauté und Sex Appeal* trugen maßgeblich zum nachhaltigen Erfolg des Ateliers bei.

Die originellen Modeaufnahmen aus den Ateliers avancierten zum Markenzeichen für extravagante Fotos, besonders Doras Aktfotos des berühmtesten Pariser Nacktmannequins *Assia* stachen durch ihre Originalität heraus. Trotzdem ruhte sich Dora auf den Erfolgen nicht aus und war stets auf der Suche nach neuen Wegen in der Kunst.

Sie wollte nicht nur zeigen, was war, sondern auch, was sich hinter der Realität versteckte.

Sie blätterte weiter und entdeckte noch mehr private Aufnahmen – von Männern, verflossenen Liebhabern, Weggefährten.

»Wer immer Dora begegnet, erliegt ihrem geheimnisumwobenen Wesen, ihrer Intelligenz, ihrem Esprit und der magischen Aura, die sie umgibt. Paris liebt dich, *ma chère*«, pflegte Paul Éluard stets zu ihr zu sagen.

Dora lächelte Komplimente dieser Art weg, obwohl sie die darin zum Ausdruck kommende Ergebenheit genoss.

Den meisten blieb die stets extravagant gekleidete Frau mit ihren Hüten und grün lackierten Nägeln ein großes Rätsel. Manch einer unterstellte ihr eine gewisse Flüchtigkeit, etwas Unnahbares, Kühles, Unberechenbares. Aber damit vermochte Dora zu leben. Nur ihre engsten Freunde erhielten zuweilen einen winzigen Einblick in ihre Seele. Keinem von ihnen zeigte sie jemals, dass sie im Kern eine zutiefst verunsicherte Frau war.

»Die Leute reden so oder so, ob ich mich nun skandalös gebe oder bieder«, sagte sie sich. »Ich mache einfach weiter und arbeite. Ich brauche keinen Mann an meiner Seite.«

Männer und Dora – das war noch immer ein Thema für sich. Auch nach Trennungen verband sie mit ihren verflossenen Liebhabern Freundschaft. Der Schriftsteller Georges Bataille, dem ein fragwürdiger Ruf im Umgang mit sexuellen Praktiken vorauseilte, war einer von ihnen. Die Tatsache, mit ihm liiert gewesen zu sein, brachte Dora bei vielen männlichen Beobachtern Respekt ein, ja sogar eine gewisse Verehrung.

»Die Frau, die durch die Bataille-Hölle gewandelt ist, hat Mut und weiß von den dunklen Seiten der körperlichen Liebe«, hatte einst Brassaï zu ihr gesagt.

Diese Art von Bewunderung interessierte Dora genauso wenig wie das Geschwätz nach der Trennung.

Sie konnte warten. Sie war einfach noch nicht demjenigen begegnet, der ihr Herz ebenso wie ihren Verstand eroberte. Denn was sie noch immer ersehnte, war ein Mann, mit dem sie sich auf Augenhöhe treffen konnte.

Ihre Freundin Jacqueline Lamba und André Breton hatten Glück gehabt. Nachdem sie sich Hals über Kopf ineinander verliebt und kurz darauf geheiratet hatten, galten die beiden als große Ausnahme im Pariser Künstlermilieu.

Ein Geräusch riss Dora aus ihren Gedanken.

Jemand klopfte von außen gegen die Schaufensterscheibe. Sie stand auf, lugte durch einen schmalen Spalt zweier Vorhänge und entdeckte Paul Éluard. Eilig ging sie zur Tür, drehte den Schlüssel um und öffnete sie.

Paul, der ein Tweed-Jackett mit einem schneeweißen Hemd trug, umarmte sie und küsste sie auf die Wangen. »Hast du Lust auf Fisch? Wir haben in drei Stunden einen Tisch im *Lipp* reserviert, Nusch, Prévert und du, *ma chère*. Um acht. Du musst doch einmal heraus aus deinem dunklen Loch, Dora. Kommst du? Versprich mir, dass du kommst.«

Er sah sie mit wasserblauen Augen an. Sein schmales Gesicht mit den Geheimratsecken verlieh ihm etwas Würdevolles.

Ihr Magen knurrte. Wie so häufig hatte sie während der Arbeit das Essen vergessen.

»Das klingt wunderbar, Paul. Ich werde da sein.«

Sie machte Anstalten zurückzugehen, aber Paul blieb stehen.

»Möchtest du hereinkommen auf ein Glas Wein?«, fragte sie. »Ich sehe gerade meine Fotosammlung durch.«

Ohne zu zögern, trat Paul ein und nahm auf einem Stuhl neben dem Schreibtisch Platz.

Er schielte auf das Album, während sie ihm ein Glas Wein auf den Tisch stellte.

»Man Ray und seine Frauen«, sagte Paul und deutete auf ein Foto, das ihn mit dessen ehemaliger Geliebten Lee Miller zeigte.

»Ein kleiner Mann, und doch lieben ihn die Frauen«, sagte Dora nachdenklich.

»Er hat sie betrogen, die schöne Lee.«

»Und sie womöglich ihn«, erwiderte Dora mit Unbehagen. Sie mischte sich weder in die Liebesangelegenheiten Fremder noch in die ihrer Freunde ein. »Du kennst doch das Gerede. Wofür sie dich heute bewundern, könnten sie dich morgen zutiefst verachten.«

Tatsache war, dass man in ihren Kreisen nicht viel von Treue hielt. In der Bohème adelte die Anzahl der Liebschaften die Künstlerinnen, während der Balanceakt mehrerer parallel verlaufender Affären beim männlichen Geschlecht als völlig angemessen galt. Körperliche Treue beinhaltete den Beigeschmack des Bourgeoisen, und niemand in der Pariser Bohème hätte sich derart beschimpfen lassen.

Aber das interessierte Dora nicht. Nicht etwa, weil sie konservativ dachte, sondern weil all diese scheinbaren Freiheiten ihrem Verständnis von Diskretion in Liebesangelegenheiten zutiefst zuwider waren. Hinzu kam ihre fast angeborene Vorsicht, verbunden mit einer gewissen Schüchternheit, also schwieg sie bedeutsam zu eigenen offenkundigen Lieb- und Freundschaften, als seien sie ihr entweder heilig oder nicht erwähnenswert.

»Ich habe unsere Freundin Marie-Laure schon lange nicht mehr gesehen«, sagte Paul, als er das Album entdeckte. Er deutete auf ein Foto mit einer dunkel gekleideten Frau, die in einem Empire-Sessel saß, die Beine übereinandergeschlagen. Ihr lasziver Blick sprach Bände. Ihr hell geschminktes Gesicht stach durch die tiefschwarzen Haare besonders hervor.

Dora lächelte. Das Foto stammte nicht von ihr. Marie-Laure hatte es ihr irgendwann geschenkt.

»Wahrscheinlich macht sie wieder irgendeinem Tänzer den Hof«, sagte Paul.

»Oder er ihr«, korrigierte Dora, die solche abwertenden Bemerkungen hasste. In ihren Augen besaß eine Frau in der Liebe dieselben Rechte wie ein Mann.

»Und hier ist mein Hochzeitsbild mit Nusch! Wie sehr ich sie liebe, vermagst du dir das vorzustellen, liebe Dora?«

Seit Jahren pfiffen die Vögel von den Pariser Dächern, dass auch Paul kein Kostverächter war. Selbst diese Gerüchte ließ Dora stets unkommentiert. Obwohl er mit Nusch zusammen war und sie überschwänglich liebte, schrieb er seit Jahren heiße Liebesbriefe an seine ehemalige Ehefrau Gala, die mittlerweile die Ehefrau von Salvador Dalí war. Die Pariser Künstlerwelt war auch diesbezüglich klein.

»Ja«, gab Dora kurz zurück.

Mit einem Ruck erhob sich Paul und zog seine Hemdsärmel über die Handgelenke.

»Ich muss los. Nusch wartet zu Hause mit dem Tee.«

»Mit dem Tee«, wiederholte Dora spitz. »Ein wenig bourgeois bleiben wir doch alle im Tiefsten unseres Herzens.«

Éluard runzelte die Stirn. Plötzlich hielt er inne, beugte sich über das Album und verlangte nach einem Stift.

In geschwungenen Buchstaben schrieb er neben sein Hochzeitsbild:

Auch wenn wir schlafen, wachen wir übereinander.

Und diese Liebe ist stärker als die reife Frucht eines Sees.

»Ist das bourgeois?«, fragte er mit strengem Gesichtsausdruck und reichte ihr das Album.

Tief bewegt las Dora die Zeilen.

»*Auch wenn wir schlafen*«, flüsterte sie. »Das sind Zeilen aus deinem wunderschönen Gedicht. Hör niemals auf damit, für uns zu schreiben, Paul. Verzeih, ich wollte nur Spaß machen. Es war nicht ernst gemeint.«

Er lächelte geheimnisvoll, küsste ihre Hand und verschwand. »Bis später.«

Vier Stunden später betrat Dora das Lipp. Sie hatte, in Erinnerungen schwelgend, die Zeit vergessen.

Éluard stand auf und küsste sie auf die Wangen. Neben ihm erhob sich ein Mann, dessen blondes, dichtes Haar streng zurückgekämmt war. Jacques Prévert, einer der bekanntesten Drehbuchautoren, arbeitete derzeit in einem Studio in der Nähe von Paris. Mit wässrigen Augen beugte er sich über ihren Handrücken und deutete einen Kuss an.

»*Bonsoir,* Jacques«, sagte sie. »Wie geht es einem der größten Dichter unserer Zeit?«

»Er leidet wie alle an der Wirklichkeit und ist auf der Suche nach einer politischen Heimat«, gab er lächelnd zurück. »Wir sprachen gerade darüber. Du kommst spät, Dora.«

Dora setzte sich neben Nusch und folgte dem Gespräch.

In diesen Zeiten gab es so vieles zu bereden. Das Bestreben, das Innere, das Seelenleben sichtbar zu machen, begann auf der Leinwand in einem Atelier oder auf schneeweißem Papier am Schreibtisch und endete nicht selten beim Abendessen in einem Restaurant, in dem die Kunstwelt sich selbst, ihre jüngsten Schöpfungen und die Quellen ihrer Inspiration feierte.

»Ich bin und bleibe ein Anarchist«, sagte Jacques an Paul gewandt und nahm einen kräftigen Zug von seiner Zigarette. »Aber solange ich diese politische Überzeugung in keiner Partei finde, fühle ich mich bei den Kommunisten einigermaßen zu Hause.«

Dora lehnte ihren Kopf zurück und fragte sich, wo eigentlich ihr intellektuelles Zuhause liege. Bei den Surrealisten hatte sie eine künstlerische Heimat gefunden, und sie brannte für deren

Forderungen nach sozialer Gerechtigkeit, was sich auch in ihrer Straßenfotografie widerspiegelte. Aber Dora wollte mehr: Insgeheim hoffte sie auf eine Welt, in der Frauen dieselben Rechte haben würden wie die Männer.

Während des Essens entstand eine lebhafte Diskussion über die Grenzen der Kunst, die Fotografie und die Welt des Films.

Jacques, der auch beim Essen zu rauchen pflegte, drückte neben den Gräten des Fisches eine Zigarette aus, leerte sein Weinglas, erhob sich und zog seinen Mantel über. Dann zündete er sich eine neue Gitanes an.

Alle sahen ihn verblüfft an.

»Du gehst schon?«, fragte Dora.

»Bis zum nächsten Mal, *mes amis*«, sagte er augenzwinkernd und deutete eine Verbeugung an.

Müde sah Dora Jacques hinterher, der durch die Tür verschwand. Dabei fiel ihr Blick auf einen Tisch in einer Nische, direkt neben dem Eingang.

Sofort war sie hellwach.

»Sehe ich, was ihr seht, dort drüben am Eingang, um die Ecke?«, flüsterte sie Paul zu.

Éluard blickte dorthin, stellte sein Weinglas auf den Tisch, und augenblicklich veränderte sich seine Haltung. Er richtete sich auf.

»Ja, das ist Picasso. Neben ihm sitzt Cocteau. Möchtest du, dass ich dich mit ihm bekannt mache?«

»Ich kenne Jean Cocteau bereits«, gab Dora, um einen neutralen Ton bemüht, zurück. »Ich habe seine Hände fotografiert.«

Sie blickte an ihrem gefleckten Kleid herunter, das etwas Entwicklerflüssigkeit abbekommen hatte. Vorher hatte sie Hals über Kopf das Studio verlassen müssen, um nicht allzu spät im Lipp zu erscheinen. Ihre Nase nahm einen Hauch von Chemikalien wahr. Sie hatte nicht einmal Parfüm aufgelegt, von ihren sonst gepflegten Fingernägeln war der Nagellack an einigen Stellen abgesplittert.

Sie zündete sich eine Spitze an, während sie einen unauffälligen Blick in Richtung des großen Malers warf. Er schien niemanden zu bemerken, als sei er mit seinem Begleiter mutterseelenallein im Lokal. Entrückt, ja, als sei er der Welt entrückt, ganz mit sich zufrieden und beseelt von irgendwelchen Ideen, die ihn gerade heimsuchten. Er tastete wie ein Blinder nach einem Gegenstand und begann zu zeichnen. Ihr war, als spürte sie seine Anspannung in sich selbst.

»Ich meine natürlich Picasso«, hörte sie Paul sagen.

»Dora«, sagte Nusch mit ihrer glasklaren, volltönenden Stimme. »Das wäre *die* Gelegenheit. Lass dich von Paul mit ihm bekannt machen. Du musst ihn einfach kennenlernen. Er ist ganz zauberhaft.«

Zauberhaft. Dieser Mann, der in Selbstzufriedenheit zu versinken schien, sollte zauberhaft sein? Dora schüttelte den Kopf.

»Du täuschst dich, liebe Nusch. Es wäre bei Weitem nicht die passende Gelegenheit.«

Picasso trug über seinem lichten Kopfhaar einen breiten Streifen seines ihm verbliebenen Deckhaares aus einem tiefen Seitenscheitel heraus bis zur anderen Kopfhälfte, schnurgerade über dem Ohr abgeschnitten. Dora verkniff sich ein Lachen. Dieser eitle Mann sollte der große Meister sein, von dem ganz Paris und die Welt sprachen? Die Strähne wirkte geradezu lächerlich.

»Gib dir einen Ruck«, sagte Paul.

»Nein«, antwortete sie, während sie sich zwang, ihre Augen von dem Mann mit dem dunklen Blick zu lassen. Cocteaus lange, schmale Finger gestikulierten, als bediene er sich der Taubstummensprache.

»Nein«, wiederholte sie noch einmal und wandte sich wieder Paul zu. »Ich bin nicht in Stimmung.«

Sie stand auf, legte einen Geldschein auf den Teller, gab dem verwirrt dreinblickenden Paul zwei Küsse rechts und links auf die Wange, strich Nusch lächelnd eine Haarsträhne hinters Ohr und küsste sie zärtlich.

»*Au revoir, mes amis!*«

»Du gehst schon wieder?«, fragte Paul.

»*À bientôt*«, flüsterte Nusch.

Dora zog ihren Mantel über und lief erhobenen Hauptes in Richtung Tür. Ihr Weg führte direkt an Picassos Tisch vorbei.

Mit einem Seitenblick nahm sie den Mann mit den dunklen Augen und den albernen Haaren wahr. Sie registrierte, wie er, völlig in seine Zeichnung vertieft, hektisch Striche zog und nicht einmal aufsah. Er war ganz bei sich, in seiner eigenen Welt – ein Zustand, der Dora vertraut war.

Auch Cocteau bemerkte die Freundin nicht, aber aus einem anderen Grund. Er schien nur Augen für den großen Meister zu haben.

KAPITEL 5

Paris, 1935

Morgens um sechs betrat Dora ihr Atelier am Bois de Boulogne. Durch die vielen Aufträge für Modemagazine blieb ihr wenig Zeit für eigene Experimente, was sie bedauerte. Ihre extravaganten Modeaufnahmen boten das Privileg einer zuverlässigen Einnahmequelle, doch ihr Inneres hörte nicht auf, nach neuen Wegen zu streben. Dazu gab es in ihrer Kunst zu viel zu entdecken.

Mit einem Ruck zog sie die Tür der winzigen Dunkelkammer hinter sich zu und drehte den Schlüssel herum.

Wie immer legte sie ihr Arbeitsmaterial zurecht. Mit großem Aufwand hatte sie im Studio an den Fotomontagen gearbeitet und dabei verschiedene Perspektiven und unterschiedliche Lichtquellen ausprobiert.

Jetzt kam die Stunde der Wahrheit.

Immer noch war die Fotografie in den Augen der Öffentlichkeit, aber auch in denen vieler berühmter Maler, keine Kunst, nur ein unvollständiges Abbild der Wirklichkeit.

Dora drehte am Hebel der Petroleumlampe, und sanftes Licht erhellte die Kammer. Lange starrte sie auf die Fotomontage, die sie in tagelanger Arbeit Ausschnitt um Ausschnitt erstellt hatte. Nun hatte sie alles zusammengefügt.

Die Wohnzimmerszene besaß seinen Reiz im Aufeinandertreffen von bürgerlicher Normalität und surrealer Handlung. Eine barbusige Frau saß rittlings auf einem Mann im Anzug, der auf allen vieren kroch. Aber die Frau besaß den Kopf eines

Mannes, und das sonderbare Paar war nicht allein. Unter dem Schreibtisch kauerte ein kleiner Junge. Dora hatte eines ihrer ersten Fotos, den Kopf eines Straßenjungen aus Barcelona, auf seinen Körper montiert. Dieser Widerspruch vermittelte Unbehagen beim Betrachter, als sei hier eine fragwürdige Wirklichkeit mit verdrehten, nahezu obszönen Rollen abgebildet.

Dora seufzte, denn es gab etwas, das nur sie zu sehen vermochte. Ihr großes Geheimnis.

Plötzlich erinnerte sie sich wieder an die Glasscheibe ihres Zimmers in Buenos Aires. Ihr wurde klar, dass sie damals wider Willen zur Voyeurin geworden war, mit einer von außen erzwungenen Sicht auf die Welt. Heute wählte sie diese aus freien Stücken. Der Voyeurismus gehörte zur Fotografie wie die Leinwand zum Gemälde.

Sie würde die Fotomontage *Verbotene Spiele* nennen.

Sie fand ihre neuen Fotos gelungen, aber sie wollte mehr riskieren. Neue Ausdrucksformen finden und in die Materie eindringen. Experimentieren. Vage kam ihr der Gedanke an Nahaufnahmen, die sie bereits gemacht hatte – mit vertrauten Bildern.

Alle um sie herum experimentierten. Wer in diesen Tagen als Künstler Außergewöhnliches schaffen wollte, musste außergewöhnliche Wege gehen.

Sie wusste, dass sie ihr Handwerk verstand, besser gar als Pierre Kéfer und mindestens so gut wie Man Ray oder Brassaï. Doch insgeheim sehnte sie sich nach einem Ort, wo sie allein Tag und Nacht experimentieren konnte. Sie würde ihr ganzes Talent einbringen, ihr Seelenleben nach außen stülpen, ohne sich selbst preiszugeben. Darin lag das Geheimnis. Sie brauchte keinen Pinsel oder eine Leinwand. Sie benötigte eine Kamera, die sich schützend zwischen ihren neugierigen Blick und die

Welt da draußen stellte. Mit der Wahl der Motive gab sie stets auch ein Teil ihres Inneren preis. Ein Seelenakt, der sich mittels Technik derart entfremden ließ, dass nur ein surreales Gebilde zurückblieb.

Verbotene Spiele.

Als sie das Atelier verließ, dämmerte es bereits. Sie knöpfte ihren Mantel zu und machte sich auf den Heimweg zu ihren Eltern an die Place de la Porte de Champerret.

Wie so oft kam Dora zu spät zum Abendessen. Die Suppenteller waren bereits abgeräumt. Eine Entschuldigung murmelnd setzte sie sich an den Tisch, ließ sich vom Dienstmädchen Wein einschenken und nahm einen Schluck.

Schweigend wurde der Hauptgang eingenommen. Nur das Geklapper des Geschirrs und des Bestecks waren zu hören.

Julie nahm mit der Gabel ein Stück ihres *fricassée de poulet* auf und zog es mit den Vorderzähnen von den Zacken. Nun spießte auch Dora ihr Fleisch auf, hielt es in die Höhe und betrachtete es von allen Seiten aus der Nähe. Wie obszön die Dinge wirkten, wenn man das Auge als Lupe nutzte, selbst ein profanes Hühnerfrikassee.

Sie hörte ein Räuspern, schüttelte sich und schob sich den Bissen in den Mund, während sie genüsslich mit ihren Lippen die Zacken der Gabel umschloss.

Julie warf ihrer Tochter einen bitterbösen Blick zu.

Ihr Vater raschelte mit seiner Serviette. In letzter Zeit hielt er sich wieder regelmäßig in Paris auf. Seine Anwesenheit bedeutete, dass Julie ihre Nörgeleien über Doras Lebensweise vorzugsweise mit ihrem Gatten ausfocht. Fast jeden Tag traf sich Dora mit ihm im Hotel du Palais d'Orsay in der Rue de Lille zum Mittagessen. Nur in den letzten Tagen hatte er ständig Geschäftstermine gehabt.

Schweigend nahmen Josip, Julie und Dora das Dessert ein.

»Ich würde mir gern wieder einmal deine Arbeit ansehen«, sagte Josip, schob sein restliches Birnenkompott von sich weg und wandte sich freundlich an Dora. Er griff nach seinen Rauchutensilien. »Ich hoffe, du kommst gut voran.«

Das Dienstmädchen brachte Kaffee. Josip zündete sich eine Zigarette an.

Mit wedelnden Händen versuchte Julie, den Qualm zu verscheuchen.

Dora schmunzelte.

»Die Fotografie befindet sich in einem Rauschzustand, *Tata*. Du ahnst nicht, was in meiner Zunft los ist. Jeder ist auf der Suche nach *dem* einen Motiv.«

»Und meine Tochter natürlich auch«, sagte Josip in ernstem Tonfall, sein Blick aber sprach Stolz und Anerkennung aus.

»Gerade habe ich ein Foto entwickelt mit dem Titel *Verbotene Spiele*. Eine sehr gelungene Montage«, erwiderte Dora lebhaft.

Julie räusperte sich.

Dora warf ihr einen kurzen Blick zu und wandte sich dann wieder an ihren Vater. »Aber ich muss noch mehr riskieren. Nahaufnahmen, bis zur Unkenntlichkeit verzerrte Nahaufnahmen, *Tata*. Ich würde dir das gern zeigen.«

Sie griff nach dem Käsemesser, putzte es an der Serviette ab und hielt es ganz dicht vor ihr Auge. Auf der glänzenden Klinge sah sie einen dunklen Fleck, der an den Seiten verschwamm.

Julie war empört. »Theodora!«

Amüsiert folgte Josip Doras Bewegungen und tippte mit dem Zeigefinger die Asche in den Aschenbecher.

»Versuche es, *Tata*! Je näher du es vor Augen hast, desto fremder erscheint es dir.«

Sie sah ihn eindringlich an.

Julie stieß einen langen Seufzer aus und schüttelte den Kopf.

Josip nahm seinen Kaffeelöffel und tat genau das, was seine Tochter mit dem Messer gemacht hatte.

»Als befände man sich in einem Spiegelkabinett«, gab er lachend zurück. »Sie hat recht, meine kleine Julie.«

»Je näher man hinsieht, desto fremder wird das Objekt«, flüsterte Dora und überlegte im Stillen: *Was wäre, wenn man ganz nah nur einen Ausschnitt zeigt? Erkennt der Betrachter noch, was er sieht?* Der Gedanke an die bevorstehenden Experimente erregte sie.

»Habt ihr denn, um Himmels willen, keine anderen Themen?«, hörte sie wie aus der Ferne Julies Stimme.

Dora rollte die Augen.

»Was soll nur aus Theodora werden? Sag es mir, Markovitch, sag es mir.«

Immer wenn sie Josip bei jenem Namen ansprach, den sie selbst trug, schwang ein Stück Verachtung mit.

Dora sah Josip herausfordernd an.

»Sie ist doch bereits etwas geworden, *chérie*«, erwiderte er schließlich beschwichtigend. »Sie ist eine Künstlerin, eine hochbegabte Fotografin. Jetzt muss nur noch die Welt von ihrem Talent erfahren.«

Julie schnappte nach Luft.

»Ach, es steckt Talent dahinter, wenn man Gestrüpp, Häuser und Mauern fotografiert oder auf Messer und Löffel starrt«, schoss es aus ihr heraus. »Oder all diese Modeaufnahmen mit halb nackten Frauenkörpern – das ist Kunst? Ich dachte immer, zur Kunst gehörten Leinwand, Ölfarbe, Marmor, irgendein Material.«

»Ich verdiene Geld damit«, verteidigte sich Dora.

»Nackte Frauen«, zischte Julie und massierte sich die Schläfen.

»*Dorica*s Material ist die Kamera«, sagte Josip streng und schlug mit der Faust auf den Tisch.

Das Kaffeegeschirr und die Gläser klirrten. Für einen Augenblick erinnerte Dora das Geräusch an den Applaus eines begeisterten Publikums in einem Konzertsaal.

Ihr Herz flog dem Vater von einem Ende des Tischs zum anderen zu. Manchmal waren sie aus einem Blut und teilten eine slawische Seele. Manchmal war Josip der einzige Mensch, neben ihren Pariser Künstlerfreunden, der sie verstand. Wie sollte sie ohne Kamera leben? Sie war ihr verlängerter Arm, ihr Herz, die Hauptschlagader, ihr Auge.

»Warum kann sie nicht wie andere junge Damen ihres Alters einfach heiraten? Was soll sie mit dieser brotlosen Kunst? Sie wird niemals einen Mann abbekommen, wenn sie so weitermacht. Die bessere Gesellschaft von Paris ist ein fragiler Heiratsmarkt, und was tut meine Tochter? Sie trennt sich von diesem wunderbaren Louis Chavance, treibt sich in zweifelhaften Lokalen herum, raucht und trinkt wie ein Mann und pflegt einen höchst verabscheuungswürdigen Umgang mit diesen Surrealisten.«

Das Wort *Surrealisten* hatte Julie regelrecht ausgespuckt.

»Louis und ich sind Freunde, und ich rauche mit Spitze, genauso wie es die Dame von Welt tut. Außerdem verdiene ich viel Geld«, sagte Dora und hob das Kinn an.

»Sie sind Künstler, *chérie*, du verstehst das nicht«, verteidigte sie nun ihr Vater. »Die Surrealisten sind Künstler, eine Art Avantgarde. Und mit Monsieur Chavance konnte meine Kleine nicht glücklich werden. Mir sind sie ja auch suspekt, aber der Kern der Kunst wird uns immer ein Rätsel bleiben. Man muss sie intuitiv erfassen. Mit dem Gefühl.«

Julies Wangen röteten sich, und auf ihrer Stirn hatten sich

winzige Schweißtropfen gebildet. »Mit dem Gefühl! Avantgarde! Sie rauchen Opium und schreiben sich bei spirituellen Sitzungen in dunklen Hinterzimmern die Seele aus dem Leib – das nennt ihr Gefühl? Teufelswerk ist es, jawohl. Wer weiß, was sie im Rausch sonst noch alles imstande sind zu tun.«

Hektisch bekreuzigte sie sich und griff sich an die feuchte Stirn, als befördere bereits der Gedanke an dubiose Hinterzimmer mit Paaren, die sich dort zum Amüsement einfanden, ihre nächste Migräneattacke.

»Mir sind da schreckliche Dinge zu Ohren gekommen.«

»Die Leute übertreiben, *Maman*. Du meinst die *écriture automatique*, das automatische Schreiben«, gab Dora lachend zurück, griff nach der Hand ihrer Mutter und tätschelte sie. »Mein Freund Breton hat es erfunden. Sie dringen zu ihrem Unbewussten vor und schreiben auf, was es ihnen sagt.«

Julie zog ihre Hand zurück, als habe sie sich verbrannt.

Ihre Stimme überschlug sich. »Hörst du das, Markovitch? Ich untersage dir, jemals an einer derartigen Blasphemie mitzuwirken! Das ist Gotteslästerung.«

Dora sah ihre Mutter mit zusammengekniffenen Augen an und schnaubte. Mit einem Ruck knallte sie ihre Serviette auf den Tisch, spreizte langsam ihre Finger, schloss dramatisch die Augen und ließ ihre grazilen Hände über dem Tisch flattern.

»Ein Mirakel. Die reinste Hexerei, *Maman*. Ich höre eine Stimme, eine Stimme. Was sagt sie mir?« Sie neigte den Kopf zur Seite, als höre sie es ganz genau. »Schreib es auf! Hier spricht dein Unbewusstes, Dora. Schreib!«

»Schluss damit«, befahl Julie. »*Dein Unbewusstes* – was sind das für obszöne Begriffe!«

Josip lachte und räusperte sich anschließend. Aus Julies Mund klang Sigmund Freuds verborgene Instanz des menschlichen

Ichs nach etwas Obszönem, und Dora wollte gerade antworten, da schüttelte ihr Vater unmerklich den Kopf und legte seinen Zeigefinger auf die Lippen. Sein Blick sagte: Genug für heute.

Artig nahm sie ihre Hände zurück und setzte ein unschuldiges Lächeln auf.

Josip drückte seine Zigarette aus, erhob sich, ging mit bedachten Schritten in den Flur und zog seinen Ausgehmantel an. Er nahm die Handschuhe von der Garderobe, setzte seinen Zylinder auf und trat zurück in den Salon.

»Du gehst noch aus?«, fragte Julie irritiert.

»Ich habe noch einen Termin«, sagte er, warf einen Blick auf seine Taschenuhr, klappte sie auf, ließ sie zuschnappen und steckte sie in die Seitentasche seines Sakkos. Er hob den Zylinder und deutete eine Verneigung an. Dann ging er zu Julie, nahm ihre Hand und küsste sie.

»Einen Termin?«

Dora schloss die Augen. Sie hasste die Auseinandersetzungen zwischen ihren Eltern, die Eifersuchtsattacken ihrer Mutter, ihre anschließenden verbalen Indiskretionen, die sie dann jedes Mal über sich ergehen lassen musste.

»Meine Tochter braucht ein eigenes Atelier, und ich bin im Begriff, ihr eines zu besorgen. Sie muss ins Zentrum von Paris, dorthin, wo die Kunst pulsiert.«

Mit einem Ruck öffnete Dora die Augen und sah verblüfft ihrem Vater hinterher, wie er durch die Tür lief.

»*Tata!*«

Ihre Stimme zitterte. Als seine Schritte im Treppenhaus verklangen, stand sie auf und eilte ans Fenster. Sie schob die Gardine zur Seite.

Ein eigenes Atelier – sie würde allein sein, auf niemanden mehr Rücksicht nehmen müssen und einen Ort zum Schlafen haben. Was für eine ungeahnte Möglichkeit, sich Julies Diktat zu entziehen, ihrer ständigen Überwachung, ihren Vorwürfen. Sie dachte an all jene Fotomotive, die schon lange in ihr schlummerten. Viel mehr als Modefotos! Eine Welle des Glücks erfasste sie, gefolgt von einem störenden Schatten: Jene Freiheit würde aufgrund von Josips Zuwendung gleichzeitig Abhängigkeit vom Elternhaus bedeuten – ein Zustand, der ihr zutiefst zuwider war. Sie schob den störenden Gedanken beiseite. Im Moment blieb ihr keine Wahl.

Die Laternen warfen ihr mattes Licht auf die Straße, die ihr Vater gerade unten betrat.

»*Tata*«, flüsterte sie gegen die kühle Fensterscheibe, die sogleich von ihrem Atem beschlug.

Durch den großen sandfarbenen Torbogen, der die Place de la Porte Champerret schmückte, verschwand Josips Silhouette.

»Ein eigenes Atelier«, murmelte Julie mit zitternder Stimme. »*Mon Dieu!* Wo soll das alles noch enden?«

KAPITEL 6

»Lasst uns beginnen«, sagte Paul Éluard feierlich, der neben Breton auf einer kleinen, provisorischen Bühne stand. André setzte sich an das bereitstehende Pult. »Der Meister des automatischen Schreibens muss sich konzentrieren. Er versetzt sich gleich in einen meditativen Zustand, um die Verbindung zu seinem Unbewussten herzustellen. Sobald er eine Eingebung hat, beginnt er zu schreiben. Ich bitte um absolute Ruhe!«

In einem abgedunkelten Hinterzimmer hatte sich eine Handvoll Vertreter der Surrealisten versammelt, darunter Dora Maar, Jacqueline Lamba, Paul Éluard und Nusch sowie Cocteau und Brassaï.

Paul stieg hinab und nahm neben Jacqueline Platz.

André Breton saß mit geschlossenen Augen da. Nur eine Tischlampe spendete mattes Licht.

Es war das erste Mal, dass Dora einer solchen Sitzung beiwohnte. Da sie eine heimliche Schwäche fürs Okkulte besaß und nicht zuletzt, weil ihre Mutter die Surrealisten verabscheute, war sie der Einladung ohne Zögern gefolgt.

Nach einigem Räuspern und Getuschel, das Paul mit strengem Gesichtsausdruck untersagte, wurde es still. Nur noch der Atem der Anwesenden war zu hören.

André Breton griff nach einem Stift und einem Stück Papier.

Dann begann er zu schreiben, während er seltsame, aber rhythmische Töne von sich gab. Es klang wie ein Raunen, eine Art Mantra. Er schrieb das ganze Blatt voll und setzte auf dem nächsten seine Worte fort. Seine Hand schien übers Papier zu fliegen, als könnte er das, was aus ihm herauswollte, gar nicht schnell genug artikulieren.

Dann plötzlich zuckte er, zog den Stift vom Blatt und verharrte wie angewurzelt in dieser Position.

Dora hielt den Atem an. Im Publikum knarrte ein Stuhl. Mehrere Minuten, die ihr wie eine Ewigkeit erschienen, geschah nichts.

Jacqueline griff nach Doras Arm und drückte ihn fest.

»Es kommt vor«, hörte Dora das Flüstern ihrer Freundin an ihrem Ohr, »dass der Schreibende ins Bewusstsein zurückkehrt. Das soll nicht sein, denn dann stellen sich ihm seine Genialität und der Einfallsreichtum in den Weg. Er muss in Trance sein, nicht im Hier und Jetzt.«

»Und was tut er da?«, fragte Dora leise, und ihre Stimme zitterte vor Aufregung.

»Er hat das gemacht, was er immer tut«, erklärte Paul unaufgefordert und beugte sich zu den beiden hinüber. »Zum Abschluss einen Buchstaben geschrieben, und jetzt wartet er, bis er wieder in Trance verfällt. Dann nimmt er den letzten Buchstaben, mit dem er aufgehört hat, und fährt mit ihm als Vorgabe für das nächste Wort fort. Nur die Trance bringt das Unverfälschte, das, was unbedingt ausgesprochen werden möchte, zum Vorschein. Ist es nicht faszinierend?«

Dora und Jacqueline nickten stumm.

Nach etwa einer Stunde war das Spektakel vorbei. Das Publikum klatschte begeistert, als Breton seine verworren anmutenden Sätze vorlas, in denen von einem Vogelschwarm auf einem Pissoir die Rede war, gefolgt von Fabelwesen, die von einem üppigen Tisch Austern und Lamm aßen. Anschließend las er von seiner Reise in die Unterwelten von Paris vor.

Man fühlte mehr, als seinen eigenen Ohren zu trauen, man saugte die Worte auf, ohne deren Inhalt zu hinterfragen oder gar zu verstehen. Dann stand Breton auf, verneigte sich und ging, Éluard und den drei Frauen einen Blick zuwerfend, zur Tür. Das Publikum applaudierte. Bretons Freunde folgten ihm.

Draußen vor der Tür war es bereits dunkel. Breton und Éluard steckten die Köpfe zusammen.

»Wir müssen noch etwas Wichtiges besprechen. Treffen wir uns einfach später zu Hause?«, fragte Éluard und küsste Nusch auf die Stirn.

»Bis später«, sagte Nusch. »*Bonne nuit.*«

Alle verabschiedeten sich, nur Dora und Jacqueline blieben zurück. Dora folgte ihrer Freundin, und gemeinsam überquerten sie den Boulevard Saint-Germain. Die Laternen waren angegangen, und ein kühler Wind zog durch die Straßen. Erst jetzt bemerkte Dora, wie stickig es in dem Hinterzimmer gewesen war.

»Was meinst du? Hast du Lust auf etwas Verbotenes?«, fragte Jacqueline unternehmungslustig.

»Verboten oder verrucht?«, fragte Dora kess zurück. »Für Verbotenes bin ich immer zu haben, wie du weißt, beim Verruchten, Zwielichtigen hingegen äußerst wählerisch.«

Sie schloss die Augen und holte tief Luft.

»Beides! Und du wirst die freie Wahl haben, *mon cœur.* Ich bringe dich zu keinem Geringeren als zum *Roi du Soleil*, dem Sonnenkönig. Lass dich überraschen!«

»Dem Sonnenkönig?« Dora lachte laut. Hinter vorgehaltener Hand hatte sie diesen Namen schon oft gehört, begegnet war sie ihm nie, und niemand schien zu wissen, wie genau er aussah. Allein seine Feste in den Privatgemächern am Montmartre waren berühmt.

Und dorthin zog Jacqueline die Freundin nun. Sie liefen über die Kopfsteinpflaster an Malerateliers und berühmt-berüchtigten Lokalen des Montmartre vorbei. Wie immer erwachte das Viertel erst spät am Abend. Prostituierte lehnten an den Hauswänden, Männer und Frauen spazierten durch die engen Gassen, Paare küssten sich ungeniert in Hausnischen.

Sie eilten eine steile Treppe hinauf. Oben angekommen, bogen sie in eine Seitenstraße ein, wo es allmählich menschenleer wurde. An einem Haus mit dunkelroten Holzläden und einem verwilderten Garten, der sich hinter einem Eisengitter befand, machte Jacqueline halt. Mit geröteten Wangen und einem Strahlen im Gesicht läutete sie an einer versteckten Klingel.

»Eine Geheimklingel«, flüsterte sie.

Nach einer Weile öffnete sich oben ein Fenster, und eine venezianische Maske kam zum Vorschein. »Herein! Dritter Stock. Die Tür ist offen«, rief die dazugehörige Stimme.

»Hast du die Stimme erkannt?«, fragte Dora im dunklen Treppenhaus, wo es nach Staub, Rauch, Farbe und etwas Undefinierbarem roch. Scharf, exotisch, fast narkotisch.

Jacqueline antwortete nicht. Über eine enge Wendeltreppe gelangten sie nach oben und standen vor einer Tür, deren Griff die Form eines überdimensional großen Phallus hatte. Sie öffnete sich.

Vor ihnen stand eine verkleidete Frau mit einer Rokokoperücke und schneeweißem Gesicht. Sie hielt einen Fächer in der Hand und sah aus wie Madame Pompadour. Eine Verkleidung dieser Art war nichts Ungewöhnliches – Dora und Jacqueline hatten schon einige Kostümfeste der Surrealisten besucht.

»Herein und willkommen, meine Damen«, sagte Madame Pompadour mit der tiefen Stimme Man Rays.

Dora und Jacqueline sahen einander an und lachten wie aus einem Mund.

Vorsichtig näherten sich die Freundinnen dem verwinkelten Flur, von dem mehrere Räume abgingen. Das ganze Szenario glich einem Labyrinth. An einem der hinteren Zimmer war die Tür mit rotem Samt und goldenen Nieten versehen worden.

»Das ist die *chambre particulière*«, flüsterte Jacqueline, und Dora nickte teilnahmslos.

Solche Besonderheiten interessierten Dora nicht. Für sie war Intimität eine Angelegenheit zwischen zwei Menschen. Radikal, diskret und unteilbar mit anderen.

In einem Raum hatten es sich meist kostümierte Männer und Frauen in tiefen Chaiselongues bequem gemacht, den Blick zur Decke gerichtet. Die meisten rauchten Opium. Manche Frauen trugen im Stil des letzten Jahrzehnts durchsichtige Oberteile aus Chiffon mit langen Perlenketten um den Hals und Fransen an den Rockenden. Ihre Köpfe schmückten Federn. Schummriges Licht und Rauch ließen ihre langsamen Bewegungen unwirklich und bizarr erscheinen, wie ein surrealistisches, tonloses Theaterstück. Die Paare waren bunt gemischt, wobei die wenigsten von einem Mann und einer Frau gebildet wurden.

Aus einem anderen Raum erklangen Harfen- und Flötentöne.

»Wo wollt ihr zwei Schönheiten denn hin?«, raunte Madame Pompadour alias Man Ray ihnen ins Ohr, die plötzlich hinter den beiden Frauen auftauchte. Sie legte ihre Hände um ihre Taillen.

»Nun, wir wären entzückt, wenn wir etwas Opium bekommen könnten, Madame«, sagte Dora charmant und löste sich aus der Umarmung. »Und zwar *entre nous*. Wir wollen für uns sein.«

Madame Pompadour verneigte sich und wies mit einer

großzügigen Geste in einen Raum, wo sämtliche Rauchutensilien samt Gerätschaften bereitlagen.

»Es ist alles vorbereitet.«

»Wo ist eigentlich der Sonnenkönig?«, fragte Jacqueline an der Schwelle.

»Wo mag er nur sein?«, erwiderte Man Ray in monotonem Tonfall und warf einen Blick zum Fenster, das mit dicken Samtvorhängen bedeckt war. »Vielleicht dort, wo er gebraucht wird? Kann *ich* noch etwas für die beiden Schönheiten tun?«

»Vorläufig nicht, Madame«, sagte Jacqueline und betrat gemeinsam mit Dora den abgedunkelten Raum.

»*Bon voyage*, ich wünsche eine angenehme Reise.«

Man Ray zog die Tür zu, und die beiden Freundinnen waren für sich. Genüsslich ließen sie sich seitlich auf zwei getrennte Chaiselongues fallen, zwischen ihnen befanden sich die Rauchutensilien und eine Öllampe mit kleiner Flamme.

Dora beobachtete, was Jacqueline machte, und schloss sich ihr an. Vor über einem Jahr hatte sie einmal Opium geraucht und nicht die geringste Wirkung verspürt, nun wollte sie noch einmal probieren, ob die Droge nicht doch einen anderen Blick auf die Welt für sie bereithielt. Sie nahm die lange, schmale Pfeife, spießte aus einem bereitliegenden Gefäß ein Opiumklümpchen mit einer langen Nadel auf und hielt es in die Flamme, bis es sich zu einer zähen, schwarzen Masse verdickte. Anschließend gab sie die schwarze Masse in den Pfeifenkopf und blickte hinüber zu Jacqueline.

Ihre Freundin lag seitlich in bequemer Position auf der Chaiselongue, drehte den Pfeifenkopf nach unten in die Flamme und nahm einen Zug. Dora tat es ihr gleich.

Keinerlei Wirkung stellte sich ein. Oder vielleicht ein Hauch von Müdigkeit? Wurden ihre Glieder schwer?

»Wie viele Liebhaber hattest du eigentlich, *ma chère*?«, fragte Jacqueline wie aus der Ferne und reckte sich.

»Darüber spreche ich nicht«, gab Dora ausdruckslos zurück.

»Hast du endlich deinen göttlichen Tänzer getroffen, einen, der den *perfekten* Tango tanzt?«, hakte Jacqueline nach.

»Der Tango ist keine Frage der Schrittbeherrschung, sondern der völligen Verschmelzung zweier Seelen. Ich werde es wissen, wenn ich mit einem Mann jenen gemeinsamen Takt gefunden habe. Unsere Körper und Seelen werden einander erkennen.«

Jacqueline seufzte. »Aus dir ist wirklich nichts herauszubekommen. Habe ich dir jemals erzählt, wie ich Breton herumbekam?«

Dora schüttelte den Kopf. Im Raum legte sich Nebel ab, und ihr Körper schien, wie in Watte gepackt, zu schweben. Sie fühlte sich schwerelos und schloss die Augen.

»Ich bin deinem Rat gefolgt und habe im *Café Cyrano* an der Place Blanche einen Tisch in seiner Nähe gesucht, so dass er mich sehen musste, und habe geschrieben wie eine Verrückte. Mindestens fünf Seiten voll. Dabei würdigte ich ihn keines Blickes.«

Jacqueline konnte noch klare Sätze sprechen, allerdings kamen sie verzerrt bei Dora an. Das Café Cyrano – irgendwann hatte sie Jacqueline davon erzählt, auch dass Breton dort zu finden war.

»Was hast du denn geschrieben?«, versuchte Dora zu fragen, aber sie hatte das Gefühl, nur verworrenes Kauderwelsch von sich zu geben.

»Irgendetwas. Er sollte denken, ich sei Schriftstellerin. Und er hat sofort angebissen.«

Dora vernahm das Wort »angebissen« und erblickte vor ihrem inneren Auge ein überdimensional großes Gebiss. Im Geist driftete sie in ein fernes Land, eines, das sie noch nie gesehen hatte.

Ihr Körper schien federleicht, alle Schwere war auf einmal verschwunden. Ein Tier kam auf sie zu, vielleicht ein Stier mit den Klauen eines Greifvogels, dessen Gesicht sich in das ihrer Mutter verwandelte. Josip und *Maman* standen hinter einer Glaswand und starrten sie an. Beide waren nackt. Aber ihre Blöße war keineswegs bedrohlich, im Gegenteil: Dora besaß die Macht über die Bühne und konnte das Bild ihrer Eltern mit ihrem kleinen Finger einfach fortschieben.

Plötzlich sah sie geschriebene Worte in einer wolkenverhangenen Landschaft. Spanische in die Wolken geschriebene Worte, die zu Mündern wurden, aus denen die Buchstaben herausquollen. Ihr Inhalt war bedeutungslos. Der Stier kam zurück, diesmal geschmeidig, voller Anmut und Schönheit. Mit einem Blick entkleidete er Dora, aus seinen Klauen wuchsen menschliche Hände, groß, stark und sinnlich. Sein Antlitz erschien über ihr, und sie hatte keine Angst. Im Gegenteil, sie blickte ihm direkt in die Augen, und das Begehren in ihnen begann zu lodern, warf funkelnde Feuerschwaden, die wie Lava über ihre Haut wanderten und sie in einer einzigen Liebkosung umhüllten.

Dann rückte der Vorhang als dicke Glasscheibe in den Vordergrund, hinter der sie nackt mit diesem animalischen Wesen lag, dessen starre Mimik alles Menschliche verloren hatte. Eine Maske zerbrach vor seinem Gesicht in tausend Porzellansplitter und blätterte von ihm ab. Sein Feuer verbrannte alles, was es umgab, bis zur Unkenntlichkeit. Da nahm sie seine Hand, tauchte mit ihm ins Meer und erwachte an einem weißen Sandstrand. Das animalische Geschöpf lag neben ihr, und langsam, ganz langsam kehrten seine menschlichen Züge zurück. Um sie beide wuchsen Platanen, Blumen und Tränen, groß wie die Blätter einer Palme. Tränen, die eine trockene Erde tränkten.

Eine vertraute Hafenstadt aus Doras Kindheit wurde von einer fremden Macht ins Meer getaucht, und über das Panorama legte sich ein riesiger Schatten, hinter dem sie selbst die Sonne hervorlockte.

Dora blieb allein in der wundersamen Landschaft zurück. Glückselig, der Wirklichkeit völlig entrückt. Das Wesen neben ihr war verschwunden, aber sie spürte dessen Präsenz bis in die Knochen, als wäre es zu einem Teil von ihr geworden.

»Wach auf, Dora, wach endlich auf!«

Dora war, als müsse sie sich ihren Weg durch eine Wüstenlandschaft bahnen und als seien Tage vergangen, seitdem sie im Nirgendwo gelandet war. Die Verlockung, weiter auf den Wolken zu schweben, war groß, verführerisch, voller unsagbarer Versprechungen.

Aber sie kehrte zurück.

Am Ende ihres Wegs blickte sie in ein Gesicht direkt über ihr und vernahm noch einmal eine vertraute Stimme. Jacqueline. Dunkel kam die Erinnerung zurück.

Das automatische Schreiben. Ihr Spaziergang, der in einem Haus auf einem Hügel endete. Wo genau befand sie sich? In Gedanken sah sie Kopfsteinpflaster, eine mit Samt bezogene Tür, hörte die Stimme von Man Ray, dann noch einmal die von Jacqueline.

»Steh auf, Dora!«

»Wie spät ist es?«, fragte sie. Ihre Stimme klang fremd. Sie sah sich um und richtete sich auf. Sofort drehte sich alles, und sie hielt still, bis der Schwindel nachließ. Dumpfe Kopfschmerzen quälten sie.

»Zwölf Uhr.«

»Welcher Tag?«

»Der nach gestern. Wir haben mehr als vierzehn Stunden geschlafen.«

Mit zusammengekniffenen Augen überlegte sie, was »der Tag nach gestern« zu bedeuten hatte. Ein flüchtiger Gedanke kam ihr in den Sinn. Eine Verabredung. Ein Termin. Augenblicklich schreckte sie auf.

»Assia! Ich habe Assia für einen Fotoauftrag gebucht. Der Tag nach gestern ist heute!« Umständlich stand sie auf und griff sich an die Schläfen. »Hast du ein Aspirin?«

Jacqueline schüttelte müde und geistesabwesend den Kopf. »Komm! Lass uns gehen. Wir müssen hier raus.«

Wie zwei Eindringlinge verließen sie die menschenleere Wohnung und verabschiedeten sich an der Place Pigalle, wo Jacqueline die Métro nahm.

Dora schwebte über die Rue Jean-Baptiste Pigalle zur Rue Saint-Lazare. Die Menschen, die ihr begegneten, schienen wie Wesen von einem anderen Planeten. Die meisten sahen freundlich aus, aber einige von ihnen verfolgten sie mit feindseligen, düsteren Blicken. Sie wich ihnen aus, wechselte die Straßenseite und erreichte schließlich, sich mehrfach umsehend, ihr vertrautes Zuhause, das ihr Josip Markovitch erst vor Kurzem geschenkt hatte – ihr eigenes Atelier in der Rue d'Astorg.

Es lag in einer kleinen Seitenstraße, die von der Rue la Boétie abging, wo der berühmte Galerist Paul Rosenberg seine Ausstellungsräume besaß. Auch Pablo Picasso lebte und arbeitete in der Rue la Boétie. Aber sie war ihm nie begegnet.

Mit unsicherem Gang ging sie in die Küche und nahm zwei Aspirin ein. Anschließend schleppte sie sich zu ihrem Terminheft vor der Dunkelkammer.

»Assia. Fünf Uhr nachmittags«, flüsterte sie und lehnte den

Kopf gegen die Wand. Es handelte sich dabei um einen Auftrag einer der renommiertesten Modejournale Frankreichs. Niemals, für nichts in der Welt, durfte sie sich diese Chance entgehen lassen!

Nachdem sie drei Bols Kaffee getrunken hatte, packte sie kurz entschlossen ihre Badetasche und fuhr mit dem Rad in Richtung Boulevard Saint-Germain, der heute voller Automobile war. Bedrohlich klangen die Hupen hinter und neben ihr, und die überdimensional großen Augen der Scheinwerfer verfolgten sie.

Sie trat in die Pedale und flüchtete in eine Seitenstraße, bis sie die *Piscine Pontoise* erreichte. In dem zweistöckigen Backsteinbau war eines der modernsten und schönsten Art-Déco-Schwimmbäder von Paris untergebracht.

Über eine Stunde schwamm Dora, tauchte den Kopf unter Wasser und zog Bahn um Bahn, vorbei an Schwimmern, die in ihrer Wahrnehmung nach ihr Ausschau hielten und darauf warteten, sie unter Wasser zu beobachten. Sie genoss es, ihren schwerelosen Körper zu spüren, und nahm die Blicke wie etwas Unausweichliches hin, schließlich war sie von Kind an daran gewöhnt.

Anders als bei einer ihrer neuen Fotomontagen, auf der sie ein Modell im Badeanzug regungslos in das Muster einer sonnenbeschienenen glatten Wasseroberfläche hineinkopiert hatte, genoss sie die Bewegungen, wenn ihr Körper das Wasser verdrängte.

Zurück in ihrem Atelier, zog sie die Vorhänge des Ausstellungsraums zu, streckte sich auf ihrem Besuchersofa aus, stellte sich den Wecker und schlief sofort ein.

Als Assia, wie immer eine Stunde zu spät, bei Dora ankam, war ihre Gastgeberin bereits geschminkt, hatte sich umgezogen und ihre Nägel frisch lackiert.

Assia verschwand hinter einem Paravent und trat nackt ins Studio, ihre lockige Mähne mit einem Haarband zusammengebunden. Sie wollte es lösen.

»Nein«, sagte Dora. »Lass es so. Es ist ganz wunderbar.«

Alles war aufgebaut, die weiße Leinwand, die Scheinwerfer, die zugezogenen Vorhänge. Sie wollte pures Licht, puren Schatten.

»Stell dich bitte frontal vor die Wand.«

Assia ging wortlos dorthin. Das bereits eingespielte Duo musste nicht viel sprechen. Assia wusste, dass Dora am liebsten stumm und konzentriert arbeitete. Dora verschwand hinter ihrer Kamera und blickte durch die Linse.

»Deine Hände bitte hinter deinen Körper. Winkle das linke Bein etwas an. Sieh zur Seite, auf den Boden.«

Assia setzte alles binnen Sekunden zu Doras Zufriedenheit um. Assias glatter, muskulöser Körper warf einen überdimensional großen Schatten an die Wand. Ihre Brustwarzen zeigten nach oben, und ein nahezu monströser Schatten vergrößerte ihre schlanke Statur auf das Doppelte. Das Spiel mit den Kontrasten entfaltete eine ungeahnt erotische Wirkung.

»Bleib so«, rief Dora aufgeregt. »Genau so.«

Mehrfach drückte sie den Auslöser, bis sie genug Auswahl hatte. Sie gab Assia ein Zeichen, die sogleich hinter dem Paravent verschwand.

»Dieses Bild ist wunderschön, es ist einzigartig«, sagte Assia, als sie eine Stunde später neben Dora in der Dunkelkammer stand. »Du bist eine große Fotografin, Dora Maar.«

»Aber es hat auch etwas Beängstigendes«, sagte Dora, öffnete die Tür, nahm den Akt und bot Assia im Atelier ein Glas Champagner an.

Sie stießen an, und die Gläser klangen hell, freundlich. Das Foto lag vor ihnen auf dem Tisch.

»Beängstigend?«, fragte Assia.

»Es ist der Schatten«, gab sie leise zurück und nahm einen weiteren Schluck. Der prickelnde Champagner lief ihr die Kehle hinab und wärmte sie sogleich, und mit einem Mal war ihr, als verkörpere jener Schatten ihr Innerstes, ihre Sinnlichkeit, ihr wildes Temperament.

Dora musste an den Tango ihrer argentinischen Heimat denken. In ihr erwachte die Sehnsucht nach jener einzigartigen Nähe, die sie auf dem Platz in Buenos Aires erlebt hatte, die stille Übereinkunft und Verschmelzung zweier Körper, die füreinander geschaffen waren. Ihr Wunsch nach einer außergewöhnlichen Liebeserfahrung war plötzlich wieder da. All die Zeit über war er nur betäubt gewesen, und sie hatte sich schon gefragt, ob sie sich nichts aus der Liebe mache.

»Der Schatten sieht aus wie ein Alter Ego, ein Ich, das nicht von uns abfällt, egal, wohin wir gehen. Aber es muss gebändigt, unter Kontrolle gehalten werden. Dennoch ist es größer, stärker als wir selbst. Als lauere im Unbewussten der übermächtige Eros in jedem von uns. Das ist die Sprache des Tangos.«

»Wie schön du das sagst«, entgegnete Assia. »Als wäre es die nackte Wahrheit.«

Dora lächelte geheimnisvoll.

Du weißt nicht, was ich gesehen habe, dachte sie, und ein Schauer strömte über ihre Haut bei dem Gedanken an die letzte Nacht.

KAPITEL 7

Paris, 1935

An der Gare d'Austerlitz verließ Dora die Métro und lief zum *Musée Nationale d'Histoire Naturelle.* Das Naturkundemuseum von Paris lag mitten im Jardin des Plantes. Die Blätter der Bäume hatten sich bereits tiefrot verfärbt, und eine spätherbstliche Abendsonne beschien die Kuppel des monumentalen Gebäudes.

Als eine der letzten Besucher trat sie an die Kasse.

»Wir schließen in einer halben Stunde«, murmelte die Kassiererin missmutig.

»Ich weiß«, sagte Dora selbstbewusst. »Ich bin gestern schon mal hier gewesen und habe etwas vergessen.«

Die Dame runzelte die Stirn.

»Wirklich?«

Dora nickte ernst und schob einen Geldschein unter der Glasabtrennung hindurch.

»Und für eine halbe Stunde soll ich jetzt ein komplettes Eintrittsgeld berechnen?«, fragte die Frau, schüttelte den Kopf und machte eine Geste in Richtung Eingang.

»*Vite, vite, Mademoiselle.* Beeilen Sie sich!«

»*Merci bien, Madame, je vous remercie*«, rief Dora, nahm ihr Geld zurück, steckte es in ihre Brusttasche und begab sich zur Eingangstür.

In der *Galerie de Paléontologie* angekommen, folgte sie einer kleinen Besuchergruppe, einer der letzten, die noch unterwegs war. Zerstreut und ohne wirkliches Interesse betrachtete sie einige Objekte. Immer wieder hielt sie Ausschau nach ihrem eigentlichen Ziel am Ende der Dauerausstellung – einer Seitentür, die angesichts der Größe und Weite des Raums winzig wie eine Streichholzschachtel wirkte. Ab morgen würde sie, ebenso wie das untere Stockwerk, für lange Zeit wegen Restaurationsarbeiten geschlossen bleiben. So hatte es in der Zeitung gestanden. Dora würde nur diese Nacht bleiben.

In dem riesigen Saal, durch dessen Kuppel Licht einströmte, konnte man ausgestopfte Elefanten, Zebras, Löwen und andere exotische Tiere bewundern. Ihre Körper wirkten lebendig, ihr Blick indes war starr und tot.

Sie warf einen Blick auf ihre Uhr. Gleich würde das Museum schließen. Durch ein Megaphon forderte eine freundliche Männerstimme die Besucher auf, sich langsam zum Ausgang zu begeben.

Ein Gongschlag ertönte.

»*Nous vous souhaitons une bonne soirée, Mesdames et Messieurs. Au revoir.*«

Jetzt war die Zeit gekommen, ihren Plan in die Tat umzusetzen. Sie hielt Ausschau nach der kleinen Tür, denn sie wusste genau, was sich dahinter verbarg, hatte sie doch alles während ihrer vorherigen Besuche genau ausgekundschaftet. Dort angekommen, vergewisserte sie sich, dass sie niemand vom Wachpersonal sehen konnte. In einem günstigen Augenblick verschwand sie durch die Tür, lief zu einer Kammer am Ende eines schmalen Flurs und versteckte sich in einem mit Besen und Staubtüchern vollgestopften Schrank, dessen Tür beim Zuziehen quietschte.

Innen roch es muffig, und nur durch einen winzigen Spalt drang ein Rest Tageslicht. Dora spürte ihren Herzschlag, vernahm Stimmen und Schritte aus der Halle und einen letzten

Gongschlag. Mit geschlossenen Augen ging sie gedanklich die Wege, die sie gleich zu ihrem Ziel führen würden.

Dora hatte keiner Menschenseele davon erzählt. Diese Nacht sollte ihr Geheimnis bleiben. Es war nicht das Erste, was sie für sich behielt.

Nun galt es, Geduld zu haben, abzuwarten, bis das Haus seine Pforten schloss und das Museumspersonal die Kontrollgänge erledigt hatte.

Im Gegensatz zum Louvre, dessen Räume während der ganzen Nacht alle dreißig Minuten kontrolliert wurden, vollzog der Nachtwächter hier nur drei Kontrollgänge. Das hatte Dora bei einem harmlosen Geplauder mit einem Angestellten erfahren. Einer um zehn Uhr abends, der zweite um Mitternacht, der dritte um vier Uhr morgens. Dann, am frühen Morgen, gegen sechs Uhr, kamen die Putzfrauen, die über mehrere Stunden damit beschäftigt waren, das Museum zu säubern.

Dora hielt ihre kleine Rolleiflex in der Hand, bereit für den *Klick*, das schönste Geräusch der Welt. Wenn sie den Auslöser drückte und durch die Linse blickte, war sie in Sicherheit und besaß die vollkommene Kontrolle. In ihrer Manteltasche tastete sie nach den Filmen. Sieben Stück. Das bedeutete, dass sie unten im Keller für die skurrilen, stummen Wesen, die sie bereits erwarteten, mehr als hundert Versuche und knapp vier Stunden Zeit haben würde.

Der Kontrollgang um Mitternacht kündigte sich durch das Öffnen und Schließen von Türen an, unterlegt von dumpfen Schritten. Er dauerte fünfundvierzig Minuten.

Danach war alles still. Sicherheitshalber wartete sie trotzdem noch eine Viertelstunde. Dann öffnete sie vorsichtig die Tür, Millimeter für Millimeter, damit sie kein Geräusch von sich gab. Auf Zehenspitzen verließ sie die Kammer und lugte in die Halle. Sie sah nach rechts und links. Die ausgestopften Tiere schienen im Schutz der Notbeleuchtung zu schlafen.

Dora kannte den Weg zu den Nasspräparaten im Keller. Über die Treppe erreichte sie das untere Stockwerk.

Auch hier spendete eine Notbeleuchtung mattes Licht und beleuchtete den überschaubaren Raum, der nur selten für die Besucher zugänglich war. Tagsüber gingen die Präparatoren im hinteren Bereich an riesigen Metalltischen und Wasserbecken ihrer Arbeit nach.

Obwohl sie das alles bereits gesehen hatte, lief sie staunend und weiterhin auf Zehenspitzen durch die engen Flure. Auf Tischen standen dicht an dicht in riesengroßen Reagenzgläsern tote Tiere unbekannter Art in verschiedenen Entwicklungsstadien. All jene Wesen würden im Rahmen der Renovierung an einen unbekannten Ort umziehen müssen.

Alles hing von dieser einen Nacht ab – *ein* Foto, in ihrer Phantasie vage und verschwommen vorhanden, musste ihr gelingen.

Leise nahm sie ihre Kamera aus der Tasche, der Film war eingelegt. Sie begann mit einem Wesen, das wie eine Mischung aus Fisch und Säugetier wirkte, in zusammengekauerter Embryonalstellung. Als es *klick* machte, hielt sie inne und lauschte.

Das dämmrige Licht und die unnachahmliche Stille verstärkten jedes Geräusch wie über einen Lautsprecher.

Über eine Stunde fotografierte sie Föten von seltsamen Tieren und Reptilien, die in einer Flüssigkeit still dalagen. Nein, sie standen aufrecht in ihren großen Gläsern, manche mit zur Seite geneigten Köpfen. Einige starrten sie an, die meisten hielten die Augen geschlossen. Sie schwebten, als seien sie der Welt entrückt, fast wie im Mutterleib. Es war, als bilde die sie konservierende chemische Flüssigkeit das Fruchtwasser, das sie am Leben erhielt. Aber sie waren tot – stumme Zeugen einer surrealen Welt.

Plötzlich hörte sie Schritte von draußen. Sie sah auf ihre Uhr. Noch war die Zeit zum letzten Kontrollgang nicht gekommen. Ihrem Instinkt folgend, flüchtete sie unter eine Präparationsbank, kauerte sich dort auf den Boden und hörte, wie die Tür geöffnet wurde. Sie vernahm das unheimliche Geräusch eines Schlüsselbundes, gepaart mit dem Atem eines Menschen. Harte Schritte näherten sich. Die Schlüssel klapperten. Sie sah den Lichtkreis einer Taschenlampe, der durch den Raum tanzte. Automatisch hielt sie den Atem an.

Dann Stille. Der Nachtportier war stehen geblieben, keine fünf Schritte von ihr entfernt. Schwach, aber nah war das röchelnde Geräusch seines Atems zu hören, der Geruch von kaltem Rauch lag in der Luft. Sie konnte seine geputzten Schuhe sehen, roch das frisch gewachste Leder.

Ihr Herz klopfte bis zum Hals. Der Mann musste sich nur bücken, um sie zu entdecken. Aber er tat es nicht und leuchtete stattdessen die Wände ab, als drohte von ihnen eine unsichtbare Gefahr.

Dora erschien es, als verginge eine Ewigkeit, bis er endlich einen tiefen Seufzer ausstieß und seine Schritte in Richtung Ausgang verklangen.

Sie wartete noch eine Weile. Dann machte sie sich wieder an die Arbeit. Noch eine Reihe mit Reagenzgläsern lag vor ihr. Sie schlich dorthin, den Fotoapparat in der Hand haltend.

Vor einem Glas blieb Dora stehen und starrte auf einen Embryo, ein Wesen, das ihr Herz anrührte. Das war es! Es wirkte so lebendig, als würde es sogleich seine Augen öffnen. Sein Korpus, überzogen von einer Art Panzer, erinnerte an Elefantenhaut. Dora hatte nicht gewusst, wonach sie gesucht hatte, doch nun hatte sie ihr Motiv gefunden und ließ nicht mehr davon ab. Für diesen einen Augenblick der Erkenntnis hatte sie die halbe Nacht in einem Besenschrank gewartet.

Klick. Klick. Klick. Sie drückte so oft den Auslöser, bis sie den letzten Film einlegen musste.

Als alle Filme verschossen waren, wartete sie bis in die frühen Morgenstunden und schlüpfte bei Ankunft der Reinigungskräfte durch den Hintereingang hinaus.

»*Dzień dobry*«, sagte eine Polin, die an ihr vorbeieilte – *Guten Tag*.

»*Dobar dan*«, entgegnete sie auf Kroatisch.

Dora nahm die Métro und fuhr zur Rue d'Astorg in ihr Atelier. Dort zog sie die Tür der Dunkelkammer hinter sich zu und entwickelte die Ausbeute dieser Nacht bis in den Vormittag.

Fasziniert sah sie sich die Ergebnisse an, aber ihr Blick haftete nur an einem einzigen Motiv, dem letzten, das sie am Schluss aufgenommen hatte.

Im Studio stellte sie die Scheinwerfer um. Vorhänge verdeckten die ungewollten Schatten, bis nichts als das nackte Licht blieb. Sie machte nun Aufnahmen des Fotos selbst, immer neue, experimentierte mit den Perspektiven, verwarf sie wieder und vergrößerte schließlich das Original so sehr, dass nicht einmal mehr die Flüssigkeit, in der das Präparat ruhte, erkennbar war. Der gesprenkelte Hintergrund ließ viel Raum für die Phantasie des Betrachters, das Reagenzglas war ganz von der Oberfläche verschwunden, das Motiv gänzlich verfremdet, das kleine Wesen ganz und gar aus dem Zusammenhang seiner Existenz gelöst.

Und erst jetzt war ihr, als sei sie zum Innersten des Wesens vorgedrungen, als stünden sich das Objekt, dessen lateinischen

Namen sie tief in ihrem Gedächtnis begraben hatte, und sie gegenüber. Dora fühlte, dass sie einen Weg gefunden hatte, das Innerste ihrer Welt zu zeigen, ohne sich zu verraten. Endlich hatte sie den Weg zu ihrer Kunst gefunden, zu ihrer unverkennbaren Handschrift im Getümmel der Avantgarde.

Mit klopfendem Herzen signierte sie das fertige Foto.

Sie starrte auf seinen Panzer und beschloss, seinen wahren Namen nicht einmal zu notieren. Stattdessen suchte sie nach einem neuen, wie eine Mutter, die soeben ein Kind geboren hatte.

»Ubu«, flüsterte sie und taufte in Gedanken feierlich ihr neues Werk nach dem gleichnamigen surrealistischen Theaterstück, das sie vor Kurzem gesehen hatte.

Père Ubu, präzisierte sie und vernichtete sämtliche verräterische Fotos, Filme und Schnitte, all jene Versuche, die Ubus Herkunft preiszugeben vermochten.

Doras Herz hämmerte in ihrem Brustkorb. Sie hatte das drängende Bedürfnis, sich jemandem mitzuteilen, jemandem, der kritisch und ehrlich genug war, ihr ohne Schnörkel die Wahrheit zu sagen.

Dann verwarf sie den Gedanken wieder und kochte sich Kaffee.

Mit einer Schale voll Café au lait in der Hand betrachtete sie die gerahmten Bilder in ihrem Atelier. Den kleinsten Raum nahmen ihre frühen Straßenfotografien aus Barcelona und London ein: Ein Junge mit heruntergerollter Socke und verschiedenen Schuhen lehnte an einer Blechwand, die Augen geschlossen, als sei er in seiner inneren Welt versunken, zu der sein Betrachter keinen Zugang besaß.

Der blinde Geiger eines Straßenquartetts führte den Blick in einen scheinbar vergessenen Winkel der Großstadt. In würdevoller Pose bot ein ruinierter Geschäftsmann in Anzug und Krawatte Zigaretten an. *Kein Almosen* stand darunter. Damals wie heute verkörperte diese Art von Kunst ihr soziales Engagement, ihre Solidarität mit den Ärmsten der Gesellschaft.

Ihre einstige Mitwirkung in linken Gruppierungen wie *Contre-attaque* oder der Gruppe *Octobre* mochte der Vergangenheit angehören, doch bis heute war sie ihren politischen Überzeugungen treu geblieben.

Noch einmal überlegte sie, wem sie ihr neues mysteriöses Werk zeigen konnte.

Ihre Wahl fiel auf Man Ray. Er war der Einzige, der das hier verstehen würde, dem die Kunst über Kommerz ging.

Ihren Mantel überwerfend, ließ sie die Tür ins Schloss fallen und nahm ihr Fahrrad. So würde sie am schnellsten in die Rue Campagne Première zu seinem Atelier kommen.

Sie warf einen Blick zum Himmel. Ein strahlend blauer Horizont mit einem klaren Licht, das nur der Herbst hervorzubringen vermochte, begleitete ihren Weg.

Die kühle Luft blies ihr ins Gesicht.

KAPITEL 8

Als Dora auf dem Weg zu Man Ray an der Kirche *Saint-Augustin* vorbeifuhr, schlugen die Kirchenglocken elf Uhr – eine Zeit, um die der Künstler noch schlief. Jeder seiner Freunde wusste es: Sein Arbeitstag begann frühestens in den Mittagsstunden, wenn nicht später.

Über den Pont Alexandre III überquerte Dora die Seine, die still unter ihr lag. Sie fuhr weiter über den Boulevard du Montparnasse, bis sie auf den Boulevard Raspail stieß. In unmittelbarer Nähe befand sich Man Rays Studio, das ihm gleichzeitig als Privatwohnung diente.

Sie klingelte an der Tür Sturm. Nach einer Weile betätigte jemand den Öffner, und sie stand vor der Loge der Concièrge, aus der eine Frau mit rot geschminkten Lippen durch die kleine Sichtscheibe herausschaute.

»*Vous désirez*?«, fragte sie knapp und entblößte dabei eine Zahnlücke unter ihrer Oberlippe.

»Ich muss dringend zu Monsieur Ray. Ich bin Dora Maar.«

Die Concièrge sah sie an, als hörte sie beide Namen zum allerersten Mal, und Dora nutzte die winzige Pause, in der die Wächterin des Hauses mit der Nr. 31 zu überlegen schien, wie es nun weitergehen solle. »Ich kenne den Weg. *Merci, Madame.*«

Sie eilte davon. Zu ihrer Überraschung war die Tür zu Man Rays Atelier unverschlossen. Sie holte tief Luft und rief zaghaft seinen Namen hinauf ins zweite Stockwerk, wo sein Schlafzimmer lag.

»Man, ich bin es, Dora. Es ist wichtig. Du musst kommen.«

Sie erhielt keine Antwort. War er gar nicht zu Hause?

Dora warf einen Blick in sein Atelier, wo einige gerahmte Fotografien an den Wänden hingen. Die Rahmen passten überhaupt nicht zueinander, genauso wenig wie die Motivauswahl. Auf dem Boden lagen Kleidungsstücke, ein überquellender Aschenbecher stand auf einem Tisch. Die Luft roch penetrant nach Brom, einer chemischen Substanz, die zur Entwicklung der Fotos benötigt wurde und die Atemwege reizte. In ihrem eigenen Atelier nahm sie den Geruch schon lange nicht mehr wahr, wohl aber hier bei Ray, genau wie in der *Piscine de la Butte aux Cailles*, dem ältesten Pariser Schwimmbad.

Ein Foto zeigte Man Ray zusammen mit Salvador Dalí. Dora hatte den in ihren Augen größenwahnsinnigen Spanier und dessen exzentrische Ehefrau Gala, die frühere Ehefrau Paul Éluards, noch nie leiden können. Dora hielt Gala für berechnend und glaubte, dass sie zu allem imstande war, wenn es um Dalí ging.

Daneben leuchtete das Porträt, das Man Ray von Doras Gesicht aufgenommen und solarisiert hatte, und eines von der schönen Lee Miller. Schon vor Jahren hatte Man Ray das Verfahren der Solarisation entwickelt, bei dem das Hell-Dunkel-Verhältnis auf einem Negativ ganz oder teilweise umgekehrt wurde. Doras rot lackierte Finger, die auf der Schwarz-Weiß-Aufnahme tiefdunkel hervortraten, lagen ähnlich einem dritten Auge auf ihrer Stirn. Unter ihrer Wange wiederholte sich das Spiel ihre Hände in Miniaturform.

Es hatte lange gedauert, bis Man Ray sie hatte überreden können, für ihn zu posieren. Denn Dora wusste, dass ihr Platz hinter der Kamera war, und schätzte es nicht, auf die andere Seite zu treten.

»Stell dir vor, wie du mich verführst«, hatte Man Ray damals zu ihr gesagt. »Gib mir dieses Funkeln in deinen wunderschönen Augen.«

Immer wieder hatte er seine Position verändert, war in seinem Atelier auf und ab gegangen, bis sein Haar von den vielen Versuchen völlig zerzaust war und er aussah wie ein Schuljunge. Sie hatte sich ein Lachen verbissen und einen Schlafzimmerblick aufgelegt. Aber so sehr sie Man Ray als Künstler schätzte, so wenig kam er als Liebhaber für sie infrage.

Und trotzdem war es ihm gelungen, ein hocherotisches Porträt von brillanter Technik herzustellen, einer Technik, die nur das geschulte Auge erkennen konnte.

Auf einem weiteren Bild war ein mandelförmiges Augenpaar mit Tränen auf der Wange abgebildet. Es handelte sich um Doras Augen, und die Tränen glichen kleinen, durchsichtigen Perlen. Man Ray verlieh dem Kunstwerk den Titel *Die Tränen*.

Die Standuhr unmittelbar neben Man Rays Fotoausrüstung schlug zur vollen Stunde. Erschrocken zuckte Dora zusammen. Von oben vernahm sie ein Geräusch. Mit klopfendem Herzen lief sie die schmalen Stufen hinauf und warf einen Blick durch die geöffnete Schlafzimmertür. Man Ray schlief auf dem Rücken und schnarchte. Dora war überrascht, dass keine Frau neben ihm lag.

Die Luft roch abgestanden, kalter Rauch stieg ihr in die Nase. Sie trat an sein Bett, berührte seinen Arm und schüttelte ihn.

»Wach auf, es ist wichtig.«

Er rührte sich nicht. Noch einmal drückte sie seinen Arm.

»Wach auf, Man. Ich bin's, Dora.«

Schlaftrunken öffnete er die Augen, blinzelte sie an und schloss sie wieder. Stöhnend legte er seine Hände vors Gesicht.

»Dora, was um Himmels willen tust du hier mitten in der Nacht?«, klang seine Stimme dumpf hinter seinen vorgehaltenen Händen.

»Ich muss dir etwas zeigen. Es ist heller Tag«, berichtigte sie ihn, stand auf und öffnete den schweren, dunklen Vorhang in seinem Schlafzimmer. Licht strömte in den Raum.

»Du weißt sehr gut, wann mein Tag beginnt«, murmelte er und versteckte seinen Kopf unter der Decke. »Mach das Licht aus, verdammt!«

Sie trat zurück an sein Bett und zog die Decke vorsichtig bis zu seinem Hals herab. »Es ist nur Tageslicht. Paris erstrahlt unter einem herrlich blauen Herbsthimmel. Man müsste sofort hinausgehen und Aufnahmen machen. Komm! Es ist wichtig, ich brauche dich.«

Er stieß einen Seufzer aus und rollte die Augen.

»Du bist eine Nervensäge.«

»Ich bin eine Nervensäge«, sagte sie gespielt schuldbewusst. »Steh auf, Madame Pompadour!«

Für einen Moment hielt er mit geschlossenen Augen inne, dann fuhr er sich mit beiden Händen durchs Haar.

»Bekomme ich Kaffee und ein Croissant bei dir?«, fragte er nach einer langen Pause, tastete mit geschlossenen Augen auf seinem Nachttisch nach einer Zigarette und zündete sie an. Er legte sich das Kissen im Nacken zurecht, richtete sich etwas auf, inhalierte den Rauch und stieß ihn aus.

»So viel du möchtest«, versprach sie. »Zieh dich an. Ich fahre schon vor. Hast du deinen Wagen hier?«

»Natürlich«, sagte er entrüstet, schlug seine Decke zurück und rieb sich die Augen. Er war nackt. Dann taumelte er mit seiner brennenden Zigarette in Richtung Badezimmer.

Man Ray besaß vier Schwächen in seinem Leben: Frauen,

Fotografie, Malerei und Automobile. Die Rangfolge wechselte bei ihm je nach Gefühlslage.

»Was ich nicht fotografieren möchte, male ich. Was ich nicht malen möchte, fotografiere ich«, lautete sein Credo zum Genrewechsel seiner Kunst, den er immer wieder vollzog.

Über seine Frauengeschichten hingegen äußerte er sich nicht. Sie gehörten einfach zu ihm und zu seiner Zeit, in die er hineingeboren war. Und natürlich zu Paris, der Stadt der Liebe.

»Wir treffen uns gleich in meinem Atelier«, sagte Dora und eilte voraus.

»Gern geschehen«, rief er ihr hinterher, stolperte fluchend über die Schwelle, fing sich ab und verschwand im Bad.

Eine knappe Stunde später erreichte der berühmteste Fotograf von Paris Doras Werkstätte. Gekämmt und elegant gekleidet hatte sein Äußeres nichts mehr mit dem verschlafenen Mann, den sie vorher in seinem Bett vorgefunden hatte, gemein.

»Der Anzug steht dir eindeutig besser«, schmunzelte Dora und ließ ihn eintreten.

»Ich habe noch von keiner einzigen Frau Klagen gehört«, gab er gelassen zurück. »Aber du wolltest ja nicht.«

Herausfordernd hob er seine dunklen, buschigen Brauen.

Dora schwieg. Es lag einige Zeit zurück, da hatte Man Ray bei einem Kostümfest der Surrealisten einen vorsichtigen Annäherungsversuch unternommen, und Dora hatte so getan, als bemerke sie sein Werben nicht. Trotz seiner offensichtlichen Attraktivität hatte er sie einfach nie gereizt. Sie hatte genug ausprobiert, um ihre Neugier in der Liebe gesättigt zu wissen. Spielchen brauchte sie nicht, sie war bereit für etwas Unausweichliches, für eine Liebe, bei der auf Anhieb Funken sprühten, für eine Alles-oder-Nichts-Liebe, eine, die kein Hintertürchen offen ließ.

»Hier riecht es tatsächlich nach Kaffee, Dora.«

»Und nach frischen Croissants«, antwortete sie und deutete auf einen Tisch vor der Dunkelkammer.

Man Ray nahm sich eine Schale und biss von einem Croissant ab. Dann trank er den schwarzen Kaffee.

»Langsam komme ich zu mir. Ich hoffe, es lohnt sich, dass du meinen heiligen Schlaf gestört hast. Das kostet dich mindestens ein Abendessen.«

»Götter brauchen keinen Schlaf«, konterte sie.

Sie warf ihm einen verschwörerischen Blick zu, nahm die Türklinke ihrer Dunkelkammer in die Hand und sagte: »Du darfst gleich selbst entscheiden, ob es sich gelohnt hat.«

Er folgte ihr, trat in der winzigen Kammer neben sie und starrte auf die skurrilen Fotos von Ubu, die sie mit Holzklammern an der Leine befestigt hatte.

Sie konnte Rays Rasierwasser riechen, so nahe waren sie einander. In diesem Moment spürte sie, dass die Verbindung zweier Menschen im Dienst der Kunst etwas Magisches besaß, etwas, das von Verlangen losgelöst war, als offenbare sich bei zwei Künstlern die Lust erst vollkommen in ihren Werken.

Lange sah Man Ray die Fotos an. Er sagte kein Wort. Manchmal strich er sich durch die dunklen, dichten Haare mit den Geheimratsecken, dann trat er einen winzigen Schritt zurück, so weit, wie es die Enge der Dunkelkammer zuließ, und zündete sich eine Zigarette an.

Die Stille schwebte in der Luft. Nur ihrer beider Atem war zu hören.

Dora bat Man Ray um eine Zigarette. Er nahm eine aus seinem Jackett, zündete sie an und reichte sie ihr. Der Rauch sammelte sich in der kleinen Kammer.

Sie inhalierte einen kräftigen Zug und lehnte den Kopf gegen die Wand. Dora spürte, wie das Nikotin der *Gitanes* ihren Kopf benebelte. Spitze zu rauchen war etwas anderes als dieses starke, in Maisblätter gewickelte Teufelszeug.

»Ich habe gleich gesagt, dass ich dir nichts beibringen kann«, durchbrach Man schließlich murmelnd die Stille. Die Zigarette hing ihm lose im Mundwinkel und zog seine Unterlippe hinab. Er steckte seine Hände in die Hosentasche.

Dora drückte die Zigarette aus und wartete auf die entscheidenden Fragen: Was? Woher? Wie? Was, um Himmels willen, ist das?

Sie kamen nicht. Ganz im Gegenteil, es war, als ahne und respektiere Man Ray ihren Eid, den sie vorher bei der Taufe des Wesens geleistet hatte.

»Ich werde dich nicht fragen, was es ist und wie du dazu gekommen bist. Das hier, Dora, das ist ein Meisterwerk. Du bist eine große Künstlerin.«

Vor der Dunkelkammer aß er schweigend ein weiteres Croissant und trank zwei Schalen Café au lait. Einmal sah er sie an, als habe er es immer gewusst und als stünde sein Urteil jetzt endgültig fest: Keine Frau hatte jemals solche Höhen in der Fotografie erklommen wie Dora. Nicht einmal seine ehemalige Geliebte Lee Miller.

Ohne ein weiteres Wort, aber mit einem Lächeln voller Zärtlichkeit und Hochachtung verließ er Doras Atelier, stieg in sein Automobil und fuhr davon.

Noch am selben Tag kam der Galerist Charles Ratton in Doras Atelier, unangekündigt und sichtlich aufgeregt.

»Monsieur Ray schickt mich«, sagte er, nahm seinen Hut ab und beugte sich über Doras makellose Hand. Auch er sprach beim Betrachten von Dora Maars neustem Werk kein Wort, aber er schüttelte immer wieder den Kopf, als sei ihm soeben im Atelier das Mirakel von Paris begegnet.

Er verabschiedete sich von Dora mit dem Versprechen, einen Vertrag für eine Leihgabe aufzusetzen, und stotterte an der Tür, während er seinen Hut aufsetzte: »Wie hat sie das gemacht? Wie, um alles in der Welt, hat sie das hinbekommen?«

Ohne eine Miene zu verziehen, legte Dora den Zeigefinger auf die Lippen.

In den ersten Tagen des Jahres 1936 avancierte *Père Ubu* zur Ikone der Surrealisten. Man druckte sogar Postkarten von dem eigentümlichen Wesen.

Beharrlich schwieg Dora, wenn Journalisten und Kollegen nach dem Ursprung von *Ubu* fragten. Die meisten vermuteten den Embryo eines Gürteltiers.

Dora lächelte die Spekulationen einfach weg.

Paul Éluard erzählte jedem, der es hören wollte oder auch nicht, von Doras brillantem Wurf. Noch im selben Jahr reiste *Père Ubu* gemeinsam mit der Künstlerin zur internationalen Surrealismus-Ausstellung nach London, wo es seinen in den Augen der Londoner Kuratoren würdigen Platz erhielt. Gegenüber von einem Werk von Picasso.

KAPITEL 9

Paris, 1936

»Ich habe die ganze Nacht kein Auge zugemacht«, klagte Julie und nahm aus Doras Hand die Konfitüre entgegen. »Wo warst du denn diesmal?«

Sie griff sich an die Stirn und warf einen Blick zum Fenster. Ein bewölkter Wintertag kündigte sich an, das Thermometer würde heute kaum über fünf Grad Celsius steigen.

Dora war um sechs Uhr morgens nach Hause gekommen. Sie hatte mit Freunden gefeiert. Die Ausstellung in London war ein voller Erfolg gewesen, und Dora war praktisch über Nacht in Paris zu einer Berühmtheit geworden. Ihr Bildnis *Père Ubu*, von dem niemand sagen konnte, was genau es darstellte, war vielleicht gerade seines Geheimnisses wegen zur Ikone einer ganzen Kunstrichtung avanciert. Die Kunstwelt lobte ihre Motivwahl in den Himmel und attestierte ihr eine brillante Technik.

»*Maman*«, sagte sie mit ruhiger Stimme. »Du weißt doch, dass ich letzte Woche in London war. Ich hatte dir das mitgeteilt.«

Als Dora heute in der Morgendämmerung die Haustür an der Place de la Porte de Champerret aufgeschlossen hatte, hatte Julie wie so oft im Morgenmantel oben im Treppenhaus gestanden, heruntergesehen und Dora mit einem strengen Blick und verweinten Augen empfangen.

»Letzte Woche«, erwiderte Julie mit zitternder Stimme.

»Ich war aus, *Maman*. Nichts Besonderes. Wir haben gefeiert. Kannst du dich nicht daran gewöhnen, dass ich erwachsen bin und meine eigenen Wege gehe?«

Dora nippte an ihrer Schale und schob ihr Croissant auf dem Teller zur Seite. Es lag an Josip. Immer wenn ihr Vater im Hotel lebte und sich mehrere Tage nicht an der Place de la Porte de Champerret sehen ließ, schienen Julies Wut, Verzweiflung und Frustration zu einer gefährlichen Mischung aufzukochen, bis sie zu explodieren drohte. *Maman* wurde, je länger *Tatas* Abwesenheit andauerte, von Stunde zu Stunde angespannter, nervöser und schließlich unerträglich. Spätestens nach einer Woche schwappte ihr Ärger auf Doras Benehmen über, und sie fing an, ihre Tochter zu kritisieren, zu beschimpfen, zu bevormunden.

Sei vernünftig. Tu dies, tu das! Lass das! Aber das kannst du doch unmöglich machen, Theodora!

Julie verstand es, ihren Egoismus und ihre Unfähigkeit, allein zu sein, mit zwanghafter Fürsorge zu tarnen, sie ihrer Tochter überzustülpen und fest wie ein Korsett zuzubinden. Ihre Aufmerksamkeit diente der absoluten Kontrolle. Während Dora sinnbildlich um Atem rang, vergaß Julie, dass Dora längst erwachsen war, eine Frau von neunundzwanzig Jahren.

»Nichts Besonderes nennst du das, wenn du von heute auf morgen nach London fährst? Was, wenn mir hier etwas passiert? Ich könnte sterben, tot sein, niemand wäre hier, um mich zu retten. Aber ich warte auf dich. Täglich warte ich auf dich. Mein Leben besteht nur aus dieser verdammten Warterei auf meine Tochter und deren Vater. Weißt du, in wessen Bett er gerade wieder liegt?«

Dora schob die Bemerkung beiseite, aber sobald Julie anfing, an Doras Gewissen zu appellieren und ihre Ängste zu schüren, spürte sie, wie sie butterweich wurde. Die Vorstellung, dass *Maman* etwas passieren konnte, war ihr unerträglich.

»*Maman*«, sagte sie zärtlich. »Ich bin längst aus London zurück. Wir trafen uns bereits mehrmals zum Abendessen.«

»Zum Abendessen! Was ist mit deinem Vater?«

Dora warf ihr einen Blick zu: Mit ihrer gebogenen Nase wirkte sie wie ein Greifvogel, der hackte und hackte.

Dora bemühte sich um einen möglichst belanglosen Ton. Sie hasste es, wenn Julie sie mit Indiskretionen ihrer missratenen Ehe vollstopfte. Sie verabscheute ihren vorwurfsvollen Blick, der nur darauf abzielte, Doras schlechtes Gewissen zu nähren. Sie wünschte, ihr Vater wäre hier und würde das Schlimmste abfedern.

»Was soll mit ihm sein? Er lebt im Hotel. Das weißt du alles, *Maman*.«

»In wessen Bett liegt er?«, wiederholte Julie ihre Frage.

Der Greifvogel hackte und hackte auf Doras Feingefühl ein, und sie spürte den widersprüchlichen Balanceakt zwischen ihren Gefühlen für Josip und ihre Mutter. Die Glaswand ihrer Kindheit in Buenos Aires schob sich vor ihr inneres Auge, und sie spürte die unmittelbare Bedrückung, die Panik, die Ausweglosigkeit, das Gefangensein in einem Käfig voller unauflösbarer Widersprüche.

Vor Julies Blick gab es kein Entfliehen.

»Er liegt in keinem Bett, nicht um diese Zeit. Er lebt, wie du weißt, im Hotel du Palais d'Orsay und wird arbeiten gegangen sein, *Maman*.«

Ihre eigene Stimme klang fremd. Es war, als trete sie aus ihrem Körper, um Schutz in einer Ecke des Salons zu finden. Ein Teil von ihr kauerte sich dort hinein, betrachtete Julie und sich selbst am Tisch sitzend.

Nichts davon schien Julie zu bemerken.

»Er betrügt mich, ständig. Markovitch betrügt mich.«

Julie zerrte ein Taschentuch aus ihrer Rocktasche und begann zu weinen. Dora starrte auf das armselige Bild wie durch eine imaginäre Linse. Die Römernase ihrer Mutter, ihren sich selbst bemitleidenden Ausdruck in den Augen. Gegenüber von Julie entdeckte sie ihren eigenen Körper mit blassem Gesicht am Tisch sitzend, die Hände an der Tischdecke festgekrallt und mit einem starren Blick in Richtung Tür, als müsse sie nur lange genug dorthin sehen, damit der Vater diese endlich aufstieß.

»Sein Name ist Josip, *Maman*. Und das tut er nicht, er tut es nicht.«

»Ihr sprecht also darüber, so ist es, nicht wahr? Er sagt dir, mit wem er im Bett war und was …«, erwiderte Julie angriffslustig.

»Nein«, rief Dora, und die Kraft kehrte in ihre Stimme und ihren Körper zurück. Sie spürte ihre Arme und Beine wieder, vernahm das klare *Nein* tief aus ihrem Innern. »Er ist nicht wie du. *Tata* ist ein Einzelgänger, genau wie ich.«

»Nicht wie ich? Das wäre ja noch schöner«, empörte sich Julie über diese Art von Vergleich. »Weißt du, was er früher mit mir gemacht hat, damals in Buenos Aires? Er hat …«

Dora hielt inne, ballte ihre linke Hand zur Faust und schlug damit auf den Tisch. Das Geschirr klirrte. »Ja, du hast es mir bereits erzählt, und ich möchte es nicht noch einmal hören!«

Eilig erhob sich Dora und schob den Stuhl an den Tisch. Sie wollte nur eines – weg von hier. Sie würde bei ihrem Vater vorsprechen, ihn bitten, wenigstens für ein paar Tage nach Hause zu kommen.

Julie sah sie entsetzt an, als erwache sie aus einem Traum. »Du gehst schon wieder, Theodora? Du bist doch gerade erst gekommen!«

»Ich muss ins Atelier, *Maman*, arbeiten. Heute Abend habe ich eine Auftragsarbeit bei einer Filmpremiere zu erledigen.«

»Du hast in einem Film mitgewirkt?«, fragte Julie, als hätte Dora soeben etwas schrecklich Obszönes ausgesprochen.

Dora nahm sich einen Apfel aus dem Obstkorb und biss hinein. Unmittelbar hob sich ihre Laune bei dem Gedanken an den bevorstehenden Abend. Auch ihre Stimmung konnte wechseln wie das Spiel von Licht und Schatten draußen.

»Ein Film von Jean Renoir, *Maman*. Mein Freund Prévert hat das Drehbuch geschrieben. Es handelt sich um einen Streifen mit dem Titel *Das Verbrechen des Monsieur Lange*. Nicht sehr sehenswert übrigens, voller Obszönitäten«, sagte sie und schüttelte sich demonstrativ.

Dora war wieder bei sich, so sehr, dass es ihr gelang, sich innerlich abzugrenzen. Sie musste nur den Vorhang vor der Glaswand zuziehen. Sie ging in den Flur, nahm ihre Tasche und warf noch einen Blick in den Salon. Julie saß am Tisch, die Ellbogen aufgestützt und ihren Kopf in die Hände gelegt.

»Mein Gott, was macht *meine* Tochter bei der Premiere eines vulgären Films?«, flüsterte sie in ihr Taschentuch. »Ständig muss ich mir Sorgen machen. Es ist zum Verzweifeln.«

»Sorge dich bitte nicht, *Maman*. Deine Tochter tut das, was sie am besten kann: fotografieren. Und dieser Film von Renoir ist nicht vulgär, ich habe nur Spaß gemacht.«

Sie trat hinter ihren Stuhl, küsste sie auf die Wange und verschwand zur Rue d'Astorg.

Im Schaufenster ihres Ateliers empfing sie Man Rays solarisiertes Foto ihres Gesichts, umgeben von einer exotischen, undefinierbaren Aura. Er hatte ihr eine Kopie geschenkt.

Erleichtert öffnete sie die Tür zu ihrem Atelier und verschwand in der Dunkelkammer, wo sie mehrere Stunden verbrachte.

Am Abend schminkte sie ihre Augen mit dunklem Kajal und

schlüpfte in einen schwarzen Garçonne-Hosenanzug. Darunter trug sie ein weißes Hemd mit Krawatte. Sie würde heute Nacht wieder einmal hier schlafen, Julies Pseudo-Fürsorge entfliehen.

Dora verteilte etwas Brillantine auf ihren kinnlangen, geglätteten Haaren, legte Parfüm auf und lackierte ihre Nägel mit einem exklusiven Nagellack in Rubinrot. Nun musste er nur noch trocknen.

Mit gespreizten Fingern zündete sie sich eine Spitze an und nahm einen kräftigen Zug. Der schwere Moschusduft ihres exquisiten Parfüms benebelte ihre Sinne.

Sie warf einen Blick an die Wand, an der ihre gerahmten Lieblingsfotografien hingen. Auf der Fotomontage *La Liberté* hielt Doras Hand eine weibliche Miniaturstatue. Die legendäre *Lady Liberty* schien zu wanken, zwischen den beiden Statuen glänzte der Atlantik wie flüssiges Silber unter einem wolkenverhangenen Horizont.

Die andere surrealistische Komposition Doras trug mit seiner verzerrten, architektonischen Perspektive der Kreuzbögen der *Orangerie von Versailles* den Titel *Der Täuscher*. Alles schien auf dem Kopf zu stehen. Die dunkle Atmosphäre gab dem Ganzen etwas Verstörendes. Was lag hinter der Wirklichkeit?

An der gegenüberliegenden Wand ihres Ateliers thronte das geheimnisvolle Wesen *Père Ubu*. Ein Lächeln legte sich auf ihre sinnlichen Lippen: Die Kunst hatte stets verschlungene Wege voller Überraschungen für sie bereitgehalten. Welche verheißungsvollen Aussichten erwarteten sie noch?

Schließlich war Doras Lack getrocknet. Sie erhob sich, nahm ihre Brusttasche von der Garderobe, zog ihren Mantel und die Handschuhe an und legte das Band ihrer Rolleiflex um den Hals. Auf dem Kopf trug sie eine bretonische Fischermütze, die sie tief in die Stirn gezogen hatte.

In schwarzen Herrenlackschuhen mit Schnürsenkeln trat sie hinaus auf die Straße und blickte zum Himmel.

Ein klirrend kalter Wintertag des noch jungen Jahres 1936 neigte sich dem Ende entgegen. Trotz der Kälte beschloss sie, zu Fuß zu gehen. Ihr Herzschlag beschleunigte sich, als sie sich die Kulisse vorstellte, zu der sie offiziell als Fotografin eingeladen war. Es handelte sich um das Filmtheaterhaus *Aubert-Palace* auf dem Boulevard des Italiens.

Paul Éluard, Nusch, Man Ray, Breton und Jacqueline, Prévert – Doras engste Freunde würden dort sein.

Schon von Weitem sah sie das erlesene Publikum in Abendgarderobe durch die vergoldete Eingangstür hineinströmen. Unauffällig mischte sie sich unter die vielen Besucher und begann mit ihren Fotoaufnahmen.

Dora entdeckte zahlreiche Freunde, Bekannte und Geschäftspartner im Publikum. Schweigend lehnte Cocteau an einem Stuhl.

Seine fahle Gesichtsfarbe wirkte wie die eines Geists. Wie immer war er akkurat gekleidet. Er trug einen schwarzen, glänzenden Smoking, darunter ein weißes Hemd, dessen Manschetten bis über seine dünnen Handgelenke reichten und aus dem seine schlanken Finger wie Spinnenbeine herausragten. Er warf ihr ein Lächeln zu.

Éluard und Nusch waren inmitten der Menge abgetaucht, beide ein Glas Champagner in der Hand haltend. Paul winkte sie zu sich.

Sie gab ihm ein Zeichen und bildete mit den Lippen lautlos: »Später.« Sie deutete anschließend auf ihre Rolleiflex, was so viel wie Arbeit hieß.

Insgesamt machte sie nahezu hundert Aufnahmen, Schnappschüsse, die eine spannungsgeladene Atmosphäre vor Filmbeginn wiedergaben. Viele Frauen posierten bereitwillig vor Doras Kamera. Ob sie sich wohl von ihrer Anwesenheit eine kleine Filmrolle, ein winziges Stück vom Pariser Glamour-Kuchen versprachen?

Als Dora ihre Arbeit beendet hatte, nahm sie von einem Tablett ein Glas Champagner und trank die prickelnde Flüssigkeit in zwei Zügen. Anschließend suchte sie Éluard, der nicht mehr an seinem Platz stand. Ihre Augen streiften die Köpfe der vielen Menschen. Unmöglich, hier jemanden zu finden.

In einer halben Stunde begann die Vorführung.

Plötzlich tippte ihr jemand von hinten auf die Schulter.

»Bist du nun endlich fertig und bereit, dass ich dir jemanden vorstelle?«

»Ich kenne die meisten hier«, gab sie lächelnd zurück.

Sie spürte Pauls warme Hände an ihrem Hals und ihren Wangen. Vorsichtig drehte er ihren Kopf in Richtung einer Säule, vor der sich eine Menschentraube versammelt hatte.

»Du siehst bezaubernd aus, Dora«, sagte Nusch und warf ihr einen bewundernden Blick zu. Cocteau trat neben sie und starrte in die gleiche Richtung.

Die Geräuschkulisse schwoll an, Stimmen, Gelächter und Jazztöne.

»Er hat immer dieses Gefolge um sich, deshalb übersieht man ihn fast«, sagte Paul.

»So ist es«, erwiderte Cocteau wie ein Echo. Seiner Stimme war die reinste Bewunderung zu entnehmen.

Dora kniff die Augen zusammen. Ohne Picasso zu sehen, wusste sie sofort, dass ihre Freunde von ihm sprachen.

»Er soll klein sein«, erwiderte Dora. Sie erinnerte sich an das Bild im Lipp, wo er mit Cocteau an einem Tisch gesessen hatte. »Die Meute drängt sich um ihn, als riesele auf diese Weise ein Hauch Feenstaub seines Ruhms und seiner Genialität auf sie herab.«

»Psst«, unterbrach sie Cocteau schroff.

Galant überhörte Paul, was Dora gesagt hatte. »Bist du *heute* bereit?«

Sie blickte an ihrer maskulinen Garderobe herunter, betrachtete ihre perfekt lackierten Nägel, tat einen tiefen Seufzer und nickte. »Die Frage wird sein, ob er für mich bereit ist.«

Lange standen Paul und Dora so da, auf die Gelegenheit wartend, bis Picassos Entourage Einblick gewährte.

Nach einer Weile löste sich aus der Menschentraube jemand, um nach einem Glas zu greifen, und die Sicht wurde frei.

»Ich glaube, er hat uns bemerkt«, sagte Cocteau ehrfürchtig.

Dora erkannte ihn sofort. Pablo Picasso trug ein schneeweißes Hemd und einen Tweed-Anzug. Eine breite Haarsträhne war akkurat vom linken Ohr bis zum rechten gekämmt.

Sie ärgerte sich über ihr Herzklopfen. Umso mehr bemühte sie sich um einen unbeteiligten, fast gelangweilten Gesichtsausdruck.

Was dann geschah, war ungewöhnlich. Paul musste den großen Meister nicht zu sich bitten. Picasso schien seinen Freund bemerkt zu haben und schob sich durch die Menschenmenge bis zu Cocteau.

Er warf Dora einen beiläufigen Blick zu.

»Darf ich dir die berühmte Fotografin und Malerin Dora Maar vorstellen, *mon ami*, die Schöpferin des *Père Ubu*?«, fragte Paul, während er sich wie ein Verkäufer neben Dora stellte.

»Wir alle lieben sie«, ergänzte Cocteau.

Dora schluckte, und ohne es zu wollen, lächelte sie Picasso an. Er war etwas kleiner als sie, obwohl sie heute keine Absätze trug.

Er reichte ihr die Hand. Sie fühlte sich rau, aber warm an, sein Händedruck verbindlich. Seine tiefschwarzen Augen schienen sie zu durchbohren.

»Ich kenne dieses *eine* Foto von Ihnen«, hörte sie ihn mit einer sonoren Stimme sagen. »Das von Man Ray. Mein Kompliment. Ich bin geradezu verliebt in Ihr solarisiertes Porträt, wie eine indianische Göttin sehen Sie darauf aus. Ich wollte es ihm abkaufen, aber er will es nicht hergeben. Was soll ich also tun, außer verzweifelt zu sein?«

»Sie könnten …«, setzte Dora an, um etwas zu erwidern, verstummte aber, denn Picasso hatte sich bereits Paul und Cocteau zugewandt.

So gut ist es auch nicht, dachte sie im Stillen und fragte sich, ob sie damit Man Ray, Picassos Geschmack oder sich selbst verhöhnte.

»Nun, dann«, sagte Picasso, drehte sich weg und begab sich wieder zur Masse seiner Anhänger, als sei er mit seinen Gedanken längst beim nächsten Objekt seiner Begierde.

»*Bonne soirée.*«

Dora spürte ihr Herz klopfen.

Was fiel diesem Andalusier ein? Sie verfluchte ihre Nervosität, ihren Mangel an Geistesgegenwart. Man durfte sich seinem Genie nicht unvorbereitet nähern. Niemals.

»Du hast ihm gefallen«, sagte Paul und blickte Picasso fasziniert hinterher, wie er wieder in die Menge abtauchte.

»Und wie du ihm gefallen hast«, bestätigte Cocteau.

»Das Bild von mir hat ihm gefallen, ihr Träumer«, erwiderte sie mit einer Mischung aus Verletzung und Trotz. »Er hat sich in ein Bild verliebt.«

TEIL 2

Eine unausweichliche Liebe
Dora und Pablo
(1936–1940)

Es ist Unsinn
sagt die Vernunft
Es ist was es ist
sagt die Liebe

Es ist nichts als Schmerz
sagt die Angst
Es ist aussichtslos
sagt die Einsicht
Es ist was es ist
sagt die Liebe

ERICH FRIED

KAPITEL 10

Zwei Monate waren seit Doras seltsamer Begegnung mit Picasso im Aubert-Palace vergangen.

Die Luft im Café Deux Magots war stickig. Dicht gedrängt saßen die Gäste an ihren Tischen, unterhielten sich, nahmen ihr Abendessen ein und tranken. Ein Kellner lief mit einem Tablett voller Gläser mit Pastis und Rotwein durch die engen Reihen.

Heute trug Dora einen extravaganten Hut mit Federn und ein schwarzes Seidenkleid, das ihren hellen Teint wie auf einer Porträtfotografie betonte. Sie setzte sich an einen Tisch, von dem aus sie freie Sicht auf einen Stammgast des Deux Magots hatte. Mit seiner Entourage, bestehend aus wenigen Freunden und vielen Bewunderern, hatte sich Picasso bereits vor einer Stunde eingefunden. Die meisten kannten seine Lieblingslokale in der Stadt und wussten, dass er erst nach einer kurzen Inspektion durch die Fensterscheibe entschied, wo er essen würde.

Er hatte nicht immer Lust auf dieselben Leute.

Kurz verschwand sein Gesicht im Zigarettenrauch, bis Dora seinen markanten Kopf wiederauftauchen sah. Paul Éluard redete von der Seite lebhaft auf ihn ein.

Dora war hochzufrieden mit der Wahl ihres Platzes. Sie hatte freie Sicht auf Picasso am Ende des Tischs, an dem sich seine Gäste eingefunden hatten. Rauchschwaden stiegen langsam zur Decke. Der Geräuschpegel war hoch, klapperndes Geschirr und Stimmen überlagerten sich.

Die Bühne ist bereitet, dachte Dora, richtete sich auf und griff nach dem Messer, das vor ihr lag. Ihr kam es vor, als erklänge der erste Takt eines dramatischen Tangos, und sie hob mit aufrechter Haltung ihr Kinn, als nähme sie die Tanzposition ein.

Und der Tanz begann.

Langsam legte sie ihre Hand auf den Holztisch. Sie trug einen mit Blumen bestickten Handschuh. So weit sie konnte, spreizte sie die Finger und begann, mit der scharfen Spitze des Messers auf die Tischplatte einzustechen. Als Kind hatte sie am Hafen von Buenos Aires immer wieder gesehen, wie sich Matrosen mit diesem Spiel die Zeit vertrieben. Es galt, nicht hinzusehen und blind die freien Stellen zwischen den Fingern zu treffen. Das waren die Spielregeln. Sie nahm sie wie alles andere im Leben ernst.

Mit einem tiefen Seufzer ging sie ans Werk, während sie den Mann gegenüber nicht aus den Augen ließ. Um sie herum hielten die Gäste inne, unterbrachen ihre Gespräche und folgten der Inszenierung wie Zuschauer einer Theateraufführung.

Dora beschleunigte das Tempo. Immer schneller und tiefer rammte sie das Messer in das weiche Holz.

Sie traf nicht immer den Tisch.

Aber sie spürte keinen Schmerz, nur den faszinierten Blick Picassos, der gerade ein fast rohes Stück Chateaubriand auf seine Gabel gespießt hatte, innehielt und stumm zu ihr herüberstarrte.

Ihr Brustkorb hob und senkte sich. Die Erregung des Moments, die Intimität dieses Blicks, in dem sich wie in einem Brennglas Zeit und Raum verdichteten, verschlug ihr fast den Atem.

An Picassos Tisch wurde es nach und nach still, weil sein Gefolge bemerkt hatte, wem seine Aufmerksamkeit galt. Alle sahen jetzt zu Dora hinüber, dann wieder zu Picasso, der am Kopf des Tischs die Gabel auf seinen Teller fallen ließ.

Was für ein Schauspiel wurde ihm da geboten! Nur Éluard schien das Ausmaß dessen, was gerade geschah, zu erfassen.

Für einen Augenblick war Dora, als könne sie zwischen dem Mann am anderen Ende des Raums und ihr nicht unterscheiden, als sähe sie durch seine Pupillen sich selbst: die großen, dunklen Augen, die rot geschminkten Lippen, die perfekt geformten Brauen, das flächige slawische Gesicht, in dem sich jetzt die Härchen aufstellten wie bei einer kühlen Brise. Sie genoss seine Aufmerksamkeit, seine weit aufgerissenen Augen.

Die imaginäre Tangomusik verklang.

Wie nach einer Hypnose kehrte Dora langsam zurück ins Jetzt, die Umrisse des Deux Magots wurden deutlicher, die Wirklichkeit konturierter. Es war wie in ihrer Dunkelkammer, wo sie Augenblicke einfing, wenn sie den Film aus dem Entwicklerbad herausnahm und die Belichtung gelungen war. Schwarz trat zurück, Weiß kam hervor oder umgekehrt.

Dann hatte sie genug und legte das Messer zur Seite. Immer noch sah sie unerschrocken in Picassos Augen, als blicke sie bis in seine Seele. Nichts in seinem Blick erinnerte mehr an die flüchtige Begegnung vor Monaten auf der Filmpremiere. Sie spürte das warme Blut in ihrem Handschuh und merkte, wie es an einigen Stellen in den feinen Stoff sickerte.

Nachdem sich ihre Atmung beruhigt hatte, tastete sie nach ihrer Spitze und zündete geübt die Zigarette am anderen Ende an, ohne die Augen von jenem Mann abzuwenden, dem ihre surrealistische Vorstellung gegolten hatte.

Sie wusste um die Kraft und die Vieldeutigkeit ihres Blicks, seine Verführungskünste, sie forderte ihn heraus, indem sie seinen Abgründen ihre Tiefe entgegensetzte.

Sieh nur, ich werde deine Grenzen sprengen, die Dinge auf die Spitze treiben. Ich bin dein Alter Ego, dein zweites Ich. Du wirst mich kein zweites Mal übergehen.

Sie hielt inne, als sie bemerkte, wie Picasso aufstand, den Stuhl achtlos zur Seite schob und auf sie zuging, als folge er einem unsichtbaren Wegweiser.

Vor ihrem Tisch blieb er stehen.

»Die indische Göttin«, sagte er leise, ehrfurchtsvoll. »Sie werden sich doch bestimmt an mich erinnern.«

Plötzlich waren sie einander so nah, dass sie das Terpentin auf seiner Haut riechen konnte.

»Ich weiß, wer Sie sind«, sagte sie, ohne zu lächeln, in seiner Muttersprache Spanisch. *Yo sé quién eres.*

Verblüfft bat er nach einer langen Pause um den Handschuh. Er sprach französisch. »Zu Hause habe ich einen Reliquienschrank. Ihr Handschuh bekäme einen gebührenden Platz, Mademoiselle. Ich bin zutiefst beeindruckt. Darf ich?«

Ohne zu zögern, streifte Dora das Objekt der Begierde ab, legte ihre nackte Hand auf den Tisch und reichte ihm mit der anderen seine neue Reliquie.

»*Tome mi mano, me entrego a Ud*«, sagte sie leise. In ihrer heiseren Stimme schwangen Verführung und Hingabe mit.

Nehmen Sie meine Hand, ich ergebe mich Ihnen.

Picasso erstarrte, und seine große Hand umklammerte das Geschenk.

In Wahrheit war sie die Beschenkte. Sie hatte so viel mehr bekommen als erwartet: die Erkenntnis der Unausweichlichkeit. In einem einzigen Blick hatten die beiden Künstler ein unsichtbares Feld betreten, jenes, wo sich die Welt ausdehnte und Worte störendes Beiwerk waren. Ihre erste Begegnung war nur der Auftakt gewesen, nicht mehr als ein Vorspiel.

Mit verwirrtem Gesichtsausdruck drehte sich Picasso weg und ging an seinen Tisch zurück.

Dora blieb sitzen, ohne den Blick von ihm abzuwenden, und genoss die bedeutungsvolle Stille, die er hinterlassen hatte.

Als kehre sie aus einem geheimnisvollen Land zurück in eine fremde Wirklichkeit, merkte sie, wie der Raum allmählich wieder von Stimmen und Geräuschen erfüllt wurde.

Picasso, der wie ein kleiner Schuljunge auf seinem Platz von links nach rechts rückte, suchte mit seinen Händen einen Gegenstand auf dem Tisch, als müsse er sich hier und jetzt erden. Er entfernte ein Rechteck aus einer Papiertischdecke, strich es glatt, riss es an den Enden zu einer ovalen Form aus, drehte es in Längsrichtung und gab ihm mit vier Brandlöchern seiner Zigarettenglut ein Gesicht, an dessen Mund eine schwarze Rauchspur verlief.

Dann tat er etwas Ungewöhnliches.

Als habe er Doras Vorahnungen erraten, stand er abrupt auf, warf seinen Stuhl dabei zu Boden und floh, seinen Trenchcoat überwerfend, ohne ein Wort des Abschieds hinaus in die Kälte des Pariser Winters.

Zurück blieben seine verblüffte Entourage und das kalte Chateaubriand auf seinem Teller.

Éluard richtete den Stuhl auf und warf Dora einen bewundernden Blick zu.

Lächelnd schloss sie die Augen, den lautlosen Applaus in vollen Zügen genießend, legte ihre Lippen um die Zigarettenspitze und nahm einen tiefen Zug. Behutsam blies sie Rauch in Richtung des leeren Stuhls, den Picasso hinterlassen hatte.

Im Deux Magot mochte der Blitz einschlagen, der Himmel über ihr einstürzen – so vieles mochte geschehen, was die Welt aus den Angeln heben konnte. All das war nichts gegen die Magie der Unausweichlichkeit, die vor ihr lag.

Kurz nach dem denkwürdigen Ereignis erreichte Dora über das Dienstmädchen an der Place de la Porte de Champerret ein Schreiben mit nur einem einzigen Satz, zusammen mit einem ausgefransten ovalen Stück Papier, auf dem sich mit nur vier eingebrannten Löchern ein Gesicht abzeichnete.

Schlingen Sie um Ihre Fesseln das Herz Ihres ergebensten Bewunderers. Picasso

Mit klopfendem Herzen verstaute Dora das Schreiben in ihrer Schublade. Das Gesicht legte sie in eine leere Kiste.

KAPITEL 11

Mougins, 1936

Im Süden Frankreichs steuerte ein heißer Sommer seinem Höhepunkt entgegen. Die Luft flirrte, und Wellen schwappten an den Sandstrand.

Dora saß auf der mit Reben überdachten Terrasse des am Strand liegenden Feriendomizils der Éluards.

Sie ließ ihren Blick über die Landschaft schweifen.

Aus der Küche strömte der Duft einfacher Mittelmeerküche mit Fisch, Knoblauch und frischen Kräutern. Gleich würde das Essen serviert werden.

Die Éluards erwarteten einen Gast, einen, der bereits vor Wochen seinem Freund Paul anvertraut hatte, dass er den Sommer im Hotel *Vaste-Horizon* in Mougins arbeiten würde und es sein Wunsch sei, Dora möge seinen Aufenthaltsort *en passant* erfahren.

»Diesmal reise ich nicht inkognito, verstehst du, *mon ami*?«

Paul hatte verstanden.

An jenem heißen Sommertag an der Côte d'Azur war es Picasso, der die Terrasse der Villa wie eine Bühne betrat und erfreut auf Dora zusteuerte.

Seit dem Vorfall im Deux Magots und der anschließenden Nachricht von Picasso hatte sie nichts mehr von ihm gehört. Jetzt wurde ihre Geduld belohnt. Sie hatte es seit jenem Wintertag in Paris im Deux Magots gewusst: Ihre Zeit würde kommen.

»Es ist wunderbar, Sie zu sehen«, sagte Picasso schlicht und sah sie an, wobei sein stechender Blick unverblümt preisgab, dass er einzig und allein ihretwegen hierhergekommen war.

»Wie lange ist das her – Monate? Was habe ich nur den kalten Winter ohne Sie getan?«

Dora bemühte sich, ihre Nervosität zu verbergen. »Ich nehme an, Sie haben gemalt«, erwiderte sie lächelnd.

Ein Schatten ging über sein Gesicht, während er ihr gegenüber Platz nahm.

»Sie ahnen nicht, wie es mir ergangen ist! Seit sechs Monaten habe ich nicht gemalt«, klagte er und entfaltete seine Serviette. »Das ist mir noch nie passiert. Eine Schaffenskrise. Hinter mir liegt die schlimmste Zeit meines Lebens.«

Mit dramatischem Blick sah er zum Himmel und suchte anschließend ihre Augen. Hier im Licht des Südens entblößten die seinen noch mehr Tiefe als im düsteren Deux Magots. Und Dora spürte, dass sie in sie eintauchen wollte, so sehr sprühten sie vor Lebendigkeit, Kraft und Intensität.

»Damals bin ich vor dir geflüchtet, jetzt habe ich dich wiedergefunden«, flüsterte er.

Er machte eine ausladende Handbewegung hinaus aufs offene Meer.

»Das Meer. Die Sonne. Riechst du die salzige Luft? Ich liebe den Sommer, diese Hitze. Nun ja, ich bin ein Spanier, wen wundert es also? Es heißt, ganz Montparnasse flüchte in diesem Jahr hierher. Was schert es mich, jetzt, da du hier bist, Dora Maar.«

Er sprach ihren Namen und das Du aus, als ließe er sich beides auf der Zunge zergehen. Sein Blick ging ungeniert über ihre Schultern, die Hände, zurück zu ihrem Gesicht.

Lächelnd sah Dora hinaus aufs Meer, das nur wenige Meter von ihnen entfernt lag.

Während des Essens tauschten sie einige Höflichkeiten aus.

Dora erzählte von ihrer Unterkunft bei ihrer Freundin Madame Deharme, jener Schriftstellerin, die Picasso gleichfalls kannte. Er hingegen berichtete vom Hotel Vaste-Horizon, wo er zwei Räume bewohnte. Einen zum Schlafen, den anderen nutzte er als Atelier.

»Es ist ein kleines verwunschenes Gebäude oben am Hang von Mougins.«

Dora stellte sich in dem alten Bergdorf einen gähnend leeren Raum vor, mit nackten Staffeleien und zerknüllten Skizzen, die wahllos am Boden herumlagen. Was mochte es für diesen Mann bedeuten, wenn er nicht arbeiten konnte? Sie ahnte seine Verzweiflung, sein Ringen um Ausdruck.

Erneut spürte sie seinen Blick und erwiderte ihn voller Entschiedenheit, während sie innerlich bebte.

Wie aus der Ferne vernahm sie nach einer gefühlten Ewigkeit Gesprächsfetzen aus einer Unterhaltung zwischen Paul Éluard und Picasso, der geistesabwesend und im Stakkato auf Fragen antwortete, ohne die Augen von ihr abzuwenden.

Stillschweigend beendeten sie das späte Mittagessen. Es war bereits kurz nach drei. Dora aß mit wenig Appetit, trank einen kräftigen Schluck Weißwein und ließ ihren Gedanken freien Lauf: Eines Tages würde sie Fotos von ihm machen. Von seinen tiefbraunen Augen mit dem unverkennbaren Blick am Rande des Wahns, von seinen Händen. Hier am Strand. Im Vaste-Horizon.

Ein Windhauch strich über ihre Haut und ließ die Tischdecke flattern.

Nusch und Paul erhoben sich schweigend und gingen mit einem Stapel Geschirr ins Haus.

Plötzlich stand Picasso neben Dora und reichte ihr die Hand.

»Komm! Lass uns Steine sammeln.«

Er deutete mit einer Kopfbewegung zum Haus, als gelte es, die Gelegenheit beim Schopf zu packen, dass sie allein waren. In seiner Stimme schwang etwas mit, das keinen Widerspruch duldete.

Sie zögerte nicht, legte ihre Hand in seine, stand auf und lief mit ihm am Strand entlang. Ihre Schuhe hatte sie auf der Terrasse unter dem Tisch zurückgelassen.

In der prallen Mittagssonne spürte sie den heißen Sand unter ihren Füßen. Sie beschleunigten ihre Schritte. Er zog sie an der Hand, bis er zu rennen anfing.

»Dreh dich nicht um. Versprich mir, dich nicht umzudrehen«, rief er ihr zu. »Weißt du, wie du auf Männer wirkst? Weißt du, wie deine Stimme klingt? Sie reizt meine Phantasie bis aufs Blut.«

Sie schloss die Augen, während sie sich mitreißen ließ. Wie sollte sie dieses Glück nur festhalten? Diese Freiheit? Das blinde Vertrauen, das sie in einen fremden Mann hatte? Nein, er war kein Fremder. Er war ihr Seelenverwandter, einer, der ihr Wesen in einem einzigen Blick erfasste.

Waren sie füreinander geschaffen? War er deshalb aus dem Deux Magots vor ihr geflüchtet?

Irgendwann hielt Picasso um Atem ringend an, und sie schnappten beide nach Luft. Er führte sie an einen nahe gelegenen Felsen, auf den sie sich setzten. Zärtlich strich er Dora die Haare aus dem Gesicht und lächelte sie an.

»Ich habe eine Frau, die mich quält und mir jeden Tag böse Briefe schreibt. Olga tut das gleich in mehreren Sprachen und weigert sich, in die Scheidung einzuwilligen. Sie hat mehrfach mit Selbstmord gedroht. Ich habe eine Tochter mit einer anderen Frau. Jeden Sonntag besuche ich sie. Manchmal samstags. Du solltest das wissen.«

Dora, die von alldem schon lange gehört hatte, nickte und fuhr sich durch die Haare.

»Ich stehe zu meiner Verantwortung. Auch das musst du wissen. Die Menschen, die einmal in meiner Nähe waren, können sich auf mich verlassen.«

Noch einmal nickte sie, obwohl ihr das neu war.

Er warf einen Stein weit hinaus ins Meer, als sei nun alles Wichtige zwischen ihnen erörtert worden. Für einen Augenblick legte er seinen Arm um sie, und Dora neigte den Kopf an seine Schulter. Sie wünschte, der Moment würde ewig andauern – der Duft seiner Haut, die Sonne, das Meeresrauschen, seine Stimme an ihrem Ohr.

Plötzlich reckte er mit geschlossenen Augen seinen Hals und sagte: »Wie glücklich du mich machst. Ich bin ein glücklicher Mann. Bist du eine glückliche Frau?«

»Ja«, antwortete sie, ohne nachzudenken. »Das bin ich.«

Die Welt wurde weit und dehnte sich aus. Wasser und Horizont verschmolzen zu einem Bild in Blau, und plötzlich sehnte sie sich nach einem Rahmen. Denn so viel Glück auf einmal barg die Gefahr, ihre Grenzen aufzulösen.

»Ich bin fünfundfünfzig Jahre alt«, sagte er ernst.

Die Banalität seiner Worte, die er, im Gegensatz zu seinen komplizierten Beziehungen, verschämt wie bei einer Beichte aussprach, entlockte ihr ein Lachen.

»Na und?«, fragte sie und sah ihn herausfordernd an.

»Du bist jung, so jung. Ich möchte nicht einmal dein Alter wissen. Verrate es mir bloß nicht! Sonst fühle ich mich steinalt. Deiner nicht würdig.«

Marie-Thérèse, die Mutter seiner Tochter Maya, war zwei Jahre jünger als Dora. Das war ihr bekannt.

Zärtlich legte er seine große Hand auf ihr Gesicht und fuhr

darüber, als zöge er einen Pinselstrich. Die Innenfläche seiner Hände waren rau wie Schmirgelpapier. Dann strich er ihr die Haare aus dem Gesicht.

»Wie schön du bist, wie schön! Lange Haare, du musst lange Haare tragen, wie eine Spanierin. Weißt du, wie viel Feuer du hast?«

Sie schloss die Augen und seufzte. O ja, sie wusste von ihrem Feuer. Ab sofort würde sie sich für ihn die Haare wachsen lassen, wenn möglich, in einer einzigen Nacht, und anschließend an ihrem eigenen Feuer verbrennen.

Abrupt stand er auf und zog sie zu sich hinauf.

Ohne sich umzudrehen, folgte sie ihm den Strand entlang bis zur Straße. Am Ortsrand steuerte Picasso einen dunklen Wagen an.

»Bring uns nach Mougins, mein Freund«, befahl er dem Fahrer des Wagens und legte auf der Rückbank den Arm um Doras Schulter.

Immer wieder beäugte sie Picassos Fahrer Maurice während der kurzen Fahrt hinauf in die Berge im Rückspiegel. Auch davon wusste sie aus Schilderungen der Pariser Künstlerszene: Maurice war immer bei Picasso, stets bereit, den Meister von A nach B zu bringen. Eifersüchtig beobachtete er diejenigen, denen Picassos Aufmerksamkeit zuteilwurde. Nur sein Sekretär Sabartés, so hieß es, sei schlimmer.

Regungslos erwiderte Dora seinen Blick.

Der Wagen fuhr die engen Gassen hinauf bis vor das Vaste-Horizon.

Sie stiegen aus, und Picasso steuerte den Eingang an. Sie glaubte Maurice' missbilligenden Blick in ihrem Rücken zu spüren und bewegte ihren Oberkörper im Gehen, als wolle sie ihn abschütteln, dann besann sie sich: Mochten die anderen denken, was sie wollten. Mochte deren Welt klein bleiben, ihre war groß und unermesslich und frei von Neid. Sie hatte sich noch nie um die Meinung der anderen geschert.

Dora betrat das Hotel barfuß, Picassos Hand in ihrer. Gemeinsam eilten sie die breiten Treppen hinauf und machten vor einer Tür halt.

Trotz der Spätnachmittagshitze zitterte Dora am ganzen Körper.

Picasso schlug die Flügeltür zu seinen Räumen auf, wie ein König, der seiner Königin den Palast enthüllte.

Hier ist mein Reich, einzig für dich geschaffen.

Was dann mit Dora geschah, vermochte sie nicht in Worte zu fassen. In einem einzigen Rausch verschwammen die Grenzen ihrer Welt mit der seinen. Ihr war, als sei seine Hand die ihre, ihr Mund seiner, als kämen ihr sämtliche Gliedmaßen abhanden, als sprengte die Leidenschaft alle Ketten.

Erst spät in der Nacht, als sie neben ihm lag und ihn betrachtete, fand sie wieder zu sich. Sie würde achtgeben müssen, sich nicht zu verlieren.

Draußen zirpten die Zikaden, und aus der Ferne drang das Rauschen des Meers an ihr Ohr. Sie bedauerte, ihre Kamera nicht mitgenommen zu haben. Gern hätte sie Picasso im Schlaf fotografiert. Er, der gerade noch mit ihr an einem Tisch gesessen hatte, auf dem heißen Sand gelaufen war und ihr auf der Rückbank eines Automobils mit seinen Augen versprochen hatte, was gleich geschehen würde – jener Mann lag da wie ein schutzbedürftiges Kind, weit entfernt von den großen Gesten seiner Kunst.

Erschöpft und geborgen schlief sie ein.

Am frühen Morgen erwachte Dora von einem Geräusch. Der Platz im Bett neben ihr war leer.

Die Vögel zwitscherten, und ein milchiges Licht schob sich durch die geschlossenen Läden.

Das Geräusch kam von nebenan. Picasso sang eine spanische Melodie. Dora setzte einen Fuß nach dem anderen auf den Boden. Zu ihrer Überraschung gab er nicht nach und trug sie sicher bis zur Tür. Im Gehen wickelte sie das zerknitterte Leintuch um ihren kräftigen Körper und schlich auf Zehenspitzen in jenes Zimmer, das Picasso als Atelier diente.

Sie lugte durch einen Spalt in der Tür und wünschte, dieser Moment möge niemals aufhören.

Von hinten sah sie seinen nackten Rücken, und die Erinnerung an die Nacht kam zurück wie eine warme Welle des Mittelmeers.

Er stand barfuß, nur mit Unterhosen bekleidet, an einem Tisch, eine brennende Zigarette in der Hand haltend, den Kopf über eine Skizze gebeugt. Er zeichnete, als folge seine Hand einem unbewussten Drang, eilig und mit Hingabe.

Wie glatt und glänzend seine Haut trotz der mehrfachen täglichen Bäder, von denen seine Freunde erzählten, geblieben war.

Sie trat näher. Als er sie bemerkte, ging ein Lächeln über sein Gesicht. Er legte den Bleistift zur Seite und drückte seine Zigarette aus.

»Ich werde wieder malen«, sagte er überschwänglich, breitete die Arme aus, kam auf sie zu und zog sie an sich. »Es ist vorbei. Als hätte ich nie eine Blockade gehabt. Du hast meine Mauern eingerissen, Dora. Es kann mir gar nicht schnell genug gehen. Ich werde dich malen, meine Schöne, so wie du bist. Ich platze vor Inspiration. Wenn man verliebt ist, ist alles leichter.«

Er sah sie zärtlich an, dann wechselte sein Ausdruck, und sie begriff: Es ging um seine Kunst, seinen Ausdruck, seine Balance, die er nur auf einer Leinwand zu finden vermochte. Als seien sie nicht nur Frau und Mann, sondern auch Objekt und Schöpfer. In der Kunst wurden sie zu Komplizen.

Wie in Trance starrte sie hinüber zur Skizze auf dem Tisch. Mit wenigen Strichen hatte Picasso ein Szenario festgehalten, ausdrucksstark, unvergleichlich kraftvoll, dabei schonungslos.

Ein Minotaurus, ein Zwitterwesen aus Mensch und Tier, beugte sich, die Augen glühend vor Gier, mit seiner Schnauze über das Geschlecht einer kräftig gebauten Frau, als bemächtige er sich ihrer. Unwillkürlich fiel Dora ihr Opium-Traum ein.

Die Frau hatte ihr Gesicht vom Minotaurus abgewandt, als habe sie all ihre Waffen fallen lassen. Ihre Hand berührte seine, die auf ihrer Brust lag, und ihr Blick schien der Welt vollkommen entrückt, mit einem sonderbar weichen Gesichtsausdruck. Weich, verletzlich und wunderschön.

Es war ihr eigenes Antlitz.

Picassos Hände mussten etwas in ihrem tiefsten Inneren erfasst und auf Papier gezaubert haben, einen verborgenen Wesenszug, einen, den ihr bislang nicht einmal ihr eigenes Spiegelbild preisgegeben hatte.

KAPITEL 12

Im Vaste-Horizon von Mougins zogen sich Dora und Picasso im ersten Liebesrausch vollkommen zurück. Sämtliche Freunde, die in der Nähe ihre Sommerferien verbrachten, nahmen Rücksicht auf die Zweisamkeit des neuen Paars und belästigten es nicht.

Nicht einmal Picassos britischer Freund, der Autor und Kunstkenner Roland Penrose, der mit Man Ray schon vor Tagen in Mougins angereist war, bekam die beiden zu Gesicht.

Tagsüber malte Picasso wie ein Besessener, die Abende und Nächte gehörten ihnen.

»Du hast mich bereits nach unserer Begegnung im Deux Magots gemalt«, sagte Dora eines Abends, als sie sein Atelier betrat, und hielt ihm eine Zeichnung, die sie auf dem Tisch entdeckt hatte, hin.

Lächelnd hob er die Brauen und räumte seine Malutensilien weg.

Picassos Darstellung Doras hatte mit der Realität der stürmischen, leidenschaftlichen Begegnung, die ihre Liebe besiegelt hatte, nichts gemein: Ein bieder gekleidetes Mädchen mit Doras Zügen, die Haare in ein Kopftuch gehüllt, öffnete eine Tür, hinter der Picasso als König mit klassischem Bart und Lorbeerkopfschmuck auf seinem Thron saß.

»Das bin ich nicht«, protestierte Dora lachend.

Lächelnd verschwand er im Bad.

Sie ließ sich in einen Sessel fallen, die Skizze in der Hand haltend, die auf den zweiten Blick eine tiefe Wahrheit ihres Wesens offenbarte. War es möglich, dass Picasso jenen schüchternen Anteil in ihr erkannt hatte, bevor sie Liebende geworden waren? Entlarvte er mit seinem Blick auf sie das Bourgeoise, das sie für immer prägen würde? Wie konnte er so viel von ihr auf Anhieb verstehen?

»Mir scheint, du bist nicht nur ein Genie, Picasso, sondern auch ein großer Menschenkenner«, sagte sie beim gemeinsamen Abendessen. »Siehst du dich als einen Jüngling, einem Gott gleich, der auf einem Thron sitzt, während ich in dein Leben trete?«

»Ich fühle mich jünger denn je, seit du bei mir bist«, lautete seine schlichte Antwort. »Vergiss nicht, dass es auch noch *Dora und der Minotaurus* gibt, an dem ich gerade male. Das ist die Kehrseite deiner Schüchternheit.«

»Es ist vor allem die Kehrseite *deines* Wesens, Picasso. Wann darf ich einen Blick darauf werfen?«, frage Dora und nahm einen großen Schluck Wein.

Er schüttelte den Kopf. »Erst, wenn es fertig ist. Das bringt sonst Unglück.«

Dora stutzte. »Unglück? Ich wusste gar nicht, dass du abergläubisch bist.«

»Ich bin ein Spanier«, sagte Picasso mit ernster Miene, als erkläre seine Herkunft seinen Hang zum Okkultismus. »Zu Hause in Paris lasse ich mir nach dem Schneiden meiner Nägel sämtliche Reste geben, damit sie nicht in die falschen Hände gelangen.«

Dora unterdrückte ihre Frage nach den Spitzen seines sonderbar gekämmten Haares.

»Und was machst du damit?«, fragte sie schließlich, denn in Wahrheit hatte Picasso mit seiner Aussage etwas in ihrem Wesen angesprochen, das jener verborgenen Welt jenseits des Rationalen durchaus zugetan war.

»Ich verstaue sie in einer Schachtel.«

Er sah sie mit großen Augen an, als handle es sich um die normalste Sache der Welt.

»Du hast Angst vor Verwünschungen?«, fragte sie.

Picasso riss seine dunklen Augen auf, ließ Messer und Gabel fallen und gestikulierte kraftvoll.

»Ja, weißt du denn gar nicht, was alles geschehen kann? Was das Böse im Menschen mit Dingen, die aus dir selbst herausgewachsen sind, anzurichten vermag? Ich weiß, wovon ich spreche.«

Dora war tief bewegt – seit ihrer Kindheit glaubte sie an eine höhere Macht und war immer bereit gewesen, bei ihrer Suche nach dem Sinn des Lebens über das rational Erfahrbare hinauszugehen. »Und was ist mit der Astrologie?«, fragte sie fast andächtig.

»Die Sterndeutung, natürlich hat auch sie ihre Berechtigung«, sagte er mit einem Anflug von Empörung. »Ich suche regelmäßig einen Astrologen auf. Was ist dein Sternzeichen, sag es mir!«

»Skorpion«, erwiderte sie.

»Genau wie ich!«, rief er begeistert. »Wir sind beide Skorpione. Was für eine Fügung des Schicksals. Weißt du, was man ihnen nachsagt?«

Er kniff die Augen zusammen und hielt inne, als warte er gebannt auf ihre Erklärung.

»Instinkt.« Dora überlegte. »Gefühlstiefe und Leidenschaft. Eine Leidenschaft, die zerstörerisch sein kann. Weil Skorpione selbst um die Abgründe wissen, erkennen sie die Schwächen und Stärken ihres Gegenübers instinktiv. Zwei Skorpione würden sich gegenseitig lieber zerstören, bevor sich einer von ihnen vom Kampf zurückzieht. Wir bilden eine sehr waghalsige Verbindung, Picasso.«

»Daher also dein Feuer«, sagte er leise. Seine Augen erfassten ihr Gesicht, als erkunde er jeden Abschnitt für sich und verankere das Resultat tief in seiner Erinnerung. Es war mehr als Sehen, es ging um Erkennen.

»Der Skorpion ist ein Wasserzeichen«, gab sie zurück. »Er besitzt Tiefe. Seine bedingungslose Hingabe kann in der Liebe bis zur Selbstzerstörung führen. Man darf ihm nichts vormachen. Lügen erfasst er nahezu seismographisch. Weißt du, was ein Skorpion macht, wenn er dem Feuer ausgesetzt ist und keinen Ausweg findet?«

Picasso schüttelte stumm den Kopf.

»Er ersticht sich mit seinem eigenen Stachel und seinem Gift.«

Theatralisch warf sie die Hände nach oben und deutete mit dem Zeigefinger die Attacke mit einem Stachel an.

»Du hast so viel Feuer, Dora«, stammelte Picasso und starrte auf ihre Hände.

»Mein Feuer rührt woanders her.«

Picasso fragte nicht weiter und wandte sich wieder dem Anmischen einer Farbe zu.

Das war das Zeichen für sie, zu verschwinden.

»Du wirst bereits wissen, woher mein Feuer kommt«, flüsterte sie, drehte sich um und zog sich im Schlafzimmer an.

Nach dem Frühstück brachen sie zu einer Wanderung ins zwölf Kilometer entfernte Töpferstädtchen Vallauris auf. Die beiden unternahmen häufig ausgiebige Wanderungen oder ließen sich ans Meer fahren und sonnten sich in der Mittagshitze. Dora liebte es, zu schwimmen, Picasso hingegen, der nicht schwimmen konnte, ging ihr zuliebe bauchhoch mit hinein. Genau wie sie genoss er es, am Strand umherzulaufen und skurrile Gegenstände zu sammeln, die er in Paris für Plastiken würde verwenden können.

Arm in Arm schlenderten sie durch die engen Gassen von Vallauris. Der kleine Ort erinnerte sie mit seinen Treppen ein wenig an den Montmartre. Sie bewunderten die Töpferarbeiten, die überall ausgestellt waren.

Picasso aber hatte in diesem wunderbaren Sommer die Fotografie für sich entdeckt. Dora hatte ihm Technik und Spielereien mit der kleinen Rollei erklärt, und er schien ihr Wissen aufzusaugen wie ein ausgetrockneter Schwamm. Zu Hause in Paris wollte er aus den Negativen *Rayogramme* machen, ein Verfahren, das Man Ray vor einigen Jahren entdeckt hatte. Es handelte sich um eine Technik, Lichtgraphiken herzustellen. Je nach Belichtungszeit gelang es zuweilen, irreale Gebilde zu erschaffen.

»Wir werden das alles zusammen in Paris entwickeln, meine schöne Dora. Wir werden uns in deinem Atelier auf meinen Werken lieben«, sagte er überschwänglich.

Meine Werke. Manchmal drängte sich Dora der Gedanke auf, er wolle ihr mit dem Schnippen seiner Finger zeigen, wie leicht der große Meister sich *ihrer* Kunst zu bedienen vermochte, als sei ihr Erfolg kein Hexenwerk. Aber sie schob Konkurrenzgedanken zwischen ihnen stets zur Seite. Sie waren Liebende, fühlte man sich in diesem Zustand nicht so, als könne man alles erreichen?

Am Abend bestellten sie in einem kleinen Lokal mit Blick aufs Meer Fischplatten mit Meeresfrüchten, Gemüse, Salat, Wein und Brot. Auf einem separaten Teller lagen eingelegte Oliven, Tomaten und Paprika.

Hier, wo niemand Picasso kannte, erschien Dora ihre Zweisamkeit noch intensiver, der Duft des Essens, die Sonne auf ihrer Haut, seine Berührungen, seine Blicke. Sie genoss es, wenn er sie wie jetzt mit seiner Aufmerksamkeit überschüttete und seine liebenden Blicke sie überallhin begleiteten.

»Du solltest wieder malen«, sagte er wie aus heiterem Himmel und zog mit den Zähnen das Fischfleisch von der Gräte.

Seit sie an seiner Seite war, hatte sie ihre Fotokunst vernachlässigt, dafür umso mehr Aufnahmen von ihm gemacht. Sie spießte ein Stück Languste auf ihre Gabel und beträufelte es mit Zitrone.

»Hast du gehört?«, fragte er, zog die Brauen nach oben, steckte ihr eine Olive in den Mund, die sie mit den Zähnen aufnahm. Sie kaute auf dem weichen Fleisch herum, bis sie zum Kern vorstieß und ihn in ihre geöffnete Hand fallen ließ.

Er beobachtete jede ihrer Bewegungen und zündete sich eine Zigarette an. Die Abendsonne brannte noch immer auf der Haut.

»Du solltest malen, Adora.«

Adora – die Bewunderte – so nannte er sie in letzter Zeit.

»Ist das dein Ernst?«

»Natürlich. In jedem Fotografen steckt ein Maler, der befreit werden möchte, *ma chère*. Die Malerei ist die höhere Stufe der Kunst. Versuche dich darin, erinnere dich an deine Ausbildung. In der Fotokunst hast du alles erreicht. Du musst mir zu Hause all deine Gemälde zeigen. Eines davon habe ich bei Cocteau gesehen. Es war gar nicht schlecht.«

Nicht schlecht – das traf ihre Malkünste weiß Gott. An der Seite eines Malers von Weltruhm erschien es ihr unmöglich, auch nur ein einziges Bild zu malen. Andererseits hatte sie im Moment keine Lust auf surrealistische Fotos. Ihre Realität war um so vieles schöner und hatte sich so gewandelt, warum also sollte sie nach neuen Formen des Ausdrucks suchen?

»Gar nicht schlecht ist niemals gut genug, Picasso«, erwiderte sie stolz und blickte ihn herausfordernd an. »Das müsstest gerade du wissen.«

Er beugte sich zu ihr herüber, fuhr ihr durch das volle Haar und lachte.

»Du bist eine sehr kluge Frau«, sagte er, lehnte den Arm auf den freien Stuhl neben sich und sah sie mit zusammengekniffenen Augen an, während er einen tiefen Zug von seiner Zigarette nahm.

Sie blieben, bis es dunkel wurde. Picasso schlug vor, sich ein Zimmer zu nehmen, aber Dora hatte eine bessere Idee. »Wir besorgen uns Fackeln und laufen zurück. In einem Geschäft gleich am Ortseingang habe ich welche gesehen.«

Sie sah zum klaren Himmel hinauf, an dem man bereits den Vollmond erahnen konnte. In wenigen Tagen würde er prall gefüllt sein.

»Was für ein Abenteuer«, erwiderte er, stand auf und klatschte vor Freude in die Hände.

Mit brennenden Fackeln zogen sie kurz darauf los. Der Mond schien vom Himmel. Der Rückweg nach Mougins, der durch Olivenhaine, Lavendelfelder und Pinienwälder führte, erschien ihr wie eine Märchenwelt, ein schlafendes Paradies des Südens. Jeder Wegabschnitt duftete für sich, und nur ihre Schritte auf dem steinigen Boden waren zu hören, ihr Atem, der einen gemeinsamen Takt gefunden hatte, seine Hand in ihrer, seine Wärme.

Die Schönheit der Natur, das Zirpen der Grillen und der Duft von Lavendel machten Dora nachdenklich. Immer wieder gingen ihr die Berichte aus der Tagespresse durch den Kopf.

Seit einigen Wochen trugen in Picassos Heimat Spanien die Putschisten unter dem faschistischen General Franco und die demokratisch gewählte Zweite Republik ihren blutigen Streit aus. Leidtragend war vor allem die spanische Bevölkerung.

»Es ist fast makaber«, sagte Dora, während sie einen Blick auf Valauris zurückwarf. Noch lagen mindestens fünf Kilometer vor ihnen. »Wir laufen hier mit Fackeln durch die Idylle der Provence, während in deinem Land der Kampf tobt.«

Picasso blieb stehen und sah ihr in die Augen. Im Licht der Fackeln wirkten die tiefen Furchen seines gebräunten Gesichts wie eine ausgetrocknete Flusslandschaft.

»Wir sind vom Weg abgekommen«, sagte er, nahm ihre Hand und lief weiter, bis sie über ein vertrocknetes Stoppelfeld stapften. Nicht weit entfernt entdeckten sie den steinigen Weg wieder, der vom Mond beleuchtet wurde.

»Siehst du die Lichter von Mougins?«, fragte sie und deutete dorthin.

Abrupt hielt er inne, stellte sich ihr gegenüber, nahm ihren Kopf in beide Hände und küsste sie zärtlich. »Du bist meine Lichtträgerin in der Dunkelheit, Dora. Du bist es.«

Ihr blieb fast das Herz stehen – was für ein Glück war es, an seiner Seite zu sein. Sie hätte den ganzen Ort umarmen wollen.

»Wie schön wäre es, wenn wir ein Kind zusammen hätten«, sagte Picasso plötzlich.

Dora erstarrte innerlich, ließ sich aber nichts anmerken. »Ein Kind?«, stotterte sie.

»Eines mit meinem Genie und deiner Intelligenz mitsamt deiner Schönheit, deinem Temperament, es wäre wunderbar, Dora, meine Angebetete. Du hast wesentlich mehr gute Eigenschaften beizusteuern als ich. Und eine Frau ist erst dann vollkommen, wenn sie Mutter geworden ist.«

»Picasso, manchmal bist du ein Träumer«, gab sie zurück, nachdem sie sich gefangen hatte.

Erschöpft erreichten sie schließlich das Vaste-Horizon.

»Frauen sind dafür gemacht, Mutter zu werden«, sagte er in bestimmendem Ton und öffnete die Eingangstür. »Ich bin kein Träumer, sondern ein Seher.«

Ein Seher. Auch sie hatte von klein auf gesehen, ihr Auge geschult, weil sie eine verborgene Welt hinter dem Objekt vermutete. Ihre ersten Fotografien in Buenos Aires fielen ihr ein. Die meisten davon hatte sie am Hafen gemacht, genau dort, wo *Maman* keinerlei Experimente duldete.

»Als Kind habe ich mich immer im Schrank eingeschlossen, wenn mich die Dinge überrannten.«

Dora erschrak über ihre eigenen Worte – warum erzählte sie ihm ihr intimstes Geheimnis, jenes, das sie noch niemandem verraten hatte? Nur, weil sie sich zufällig verlaufen hatten?

»Ich möchte mehr darüber wissen«, sagte er und strich ihr über den Rücken.

»Es geschah immer dann, wenn sie gestritten haben, Josip und Julie«, flüsterte Dora. »Im Schrank war ich unsichtbar. Ich wurde auf einem Minenfeld groß.«

»Und jetzt bist du bei mir«, erwiderte er zärtlich.

KAPITEL 13

Nachmittags, wenn es wegen der Hitze im Dorf still wurde und die Fensterläden geschlossen wurden, genossen Dora und Picasso ihre Zweisamkeit in einer einsamen Bucht des Golfs von Saint-Juan.

Sie hatten eine Decke ausgebreitet und gingen Hand in Hand ins Wasser. Picassos Hund Kazbek, ein großer Afghane, bewachte die beiden vom Ufer aus aufmerksam. Nach und nach hatte er zu Dora Vertrauen gefasst.

»Komm mit, Picasso. Komm schon«, rief sie und ließ sich ins Wasser fallen. Der Wind prickelte auf ihrer feuchten Haut. »Ich bringe dir das Schwimmen bei. Es ist nicht schwer.«

Obwohl er das Meer genauso liebte wie Dora, hatte Picasso sich nie überwinden können, schwimmen zu lernen. Und auch jetzt blieb er hüfttief im Wasser stehen.

»Nein«, sagte er lachend, schöpfte mit den Händen das Meerwasser und verteilte es über seinem Oberkörper. »Ich bin zu alt, Dora. Das Schwimmen lerne ich nicht mehr. Dafür kann ich vieles andere.«

Dora klatschte mit der flachen Hand auf die Wasseroberfläche, drehte sich weg, tauchte ab und schwamm hinaus. Weit draußen ließ sie sich auf dem Rücken von den sanften Wellen tragen.

»Dora, sieh nur«, hörte sie irgendwann von Weitem seine Stimme. Sie entdeckte ihn am Ufer und schwamm zurück. Er stand mit den Füßen im Wasser und stemmte sich mit beiden

Armen gegen ein Strandgut, das dreimal so groß war wie er. Wie eine Plastik präsentierte er seinen Fund.

Es handelte sich um ein leicht gebogenes Stück Holz, vermutlich die gebrochene Seitenplanke eines Boots, die angespült worden war. Abrupt ließ er das Teil fallen, ging auf Dora zu und zog sie an der Hand an ihren Sonnenplatz.

»Mir scheint, du kannst alles gebrauchen«, sagte Dora, während sie ihre Haare mit einem Handtuch rubbelte.

Sie griff in den mitgebrachten Picknickkorb und schenkte zwei Gläser Rotwein ein. Wortlos trank er sein Glas in einem Zug. Dann nahm er einen Zeichenblock und einen Bleistift und setzte sich im Schneidersitz ihr gegenüber. Schweigend fing er an, Striche und Bögen zu ziehen. Immer wieder sah er auf, blickte in ihr Gesicht und widmete sich dann wieder der Zeichnung.

Sie blieb regungslos sitzen. »Was wird es?«, fragte sie nach einer Weile.

»Ich erschaffe dich«, gab er zurück, legte den Stift seitwärts am Papier an und schraffierte einige Stellen.

»Du musst mich nicht erschaffen«, sagte sie, während sie versuchte, einen Blick auf seine Zeichnung zu erhaschen. Er hielt den Block jedoch so, dass sie nur die Rückseite sehen konnte. »Ich bin hier. Es gibt mich, Picasso. Dora – die Frau, die du liebst.«

Nach einer Weile setzte er ab, legte den Stift in den Korb und reichte ihr die fertige Skizze.

»Es ist wunderschön«, sagte sie und betrachtete die Zeichnung eingehend.

Picasso hatte ihr Gesicht frontal gezeichnet. Auf der Höhe ihrer Brüste war aus der Schulter ein Flügel gewachsen, der anmutig an ihr herabhing. Einzelne Strähnen ihres kurzen Haars standen wie von einem kräftigen Wind zerzaust in alle Richtungen ab. Die Krallen des Wesens waren auf einer Art Podest zu erkennen.

»Ich kann sehr deutlich mein Gesicht erkennen«, sagte Dora. »Trotzdem ist es mir fremd. Warum ausgerechnet ein Vogel?«

»Ich male, wie ich dich denke, nicht, wie ich dich sehe.«

»Dann denkst du, ich sei ein Vogel?«, fragte sie lächelnd. »Ein Vogel, der mir im Übrigen sehr gefällt. Er lässt mich an Freiheit denken.« Sie strich mit den Fingerspitzen über die Linien der dunklen Stellen, wo sich der Flügel abzeichnete. Um ihren Kopf hatte Picasso als Hintergrund gleichfalls Flügel angedeutet, die wie die von Engeln wirkten. Es konnten auch Wolken sein – wer vermochte das zu sagen?

»Du bist eine Vogelfrau, meine Schöne. Du bist alles, was ich will, geliebte Dora. Ein Vogel, ein Gedanke, ein Gewitter.«

Dora legte die Skizze beiseite und ließ sich auf den Rücken fallen. Sie schloss die Augen. Die Sonne brannte auf ihrer Haut. Das Glück des Südens, Picasso und eine Vogelfrau verschmolzen zu einer untrennbaren Einheit.

Ja, das von ihm widerspenstig gemalte Haar von ihr erinnerte tatsächlich an ein Gewitter. Hatte er ihr Aufeinandertreffen an einem heißen Sommertag so erlebt? So lange lag das gar nicht zurück. Ein paar Wochen, Tage, Nächte, ein Wimpernschlag. Sie versuchte sich zu erinnern, daran, wie sie ihm blindlings gefolgt war, und ihr wurde bewusst, dass sie das Denken ausgeschaltet haben musste, denn ihr war nur ihre eigene Vorhersehung von einer Unausweichlichkeit geblieben und ein Glücksgefühl, das alles sprengte, was sie bisher kannte.

»Bist du ein Suchender?«, fragte sie, als sie das Vaste-Horizon erreichten.

»Ich suche nicht. Ich finde.«

Er stieß die Tür auf und ging voraus.

Wenige Wochen später folgten Dora und Picasso einer Einladung von Roland Penrose, dem Ehepaar Éluard und Man Ray zum Mittagessen in ein in der Nähe liegendes Lokal in den Bergen. Die Zeit war gekommen, ihr Glück zu teilen.

»Wann seid ihr angekommen?«, fragte Picasso zur Begrüßung und nahm gemeinsam mit Dora am Kopf des Tischs Platz. »Es ist ganz wunderbar, euch zu sehen, *mes amis*!«

Sie bestellten Wein und das *Menu du jour*, Kaninchen mit Ratatouille und frischem Brot. Picasso, der stets eine Karaffe Wasser für alle orderte, das Wasser selbst aber nie anrührte, war bestens gelaunt. Immer wieder warf er Dora verliebte Blicke zu und küsste sie voller Leidenschaft.

Sie nahm seine Zärtlichkeiten mit einer gewissen Verlegenheit an, denn es war ganz und gar nicht ihre Art, in der Öffentlichkeit ihre Liebe zu zeigen. Doch sie war verliebt und fühlte sich bei ihren Freunden so gut aufgehoben, dass sie es geschehen ließ.

»Und, *mes amis*, was gibt es Neues in Paris?«, fragte Picasso nach dem Essen.

Sie berichteten von den Freunden, denen es allesamt gut ging, und der Leere der Stadt. Wie immer war Paris im Sommer wie ausgestorben; jeder, der konnte, flüchtete aufs Land, hinaus aus der Hitze der Großstadt.

Nach einem ausgiebigen Geplänkel kam der Spanische Bürgerkrieg zur Sprache, der sich immer weiter zuspitzte.

»Diese Situation in Spanien macht uns allen Sorgen, Pablo«, sagte Roland und fuhr sich durch sein volles Haar.

Dora horchte auf.

Picasso, der gerade die Weinkaraffe in der Hand hielt, setzte das Gefäß ruckartig auf dem Tisch ab. Er sah Roland an, und Dora meinte, Entsetzen in seinem Blick zu erkennen.

Sie studierte täglich die Zeitung und las Picasso zum Frühstück regelmäßig die wichtigsten Ereignisse vor. Im Grunde genommen sprach Roland Penrose nur aus, was sie längst geahnt hatte: Picassos Heimat drohte ein faschistisches Regime. In Deutschland hatten seit 1933 die Nationalsozialisten das Sagen, die sich, so munkelte man, im Moment lediglich für die Ausrichtung der Olympischen Spiele in Berlin von ihrer besten Seite zeigten. Aber hinter der vermeintlichen deutschen Weltoffenheit versteckte sich ein Wolf im Schafspelz. Sobald das öffentliche Theater in der deutschen Hauptstadt vorbei war, würde er seine Zähne zeigen und alles verschlingen, was ihm in die Quere kam.

Trotz ihres Liebesrauschs hatte es zwischen Dora, die aus ihrer linken Überzeugung keinen Hehl machte, und Picasso inzwischen eine erste Auseinandersetzung gegeben, weil sie ihn immer wieder ermunterte, er müsse sich politisch zur Lage in seiner Heimat äußern. Auch Paul Éluard redete diesbezüglich immer wieder auf seinen Freund ein.

»Was könnte ich für mein Volk tun?«, presste Picasso nach einer langen Pause hervor und nahm einen großen Schluck Wein.

Dora warf ihm einen Blick zu. Sie konnte ihm ansehen, dass er litt. Ihr war, als kämpfe er mit den Tränen. Seine spanische Seele schien bis ins Mark erschüttert.

»Was kann ich für mein Volk tun?«, fragte er noch einmal hilflos.

»Du hast Einfluss, Picasso«, sagte Man Ray. »Du musst der Welt zeigen, auf welcher Seite du stehst.«

»Überlege, was Robert Capa tut«, sagte Éluard mit sanfter Stimme. »Er befindet sich in Spanien an vorderster Front.«

»Gerda Taro ist an seiner Seite«, erklärte Dora. Sie selbst

kannte Capas Geliebte aus flüchtigen Begegnungen in Pariser Geschäften, die Zubehör für Fotografie verkauften.

Das Fotografenpaar, das in Paris lebte, war von Anfang an in Spanien dabei gewesen und schickte regelmäßig erschütternde Bilder von den Kämpfen des Spanischen Bürgerkriegs in seine französische Wahlheimat.

»Wenn dein Foto schlecht ist, warst du nicht nah genug dran«, lautete Capas Credo.

»Gerda und Capa setzen die dokumentarische Fotografie als Waffe gegen den Faschismus ein, indem sie die schonungslose Wahrheit zeigen«, sagte Dora. »Das verdient großen Respekt.«

Éluard nickte.

»Schonungslose Wahrheit«, sagte Picasso. »Die Fotografie ist keine Kunst, nicht im herkömmlichen Sinn. Die Welt wird sich mit meinen Bildern zufriedengeben müssen! Das ist meine Art des Widerstands gegen den Faschismus. Ich stehe für meine Kunst ein. Ich kämpfe von Paris aus auf meine Weise für mein Volk!«

Mit zitternder Hand drückte er seine Zigarette aus.

Dora schüttelte andeutungsweise den Kopf in Richtung der Freunde, und man wechselte das Thema. Sie wusste genau, was Picasso in Wahrheit quälte – bereits vor Monaten hatte er von einer spanischen Delegation den Auftrag erhalten, einen nationalen Beitrag für sein Land zu der im Mai 1937 eröffnenden Weltausstellung in Paris zu leisten. Ein Gemälde, eine Plastik, etwas Aussagekräftiges. Picasso hatte zugesagt, aber bis heute kein adäquates Motiv gefunden. Ein Konflikt, unter dem er immer mehr litt.

Die Gesellschaft trennte sich erst am späten Abend, und Picassos Fahrer brachte das Paar zurück ins Vaste-Horizon. Auf der Fahrt schien Picasso in Gedanken versunken.

»Du wirst das richtige Motiv finden, Picasso. Es wird dir einfallen, wenn die Zeit reif ist«, tröstete ihn Dora. »Die Weltausstellung von Paris muss eben auf den großen Meister warten. Das ist weiß Gott nicht zu viel verlangt.«

Seufzend zog er ihren Kopf an seine Schulter.

Zurück im Hotel, verbarrikadierte er sich sofort in seinem Atelier.

Dora entschied sich für einen Abendspaziergang, auf dem sie das schwierige Gespräch noch einmal Revue passieren lassen würde. Ihre Liebe und Leidenschaft befruchteten Picassos Inspiration stets – es war wie ein Tanz, bei dem die Kunst den Takt und die Melodie vorgab. Dennoch würde sie nicht aufhören, Picasso zu überzeugen, in seiner Kunst politisch Farbe zu bekennen.

Als sie zwei Stunden später zurückkam, sah sie noch Licht im Atelier. Leise ging sie die Treppen hinauf und klopfte an die Tür.

»*Entre*«, rief seine sonore Stimme – offenkundig bestens gelaunt. »Komm rein.«

Er begrüßte sie mit einer Umarmung und küsste sie.

»Es ist so weit«, sagte er schließlich feierlich, als er sich von ihr löste. Er nahm sie an der Hand und griff nach dem Tuch, das sein Gemälde verhüllte. »Bist du bereit?«

Was hatte er getan? War ihm etwas eingefallen? Dora nickte und spürte, wie ihr Herz zu klopfen begann. Manchmal lag bei Picasso zwischen Höhenflug und Verzweiflung nur ein einziger Pinselstrich.

Er riss das Tuch weg, und sie starrte auf das Ölbild, das sie bisher nur von einer Bleistiftskizze kannte und auf das sie mit Spannung gewartet hatte. Unter einem blutroten Himmel war der Minotaurus zu sehen. Er hielt die Beine der Frau weit gespreizt. Ihr Blick war derselbe wie auf der Skizze, nur viel ausdrucksstärker. Jedes Detail stimmte, das tiefe Rot verlieh der Umgebung etwas Unheimliches. Das Grün des Bodens strotzte vor Fruchtbarkeit. Die Zwittergestalt vereinte sämtliche Farben, nur ihr rechtes Bein war von einem strahlenden Blau. Die weiße Haut der Frau schien in der Dunkelheit zu leuchten.

»Was sagst du dazu?«

»Es befremdet mich.«

»Ich befremde dich?«, fragte er überrascht.

»Nein. Ich bin mir selbst fremd. Mein Gesicht erinnert mich an eine Begebenheit meiner Kindheit, als läge zwischen dem Blick der Frau und der Handlung eine Glaswand. Sie ist so schutzlos. Aber das ist eine Geschichte für sich.«

»Und der Minotaurus, der die Frau nahezu auffrisst, über sie bestimmt, ihr seinen Willen aufzwingt, ist dir das vertraut?«

Er deutete direkt auf die Szene, als hielte er seinen Finger in Doras alte Wunde.

Sie schüttelte mit ernster Miene den Kopf und lachte anschließend. »Niemand zwingt mir seinen Willen auf, nicht einmal du, Picasso.«

»Was siehst du also, Dora?«, fragte er provokativ. »Sag es mir!«

»Du hast mich gelehrt, nicht über Bilder zu sprechen, sondern deren Botschaft intuitiv zu erfassen.«

Er lachte. »Du schlägst mich mit meinen eigenen Waffen. Ich habe keine Botschaft. Ich male, *chérie*. Was sagt deine Intuition? Mir darfst du es anvertrauen.«

»Eine dunkle, bestialische Gestalt bemächtigt sich einer Frau, die meine Gesichtszüge trägt«, sagte sie mit klarer Stimme. »Der Minotaurus scheint sie zu deformieren, aber ich sehe ihre Gelassenheit. Was er tut, verleiht ihm nur eine scheinbare Macht über die Frau.«

Picasso runzelte die Stirn. »Eine scheinbare?«

»Siehst du nicht in ihrem Blick, wie entrückt sie der Welt ist? Sie ist ganz bei sich, und darin liegt ihre Stärke, aber auch eine große Verwundbarkeit. Du hast einen Teil meiner Seele auf die Leinwand gezaubert, aber ich werde dir niemals verraten, welchen. Die Farbe macht die Szene erst dramatisch – alle Farben des Gemäldes spiegeln sich in seinem Körper, während sie weiß, fast unschuldig bleibt. Weißt du noch, woran du beim Malen gedacht hast?«

Er zündete sich eine neue Zigarette an und blies Rauch in die Luft, der sich kurz vor den blutroten Hintergrund schob.

»Nun, ich denke mir nichts beim Malen. Ich male einfach. Darüber sprachen wir erst.«

Dora schwieg.

»Es war ein einziger Glücksrausch, als ich dich so gemalt habe, und das ist deine Schuld. Ich male, was ich fühle. Immerhin hast du mich verführt, Adora!«

Sie dachte an seine Zeilen, die er ihr vor einem halben Jahr in den Anfängen ihrer Liebe an die Place de la Porte de Champerret geschickt hatte. *Ich bin Ihr größter Bewunderer!* Wer auf ein hohes Podest gestellt wurde, drohte irgendwann tief zu fallen. Existierten in Picassos Liebesleben, wenn eine Frau sein Herz erobert hatte, nur Göttinnen? Was wäre die Kehrseite davon?

Sie nahm die Zigarette aus seiner Hand und inhalierte den Rauch, während sie einander in die Augen blickten.

»Du lenkst ab«, sagte sie. »Du lenkst von dir ab, Picasso. Der Tag wird kommen, da wirst du dich bekennen müssen.«

»Privat oder politisch?«

»Womöglich in beidem«, sagte sie streng.

Achtlos drückte sie seine Zigarette aus.

»Du nennst mich nie Pablo«, gab er fast beleidigt zurück und starrte auf das Gemälde.

»Für mich bist und wirst du immer Picasso sein, Picasso – das Genie.«

Ruckartig wandte er sich ihr zu. Sie registrierte die Kleckse der roten Farbe vom brennenden Himmel des Minotaurus-Gemäldes auf seinen Händen und spürte deren sanften Druck sogleich auf ihrer Haut unter ihrem Sommerkleid.

»Keine Frau der Welt verführt einen Picasso folgenlos«, flüsterte er in ihr Ohr und führte sie nach nebenan.

KAPITEL 14

Paris, 1937

Dank Doras Pariser Verbindungen bezog Picasso noch im Winter ein neues Atelier. Endlich konnte er in der Rue des Grands-Augustins vereinen, was für ihn existenziell war: Arbeiten, Lieben und Leben. Marie-Thérèse und seine Tochter Maya, die er an Sonntagen besuchte, hatte er in einem alten Bauernhaus in der Nähe von Versailles in Le Tremblay untergebracht. Dora wusste es und nahm es stillschweigend hin. Picasso hatte ihr von Anfang an nichts vorgemacht.

Das durch einen Torbogen und eine Eisentür erreichbare Gebäude bot oben unterm Dach endlich jenen Platz, den er benötigte.

Auch das Viertel war ihm vertraut, sämtliche seiner Lieblingslokale befanden sich in der Nähe. Doch der riesengroße Ofen beheizte im Winter nur einen einzigen Raum.

»Ein Spanier friert nicht«, sagte Picasso, nachdem Dora vergeblich versucht hatte, das ganze Atelier zu heizen.

Sie sah ihn von oben bis unten an und lachte dann laut auf: Er stand in langen Unterhosen da, eine Mütze auf seinem Kopf und Handschuhe, von denen er die Fingerkuppen abgeschnitten hatte. Zuerst stutzte er, dann aber stimmte er in ihr Lachen ein, und beide sahen den Wölkchen hinterher, die ihr Atem in der kalten Raumluft hinterließ.

»Weißt du, Dora«, sagte er schließlich. »Ich habe mit keiner Frau so viel gelacht wie mit dir. Niemand sonst entlarvt mich wie du.«

Dora strich ihm über die Hand und ging in ihren Arbeitsraum, den sie sich in seinem neuen Atelier eingerichtet hatte. Sie hatte tatsächlich wieder angefangen zu malen. Seit Kurzem versuchte sie sich an einigen Stillleben und malte nach Picassos Vorlagen Porträts, um ein Gefühl für seine Technik zu bekommen.

Zum Leidwesen ihrer Mutter lebte sie inzwischen mehr oder weniger bei Picasso, ein Umstand, der Julie mehr als erboste. Josip jedoch, der genauso wenig mit Doras Wahl einverstanden war, begegnete seiner Tochter stets mit Respekt und merkte hin und wieder an, dass es ihr Leben sei und nicht das ihrer Eltern, woraufhin Julie nur noch mehr tobte. Dennoch hielt Doras Vater den *Spanier*, wie er ihn zu nennen pflegte, für zu alt, und er nahm es nur zähneknirschend hin, dass seine Tochter die täglichen Mittagessen, die sie früher mit ihm verbrachte, nun mit Picasso einnahm und ihren Vater nur noch einmal pro Woche traf.

Durch Doras Anwesenheit hatte sich in der Rue des Grands-Augustins einiges verändert: Im Gegensatz zu früheren Arbeitsstätten des Meisters musste Picassos Sekretär und Freund Sabartés sein gewohntes Hausrecht mit Dora teilen.

»Es muss schwer sein, den Platz Nummer eins beim großen Meister zu verlieren«, hatte Dora einmal zu Sabartés gesagt.

»Sie werden noch erfahren, welche Nachteile es hat, im Mittelpunkt seines Interesses zu stehen«, hatte dieser gekontert.

Sabartés schwebte wie ein Geist lautlos durchs Haus. Stets tauchte er in unvorhersehbaren Situationen auf, zog sich zurück oder war zur Stelle, wenn sein Meister ihn brauchte, und bedachte Dora mit triumphierenden Blicken. Niemals, sagten seine dem Meister ergebenen Augen, niemals würde er von Picassos Seite weichen.

Im Frühling des Jahres 1937 überschlugen sich die politischen Ereignisse, und die Welt erhielt einen Vorgeschmack darauf, wozu die Deutschen fähig waren. Und dass sie auf Völkerrecht pfiffen.

Mit zwei Tagen Verzögerung hatten sich am frühen Abend des 28. April 1937 die Nachrichten wie ein Lauffeuer in Paris verbreitet. Dora war eine der Ersten, die die schrecklichen Neuigkeiten entdeckte, als sie am Abend ihre Wohnung verließ und am Zeitungskiosk vorbeikam. Völlig aufgelöst stürmte sie mit der Abendausgabe des *Paris Soir* in Picassos Atelier.

»Was ist mit dir?«, fragte er mit düsterer Miene. Ein Blick auf die Zeitung, die Dora in ihren Händen hielt, ließ ihn augenblicklich verstummen.

Mit zitternden Händen nahm sie sich ein Glas Wein aus der bereitstehenden Karaffe, setzte sich an einen kleinen Tisch und strich über die Zeitung. Auf ihren Fingerspitzen setzte sich die noch frische Druckfarbe ab.

Picasso stand im Morgenmantel und karierten Pantoffeln am Fenster – er hatte wie jeden Abend gebadet. Durch die Sprossen des Fensters sah man die rauchenden Kamine auf den umliegenden Dächern. Picassos Hund Kazbek schlief neben dem Ofen auf einem ausgefransten Stück Teppich.

»Fang an«, befahl er.

Dora begann laut vorzulesen. An einigen Stellen kippte ihre Stimme. Binnen vierundzwanzig Stunden hatte sich die Welt einmal um die eigene Achse gedreht, und sie würde nie mehr die alte sein.

Am 26. April 1937 wurde gegen 16 Uhr nachmittags die baskische Stadt Guernica von deutschen Bombern angegriffen. Innerhalb von vier Stunden und mit drei Angriffswellen wurde die Stadt nach einem anschließenden Großfeuer fast völlig zerstört. Wahrscheinlich sind Hun-

derte von Menschen dem Bombardement zum Opfer gefallen. Da sich zahlreiche Flüchtlinge in Guernica aufhielten, kann die genaue Anzahl noch nicht benannt werden.

»Was haben diese Deutschen in Guernica verloren?«, presste Dora hervor und starrte auf das Foto neben dem Artikel. Dann warf sie einen Blick aus dem Fenster, wo sich ein strahlend klarer Himmel über Paris wölbte. Was für einen harten Kontrast diese Idylle zum Tod bildete, der ihr von dem Zeitungspapier entgegenschrie. Guernica und dieser Himmel passten nicht zusammen. Sie wollte ihn wegschieben, durch tiefes Grau und Schwarz ersetzen.

Sie sah Picasso an. Er stand regungslos da, dabei musste er doch nun endlich Stellung beziehen, jetzt gleich und sofort. Es ging doch um sein Volk!

Sie verabscheute Picassos Schweigen, wollte ihn zum Reden bringen. »Wir hätten es wissen müssen, Picasso!«, brach es aus ihr heraus. »Die Deutschen haben nie einen Hehl daraus gemacht, was sie vorhaben. Das wachsende Geschwür des Antisemitismus breitet sich in ganz Europa aus. Denk nur an die Menschenmassen, die in Frankreich Zuflucht gesucht und gefunden haben. Tagtäglich haben wir gesehen, wie die Hilfesuchenden auch in unsere Stadt gekommen sind! Wie viele von ihnen kommen aus Deutschland und sind jetzt staatenlos? Wir sprachen erst vor Kurzem von Capa und Gerda Taro. Wie lange werden sie hier in Frankreich geschützt sein, wenn sie aus Spanien zurückkehren?«

Es war ein offenes Geheimnis in Paris: Das Fotografen-Liebespaar Capa und Taro hatte jüdische Wurzeln, er stammte aus Ungarn, sie aus Deutschland.

Doras Herz begann zu rasen, und sie schnappte nach Luft. Mit den Fingerspitzen fuhr sie über den Rand des Fotos von Guernica. Es hätte von Capa oder Taro stammen können. Im

Vordergrund waren menschliche Leichen zwischen Ruinen auf einem Platz zu sehen, die das ganze Ausmaß an Brutalität veranschaulichten.

»Es waren Zivilisten, Picasso«, rief sie. »Schau dir das an!« Ihre Hände zitterten, als sie die Seite mit dem Foto emporhielt. »Sie haben sich an Zivilisten vergriffen. Was haben sie ihnen denn getan?«, schluchzte sie und wischte sich die Tränen aus dem Gesicht. »Picasso! Sag etwas!«

Er schwieg, sah das Foto nicht einmal an.

Ihr ganzer Körper begann zu zittern, er bebte. Aufgeregt lief sie im Atelier hin und her, während Picasso seinen Kopf in den Händen vergrub. Sie spürte, wie ihre Tränen die Wangen hinabliefen.

»Bin *ich* denn geschützt?«, flüsterte Picasso, und seine Stimme klang bedrohlich. »Ich werde hier geduldet. In meine Heimat kann ich nicht zurück.«

»Die Welt kennt dich«, sagte sie und wischte sich die Tränen aus dem Gesicht. »Sie werden es niemals wagen, gegen dich vorzugehen. In deinem Land tobt der Bürgerkrieg! Begreife doch, sie bringen dein Volk um, du musst etwas unternehmen! Dein Volk verlangt nach dir. Verstehst du denn nicht, dass du nicht länger schweigen kannst?«

Ihre Stimme überschlug sich, und erschöpft ließ sie sich in einen Sessel fallen. Alles in ihr wehrte sich gegen diese Brutalität, dieses menschenverachtende Vorgehen. Jemand musste einfach etwas gegen dieses Unrecht unternehmen. Und keiner von ihren Künstlerfreunden besaß mehr Einfluss als Picasso.

»Kannst du es denn nicht fühlen?«, setzte sie erneut an und suchte in seinen dunklen Augen nach einer Regung. Am liebsten hätte sie ihn geschüttelt, so teilnahmslos, wie er vor ihr stand, als sei sie gar nicht anwesend.

Sie hörte ihren eigenen Atem, spürte das Heben und Senken ihrer Brust.

Schwer atmend stand sie im Raum auf der gegenüberliegenden Seite von ihm und Kazbek. Sie ging zur Tür, nahm ihre Brusttasche und drehte sich noch einmal um. Immer noch schien Picasso abwesend, in seiner eigenen Welt gefangen, genau wie sie. Es gab kein Zusammenkommen, als stünden sie auf unterschiedlichen Seiten.

»Dein Schweigen ist unverzeihlich«, flüsterte sie, und es klang bedrohlicher als jeder Schrei. »Du versündigst dich, Picasso.«

Sie trat durch die Tür, schloss die Augen und umklammerte mit der linken Hand den Rahmen. Dann warf sie diese lärmend zu.

Als sie die Augen öffnete, stand Sabartés vor ihr und schüttelte den Kopf.

Seufzend setzte sie sich in Bewegung. »Sabartés«, sagte sie leise. »Immer da, wo er gebraucht wird. Ihr Meister ist ein Feigling. Sagen Sie ihm das.«

Sabartés sah ihr mit offenem Mund dabei zu, wie sie die Stufen hinabeilte. Wütend nahm sie zwei auf einmal.

»Dora! Komm sofort zurück«, hörte sie Picassos Stimme auf der Mitte der Treppe. Dann folgten seine Schritte, das Aufreißen der Tür. »Du wirst es nicht wagen, *meine* Tür vor meinen Augen zuzuwerfen. *¡Vuelve aqui ahora mismo!* – Komm sofort zurück!«

Sie hielt inne, schnappte nach Luft. Dann drehte sie sich langsam um, ging die wenigen Stufen wieder zurück und betrat erneut sein Atelier. Sie blickte in sein bestürztes Gesicht und merkte sofort, dass der entrückte Ausdruck seiner Augen nicht ihr galt. Sie hatte eine Maßregelung ihres Auftrittes erwartet, aber sie vermochte in seinen Zügen nur Schmerz, Abscheu, Verzweiflung zu lesen. Picasso hatte begriffen.

»Was möchtest du mir mitteilen?«, fragte sie mit aufgesetzter Freundlichkeit.

Er hob den Zeigefinger, hielt ihn mahnend in ihre Richtung. »Wage es nie mehr, meine Tür zuzuwerfen. *¡Nunca más!* Nie mehr! Hast du mich verstanden?«

Dora senkte die Augen, neigte den Kopf zur Seite und lief mit ihrem unverkennbaren aufrechten Gang an ihm vorbei. Sie setzte sich in den Sessel gegenüber der Fensternische, schlug ein Bein über das andere und zündete sich mit ihrer Spitze eine Zigarette an.

»Was also hast du mir zu sagen, Picasso?«

KAPITEL 15

Nach Doras Frage herrschte für Sekunden absolute Stille.

Von draußen hörte man Kindergeschrei, Tauben schlugen mit ihren Flügeln durch die Luft und setzten sich auf den Schornsteinen ab. Eine war so nah, dass man ihre dunklen Augen, die nervös hin und her blickten, sehen konnte. Schwarzer Rauch stieg vom Nachbarhaus auf, dahinter immer noch dieser unerträglich blaue Himmel.

Picasso zündete sich eine Zigarette an, inhalierte einen tiefen Zug, trat vom Fenster weg, hielt an einem Holzbalken inne und setzte sich wieder in Bewegung.

Dora sagte kein Wort, beobachtete jeden seiner Schritte, die Kopfhaltung, seine Hände, seine ruckartigen Bewegungen.

Nach einer Weile drückte er die Zigarette aus und fuhr sich mit den Händen über sein Gesicht.

»Weißt du überhaupt, was das bedeutet? Guernica – die heilige Stadt der Basken!«, klang es dumpf hinter seinen gewölbten Händen, die plötzlich von seinem Gesicht wie eine Maske abfielen. In seiner Mimik verdichtete sich sein Schmerz. Er ging in die Hocke, verharrte lange in dieser Position, bis er sich aufrichtete und stapfend durch den größten Raum seines Ateliers schritt. Dann nahm er mit den Augen Maß, von einem Ende zum anderen.

Dora schwankte für einen winzigen Augenblick zwischen Erleichterung und Aufruhr – sie ahnte, was sich gerade in ihm abspielte. Er lief hinüber zum Tisch, riss die Zeitung an sich und betrachtete das Foto. Dann sah er auf, als kehre er nach einer langen Reise in dieses Atelier zurück.

»Das muss alles raus. Hinaus damit!«

Manisch fuchtelte er mit ausgebreiteten Armen durch die Luft und deutete auf die vielen Staffeleien mit seinen Bildern.

»Ich brauche einen leeren Raum, und zwar diesen hier!«

Er stampfte wie ein trotziges Kind mit dem Fuß auf den Boden.

Dora begann in Gedanken damit, Picassos Werke in den anderen Räumen zu verstauen. Man würde die Gemälde stapeln müssen, aber das ließ sich einrichten.

»Ich brauche Platz, viel Platz, wahrscheinlich mehrere Leinwände. Ein Gerüst. Jemand besorge mir ein Gerüst! Sabartés, schnell, hierher zu uns!«, rief er hinaus in den Flur, zündete sich die nächste Zigarette an und zog gierig daran.

Wenige Sekunden später stand Sabartés in gebührendem Abstand bei ihnen und sah verständnislos dabei zu, wie Picasso mit ganzem Körpereinsatz und den Rauchschwaden seiner Zigarette große Bögen in die Luft malte und auf die lange Wandseite des Raums deutete.

Sabartés warf Dora einen fragenden Blick zu. Sie senkte die Augen.

»Farbe? Soll ich Farbe besorgen, Pablo?«, stotterte Sabartés. »Du brauchst Farbe?«

»Keine Farbe«, rief er feierlich, warf den Kopf in den Nacken und stemmte die Hände in die Taille. »Nur Schwarz, Weiß und Grau! Der Krieg hat keine Farbe! Es wird ein Schwarz-Weiß-Gemälde, und zwar eines von ungeheurem Ausmaß. Eines, das die Welt noch nicht gesehen hat. Geh, Sabartés, *mon ami*, geh und sag der spanischen Delegation, sie bekommen ihr Bild für die Weltausstellung. Du kannst es ihnen kabeln. Sag ihnen, ich würde gleich damit anfangen. Ach nein, sag ihnen, ich sei bereits mitten in der Arbeit.«

Dora saß wie angewurzelt auf ihrem Stuhl. Binnen weniger Minuten schien eine andere Zeit angebrochen, und sie schöpfte neuen Mut. Der Rausch seiner Inspiration, die sich aus einer Verletzung seines Nationalstolzes speiste, als hätten die Bomben von Guernica ihn selbst getroffen, berührte auch Dora. Im Geheimen wurde sein Schmerz zu ihrem, seine Vision die ihre.

Gerade eben noch hatte sie ihn gehasst, jetzt liebte sie ihn mehr denn je.

»Also Leinwände«, erwiderte Sabartés mit ruhiger Stimme. »Leinwände und ein Gerüst. Eine Leiter haben wir.«

»Ja«, rief Picasso. »Leinwände. Gebt mir einen Zollstab, *vite, vite.*«

Er fixierte die längste Wand seines Ateliers und streckte seine geöffnete Hand nach hinten, um den Zollstab aus Sabartés' Hand in Empfang zu nehmen. Dann maß er die Höhe aus.

»Knapp drei Meter.« Er klappte den Stab zusammen und schlug damit drei Mal kräftig auf den Boden. »Das reicht nicht. Ich brauche mehr. Fünfzig Zentimeter mehr.«

Dora zuckte zusammen. Kazbek hob den Kopf, sah nach seinem Herrn, machte einen tiefen Seufzer, stand auf, drehte sich einmal um die eigene Achse und legte sich mit einem zufriedenen Grunzen wieder hin.

»Siehst du?«, fragte Picasso aufgeregt, die Augen weit aufgerissen auf seinen Hund gerichtet, dann auf Dora. »Er hat es auch gemerkt, dieser Hund hat einen sechsten Sinn. Er weiß, dass sein Herr etwas Großes vorhat, genau wie er stets weiß, wann Dora kommt. Sobald sie unten durchs Tor geht, wird er unruhig.«

Voller Bewunderung sah sie zu ihrem Geliebten: Picasso

vermochte es binnen weniger Augenblicke, seine Pein in die Bahnen der Inspiration zu lenken. Aus Verzweiflung machte er Wut, aus Schmerz Aufruhr, und am Ende floss aus seinen genialen Händen ein Kunstwerk. Eigentlich tat er nichts anderes, als sein Innenleben auf die Leinwand zu werfen. Es musste wie eine Befreiung für ihn sein.

Er trat hinüber zu Dora, nahm ihr wortlos das Glas aus der Hand und trank einen kräftigen Schluck.

»Dir fehlen fünfzig Zentimeter Raumhöhe«, warf Dora vorsichtig ein und nahm das Glas wieder entgegen. Die Luft zwischen ihnen schien elektrisiert. Ihr war, als sprühten bei der sanften Berührung ihrer Finger Funken.

Picasso winkte ab. Nichts, sagte seine Handbewegung, nichts würde ihn aufhalten, und schon gar keine fünfzig Zentimeter fehlende Wandhöhe in seinem eigenen Atelier.

»Es bleibt dabei. Und wir brauchen …«, nuschelte er, während er nun die Länge des Raums mit großen Schritten ausrechnete. »Sieben Meter siebzig. Genau die brauchen wir, also besorge mir die größten Leinwände, die du auftreiben kannst. Hast du das, Sabartés, mein Freund?«

Picasso warf seinem Sekretär einen flüchtigen Blick zu.

»Ich habe die Maße im Kopf und besorge umgehend Leinwände«, gab dieser tonlos von sich und verließ den Raum.

»Picasso«, flüsterte Dora nach einer langen Pause, in der sie wie gebannt die Wand angestarrt hatte, als sehe sie seine Eingebung dort bereits in Vollendung. »Das sind kolossale Ausmaße, wie wirst du das bewerkstelligen?«

Er wandte den Kopf zu ihr hinüber und lächelte dann, als sei er aus einem Traum erwacht. Dann ging er zu ihr, küsste sie, zwang sie aufzustehen und zog sie an sich. So standen sie lange, ohne ein Wort zu sagen.

Sie spürte seinen warmen Atem an ihrem Hals, seinen Herzschlag an ihrer Brust.

»Ich liebe deine Szenen, Adora. Sie inspirieren mich geradezu.«

Dora hielt inne. Sein Kompliment klang wie eine Herabsetzung. Oder andersherum.

»Die Maße sind die Vorgabe des spanischen Pavillons, Adora. Ich werde gleich mit den Skizzen beginnen. Wir werden die Leinwand etwas schräg stellen müssen, das ist meine größte Sorge.«

Dora schloss die Augen und stellte sich die Ausmaße vor – ja, wenn die Position seines Werks seine größte Sorge sein sollte, würde alles gut gehen.

»Bist du bereit, Dora?«, fragte er schließlich mit heiserer Stimme und löste die Umarmung.

»Ja, ich unterstütze dich«, antwortete sie knapp.

»Ich brauche mehr als das, Dora. Es wird weit über Unterstützung hinausgehen. Ich brauche dich. Du musst mir helfen. Ich werde Guernica malen.«

Guernica – Dora spürte einen Schauer am ganzen Körper.

Ich brauche dich – das hatte er nie zuvor gesagt, nicht zu ihr.

Er riss die Zeitungsseite mit dem Foto an sich und hielt sie wie eine Fahne in die Höhe.

»Sie bekommen ihr Kriegsbild, aber eines, das sie nicht erwartet haben. Und du bekommst endlich, was du immer haben wolltest: dass ich mich bekenne. Ich male gegen den Krieg, indem ich seine Auswirkungen zeige.«

Ergriffen schluckte sie, warf einen Blick zur Decke seines Ateliers und vernahm ihre eigene Stimme wie aus der Ferne. »Fast acht mal dreieinhalb Meter, Picasso. Ich wage mir nicht einmal vorzustellen, was das hier …«

Sie fühlte seine Anspannung bis in ihre Knochen. Oder war es die ihre? Sie vermochte es nicht zu unterscheiden. Er würde, komme, was wolle, seine Eingebung in die Wirklichkeit überführen. Die Kunst war ein Weg, andere Realitäten zu zeigen, auch die grausamsten.

»Wenn sich das *ein* Mensch auf der Welt vorstellen kann, dann du, Dora«, erwiderte er ernst.

Insgeheim freute sie sich über dieses unzweideutige Lob wie ein Kind über ein unverhofftes Geschenk.

Er trat einen Schritt zur Seite.

»Wir brauchen Platz. Jeder Millimeter dieses Raumes muss mir zur Verfügung stehen. Ich werde Tag und Nacht arbeiten. Sag Sabartés, er möge sämtliche Termine absagen. Es wird einige wenige Leute geben, die Zugangsrecht zu meinem Atelier bekommen. Aber wir brauchen Zeugen. Meinen Freund Éluard zum Beispiel und zwei, drei weitere. Ich werde sie bekannt geben. Diese Auserwählten und du, Adora, ihr werdet meine Zeugen sein.«

Er redete und redete wie ein Herrscher, der über seine Untertanen verfügte, aber Dora hörte ihm fasziniert zu.

»Du wirst nicht von meiner Seite weichen«, fuhr er feierlich fort und zeigte direkt auf sie. »Du und dein Fotoapparat. Jede kleinste Veränderung sollst du fotografisch festhalten. Ich brauche jemanden, der einen Blick für das Gesamte hat, der sieht, was im Verborgenen entsteht, der genug Phantasie besitzt, über den Rand einer Leinwand hinauszusehen. Wir werden Großes schaffen. Bist du bereit?«

Dora spürte ihren Herzschlag. Picasso hatte recht: Als Fotografin war sie daran gewöhnt, Entfernungen und Perspektiven zu berechnen, hinzu kam ihr untrügerischer Instinkt. Sie besaß Vorstellungskraft, kritischen Kunstsachverstand und ein liebendes Herz – war sie nicht geradezu prädestiniert für diese Aufgabe? Zum ersten Mal in ihrer noch jungen Liebe würden sie zusammenarbeiten, und diese Vorstellung beflügelte sie.

»Sabartés und ich kümmern uns um die Räumung dieses Zimmers«, erwiderte sie mit fester Stimme. Es würde auch das erste Mal sein, dass Picassos Sekretär und Dora an einem Strang zogen.

Dora blickte in Picassos glühendes Gesicht, das sie sogleich an einen heißen Sommertag in Mougins erinnerte. Sie kannte es aus ihrer ersten gemeinsamen Nacht, als sie ihn morgens in seinem Atelier vorgefunden hatte.

»Wann fangen wir an?«, fragte sie leise.

»Ich habe längst angefangen«, sagte er, deutete auf seinen Kopf und streckte dann seine vom Terpentin ausgetrockneten Hände aus. »Ich bin mitten in der Arbeit.«

Sie nahm einen tiefen Atemzug, stand auf und ging zur Tür.

»Schlag nie mehr meine Tür zu!«, hörte sie ihn noch einmal sagen, diesmal freundlich mit einer Spur Überheblichkeit, als werfe er einem Hund einen Leckerbissen zu.

Er konnte es einfach nicht lassen.

Dora hob das Kinn, drehte sich zu ihm um und lächelte ihn an. Manchmal war ihr Hochmut das Einzige, was sie seiner Dominanz entgegensetzen konnte.

KAPITEL 16

Die kommenden Tage beschäftigte sich Picasso wie besessen mit den ersten Skizzen seines monumentalen Werks. Dora, die stets an seiner Seite blieb, hielt jede kleinste Veränderung mit ihrem Fotoapparat fest. Manche Figuren blieben, andere mussten weichen, bis es an der Zeit war, die Leinwand aufzustellen. Dora hatte bereits vor Tagen aus ihrem Atelier sämtliche Scheinwerfer in die Rue des Grands-Augustins bringen lassen.

»Du bist wunderbar vorausschauend«, sagte er anerkennend und legte ihr die neuen Skizzen vor: Einzelfiguren und zwei Zeichnungen von der Gesamtkomposition.

Sie studierte sie aufmerksam und hatte das Gefühl, schon jetzt die Ausmaße des Werks vor sich zu sehen, seine Legende, die von rechts nach links zu lesen war.

Die Leinwand musste, wie von Picasso bereits berechnet, schräg aufgestellt werden, weil die Höhe des Raumes wegen der vorhandenen Deckenbalken nicht ausreichte.

Es galt, 27 Quadratmeter zu füllen. Mit 46 Studien, sieben Figuren und zwei Skizzen der Gesamtposition machte er sich an die eigentliche Arbeit und fing an, Quadratmeter für Quadratmeter von der Skizze auf die Leinwand zu übertragen. Die dunklen Töne, die von Grau über Schwarz bis Weiß reichten, verliehen dem Gemälde durch die Anlehnung an die Farben des Zeitungsdrucks eine starke Authentizität, genau wie die winzigen, gestrichelten Linien einiger Elemente – sie wirkten wie sich wiederholende, verkeilte Buchstaben auf Zeitungspapier.

All das konnte Dora erkennen, lange bevor die Komposition vollendet war. Sie besaß jenes Augenmaß, das sie den Überblick wahren und vorhandene Lücken mit Phantasie füllen ließ, und sie spürte, wie sie diese Gabe mit Picasso zu einer künstlerischen Einheit zusammenschweißte, getragen von einer neuen Intimität.

Was während der Arbeit an *Guernica* zwischen ihnen geschah, glich einem einzigartigen Zusammenspiel. Dora wusste genau, wann sie Abstand nehmen musste, wenn sein glühendes Gesicht sich der Leinwand zuwandte. Sie las an der Art, wie er den Pinsel in der Hand hielt, wie viel Nähe oder Distanz geboten war. Und so entstand nach und nach eine Erzählung auf der Leinwand.

Dort, wo sonst die Erotik zwischen den Liebenden eine hochentzündliche Luft zu einem Feuer entfachen konnte, waren nunmehr ihrer beider Wesen vollkommen auf Picassos Werk fokussiert. Sie tanzten im gleichen Rhythmus. Was in diesen Tagen in der Rue des Grands-Augustins geschah, empfand Dora als jenen Tango, nach dem sie sich so sehr gesehnt hatte. Ihre Herzen schlugen in einem Takt, ihre Seelen verstanden sich wortlos, und sie arbeiteten wie zwei gleichwertige Künstler zusammen. Sein Werk war die Musik, der sie sich vollkommen unterordnete.

Nie wieder, das spürte Dora instinktiv, würde sie eine derartige Nähe mit ihm erleben, eine stille Übereinkunft über die Sicht der Welt, die Kunst. Trotz einiger Besucher schienen sie in einer Blase über den Dächern von Paris dem Profanen entrückt.

Tagsüber, zu einer bestimmten Zeit, die Picasso festlegte und über deren Einhaltung Dora streng wachte, kamen enge Freunde hinzu und sahen ihrem Meister bei der Arbeit zu. Meistens saßen sie still in gebührendem Abstand auf bereitgestellten

Stühlen, während Picasso malte und referierte. Noch nie hatte sich seine schöpferische Kraft in einem derartigen Rahmen bereits während des Entstehungsprozesses Aufmerksamkeit verschafft. Die Zeugen befeuerten ihn regelrecht.

»Ich brauche keinen Schlaf mehr«, pflegte er zu sagen, wenn Éluard, Brassaï oder Cocteau ein Treffen vorschlugen, weil sie glaubten, Picasso brauche Erholung. »Nur mein Werk, Pinsel und Farbe, euch Zeugen und Dora.«

An den meisten Tagen trug Picasso beim Malen ein weißes Hemd, Anzug und Krawatte, um die Feierlichkeit seines Handelns herauszustellen. Auch sie kleidete sich exklusiv, meist jedoch erst am Abend, wenn sie die Arbeit für ein gemeinsames Abendessen im Lipp unterbrachen. Ihrer Lieblingsdesignerin Elsa Schiaparelli, Erzfeindin der berühmten Modeschöpferin Coco Chanel, blieb sie treu und zeigte sich gern in deren ausgefallenen Roben.

Am nächsten Tag arbeiteten sie hoch konzentriert weiter, bis zur völligen Erschöpfung. Manchmal sprachen sie stundenlang kein Wort miteinander. Dora war, als schwebten sie als eine Einheit über das Tanzparkett. Picasso, der nicht tanzen konnte, führte sie, während sie mit verbundenen Augen in seinen Armen lag.

Einmal sprach er stundenlang vor Publikum über die Parallele zu Goyas Radierungen gegen den Krieg, bekräftigte Goyas Botschaft: Wenn der Verstand schlummert, droht Unheil. Keiner der Anwesenden sagte es laut, aber jeder dachte es: Picasso trat in Goyas Fußstapfen.

»Und seht nur«, sagte er, nachdem er die ersten Frauen skizziert hatte. »Seht die Frauen. Ich male keine Tränen mehr, ihre Augen haben die Form von Tränen, so groß ist ihr Leid. Sie haben die Trauer verinnerlicht. Sie *sind* Trauer.«

Dora erinnerte sich, wie er ihr in diesem Zusammenhang einmal erklärt hatte, Frauen seien »Leidensmaschinen«, ein Ausdruck, der sie damals zutiefst befremdet hatte. Jetzt verstand sie, was er gemeint hatte.

Tag für Tag, Stunde um Stunde hielt sie jeden einzelnen Prozess von *Guernica* fest. Sie nutzte die Zeit, wenn sie allein waren, um den Geliebten während der Arbeit zu fotografieren. Einmal gelang ihr ein ganz außergewöhnlicher Schnappschuss. Seine Hand hielt den Pinsel gleich einer Zigarette zwischen Zeige- und Mittelfinger, und er blickte von der Leiter zu ihr herab. Es wurde zu ihrem Lieblingsfoto. Überrascht hatte er in die Kamera geblickt, nicht wie sonst ganz bei sich, sondern nach außen gewandt. Die Weichheit seiner Züge berührte sie zutiefst. Es war eines der seltenen Fotos, auf denen Dora glaubte durch das Objektiv direkt in seine Seele gesehen zu haben.

Nach wenigen Tagen wurde auf dem monumentalen *Guernica*-Gemälde eine brennende, schreiende Frau sichtbar. In der Mitte schwebte eine weitere Frau, in den Händen eine Lampe haltend.

»Die Lichtträgerin erhellt den Alptraum, könnt ihr das sehen? Sie trägt Doras Gesichtszüge.«

Dora, die sich schon auf den Skizzen erkannt hatte, schlug das Herz bis zum Hals. Ja, die Lichtträgerin beleuchtete mit einer Petroleumlampe den Kriegsschauplatz, denn was darunter zum Vorschein käme, sprengte jede Vorstellung von Chaos, Zerstörung und Schmerz. Das wusste sie bereits aus den Skizzen, die Anwesenden konnten die Gesamtkomposition noch nicht einmal erahnen.

Innerhalb weniger Tage hatte Picasso die linke Hälfte des Gemäldes fertiggestellt, bis er damit anfing, die im Zentrum auftauchenden Figuren und Fragmente von Armen und Beinen zu einem flachen Dreieck aufzutürmen. Ein Speer durchbohrte ein verängstigtes Pferd, über ihm thronte in Form einer Glühlampe in einem strahlenden Dreieck das Auge Gottes.

Wie ein Schatten wachte Dora über jeden von Picassos Schritten, zeigte sich zurückhaltend oder beistehend. Er bestimmte wortlos. Ein magischer Tango zwischen zwei Menschen, die einander blind vertrauten, nahm seinen Lauf. Seismographisch erfasste sie, was er brauchte. Sobald sie aber durch die Linse ihrer Kamera blickte, um jede kleinste Veränderung von *Guernica* festzuhalten, wurde sie zu seiner Gefährtin auf Augenhöhe, Picassos Komplizin – im Dienst der Kunst.

Nur der Abend gehörte ihm allein. Dann ließ sich Picasso zu seinem Anwesen, in sein Atelier in Le Tremblay bringen.

»Ich kann mich nur mit Töpfereien beruhigen«, sagte er zu Dora, während er, nachdem er gebadet hatte, ihr gegenübersitzend einige Papierfetzen in seinen Händen hielt. Dora sah dabei zu, wie binnen weniger Sekunden drei Miniaturbilder entstanden, die er mit einem Rahmen abschloss. Mit winzigen Strichen, Kreisen und Punkten ließ er ein Gesicht, ein Auge, ein Tier lebendig werden und legte ihr die Zeichnungen bedeutungsvoll hin. Dora würde sie zu Hause in ihrer Kiste aufbewahren.

»Musst du wirklich noch einmal weg?«, fragte Dora eines Abends gereizt. »Ich dachte, wir gehen zum Essen aus.«

»Ich muss meine Hände langsam daran gewöhnen, keinen Pinsel zu halten. Nur in Le Tremblay kann ich mich ganz der Töpferei hingeben. Ich muss etwas formen.«

Dora glaubte ihm, trotzdem versetzte es ihr jedes Mal einen Stich ins Herz. Le Tremblay war von Marie-Thérèse und Maya nicht zu trennen.

Wenn er bei Einbruch der Nacht immer noch nicht nach Paris zurückgekehrt war, ließ sich Dora zuweilen mit einem Taxi dorthin fahren. Sie trug ihr schönstes Abendkleid, saß lange auf der Rückbank und bat den Fahrer, in gebührendem Abstand zu Picassos Haus Scheinwerfer und Motor auszumachen. Sie starrte auf die hell beleuchtete Etage, wo Picasso offensichtlich ein anderes Leben lebte, atmete und formte. Dass er auch Menschen formte, nahm ihr den Schmerz nicht weg, denn Verstand und Gefühl schlossen sich in ihrer Wahrnehmung immer mehr aus. Sie liebte sein Talent, war ihm hoffnungslos ergeben und nahm den Mann Picasso mit all seinen Kanten, die an einigen Stellen scharfen Klingen glichen.

Manchmal tat es besonders weh, und sie wusste nicht, ob die Konfrontation selbstzerstörerisch oder hilfreich war.

»Wollen wir nicht zurückfahren?«, flüsterte der Fahrer und blickte in den Rückspiegel. »Das kann doch nicht gut sein, was Sie da machen, Mademoiselle.«

»Psst«, erwiderte sie. »Noch einen kleinen Moment.«

Plötzlich hörte sie ein Rascheln – ein Hund lief aus einem Geräteschuppen heraus direkt vor ihrem Wagen vorbei. Er bellte die Motorhaube an. Dora stockte der Atem. Im selben Augenblick gab es Bewegung im Haus. Ein weiteres Licht im ersten Stock war angegangen.

Dora starrte dorthin. »Das war ein Zeichen«, stammelte sie nach einer Weile und bemerkte in diesem Moment, dass sie in letzter Zeit immer häufiger auf der Suche nach Zeichen war. Hauptsache, sie deuteten auf etwas Gutes in ihrem Leben hin.

Ihr war, als husche eine Frauengestalt oben am Fenster vorbei, dann entdeckte sie Picasso, wie er ein kleines Kind huckepack trug. Maya. Picasso spielte für sein Leben gern mit seinem Kind, zumindest dann, wenn ihm danach war.

Es riss ihr das Herz heraus, aber sie konnte sich nicht sattsehen an dieser in ihren Augen verlogenen Familienidylle.

Wenn sie ihrem Schmerz schließlich genug Nahrung gegeben hatte, ließ sich Dora in die Rue des Grands-Augustins zurückfahren, trank dort ein Glas Wein, rauchte am Fenster eine Zigarette und legte sich in Abendgarderobe ins Bett, bis Picasso zurückkam.

Er blieb nie über Nacht in Le Tremblay, das wusste sie. Sie stellte sich schlafend, als sie Schritte auf den Treppen vernahm. Seine Schritte.

»Du bist ja noch angezogen«, murmelte er, als er sich neben sie legte, und schon wanderten seine Hände unter ihre Kleidung. Sie spürte seinen warmen Atem, der Geruch von Ton und Holz haftete an ihm, die Spur eines fremden Parfüms und das nicht wegzudenkende Terpentin – aber er war bei ihr. Seine Hände waren vom Arbeiten mit dem Ton rau wie Schmirgelpapier.

Am Ende kam er immer wieder zurück zu ihr. Sie genoss diesen armseligen Triumph und gab sich seiner Umarmung hin. Sie wusste: Entweder sie arrangierte sich mit seinem anderen Leben – oder sie würde daran zerbrechen.

Sie beschloss, noch stärker zu werden.

Wenige Tage später stürmte ausgerechnet Marie-Thérèse in Picassos Atelier und störte ihn mitten in der Arbeit. Sie wandte sich unverblümt an Dora.

»Gehen Sie.«

Dora glaubte, sich verhört zu haben.

Marie-Thérèse stürzte zu ihr und packte sie an der Schulter. »Sie müssen gehen. Und zwar längst. Er liebt mich, nicht Sie. Ich möchte, dass Sie umgehend das Atelier verlassen.«

Dora befreite sich aus ihrem festen Griff. »Sie sind es, die hier nichts verloren hat. Gehen Sie zurück nach Le Tremblay. Wir müssen hier arbeiten, wenn Sie wissen, was das bedeutet.«

Marie-Thérèse bebte. Dora konnte sehen, wie sie am ganzen Körper zitterte.

»Sag ihr, dass sie gehen muss, Pablo. Sag es ihr sofort. Du liebst mich!« Mit funkelnden Augen sah sie ihn an und zerrte nun auch am Haar ihrer Rivalin. Dora wehrte sich, indem sie Marie-Thérèse eine Ohrfeige verpasste.

Picasso lag gerade auf dem Boden, um das Fragment eines Fußes auszumalen, eine höchst ungünstige Stellung, um zwei Raufboldinnen auseinanderzureißen. Aber selbst aus dieser Position gelang es ihm mit einem zynischen Lächeln, den Spieß umzudrehen – obwohl er zu den Frauen hinaufsah, schien er sich über sie zu erheben.

»Schluss mit der Streiterei«, sagte er und verkniff sich ein Lachen. »Während ich für den Weltfrieden male, habt ihr nichts anderes zu tun, als euch zu schlagen. Auseinander, sage ich. Schluss damit.«

Er wandte sich wieder seiner Arbeit zu.

Dora, völlig außer sich, riss sich los, nahm ihre Brusttasche von der Garderobe und verschwand. Draußen vor der Tür lehnte sie ihren Kopf gegen die Wand und atmete durch. Vom Nebenzimmer aus hörte sie Sabartés, der sich räusperte. Bestimmt triumphierte er gerade. Jeder Tiefschlag für Dora bedeutete ein Fest für ihn.

Nein, dachte sie, und alles wehrte sich in ihr, zu gehen: *Es ist wie ein Krieg, und ich werde nicht diejenige sein, die das Feld räumt. Ich werde meine Position verteidigen, bis zum letzten Blutstropfen.* Entschlossen ging sie zurück, setzte sich auf ihren Stuhl, legte ein Bein über das andere und sagte:

»*Sie* gehen, Mademoiselle. Hier ist mein Zuhause. Zumindest, bis *Guernica* abgeschlossen ist. Picasso braucht mich. Sie haben ihn in Le Tremblay in Ihrem Bauernhaus. Ich weiche keinen Millimeter von seiner Seite.«

Das Wort *Bauernhaus* hatte sie geradezu ausgespuckt.

Marie-Thérèse schnaubte und sah zu Picasso, der sich die Ohren zuhielt. »Macht das unter euch aus«, sagte er. Trotz dieser Geste erkannte Dora die Ironie in seinen Augen. Es schien ihn zu erheitern, dass zwei Frauen sich derart vor ihm erniedrigten. Dora schämte sich, dass sie sich überhaupt dazu hatte hinreißen lassen.

Mit einem Ruck drehte sich Marie-Thérèse um, stapfte zur Tür, blieb schwer atmend dort stehen und drohte: »Ich komme wieder. Immer wieder. Bis Sie hier weg sind, Dora Maar. Den längeren Atem habe ich, denn ich habe ein Kind mit diesem Mann. Das, Mademoiselle, haben Sie bis heute nicht geschafft.«

Mit einem lauten Knall fiel die Tür zu.

Dora saß still da, während Picasso unbekümmert weiterarbeitete. Sie fragte sich, wie um alles in der Welt er es zulassen konnte, dass eine Fremde sie so verletzte.

Aber Picasso war bereits mit dem nächsten Motiv von *Guernica* beschäftigt und pfiff dabei spanische Volkslieder.

Mehrere Stunden später nahm er ein Bad und brach dann auf. »Ich gehe für ein, zwei Stunden ins Deux Magots. Ich bin bald zurück.«

Dora holte tief Luft, um zu protestieren. Mit einem Kuss schloss er ihre Lippen, deutete auf den Huf des Pferdes von *Guernica* links unten und gab ihr einen Pinsel. Verdattert nahm sie ihn und blickte ihn fragend an.

»Ohne dich hätte ich dieses Bild womöglich niemals gemalt. Schließe diesen Abschnitt ab«, flüsterte er, und mit seiner Hand grenzte er die vor ihr liegende Arbeit ein.

Gerade eben noch hatte sie mit Marie-Thérèse um das Privileg, hier zu sein, gekämpft. Jetzt übergab ihr Picasso den Schlüssel zu seinem Palast. Was für ein Wechselbad der Gefühle.

Mit glühenden Wangen machte sie sich daran, die Aufgabe zu erfüllen. Sie malte die gestrichelten Linien exakt nach seiner Vorgabe. Niemand würde es bemerken, aber ihr bedeutete der Pferdefuß in diesem Augenblick alles.

Wenige Tage später vollendete Picasso vor Zeugen *Guernica*.

Links außen schloss jetzt eine trauernde, schreiende Frau mit einem toten Kind im Arm das formale Triptychon. Unter ihrem schmerzverzerrten Gesicht lagen die zerbrochenen Teile einer Statue, zerschlagene Extremitäten.

»Das ist meine Pietà«, sagte Picasso ernst und zog den letzten Pinselstrich. Dann trat er einige Schritte zurück, ließ die Leiter beiseiteschieben und betrachtete sein Werk. »Die Mater dolorosa, die weinende Maria. Sie trägt ihren Sohn zu Grabe. Meine Pietà hat ihr Kind in einer einzigen Nacht verloren. Die Deutschen haben es auf dem Gewissen.«

Alle anwesenden Zeugen schwiegen ergriffen, und Dora schloss die Augen, um ihre Tränen zu verbergen.

»Was für ein Werk! Ein Bekenntnis gegen Krieg und das Verderben, die Unmoral, die Vernichtung«, stammelte Éluard, stand auf und verließ grußlos den Raum.

Picasso warf den Kopf in den Nacken und breitete die Arme aus.

»Alles steht auf dem Spiel, die höchsten Werte der Humanität und Zivilisation. Ein Künstler muss sich bekennen«, sagte er feierlich, als habe er niemals in seinem Leben etwas anderes als sein klares *Nein* gegen die Faschisten im Sinn gehabt, als sei seine Kunst von jeher ein einziges politisches Bekenntnis.

Leise begann einer der Freunde zu applaudieren, dann

stimmten alle ein, erhoben sich von ihren Plätzen, und ihr Klatschen war durch die geöffneten Fenster bis hinab auf die Rue des Grands-Augustins zu hören.

Dora trat still zurück, bis ans Ende der gegenüberliegenden Wand, und je weiter sie sich von dem monumentalen Werk entfernte, desto stärker entfaltete es seine emotionale Kraft, desto mehr entwirrten sich die Figuren, entblößten sie ihr Eigenleben. Das Weinen der Frauen, ihre Pein und ihre geöffneten Münder verschmolzen zu einem einzigen Aufschrei, der von der Schicksalsstunde einer Nation Zeugnis ablegte.

KAPITEL 17

Mougins, 1937

Picassos und Doras erste gemeinsame Reise nach der Vollendung *Guernicas* führte sie zurück nach Mougins, als gelte es, dem Entsetzen zu entfliehen, das Weltgeschehen für wenige Wochen im Süden auszublenden.

Im Vaste-Horizon wurden sie bereits von ihren engsten Freunden erwartet, um gemeinsam den Sommer zu verbringen. Diesmal hatten sich alle in Picassos Lieblingshotel eingemietet, unter ihnen Éluard und Nusch, das neue Liebespaar Lee Miller und Roland Penrose, und auch Man Ray war mit seiner neuen Freundin Ady, einem Mannequin aus Martinique, angereist.

Eine unbeschwerte Zeit, gespickt mit Gesprächen, Fotoaufnahmen und gemeinsamen Aktivitäten, lag vor ihnen. Die Wärme und Leichtigkeit des Südens schienen sich auf die Gruppe und ihren Umgang miteinander zu übertragen. Es herrschte eine gelöste Stimmung, auch wenn Éluard und Picasso stundenlang politische Debatten führten. Man traf sich mindestens zwei Mal täglich unter dem mit Reben bewachsenen Welldach der Außenanlage des Hotels, aß gemeinsam, unternahm Ausflüge oder ging schwimmen.

Obgleich Dora die Zeit mit ihren Freunden genoss, verbrachte sie die Nachmittage oft allein am Meer von Antibes, denn Éluard hatte im Vaste-Horizon mit einem seltsamen Spiel begonnen, einem, an dem Dora niemals teilnahm.

»Husch, husch, ins Bett«, pflegte er nach dem Mittagessen zu sagen, und alle standen auf, um im Hotel zu verschwinden. Man wechselte die Betten und Partner untereinander wie Kleidung, nach Lust und Laune.

Dora beteiligte sich daran nicht, Freizügigkeiten dieser Art waren ihr zutiefst zuwider.

»Husch, husch, an die Arbeit«, erwiderte Picasso jedes Mal nach Éluards Aufruf und verbarrikadierte sich in seinem Atelier.

Eines Nachmittags machte sich Dora mit Lee Miller auf, um die Umgebung zu fotografieren. Waren sich die beiden Frauen früher als Konkurrentinnen in ihrer Kunst begegnet, waren sie doch mittlerweile Freundinnen geworden. Dora hatte mit ihrer Fotografie Berühmtheit erlangt, Lee sich in einem eigenen Pariser Fotostudio etabliert.

Die Landschaft der Provence erstreckte sich über sanfte Hügel, überall sah man Pappeln und Olivenhaine. Unten im Tal lagen die verblühten Lavendelfelder wie schwere Teppiche, deren Duft noch immer in der Luft schwebte. Konzentriert arbeitete jede für sich, suchte ihren eigenen Blickwinkel auf den Zauber des französischen Südens, und nach den Aufnahmen fuhren sie mit Lees Wagen an eine Stelle mit einer phantastischen Aussicht.

Lee strich sich eine blonde Strähne aus dem Gesicht. Ihre Haut war gebräunt, ihren schönen Körper umschmeichelte ein leichtes Sommerkleid.

Im Schatten eines Olivenbaums breiteten sie eine Decke aus, öffneten den Picknickkorb, holten Gläser und Wein heraus und betrachteten liegend das Panorama. Dora beobachtete, wie zwischen den Olivenzweigen die Wolken am Horizont vorbeizogen.

Nach einer Weile setzte sich Lee auf, schenkte zwei Gläser mit Rotwein ein und kippte eines davon herunter.

»Ich trinke zu viel. Wusstest du das, Dora?«, fragte sie herausfordernd. »Ich kann gar nicht genug bekommen von diesem Zeug. Als Amerikanerin bete ich die Franzosen für ihren Wein geradezu an.«

»Wir trinken und rauchen alle zu viel«, erwiderte Dora gelassen. »Wenn ich nur an das Opium in Paris denke.«

Lee winkte ab. »Ich kenne das. Einmal bin ich in irgendeinem Hinterzimmer am Boulevard Saint-Michel gelandet. Frag mich nicht, wie ich nach Hause kam. Da dachte ich wirklich, mich verloren zu haben.«

Dora wusste genau, wovon Lee sprach. Der Umgang mit Drogen kam einem Tanz auf dem Vulkan gleich. Man wusste nie, was nach dem Erwachen von einem übrig blieb. Sie selbst hatte seit dem Vorfall mit Jacqueline nie mehr eine Opiumhöhle betreten. Picasso reichte ihr als Rauschmittel vollkommen.

»Weißt du, ich bin mit Man Ray in vielerlei Hinsicht über die Grenzen gegangen«, fuhr Lee nach einer langen Pause fort, zog an ihrer Zigarette und drückte sie auf dem trockenen Boden neben ihr aus. Sie goss einen Schluck Wein darüber, und es zischte.

Ein schmerzlicher Gedanke an ihre Weggefährtin Gerda Taro streifte Dora. Auch Gerda war eine Grenzgängerin gewesen. Ihr Tod vor wenigen Wochen hatte die Bohème von Paris noch enger zusammengeschweißt. Ausgerechnet am 1. August 1937, dem Tag von Gerdas 27. Geburtstag, war die couragierte Fotografin auf einem der ältesten Friedhöfe von Paris zu Grabe getragen worden. Capas Geliebte war in Spanien bei einem Fotoeinsatz mitten im Bürgerkrieg ums Leben gekommen, als sie nach einer Fotoserie auf der Flucht aus dem Kriegsgebiet in Villanueva von einem Panzer überrollt worden war.

Mit gebückter Haltung war Roland Capa ihrem Sarg auf dem Père Lachaise gefolgt, gemeinsam mit dem chilenichen Schriftsteller Pablo Neruda und dem Dichter Louis Aragon. Mindestens tausend Gleichgesinnte waren gekommen, unter ihnen auch Lee und Dora. Das traurige Ereignis war zu einem Aufschrei gegen Faschismus und Terror geworden, einem Bekenntnis der Künstler und Intellektuellen von Paris. Unvergesslich hatte sich der Trauergemeinde Capas Foto, das um die Welt gegangen war, ins Gedächtnis gebrannt: *The Falling Soldier* zeigte einen republikanischen Soldaten im Moment seines Todes. Das im *Time Magazine* erschienene Bild hatte nicht nur Amerika erschüttert.

Lees Stimme riss Dora aus ihren Gedanken.

»Und du, Dora, du bist mit einem Jahrhundertkünstler zusammen. Das ist auch eine Grenzerfahrung, nehme ich an. Er ist ein Genie. Picasso ist ein wunderbarer Mann.«

Dora senkte die Augen und dachte insgeheim: *Ja, das ist er. Auch für andere Frauen.* Sie wusste, dass Picasso schon mit Lee geschlafen hatte – vor ihrer Zeit. Was sie selbst anging: Alles wehrte sich in ihr gegen dieses intime Gespräch mit Lee, und so schwieg sie beharrlich.

»Zuerst hatte ich Bedenken, hierher nach Mougins zu kommen«, wechselte Lee das Thema, schenkte sich ein weiteres Glas ein und ließ sich wieder auf den Rücken fallen. »Wegen Man Ray.«

»Ich dachte, das sei längst vorbei«, sagte Dora mit Unbehagen. Es ging sie nichts an.

»Das ist es auch. Aber ich habe ihm nicht verziehen.«

»Muss denn immer einer verzeihen, wenn eine Liebe zerbricht?«, fragte Dora mehr sich selbst. Insgeheim hoffte sie, Lee würde bald ein anderes Thema finden.

Lee legte sich zur Seite, stützte den Kopf in die Hand und blickte Dora mit funkelnden Augen an.

»Er hat mir meine Erfindung gestohlen, dieser Mistkerl.«

»Er hat dir …«, stammelte Dora und richtete sich auf. »Deine Erfindung? Wovon sprichst du?«

Sie wandte sich ihrer Freundin zu, so dass sie einander gegenüberlagen. Sie waren einander so nahe, Dora konnte die feinen Linien in ihrem Gesicht sehen. Waren das Spuren der Übernächtigung, die sie in Lees schönem, ebenmäßigem Gesicht entdeckte? Zwischen ihren Brauen zeigten sich winzige Zornesfalten.

»Die Solarisation. Es war *meine* Entdeckung. Monsieur Ray wollte mir nicht glauben. Dann habe ich es ihm gezeigt. Ich weiß es noch sehr genau, wie wir in seiner Dunkelkammer standen. Mir war schlichtweg ein Fehler unterlaufen. Ein Fehler, der mich lehrte, wie man mit der Belichtungszeit spielen kann. Ich wollte es dem großen Man Ray beweisen! Und dann hat er das Verfahren mit mir gemeinsam perfektioniert und später behauptet, er habe es entdeckt.«

Dora starrte auf Lees Mund, ihre geschwungenen Lippen, die blauen Augen.

»Hast du es ihm gesagt? Jeder denkt, es sei seine Idee!«

Lee schenkte sich ein weiteres Glas ein, kippte es in einem Zug herunter und seufzte. Sie beschirmte ihr Gesicht mit ihrer Hand und zog die Beine an.

»Ich habe ihn verlassen. Das war meine Antwort. Kein Mensch hätte mir geglaubt, und das wird sich auch nicht ändern. Ich erzähle es dir nur, weil ich weiß, dass du schweigen wirst.«

»Das ist eine Schande, Lee. Er hat es überhaupt nicht nötig, anderer Menschen Ruhm einzuheimsen. Ich kenne ihn so viele Jahre, das hätte ich ihm niemals zugetraut.«

»Wenn sie in ihrer Eitelkeit verletzt werden, Dora, sind sie zu allem in der Lage. Ich habe ihn ein einziges Mal betrogen. Er aber hat mich ständig betrogen, obwohl wir etwas so Wertvolles teilten. Sein größter Betrug jedoch bestand in einem geistigen Diebstahl – niemals werde ich ihm das verzeihen!«

Geistiger Diebstahl – der große Man Ray!

Eine Weile lagen sie still da, und Dora dachte an ihre eigene Karriere als Fotografin. Nie mehr würde sie ihr solarisiertes Porträt von Man Ray ansehen können, ohne an Lees Worte zu denken.

Neben ihr hörte sie Lees Atem, ein leises Schnarchen. Sie schien eingeschlafen zu sein.

In diesem Moment dämmerte Dora, dass sie selbst ihre Fotokunst aufgegeben hatte und neue Wege beschreiten wollte. Und zwar freiwillig – nicht, weil Picasso sie dazu aufgefordert hatte. Mit ihm war sie an einem Punkt in ihrem Leben angekommen, an dem sie noch einmal von vorn beginnen wollte. Sie hatte alles erreicht. Ausstellungen, Ruhm und Anerkennung in einer männerdominierten Welt. Jetzt, so hatte sie das Gefühl, war es Zeit, sich der Malerei zuzuwenden und neue Formen des Ausdrucks zu suchen. Gleichzeitig ängstigte sie das hoffnungslose Unterfangen, an der Seite Picassos zu malen, täglich sein Genie vor Augen. Spürte sie instinktiv, dass er keinen Künstler neben sich gelten ließ? Und schon gar keinen weiblichen? Sie dachte daran, wie er sich ganz am Anfang ihrer Beziehung hatte zeigen lassen, welche Fototechniken es gab. Damals hatte er viel fotografiert. Hatte er ihr beweisen wollen, wie leicht ihr Metier zu handhaben war?

Entschieden schob sie die Gedanken beiseite. Sie würde dennoch ihren eigenen Weg finden. Dessen war sie sich gewiss.

Als die beiden Freundinnen am Nachmittag das Hotel erreichten, hatte sich die Gesellschaft zurückgezogen.

Einsam saß Roland Penrose unter den Reben und sortierte seine Fotoaufnahmen. Lee ging zu ihm, umarmte ihn stürmisch und küsste ihn.

»Ich gehe duschen«, sagte sie und verschwand.

Dora setzte sich zu ihm und warf einen Blick auf ein Foto von Roland Penrose, das ihn inmitten der *famille heureuse*, der glücklichen Familie, wie sich die Gruppe in Mougins nannte, zeigte. Sie selbst hatte die Szene fotografiert. Roland Penrose wirkte wie ein Fremdkörper inmitten der ausgelassenen Schar, zugeknöpft, an seiner Körperhaltung war eine Spur von Unbehagen abzulesen.

»Ich mag dich, Roland, deiner britischen Haltung wegen. Vornehm, voller Zurückhaltung«, sagte sie nachdenklich und deutete auf das Foto. »Das gefällt mir.«

Er schluckte und zeigte eine Aufnahme, die er selbst gemacht hatte. Man Ray und Paul Éluard, in Anzug und Hemd, zwischen barbusigen Frauen an einem Holztisch sitzend. »Es stimmt. Ich bin genau wie du lieber hinter der Kamera, Dora. Erstaunlicherweise bist auch du auf keinem dieser Bilder zu sehen.«

»Diese Atmosphäre befremdet mich zutiefst, Roland, genau wie dich.«

»Was genau befremdet dich?«

»Die Frauen geben sich freizügig, als sei es die selbstverständlichste Sache der Welt, ohne Oberteil zwischen korrekt gekleideten Männern zu sitzen. Es geht um die Atmosphäre, aber in Wahrheit ist dieses ganze Schauspiel eine Illusion von Intimität.«

»Ja, das trifft es sehr gut. Ich bin ein Freund von Tabus.«

Tabus – obwohl Dora die gesellschaftlich aufgezwungene Moral verachtete, war auch ihr das Tabu heilig. Sie fragte sich, ob sich hier ihre katholische Erziehung bemerkbar machte oder ob diese Verbote schlichtweg dem Schutz des Einzelnen dienten.

»Nur bei Lee ist es anders«, erwiderte sie. »Man sieht an ihrer ganzen Körperhaltung, dass sie ein ausgebildetes Mannequin ist. Sie präsentiert sich stolz und dennoch unzugänglich, verschlossen. Niemand würde es wagen, ihr zu nahe zu treten.«

Er lächelte. »Das will ich hoffen. Ich liebe sie.«

»Lee ist wunderbar, einfach wunderbar. Wir hatten einen wunderschönen Tag zusammen. Ich bin schon auf unsere Fotos gespannt. Wir haben mindestens hundert Aufnahmen gemacht.«

»Du bist auf keinem dieser Bilder dabei, Dora«, sagte er nochmals respektvoll.

»Das wird auch so bleiben.«

»Warum, Dora? Warum bist du anders? Als umgebe dich ein großes Geheimnis.«

»Haben wir nicht alle mindestens ein Geheimnis?«, fragte sie zurück.

»Das mag sein, aber du bist anders als die Frauen auf dem Foto, und trotzdem lieben dich alle.«

Ein Foto in Penroses Sammlung stach aus allen anderen heraus. Dora erkannte es sofort: Der Trauerzug auf dem Père Lachaise anlässlich Gerda Taros Begräbnis. Erneut fühlte Dora den kollektiven Schmerz, der unzählige Pariser Künstler damals heimgesucht hatte. Es war ein Moment gewesen, in dem sie alle die drohende Gefahr des Faschismus, aber auch ihren wachsenden Widerstand gespürt hatten.

»Glaubst du, ihr Tod war für etwas gut? Hat er die Menschen aufgeweckt?«, fragte Dora.

»Der Tod ist nie für etwas gut«, erwiderte Penrose und schüttelte den Kopf. »Und aufgeweckt hat er nur jene, die bereits wachsam sind.«

Dora seufzte und wischte sich über die Augen.

Langsam schob er ein weiteres Foto zu ihr hinüber.

»Hier ist eines der Bilder vom Strand mit Picasso und dir in der Nähe des Golfs von Saint-Juan. Dieses mag ich besonders.«

Lange betrachtete sie das Bild. Picasso und sie standen nebeneinander, bauchhoch im Wasser und frontal in die Kamera blickend. Dora trug ein lächerliches Bikini-Oberteil, wo sie doch Einteiler bevorzugte. Ihr nasses, inzwischen längeres Haar lag in Strähnen auf ihren gebräunten Schultern. Auf ihrem Mund zeigte sich ein weiches Lächeln. Picasso wirkte entspannt, glücklich. Obwohl sie einander an keiner Körperstelle berührten, erfasste sie die ganze Vertrautheit des Augenblicks. Jeder, der Augen im Kopf hatte, musste sehen, dass sie sich eine halbe Stunde zuvor geliebt hatten.

»Ihr seid ein glückliches Paar«, sagte Penrose, als errate er ihre Gedanken.

»Ihr auch, du und Lee«, erwiderte sie.

»Ich werde sie heiraten.«

Er strahlte Dora an und lächelte dann verlegen.

»Das ist schön. Ich freue mich für euch.«

»Darf ich dich etwas sehr Persönliches fragen, Dora?«

Sie nickte, ohne ihn anzusehen.

»Würdest du Picasso heiraten?«

Die Frage traf sie wie ein Blitz. Daran hatte sie weiß Gott noch keinen Gedanken verschwendet.

»Picasso ist mit Olga verheiratet«, stammelte sie. »Sie wird sich niemals scheiden lassen.«

»Gesetzt den Fall, er wäre es nicht … Was dann?«

Er sah sie abwartend an.

»Picasso ist bereits verheiratet. Es geht dabei nicht um Olga, sie ist Nebensache. Seine wahre Ehefrau ist die Kunst, und das wird sich niemals ändern«, sagte sie bestimmt, erhob sich und strich ihm zum Abschied über die Schulter.

»Eine unbesiegbare Nebenbuhlerin«, gab Penrose seufzend zurück, sammelte die Fotos ein und klappte die Mappe zusammen.

»Nein«, sagte Dora und schüttelte den Kopf. »Die Kunst ist die Hauptfigur in seinem Leben. Die Nebenbuhlerinnen sind die Frauen. Sie sind austauschbar.«

Sie hielt sich vor Schreck die Hand vor den Mund.

Manchmal sagte sie Dinge, ohne darüber nachzudenken, aber die tiefe Wahrheit ihrer unüberlegten Worte versetzte ihr einen Stich mitten ins Herz. Denn so sehr es ihr auch wehtat, sie wusste, dass sie recht hatte. Erst vor Kurzem hatten Picasso und sie einen Streit gehabt. Er hatte sich sozusagen ihre Einwilligung zum Beischlaf mit anderen Frauen einholen wollen, für den Fall, dass sich das einmal ergeben sollte.

»So etwas ergibt sich doch nicht«, hatte Dora geschrien und eine halb volle Flasche Champagner in seinem Atelier an die Wand geworfen.

Seit jenem Streit nannte er sie hin und wieder *meine kleine Verrückte*, was Doras Gefühlsausbrüche nur noch mehr förderte. Hatte sie mehr mit Julie gemeinsam, als sie wahrhaben wollte?

»Adieu«, sagte sie zu Penrose und ging die Stufen hinauf ins Vaste-Horizon. Auf dem Flur in der ersten Etage begegnete ihr Jacqueline, nackt, ihre Kleidung in den Händen haltend. Erschrocken blickte sie auf und kicherte dann.

»Hallo, Liebes«, sagte Jacqueline und huschte zu ihrem Zimmer.

Dora öffnete den Mund, um etwas zu erwidern, aber da

war die Freundin schon verschwunden. Sie blickte auf die Tür, durch die Jacqueline soeben gekommen war. Es war die von Man Ray und dessen neuer Freundin Ady.

Wie eine Schlafwandlerin ging Dora weiter und blieb abrupt vor ihrem und Picassos Zimmer stehen. Tausend Fragen gingen ihr durch den Kopf, während ihr Herz raste. Sie schloss die Augen und bemühte sich, ihre Ängste wegzudrücken. Sie wusste: Der Tag würde kommen, an dem Picasso sich anderen Frauen zuwandte, aber jener Tag schien ihr bis gerade eben in weiter Ferne gelegen zu haben. Marie-Thérèse zählte nicht dazu, sie war keine Konkurrentin, sondern eine Institution in Picassos Leben.

Dora fasste sich ein Herz, legte ein Ohr an die Tür und lauschte. Wie aus der Ferne vernahm sie von drinnen seine sonore Stimme.

KAPITEL 18

Dora hielt das Ohr direkt an die Tür und bemühte sich zu verstehen, was Picasso redete. Plötzlich richtete sich jedes Geräusch gegen sie, aus jeder Ritze glaubte sie Frauen- und Männerstimmen abwechselnd zu vernehmen. Verschlungene Körper im Liebesakt wälzten sich durch ihre Gedanken. Und immer wieder: sein Gesicht. Alles drehte sich in ihrem Kopf. Würde er es wagen, inmitten ihrer eigenen vier Wände? Würde er es wagen, in ihrem gemeinsamen Bett?

Ihre Brust hob und senkte sich, sie hörte ihren eigenen Atem. Mit einem Ruck öffnete sie die Tür und starrte auf das leere Bett. Erleichtert warf sie sich darauf. Durch die Nebentür drang aus Picassos Atelier seine Stimme, die spanische Melodien sang. Er arbeitete.

Was geschah hier mit ihren engsten Freunden? Dieser Sommer war kein gewöhnlicher. Die Luft flirrte, und der Duft der Kräuter betäubte die Sinne. Währenddessen rüstete sich Europa, allen voran die Deutschen, die zu allem bereit schienen. Es war, als spüre jeder einzelne ihrer Freunde, dass die Welt sich verändern würde, als gäbe es keine Grenzen mehr. Es kam ihr vor, als schnappten alle nach einem Stück Leben, um sich selbst zu spüren. Oder war es umgekehrt? Hatte Jacqueline, die so voller Leben und Sehnsüchte gewesen war, aufgehört, sich zu spüren? Und was war mit Lee, der Schönsten unter ihnen, aber mit einer verwundeten Seele – suchte sie im Rausch das Vergessen? Was war mit Penrose, jenem diskreten Mann, der sich so zurückhaltend gab, weil es seiner Natur entsprach? Konnte er das, was er sogar in Fotografien dokumentiert hatte, einfach so hinnehmen? Halb nackte Frauen, die sich bekleideten Männern darboten, als posierten sie für Modejournale?

Die Clique, wie Éluard die Freunde nannte, klammerte sich an einen nahezu unersättlichen Rausch, bevor die dunkle Wolke aus Deutschland über Europa zöge. Dass sie kommen würde, daran hatte Dora nicht die geringsten Zweifel.

Guernica war nur der Auftakt.

Sie schloss die Augen und tastete auf dem Bett nach einem zweiten Kissen, bis ihre Hände etwas Kaltes fühlten, einen Metallgegenstand, eine Kette mit einem Medaillon daran. Sie erkannte das Schmuckstück blind. Es war nicht ihres, es gehörte Nusch.

Ihr stockte der Atem. Der Schmerz traf sie unmittelbar, wie ein Pfeil. Mit einem Ruck warf sie sich aus dem Bett und riss sämtliche Decken und Kissen vom Bett. Sie zog so lange an dem Leintuch, bis es vor ihr auf dem Boden lag. Nusch! Picasso hatte mit ihrer besten Freundin geschlafen. Sie überlegte, ob sie das vergiftete Bettzeug zum Fenster hinauswerfen sollte, dann dachte sie daran, alles zu verbrennen. Sie rang nach Luft.

»Was hast du getan?«, rief sie in Richtung seines Ateliers. »Picasso! Was, um Himmels willen, hast du getan? Ist dir denn gar nichts heilig?«

Sie vernahm das Geräusch von klapperndem Werkzeug, dann seine Schritte, die näher kamen. Er trat mit nacktem Oberkörper aus dem Atelier heraus und blickte sie verständnislos an. In der Hand hielt er einen Farbtopf.

»Herrgott nochmal, was machst du denn für ein Gesicht!«

»Ich habe dieses Gesicht seit dreißig Jahren«, schrie sie und trampelte auf der zu ihren Füßen liegenden Bettwäsche herum.

Sie spürte den kratzenden Sand vom Nachmittag zwischen ihren Zehen. Die Tränen schossen ihr in die Augen, und sie wusste nicht, wohin mit sich. Mit ihrer Qual.

»Willst du mir nicht endlich sagen, warum du so herumhüpfst?«, fragte er amüsiert.

Sie hielt inne, sah in seine Augen und schnaubte. »Du hast mit Nusch geschlafen. Verdammt nochmal, Picasso, warum musstest du mit meiner Freundin schlafen? Weißt du denn nicht, wie sehr ich sie liebe?«

Sie selbst vernahm, wie ihre tiefe Stimme eine Oktave höher wurde. Ihr Klang, sonst voller Verführung und Leidenschaft, glich jetzt einem Reibeisen, einem einzigen Krächzen.

Picasso zuckte die Achseln und ging dann mit ausgebreiteten Armen auf sie zu.

»Adora! Ich bitte dich«, sagte er theatralisch und versuchte, sie zu umarmen, aber sie stieß ihn weg. »Éluard hat mich inständig darum gebeten. Hätte ich es meinem Freund verwehren können? Es wäre unhöflich gewesen abzulehnen.«

Verständnislos zuckte er die Achseln und stand mit ausgebreiteten, offenen Händen vor ihr, als erwarte er Doras Absolution.

»Unhöflich?« Ihre Stimme überschlug sich, dann besann sie sich. »Ihr benehmt euch wie Händler auf einem Jahrmarkt! Seid ihr denn bei Sinnen? Ihr handelt mit euren Frauen«, redete sie sich weiter in Rage. Blind schlug sie um sich, denn sie wusste nicht, was sie mehr getroffen hatte, der Betrug oder der mangelnde Respekt vor ihr und allen Frauen dieser Welt.

Picasso ließ die Arme an seinen Körper fallen, sah sie verwirrt an, als spreche sie eine Fremdsprache.

»Éluard hat … und Nusch muss dann wohl …«, stotterte sie, während sie überlegte, welche Rolle Nusch in dem Dreieck spielte. »Ihr seid ja alle komplett verrückt.«

Sie hob das Kissen vom Boden auf und presste es an ihren Körper.

»Mein Gott, Dora, was soll das? Ich habe nie gesagt, dass ich dir gehöre. Es hat überhaupt nichts bedeutet! Wir haben doch darüber gesprochen.«

Er fing an, wild zu gestikulieren, mit ganzem Körpereinsatz, den Fingern, den Händen.

»Umso schlimmer!«, rief sie und schleuderte das Kissen nach ihm. Butterweich fiel es vor seinen Füßen zu Boden. »Umso schlimmer, wenn es dir nichts bedeutet!«

»Ihr Frauen seid schrecklich kompliziert!«, zischte er und schlug die Hände über dem Kopf zusammen.

»Mit wem noch?«, fragte sie leise. »Mit wem noch?«

Sie presste die Augen zusammen und beobachtete ihn wie ein wildes Tier seine Beute.

»Ein Mal mit Lee. Aber es war nur ein einziges Mal. Ich hatte es schon wieder vergessen.«

Seine Worte kullerten über den Boden und versickerten in dem befleckten Leintuch, das sie nie wieder würde benutzen können.

»Wir haben das alles im Grundsatz längst besprochen, Dora. Reiß dich zusammen. Es bedeutet nichts. Sex und Liebe sind zwei verschiedene Dinge.« Er faltete die Hände wie zum Gebet. »Ich bitte dich, Dora!«

»*Du* hast darüber gesprochen, nicht ich«, rief sie, warf sich aufs Bett und strampelte mit den Beinen. Sie bohrte ihre Finger in die Matratze. Am liebsten hätte sie das Liebesnest mit einem Messer zerstört, darauf eingestochen, bis nur noch die Federn übrig blieben. »Und du wirst mich selbst entscheiden lassen, was Sex und was Liebe ist. Ich brauche deine Autorität nicht, Picasso! Verdammt! Du sagst mir nicht, was ich zu fühlen habe!«

Kopfschüttelnd drehte er sich weg, knallte die Tür zu und verschwand in seinem Atelier.

Sie legte sich auf ihre Seite des Betts, rollte sich ein und ließ ihren Tränen freien Lauf.

Nebenan hörte sie Picasso auf Spanisch fluchen, und sie hielt sich die Ohren zu. Lange nachdem ihre Tränen versiegt waren, ging sie ins Bad und ließ die Wanne mit lauwarmem Wasser volllaufen.

»Kommst du hinunter zum Essen?«, hörte sie nach über einer Stunde Picassos leise Stimme. Er klopfte vorsichtig an die Tür. Das Wasser war inzwischen kalt geworden. Er klang so nah, einschmeichelnd, fast hilflos.

»Verschwinde«, erwiderte sie und klatschte mit der flachen Hand auf den Wasserspiegel.

Als sie eine Stunde später zum gemeinsamen Abendessen erschien, waren alle mit der Vorspeise beschäftigt. Wie auf Kommando sahen die Freunde auf. Es gab Wachteln mit Portweinsoße und mediterranem Gemüse.

Augenblicklich verstummten die Gespräche. Picasso saß wie angewurzelt auf seinem Stuhl.

Dora trug ein smaragdgrünes Seidenkleid mit einem tiefen Rückenausschnitt. Sie hatte ihre dunklen Augen mit schwarzem Kajal umrandet und tiefroten Lippenstift aufgesetzt. Sie wusste um ihre Wirkung, denn sie hatte sich lange genug im Spiegel betrachtet. So lange, bis sie sich fremd genug fühlte.

»Du siehst wunderschön aus«, hauchte Lee.

Dora trat an den Tisch, wo Éluard und Nusch mit strahlenden Augen zu ihr aufsahen, stellte sich so hin, dass niemand sehen konnte, wie sie Éluards Hand nahm, sie behutsam umdrehte und Nuschs Halskette in die Mulde fallen ließ.

»Von deinem Meister«, flüsterte sie in sein Ohr, wandte sich an Nusch, legte ihre Hände um den zarten Kopf der Freundin und küsste sie zärtlich auf den Mund. Dann ließ sie lächelnd von ihr ab und hielt nach einem freien Platz Ausschau.

Es gab zwei unbesetzte Stühle am Tisch, einen zwischen Penrose und Man Ray, den anderen neben Picasso. Sie wählte Ersteren, schräg gegenüber von Picasso.

Man Ray warf ihr einen verwirrten Blick zu. »Ich brauche unbedingt ein Foto von deinem Gesichtsausdruck, Dora«, flüsterte er mit zitternder Stimme und legte die Serviette auf den Tisch. »Kannst du dir dieses Gesicht merken? Was für ein Auftritt!«

»Ich habe dieses Gesicht schon immer«, gab sie kühl zurück. »Musst du dir merken, wie man Fotos solarisiert?«

Ohne seine Antwort abzuwarten, wandte sie sich theatralisch an die Gesellschaft:

»*Bonsoir, mes amis!*« Sie griff nach einem Glas Wein, trank es in einem Zug leer, warf den Kopf in den Nacken und stellte es hörbar zurück auf den Tisch. »Meine Freunde, ihr habt bereits ohne mich angefangen, wie ich sehe. Aber ich verzeihe euch.«

Sie warf Nusch und dann Lee einen langen Blick zu.

Penrose räusperte sich.

»Was gibt es zum Hauptgang?«, fragte Dora. »Ich habe schrecklich großen Hunger. Diese Luft hier im Süden ist so appetitanregend.«

»Chateaubriand«, flüsterte Penrose ihr zu. »Picasso hat sich Chateaubriand gewünscht.«

»Ach ja?«, fragte sie und fixierte Picasso, der Messer und Gabel zur Seite gelegt hatte. »Er bestellt tatsächlich immer dasselbe, ein bisschen Abwechslung auf der Speisekarte täte uns allen gut, nicht wahr?«

»Was du nicht sagst«, gab er mit eingefrorener Miene zurück.

Nur seine Augen, die vor Leidenschaft und Verehrung glühten und Doras Kleid entlangstreiften, lange bevor es seine Hände tun würden, verrieten ihn. Bis zum Dessert spürte sie seine Blicke auf ihrer Haut, als fixiere er jede ihm vertraute Stelle und speichere sie für künftige Kunstwerke ab. Sie ließ ihn gewähren, lehnte das Chateaubriand mit einer einzigen Handbewegung ab und bestellte stattdessen den verpassten ersten Gang.

Als der Digestif serviert wurde, sah sie, wie Picasso aufstand und sich ihr langsam näherte, ohne die Augen von ihr zu lassen.

Hinter ihr blieb er stehen und beugte sich über sie wie ein Stierkämpfer, der den Kampf vorzeitig abbrach.

»Adora«, hauchte er. »Wir waren vorhin wohl beide etwas erhitzt.«

Sie nahm die Speisekarte und fächerte sich mit geneigtem Kopf Luft zu. Dann spürte sie seine Lippen auf ihrem Hals, seine Hand lag auf ihrer Schulter, die andere suchte ihre. Sie registrierte die Wärme, die von ihm ausging, und hörte, was er sagte, aber ihr Körper verstand sein Flüstern auch ohne Worte.

»*¡Ven conmigo, toma mi mano!* – Komm mit mir, nimm meine Hand! Komm sofort mit mir nach oben. Bitte!«

KAPITEL 19

Paris, 1938

Mit geschlossenen Augen stand Dora hinter dem Paravent der Arztpraxis Pierre Mercier im Norden von Paris und knöpfte ihre Bluse zu. Sie war bereits zum zweiten Mal hier. Die Untersuchungen waren abgeschlossen. Gleich würde sie das Ergebnis bekommen. Vor Aufregung zitterten ihre Hände, als sie hinter der Abgrenzung hervortrat.

»Bitte setzen Sie sich, Mademoiselle«, sagte Mercier mit ernster Miene und nahm sein Monokel vom rechten Auge. Er deutete auf den Stuhl ihm gegenüber.

Langsam nahm sie Platz und fixierte die Unterlagen, die vor ihm lagen.

»Hatten Sie als junges Mädchen schmerzhafte Monatsblutungen, ich meine, außergewöhnlich schmerzhaft?«, fragte er mit besorgtem Blick.

Dora nickte stumm. Julie hatte in ihrer Jugend über Doras Qualen hinweggesehen und erklärt, das gehöre zum Frausein. Dann hatte sie ihre Tochter mit einer Wärmflasche ins Bett geschickt, aber nicht zugelassen, einen Arzt deswegen aufzusuchen.

»Da sind einige Verwachsungen zu sehen, deshalb frage ich.«

»Und was bedeuten diese Verwachsungen?«

»Dass es sehr schwierig für Sie werden dürfte, schwanger zu werden. Eigentlich ist es nach diesem Befund nahezu unmöglich.«

Die Nachricht traf sie wie ein Blitz, obwohl sie es längst geahnt hatte. Ihre Gedanken drifteten ab, während Monsieur Mercier einen ganzen Schwall von Erklärungen von sich gab. Die Fackelwanderung nach Mougins fiel ihr ein, als Picasso zum ersten Mal von einem gemeinsamen Kind gesprochen hatte. Wie sehr hatte sie sich das für sie beide gewünscht. Würde sie nun für den Geliebten keine richtige Frau mehr sein? Hatte er nicht immer wieder betont, nur eine Frau, die ein Kind zur Welt gebracht hatte, sei eine vollständige Frau?

»Mademoiselle?«

Die Stimme des Arztes holte sie zurück. Plötzlich nahm sie den sterilen Geruch von Desinfektionsmittel wahr. Sie bemühte sich, das Gesagte herzuholen, starrte aber nur auf seinen Mund, aus dem Worte kamen, die sie nicht erreichten, als spräche er eine ihr unbekannte Sprache. Sie wollte weg, weit weg, hinaus auf die Straße, ihrem Schicksal davonlaufen.

Plötzlich geschah es wieder: Sie sah sich von oben zu, wie sie gebeugt auf einem Stuhl saß, ihr gegenüber ein Mann im weißen Kittel und mit einem Stethoskop um den Hals.

Derselbe Mann erhob sich jetzt. Dora beobachtete, wie ihr anderes Ich den Kopf in seine Richtung drehte und sich aufrichtete. Mit einem Stock zeigte er auf eine Röntgenaufnahme, während er kleine Kreise um winzige, helle Punkte zog.

»Sehen Sie diese kleinen Vernarbungen? Es handelt sich um sogenannte Verwachsungen. Auch Ihre Eierstöcke sind betroffen. Es tut mir sehr leid, Mademoiselle. Ich möchte Ihnen keine allzu großen Hoffnungen machen. Eine Empfängnis ist sehr unwahrscheinlich. Das Bild zeigt Narben in Ihrer Gebärmutter.«

Eierstöcke. Narben. Empfängnis – seine Worte hingen zusammenhanglos im Raum.

Seufzend trat er zurück an den Schreibtisch, setzte sich und faltete die Hände. Er begann, seine Daumen umeinander zu drehen.

»Also – nein?«, fragte Dora wie aus der Ferne mit erstickter Stimme.

»Höchst unwahrscheinlich, Mademoiselle. Sie sind bereits dreißig, nicht mehr die Jüngste, was die Fruchtbarkeit betrifft. Das kommt erschwerend hinzu. Es tut mir leid.«

Er wich ihrem leeren Blick aus und sah auf seine Hände.

Ihr anderes Ich stand auf und schob den Stuhl zurück in seine alte Position, eines, das wie einstudiert handelte, als entwickle es im Schlaf eine Reihe von Fotos.

Entwicklerflüssigkeit. Stoppbad. Metronom. Petroleumlampe. Ihre Hände kannten die Reihenfolge.

»Ich danke Ihnen für Ihre Offenheit, Monsieur«, hörte sie sich selbst sagen.

Ruckartig stand der Mann auf und folgte ihr. Dann hielt er ihr die Tür auf und suchte ihren Blick. »Sie sind eine großartige Künstlerin, Mademoiselle Maar. Vielleicht sind Ihre Kunstwerke Ihre Kinder. Sie haben bereits Großartiges geschaffen und werden es weiter tun.«

Es war, als spräche er zu ihrem Schatten, der teilnahmslos beobachtete. Dora aber senkte die Augen und bemühte sich um ein Lächeln. Der Arzt konnte unmöglich wissen, dass sie mit ihrer Kunst wieder ganz am Anfang stand.

»Au revoir, Monsieur. Merci.«

Als sie vor der Tür der Praxis stand, trat sie in eine Nische des Gebäudes, lehnte ihren Kopf gegen die kühle Hauswand und schloss die Augen. Sie hatte es geahnt. Jetzt, da sie sich zum ersten Mal in ihrem Leben ein Kind wünschte, war dieser Traum an einer Röntgenaufnahme im Norden von Paris zerplatzt. Kleine weiße Punkte in ihrer Gebärmutter sprachen eine eigene Sprache, und ihr war, als hätte sie sich jene Verletzungen selbst zugefügt, zusammen mit Julie, die es ihr vor Jahren untersagt hatte, in Buenos Aires einen Gynäkologen aufzusuchen.

»Ein solcher Arzt macht unheimliche Dinge mit dir, Theodora. Du wirst auf einen Stuhl wie ein Stück Vieh gebockt, wo man dir die Beine auseinanderreißt, das ist nichts für dich. Nein. Ich verbiete es dir«, hatte Julie damals gesagt.

Mit Josip hatte sie über das Verbot nicht sprechen können, und nun erhielt sie fünfzehn Jahre später die Quittung. Niemals würde sie mit Picasso ein Kind haben. Die weißen Punkte auf dem surrealistischen Foto von *Père Ubu* fielen ihr ein, wie eine monströse Vorhersage dessen, was sie gerade in ihrer Gebärmutter gesehen hatte. War Ubu nicht ein wenig ihr Kind gewesen, jene Geburt, die sie in nur einer einzigen Nacht schmerzfrei vollbracht hatte?

Dora hörte das Motorengeräusch von den Straßen, das in diesem Jahr stark abgenommen hatte. Stattdessen waren immer mehr Fahrradfahrer unterwegs, je kälter es wurde, desto vermummter sahen sie aus. Sie blickte hinauf zum Himmel, wo eine letzte kleine Vogelformation vorbeizog, um sich in Richtung Süden zu verabschieden. Sie fröstelte. Würde ein harter Winter folgen? Bliebe sie mit ihrem Schmerz und ihren Sehnsüchten allein?

Wie eine Schlafwandlerin passierte sie die Gare du Nord und kehrte ganz langsam in ihren unfruchtbaren Körper zurück. Ihr war, als blickten Passanten taktlos auf ihren Bauch, als sähen sie wie mit Röntgenaugen durch sie hindurch und entdeckten den in Picassos Augen größten Makel, den eine Frau besitzen konnte. Frauen, die mit Kinderwagen unterwegs waren, warfen ihr verhöhnende Blicke zu.

Dora lief, so schnell sie konnte, um all dem zu entfliehen. Sie ließ das Viertel, das ihr auf einmal voller schreiender Kinder erschien, zurück, bis sie endlich in der Ferne den rettenden Eingang zur Rue des Grands-Augustins erblickte. Sie überquerte den Pont Neuf. Unter der Brücke hatte sich eine Spur Nebel auf der Seine abgesetzt. Es war, als atmete der Fluss.

Sie vermisste Jacqueline, die sich seit Wochen mit Breton in Mexiko befand. Jacqueline wäre die Einzige, die sie vielleicht hätte trösten können.

»Stell dir nur vor, *ma chère*, ich habe hier in Mexiko Frida Kahlo kennengelernt«, hatte Jacqueline in ihrem letzten Brief euphorisch geschrieben. »Was für eine tapfere, wunderbare Frau. Du würdest sie lieben, Dora, genau wie ich es tue.«

Frida Kahlo – Dora hatte schon so viel von der mexikanischen Künstlerin gehört, die mit dem großen Maler Diego Rivera zusammenlebte. Picasso – Rivera, unmöglich, die beiden Künstler zu vergleichen. Obwohl sie ihr noch nicht begegnet war, hatte sie das Gefühl, Frida sei ihre Leidensgenossin.

Plötzlich vernahm Dora am Ende der Brücke die monotonen Rufe eines Zeitungsjungen.

»Synagogen in Deutschland brennen«, rief er und hielt einen Stapel Zeitungen in den Händen. »Sonderausgabe der *Paris Soir*. Synagogen brennen.«

Abrupt blieb sie stehen, ging auf den Jungen zu und kaufte die Sonderausgabe. Sie nahm das Papier, starrte auf die Schlagzeile und zog sich damit in eine Häusernische zurück.

Als Antwort auf die jüngsten Vorkommnisse in Paris zerstörten die Deutschen gestern, am 9. November 1938, die Synagogen in ihrem Land. Jüdische Geschäfte wurden geplündert. Es gab zahlreiche Tote.

»Sonderausgabe«, rief der Zeitungsjunge, und seine Stimme entfernte sich immer mehr, wurde leiser, bis die Straßen von Paris sie verschluckten.

Dora bemühte sich, die Ereignisse zu sortieren. War die

dunkle Wolke über Deutschland geplatzt? Die Nazis rechtfertigten ihre Rache als ihre Antwort auf ein Attentat, das erst vorgestern vor der deutschen Botschaft in der Rue de Lille begangen worden war. Hier, mitten in Paris! Der polnische Staatsbürger Herschel Feibel Grynszpan hatte den Diplomaten Ernst vom Rath vor der deutschen Botschaft erschossen. Mit seiner Tat hatte Grynszpan auf das Elend seiner Landsleute, die im Niemandsland zwischen Deutschland und Polen zwangsdeportiert worden waren, aufmerksam machen wollen.

»Es wird Krieg geben«, sagte Dora mit klarer Stimme, als sie Picassos Atelier betrat. Sie legte ihm die Zeitung auf den Tisch.

Erst jetzt registrierte sie, dass sie weinte. »Hörst du nicht, Picasso? Es wird Krieg geben.«

Das Röntgenbild zog noch einmal an ihr vorbei, die Worte des Arztes, die Demütigung, ihr Schmerz, die niederschmetternde Schlagzeile. Sie wischte sich über ihre geschlossenen Augen und öffnete sie wieder.

Picasso stand mit einer brennenden Zigarette vor seinem Gemälde aus dem vergangenen Jahr mit dem Titel *Die weinende Frau*. Damals, nach der Fertigstellung, hatte Dora das Porträt, das ihre Gesichtszüge trug, stundenlang angesehen.

»Wer sagt das? Du?«, fragte er schließlich und sah sie angriffslustig an.

Picasso hasste schlechte Nachrichten.

»Man muss nicht einmal mehr zwischen den Zeilen lesen«, sagte sie, deutete auf die Sonderausgabe und schilderte ihm die brutalen Vorkommnisse in Deutschland.

»Denk doch an das Attentat von vor zwei Tagen! Die Spatzen pfeifen es schon lange von den Pariser Dächern. Weißt du, wie viele deutsche Juden sich inzwischen hier in Paris aufhalten? Sie kamen hierher, um den Pogromen in ihrer Heimat zu entfliehen! Glaubst du, sie sind hier noch sicher – nachdem sich in Deutschland das hier abspielt?« Sie schlug mit der Faust auf die Zeitung. »Du hältst mich für hysterisch? Sag es nur!«

Regungslos sah er zum Fenster hinaus. »Was soll Hitler denn tun? Herkommen und alle Juden mitnehmen?«

»Deportieren, Picasso, deportieren. Du vergisst die Andersdenkenden, Künstler, die sogenannte entartete Werke schaffen. Du bist einer von ihnen! Die Nazis haben mit ihrer menschenverachtenden Ideologie nie hinterm Berg gehalten. Sie haben Bücher verbrannt, und jetzt brennen in ihrem Land die Gebetshäuser. Hitler wird irgendwann tun und lassen können, was er will.«

»Dora. Du immer mit deinen düsteren Vorahnungen.«

Langsam ging sie auf ihn zu, stellte sich neben ihn und betrachtete das Gemälde, das ihr plötzlich in einem völlig anderen Licht erschien.

»Du glaubst gar nicht, wie sehr ich mir wünsche, dass ich mich täusche, Picasso.«

Eingehend studierte sie ihre eigenen Züge auf Picassos Werk und begann zu begreifen: Der gequälte Gesichtsausdruck der Frau, die sie selbst darstellte, war eine Weiterführung von *Guernica*. Ihre formelle Kleidung erinnerte an eine Beerdigung. Der intensive Ausdruck ihrer Augen zeigte ihre Verzweiflung, ihre Hoffnungslosigkeit.

»Es ist der Krieg, der sie weinen lässt«, flüsterte sie. »Das bin nicht ich. Es sind nicht *meine* Tränen.«

Ihr war, als fiele eine Last von ihr ab. Manchmal war sie einfach eine Stellvertreterin in seinem Werk, nicht Dora Maar, weder Picassos Muse noch Geliebte, keine Hysterikerin, die auf seinen Leinwänden sämtliche Deformationen über sich ergehen lassen und seine inneren Spannungen aushalten musste. Was sie in den Augen der Frau erblickte, waren auch *seine* Ängste, *seine* panische Todesangst. Der Tod ängstigte ihn weit mehr als das Leben.

»Du hast recht, Dora«, erwiderte er, und sie hörte, wie seine Stimme kippte. »Ich habe den Krieg gemalt und vorhergesehen. Du bist nicht hysterisch, du fühlst nur viel intensiver als die meisten Menschen. Die Welt gerät aus den Fugen. Es ist überall spürbar und nahezu unerträglich. Aber was sollen wir tun?«

Von nebenan klangen durch das geöffnete Fenster kratzige Grammophontöne ins Atelier zu ihnen herauf.

»Uns retten«, sagte sie tonlos. »Ich bin mir nicht sicher, ob dein Name uns schützt, wenn es ernst wird.«

»Sie werden es nicht wagen …«, erwiderte er, richtete sich auf und drückte die Schultern nach unten. »Ich bin Picasso!«

»J'ai deux amours«, sang Josephine Baker. *»Mon pays et Paris.«*

Ich habe zwei Lieben – mein Land und Paris.

KAPITEL 20

Dora klingelte an der Tür ihres Zuhauses an der Place de la Porte Champerret. Sie hatte ihren Schlüssel vergessen und war spät dran. Vor Tagen schon hatte sie dem Familientreffen ihrem Vater zuliebe zugestimmt, zumal sie bereits seit Monaten nicht mehr zu Hause übernachtet hatte.

Picasso war mit Freunden ausgegangen.

Josip öffnete ihr die Tür und bat sie mit einer bedeutsamen Geste einzutreten. Er nahm ihr den Mantel ab.

»*Bonjour, Tata*«, sagte sie und küsste ihn auf die Wangen.

»Deine Mutter ist sehr erregt«, gab er knapp zurück und legte den Zeigefinger auf die Lippen.

»Das ist sie meistens«, erwiderte Dora und betrat den Salon. Was sollte sie denn nach den schrecklichen Nachrichten der letzten Woche erschüttern? Ganz sicher nicht Julies fragiles Seelenleben.

Der ganze Raum roch penetrant nach Karkassen, der Tisch war gedeckt. Die Suppenschüssel stand bereits in der Mitte, und Julie saß am Kopfende, blass und mit tiefen Augenrändern, den Blick auf ihren leeren Teller gerichtet. Sie trug ein dunkelblaues Taftkleid mit cremefarbener Spitze am Kragen.

»Endlich sehe ich meine Tochter einmal wieder. Du bist ja fast pünktlich, nur eine halbe Stunde zu spät«, sagte sie vorwurfsvoll, nachdem Dora ihre Mutter mit zwei Wangenküssen begrüßt hatte.

»Ich habe viel Arbeit«, erwiderte Dora gelassen und setzte

sich. »Habt ihr die Neuigkeiten von letzter Woche gehört? Wisst ihr, was passiert ist? In Deutschland haben die Synagogen gebrannt, nachdem vor der deutschen Botschaft ein Attentat …«

»Silence«, unterbrach sie Julie. »Ruhe! An diesem Tisch gibt es keine tagespolitischen Gespräche. Wage es nicht, auch noch mit dieser Tradition zu brechen, Theodora.«

Dora verstummte und sah ihrem Vater dabei zu, wie er augenrollend Platz nahm. Das Dienstmädchen servierte die Suppe, eine Bouillabaisse.

»Wir sind im Bilde, *Dorica*«, flüsterte ihr Josip lautlos zu. »*Bon appétit*«, sagte er dann und eröffnete das Mahl.

In Doras Ohren klangen seine Worte wie die Eröffnung zu einer Gerichtsverhandlung.

»Es heißt, du betrittst dein Atelier so gut wie nicht mehr«, sagte er nach einer Weile in neutralem Tonfall an Dora gewandt. Er löffelte kultiviert seine Suppe.

»Ich arbeite viel bei Picasso in der Rue des Grands-Augustins«, gab Dora zurück und nahm sich ein Stück Brot, von dem sie abbiss. Lustlos rührte sie mit dem Löffel in ihrer Suppe. Heute war ihr nicht nach Fisch. »Ich male wieder, das müsste dich doch sehr erfreuen, *Tata*.«

»Picasso«, stieß Julie aus. »Dieser spanische Frauenheld. Er besitzt ja nicht einmal die französische Staatsbürgerschaft.«

Dora gähnte demonstrativ. Natürlich ging es wieder um Picasso. Seit Monaten jammerte ihr Julie von Picasso vor, dass er nicht der Richtige für sie sei, viel zu alt und obendrein verdorben.

»*Tata* auch nicht«, gab Dora lächelnd zurück und entfaltete ihre Serviette. »Picasso hat sie längst beantragt. Man kann nie wissen in diesen Zeiten.« Sie warf ihrem Vater einen herausfordernden Blick zu. »Nicht wahr, *Tata*?«

Josip hielt inne, dann ließ er seinen Löffel fallen. Einige Tropfen Suppe spritzten auf die Leinendecke.

»Markovitch«, rief Julie entrüstet.

»Es reicht, Theodora«, hörte Dora die Stimme ihres Vaters. »Dass du dich und dein Talent an einen Mann meiner Generation verschwendest, ist deine Sache. Mich zu beleidigen, eine andere. Ich verlange etwas mehr Respekt von dir.«

»Entschuldige, *Tata*«, erwiderte Dora leise. »Aber du hast selbst gesagt, dass einige Menschen glauben, du hättest jüdische Wurzeln.«

Sie lächelte ihrem Vater versöhnlich zu, beugte sich hinüber und strich ihm über die Hand.

Josip nahm den Löffel wieder auf. »Das liegt daran, dass viele jüdische Jugoslawen unseren Namen tragen. Du weißt doch, wie die Leute reden.«

Dora holte tief Luft. Ja, das wusste sie allerdings und hatte es oft genug am eigenen Leib erfahren. Wie häufig hatten die Leute ihr absurde Geschichten angedichtet. Immer wieder hieß es, sie habe mit ihrer erotischen Ausstrahlung Picasso verhext. In ihr mischten sich Theodora, Dora, *Adora, Dorica, Dorita* und *Dorissima* zu einem undurchsichtigen, geheimnisvollen Wesen.

»Ist es nicht auch ein wenig das Geheimnis, das wir mit uns herumtragen, das die Leute uns Dinge andichten lässt, *Tata*? Sind wir nicht selbst daran schuld?«, fragte sie leise, an ihren Vater gerichtet, als sei Julie gar nicht anwesend.

»Warum hast du nur damals diesen netten Louis Chavance verlassen? Eine perfekte Partie, ein Feingeist, gut aussehend, aus bestem Haus. Stattdessen treibst du dich mit diesem Spanier herum. Ich möchte, dass du dich von diesem schrecklichen Mann trennst«, schnaubte Julie und schob ihren Teller zur Seite. »Man erzählt sich schlimme Dinge über ihn.«

»Nein«, fauchte Dora. »Ich werde mich niemals von ihm trennen, weil ich nicht *dein* Eigentum bin, *Maman*. Ich bin über dreißig Jahre alt und suche mir meine Liebhaber selbst aus. Mein Liebesleben hat mit euch nichts zu tun.«

»Ich kann bald nicht mehr auf die Straße, ohne dass hinter meinem Rücken getuschelt wird«, schimpfte Julie und rollte die Augen. Sie legte das Besteck zur Seite und griff sich an die Schläfen, ein sicheres Indiz, dass sie bald ihre Migräne ins Spiel bringen würde. »Selbst in meinem eigenen Geschäft sprechen mich die Leute an. Picasso malt einfach impertinent, ohne irgendwelche Anstandsregeln. Er ist ein Mann ohne Moral, ohne Gewissen. Und er ist verheiratet!«

Seit zwei Jahren betrieb Julie in Paris ein kleines Hutgeschäft am Rande des Quartier Latin, weil Josips Ausgaben für Dora überhandnahmen, wie Julie behauptete. Tatsächlich hatte Dora an Picassos Seite fast kein Geld mehr verdient und akzeptierte beschämt Josips finanzielle Zuwendungen.

»Er besitzt mehr moralisches Format als wir alle«, sagte Dora. »Er hat mehrere Hunderttausend Franc für die Verköstigung von Kindern in Madrid und Barcelona gespendet. Er hilft unzähligen katalanischen Flüchtlingen. Picasso ist ein großherziger Mann.«

»Was seine Schmierereien nicht besser macht«, sagte Julie tonlos.

»Was ist mit *Guernica*? Nennst du das etwa Schmierereien – ein Gemälde von Weltruhm? Warst du überhaupt im spanischen Pavillon, *Maman*? Hast du sein Werk im letzten Jahr gesehen?«

»Gott behüte«, sagte Julie und nahm einen tiefen Atemzug.

»Und du, *Tata*? Hast du sein Bild gesehen? Ein wenig ist es auch meines. Wird das auch getuschelt? Wisst ihr denn, dass ich die Lichtträgerin bin? Wisst ihr das?«

Dora nahm ihr Glas, setzte es an ihre Lippen und kippte den Wein in einem Zug herunter.

»Natürlich habe ich es gesehen«, sagte Josip mit ruhiger Stimme. »Natürlich. Ein Meisterwerk und ein Aufschrei gegen den Krieg. Aber es gilt auch als entartet, dieser seltsame Stil, weit entfernt von jeder Realität. Und genau das macht mir Angst. In diesen Zeiten ist es besser, nicht aufzufallen. An der Seite Picassos bist du eine wandelnde Zielscheibe für die Rechten, die immer mehr Zuspruch erhalten. Es ist gefährlich, Dora.«

»Kubismus, *Tata*, sprich es nur aus! Der Stil nennt sich kubistisch. Was heißt schon *entartet*? Picasso ist der Maßstab, begreift ihr das denn nicht? Er hat alle anderen Künstler in seine Schranken verwiesen!«

»Aber er ist und bleibt verheiratet«, warf Julie noch einmal trotzig ein.

»Ja, aber mit seiner Kunst. Picasso ist mit seiner Kunst verheiratet«, schmetterte Dora ihrer Mutter entgegen und schob ihren unberührten Suppenteller von sich weg.

»Ich dachte, er sei mit Olga verheiratet«, warf Josip ein und sah dabei zu, wie der Hauptgang serviert wurde. Ente mit Orangensoße.

Dora kam der Gedanke, wie das arme Tier bis vor wenigen Stunden in einem Teich geschwommen war und mit seinen Flügeln ein paar Meter über dem Wasser geschlagen hatte, während es gurrende Geräusche von sich gab. Jetzt schwamm es in einem Jus aus Orangen, lag hilflos hier auf den Tellern, bis zur Unkenntlichkeit zerteilt und mit Grünzeug garniert. Es hatte sich nicht wehren können.

Als das Mädchen Dora bedienen wollte, legte sie ihre Hände auf den leeren Teller. »Für mich bitte keinen Hauptgang.«

»Olga Picasso, die wie eine Verrückte durch die Pariser Straßen läuft und jedem erzählt, ihr Ehemann treibe es jetzt mit einer slawischen Schlampe«, setzte Julie noch einmal nach.

Dora schloss die Augen und öffnete sie wieder. Dann zeigte sie ihr charmantestes Lächeln.

»Eine slawische Schlampe – wie das klingt. Dabei habe ich das Slawische aus meinem Namen verbannt, um die Leute nicht auf falsche Gedanken zu bringen. Ich heiße Maar, dunkel und verheißungsvoll wie das tiefe Meer.«

Sie warf den Kopf in den Nacken, lachte aus vollem Hals und zeichnete mit ihren Fingern zwei Bögen in die Luft, als dirigiere sie einen Chor.

»Dora Maar. Ich sage euch, was ich bin, *Maman*, *Tata*, hört gut zu! Ich bin eine Pariserin, der man die Wurzeln herausgerissen hat, eine Tangotänzerin ohne Tango, eine Argentinierin mit französischer Sprache. Ich bin eine Fotografin ohne Fotoapparat, eine Malerin ohne Pinsel, eine Frau mit einem Treuegelübde vor einem brennenden Altar, eine Geliebte ohne Trauschein. Ich bin, wie ich bin! Der Mann, den ich liebe, teilt meine Sprache. Ist das nicht das Äußerste, was ich mir erhoffen konnte? Lasst es mir! Lasst mir meine Liebe.«

Julies Blicke trafen sie wie kleine Blitze. »Hör endlich auf mit dem Theater. Du machst mich krank. Du bist verrückt!«

»Das habe ich von dir gelernt, *Maman*, das Verrücktsein«, gab Dora leise zurück. Ihre Stimme klang wie ein frisch gewetztes Messer. »Du hast es mich von Kindesbeinen an gelehrt. Ihr habt eine Glasscheibe zwischen mich und eure unheilvolle Welt gestellt, was erwartet ihr also? Und du, *Tata*, hast mir gezeigt, wie man eine Außenseiterin wird. Ich bin euer Geschöpf, ganz und gar. Das Geschöpf, das Picasso liebt.«

Julie warf Josip einen verzweifelten Blick zu, während sich ihre Atmung beschleunigte.

»Ach Dora«, sagte ihr Vater seufzend. »Was ist nur aus meinem Kind geworden, meiner kleinen *Dorica*, der vielversprechenden Künstlerin und ihren wunderbaren Fotografien? Willst du mir wenigstens versprechen, dass du das, was du privat tust, diskret anstellst? Lass es in den Räumen seines Ateliers. Ich möchte, dass du die Nächte hier bei deiner Mutter verbringst.«

»… also dort, wo *du* sein solltest, *Tata*? An deiner statt? Du bist die meiste Zeit im Hotel oder im Ausland. Wann fährst du nach Brasilien? Hast du deinen nächsten Überseeaufenthalt *Maman* schon gebeichtet?«

Julie lief knallrot an und schnappte nach Luft. »Ihr seid einer genauso abgrundtief schlecht wie der andere! Aus einem Blut. Euch kann man nicht trauen.«

Sie nahm ihre Serviette, schleuderte sie auf den Tisch, stand auf und verließ den Raum. Krachend fiel die Tür hinter ihr ins Schloss.

»Dora«, sagte Josip, als spräche er ein Gebet. »Warum machst du es mir so schwer? Ich habe immer zu dir gehalten, das weißt du, aber ich teile die Sorgen deiner Mutter.«

»Du erträgst sie doch selbst nicht«, jammerte Dora, und augenblicklich stiegen ihr die Tränen in die Augen. »Mir aber mutest du ihre Anfälle zu. Ich habe mit mir genug zu tun. Ein Leben an Picassos Seite kostet Kraft, glaube mir das. Verstehst du das denn nicht, *Tata*?«

Sie legte ihren Kopf in die aufgestützten Hände und schluchzte.

»Du bist nicht wie die anderen, und das weißt du. Er wird dir wehtun, früher oder später, dieser Mann. Niemals wird er nur eine Frau lieben. Ich habe Angst um dich, um dein Leben als Künstlerin.«

»Ich weiß«, sagte sie leise, nahm ein Taschentuch und putzte sich die Nase. Dann stand sie auf, trat neben ihn und beugte sich zu ihm hinab. Sie schlang beide Arme um seinen Hals und legte ihre Wange auf seine Glatze. »Aber ich besitze genug Verstand, um mir nicht vor Augen zu halten, wem seine einzig wahre Liebe gilt. Ich allein vermag es, mit dieser Wahrheit zu leben.«

Ihr Vater nahm ihre Hände, blickte auf und sah sie verständnislos an.

»Seine Liebe ist die Kunst. Mit ihr wurde er geboren, und mit ihr wird er ins Grab gehen. Wir Frauen sind nur die Handlanger für seine Inspiration. Wir begleiten ihn, solange es uns erlaubt ist, *Tata*. Er ist ein Genie.«

Dann erschrak sie über ihre eigenen Worte. Wo war ihr Stolz geblieben? War sie Picassos Partnerin, die Frau an seiner Seite und eine eigenständige Künstlerin oder schlichtweg seine Muse, der irgendwann die nächste folgen würde? Vermochte sie es, mit diesem Widerspruch zu leben?

Die Wahrheit musste irgendwo dazwischen liegen. Schmerzhaft wurde ihr bewusst, dass sie schon immer ihre Zweifel an der Beständigkeit dieser starken, intensiven Liebe gehabt hatte – niemals jedoch an deren Existenz. Dank Picasso war sie höher geflogen, als sie es je für möglich gehalten hatte. Ihre Fallhöhe stieg von Tag zu Tag, mit jeder Liebkosung, jedem neuen Werk, das er schuf. Aber sie wäre nicht Dora Maar, wenn sie aus den Abgründen dieser Liebe nicht ihre ganz eigene Inspiration für ihre Kunst ziehen könnte. Es gab keine Höhen ohne Tiefen – die Kunst brauchte stets beides.

KAPITEL 21

Antibes an der Côte d'Azur, 1939

Selten zuvor hatte sich Dora so sehr auf den Süden gefreut wie in diesem Jahr. Picasso und sie waren gemeinsam zur Erholung nach Antibes an der französischen Riviera gereist. Der Fischerort lag direkt am Meer, dessen Altstadt war von einer meterhohen Befestigungsmauer aus dem 16. Jahrhundert umgeben. Nicht weit von hier befand sich landeinwärts Mougins.

Sie hatten im Zentrum von Antibes ein Atelier bezogen, das bereits Man Ray Jahre zuvor regelmäßig genutzt hatte. Aus dem Fenster hatte man einen berauschenden Blick hinaus aufs Meer.

»Es ist, als könnte man der Welt da draußen noch einmal entfliehen«, seufzte Dora und trat vom Fenster weg. »Als stünde die Zeit still.«

Die Sorgenfalten auf Picassos Stirn sagten etwas anderes.

Er, der den Tod am liebsten ausblendete, hatte binnen kürzester Zeit zwei geliebte Menschen verloren. Anfang des Jahres war in Spanien seine Mutter gestorben, doch Picasso hatte es nicht vermocht, zu ihrem Begräbnis zu fahren. Begräbnisse ängstigten ihn zutiefst, die Konfrontation mit dem Tod verdrängte er weitgehend. Stattdessen hatte er in Paris still, in sich gekehrt und allein Abschied genommen.

Dann, wenige Monate später, wurde sein Kunsthändler der ersten Stunde, Ambroise Vollard, auf tragische Weise bei einem Autounfall in Versailles aus dem Leben gerissen. Da gelang es Picasso, dem Tod entgegenzutreten, wobei es am Ende die

Kunst war, die ihn veranlasste zu fahren. Bei dem Unfall hatte sich eine schwere Frauenskulptur Aristide Maillols vom Rücksitz des Wagens gelöst und Vollard tödlich verletzt. Diese tiefe Symbolik hatte Picasso nicht mehr losgelassen.

»Du fährst zum Begräbnis?«, hatte Dora, die seine Zerrissenheit bemerkte, vorsichtig gefragt.

»Ich muss«, erwiderte er schlicht. »Mir kommt sein Tod wie ein Zeichen vor.«

All die Jahre hatte Picasso strikt vermieden, sich mit der eigenen Sterblichkeit auseinanderzusetzen. Doch nun blickte er dem Tod ins Auge und stellte sich einem jahrzehntealten Trauma. Dora fragte sich, ob der Bann tatsächlich gebrochen war oder ob sich Picasso auf den Krieg einstellte.

Nach Tagen kehrte er betrübt und niedergeschlagen nach Antibes zurück.

»Außer dem Begräbnis, was ist in Paris passiert?«, hakte sie nach.

»Ach, Dora, was soll ich sagen? Es ist unser aller Paris, doch wir werden es bald nicht mehr wiedererkennen. Die Menschen fliehen aus der Stadt. Man sieht fast keine Autos mehr, nur noch Menschen auf Fahrrädern. Jeder, der kann, geht aufs Land. Niemand traut dem Frieden. Jacqueline ist inzwischen hier in Antibes, Breton wurde nach Poitiers eingezogen. Mein Atelier war leer, nahezu verwaist. Mir war mulmig, als ich den Schlüssel zum Eingang herumdrehte. All meine Kunstwerke, was soll nur aus ihnen werden?«

Dora stellte sich vor, wie er durch die Räume seines Ateliers gegangen war und sich gefragt hatte, was mit seinen Kunstwerken geschehen würde. Auch sie sorgte sich um seine Werke und hatte begonnen, heimlich Listen zu führen und die Werke und ihre Standorte zu erfassen. Die Abzüge ihrer Fotos waren in einem Koffer unter ihrem Bett in der elterlichen Wohnung gut aufgehoben. Zudem war Doras Werk nicht annähernd so bekannt wie das Picassos, und ihre Gemälde besaßen kleine Maße, verglichen mit Picassos Großformaten.

»Wir bleiben ja nicht ewig hier, Picasso. Wir werden zurückkehren und eine Lösung finden.«

Das Tapsen von Pfoten auf dem Holzboden durchbrach ihr Gespräch. Kazbek näherte sich und legte sich neben Picassos Staffelei. Sogar seinen Hund hatte Picasso diesmal aus Paris mitgebracht, eine Tatsache, die Dora plötzlich beunruhigte.

»Es liegt an den Benzinpreisen. Deswegen steigen die Leute auf ihre Fahrräder«, sagte Dora gedankenverloren. Sie wollte Picasso Trost spenden, doch die Worte klangen banal in ihren Ohren, völlig aus der Luft gegriffen. Es ging nicht um Komfort, sondern um die Rettung der eigenen Haut. »Die Pariser können sich das Autofahren nicht mehr leisten.«

Mit gesenktem Kopf ging Picasso wieder an die Arbeit, und Dora sah ihm nachdenklich hinterher.

Nein, sie vermochte ihn nicht zu trösten. Mit Wehmut dachte sie an seinen Trost, den er vor wenigen Monaten Frida Kahlo gespendet hatte. Sie hatten die mexikanische Künstlerin anlässlich ihrer Ausstellung an einem kalten Märztag in Paris kennengelernt und auf Anhieb lieb gewonnen. Fridas Ausstellung in der Galerie *Renou et Colle* war eine Katastrophe gewesen. Ihr unvergleichliches Werk hatte sich zwischen mexikanischer Volkskunst und tanzenden Skeletten verloren. Dora war tief beschämt, aber auch aufbrausend gegenüber Breton gewesen, der die Ausstellung initiiert hatte.

Zum Trost hatte Picasso der schwarzhaarigen Schönheit damals Ohrringe in der Form von Händen geschenkt. Dora erinnerte sich daran, wie sie ihr wiederum ihre Handschuhe gegeben hatte, weil Frida ständig fror, wohl auch angesichts der unterkühlten Atmosphäre in Paris.

»Ich mag die snobistische Kunstszene nicht«, hatte Frida der neuen Freundin anvertraut. »Die französischen Künstler sind derart von ihrer Größe überzeugt. Es grenzt an Wahnsinn. Ich kümmere mich in meinem Werk um die Revolution!«

Von Anfang an hatte Dora gespürt, dass sie und Frida ein ähnliches Schicksal verband, und die beiden Frauen waren so etwas wie Leidensgenossinnen geworden: Beide liebten sie große Künstler, die es mit der Treue nicht so genau nahmen, beide kannten den Schmerz der Erniedrigung.

Bei Frida kam ein körperliches Leiden hinzu, das sie tapfer ertrug, denn im Alter von achtzehn war bei einem tragischen Unfall ihre Wirbelsäule mehrfach gebrochen worden. Seitdem hielten Schrauben und Nägel ihr Rückgrat zusammen. Nichts von alldem hielt Frida vom Malen ab. Sie malte mithilfe eines Spiegels liegend im Krankenbett und schaffte faszinierende Selbstporträts, die unter die Haut gingen. Auch Frida hielt an ihrer großen Liebe fest und malte gegen ihren persönlichen Schmerz an.

»Es gab zwei große Katastrophen in meinem Leben«, hatte sie Dora bei einer Flasche Tequila im Deux Magots ohne die geringste Wehmut berichtet. »Eine war ein Verkehrsunfall, wobei eine Eisenstange mein Becken durchbohrte, die andere Diego Rivera. Die weitaus schlimmere der beiden war Diego.«

Dora seufzte. Warum musste sie plötzlich so intensiv an die Freundin denken? Weil sie Frida vermisste? Wie gern hätte sie gerade jetzt ihren Rat, ihre Meinung eingeholt. So zierlich, wie Frida sein mochte, so stark war ihr Wille, ihre Kraft. Ihr Rückgrat mochte von Schrauben zusammengehalten sein, aber ihre Haltung war immer aufrecht, ungebeugt, stolz.

Am Abend trafen sich Dora und Picasso unterhalb der Festungsmauer in einem Fischlokal am Port Vauban mit einheimischen Freunden, die sie während früherer Aufenthalte im Süden kennengelernt hatten. Außer Jacqueline war ihnen keiner ihrer Freunde hierher gefolgt. Beim Essen gab es nur ein Thema: Wie würde es in ihrer Heimat weitergehen? Was geschah in Europa, und welche Gefahr ging von Deutschland aus? Auch die Einheimischen von Antibes zeigten sich alarmiert, nachdem nach und nach französische Truppen einzogen.

Dora bemerkte, wie Picasso immer stiller und in sich gekehrter wurde. Sein Essen blieb fast unberührt, und er trank mehr Wein als sonst.

»Was bedrückt dich?«, fragte sie irgendwann.

»Alles«, gab er kurz zurück. »Die Lage ist ernst. Schau dich nur um. Fällt es dir nicht auf?«

Sie ließ ihren Blick über die Terrasse des Lokals schweifen. Nicht annähernd so viele Tische waren besetzt wie in den vergangenen Sommern.

»Es leert sich auch hier«, gab sie flüsternd zurück.

Picasso nickte mit ernster Miene. »Selbst die Südfranzosen wappnen sich.«

Unauffällig deutete er mit dem Kopf in Richtung Hafen, wo zwei französische Panzer standen. Auf der Straße sah man einige Soldaten.

»Französische Truppen«, sagte Dora.

Jacqueline horchte auf und legte das Besteck zur Seite. »Es ist wegen Mussolini. Italien ist nur einen Sprung von hier entfernt. Wir verteidigen unser Land.«

»Es ist erst der Anfang«, prophezeite Dora.

Nach diesem Essen zog sich Picasso tage- und nächtelang in sein Atelier zurück. Er hatte ausdrücklich jedermann den Zutritt verboten, sogar Dora. Meist zeigte er sich nur beim Essen.

Bei einem gemeinsamen Abendspaziergang am Strand begann er, Strandgut zu sammeln. An seinen Händen klebten noch Farbreste, Grün schimmerte hindurch. Dora fragte sich, woran er gerade arbeitete. Immer häufiger sammelte er in letzter Zeit Dinge, die das Meer angespült hatte. Er las sie auf, verwertete sie sogleich. Es gab nichts, was er nicht gebrauchen konnte, alles wurde in seinen Händen lebendig.

»Das Meer modelliert seine Schätze so wunderschön. Ich unterstütze seine Arbeit nur, um aus ihnen kleine Kunstwerke zu machen«, sagte er, und Dora sah staunend dabei zu, wie er mit einem Taschenmesser gezielt Einkerbungen an einem flachen Stein vornahm und der Oberfläche einen Fisch entlockte.

»Woher wusstest du, dass es ein Fisch ist?«, fragte sie fasziniert.

»Es war seine Natur, Dora. Ich habe nur etwas nachgeholfen.«

Er reichte ihr das kleine Objekt, das sie in ihrer Rocktasche verschwinden ließ.

Arm in Arm gingen sie zu ihrem Café, wo Jacqueline bereits in der Abendsonne auf sie wartete.

»Wo bist du eigentlich die ganze Zeit, Picasso?«, fragte Jacqueline. »Entsteht hier heimlich ein neues großes Werk?«

Er legte den Zeigefinger auf seine Lippen und lächelte. »Dora malt auch wieder«, gab er zur Antwort.

Dora winkte ab. Sie hatte sich im Schlafzimmer eine Staffelei aufgestellt und ein Porträt von Jacqueline gemalt, mit kubistischen Formen und von einzigartiger Schlichtheit. All das empfand sie als Übung, um beim Malen ihren eigenen Weg zu finden. Ihre Malkunst tat sich schwer an der Seite des einzigartigen Picasso, aber sie verbesserte sich tapfer und freute sich über jedes Lob, das er ihr gegenüber aussprach.

Wenige Tage später rief er Dora in sein Atelier. »Komm, Dora. Ich brauche dich!«

Es war Ende August 1939, und die Luft flirrte vor Hitze.

Dora putzte sich an einem Lappen ihre mit Farbe bespritzten Hände ab und warf einen Blick aus dem Fenster. Draußen zogen die Vögel über dem glitzernden Wasser ihre Bahnen. Boote legten an, ein Fischerboot fuhr hinaus. Das Licht fiel durch die Lamellen der Fensterläden in den Raum, und der Schatten hinterließ ein Streifenmuster auf ihrem Bett. Sie dachte an Buenos Aires.

Sie betrat Picassos Arbeitsstätte und sah dabei zu, wie er feierlich ein zerfetztes Leintuch von der Staffelei abstreifte.

Staub wirbelte im Raum auf. Dora stockte der Atem. Sein neues Werk traf sie bis ins Mark. Das kubistische Gemälde, in Schwarz- und Grüntönen gehalten, wirkte zunächst wie ein harmloses Aufeinandertreffen einzelner Motive. Sofort erkannte ihr geschulter Blick Jacqueline und sie selbst. Sie hatte ihm erzählt, wie sie bei einem Fahrradausflug vor einem kleinen Bistro gemeinsam Eis gegessen hatten. Ein Fahrrad hing rechts außen in der Dunkelheit. In der Mitte spießte ein Fischer mit einer vierzackigen Harpune einen Fisch im türkisfarbenen Wasser auf. Das Fanggerät war größer als die Beute. Tiefe Nacht lag über der Szenerie, die Festungsmauer von Antibes schien in Dunkelheit getaucht. Die Farben verliehen dem Gemälde etwas Beängstigendes.

Sah nur Dora die Bedrohung? Sie meinte Picassos ganzes Wesen auf dieser Leinwand zu erkennen, seine Stimmung der letzten Wochen und Monate. Er hatte in unnachahmlicher Schönheit all seine Ängste in das Bild gelegt. Schwarz überwog, ließ jedoch die hellen Grüntöne, die überall aufleuchteten, umso stärker hervortreten. Gab es einen Funken Hoffnung – oder würde die Dunkelheit das Licht fressen?

»Wie heißt es?«, fragte sie.

»Nächtlicher Fischfang in Antibes.«

Er stemmte die Hände in die Taille und holte tief Luft. »Es gefällt dir also.«

»Es gefällt mir?«, fragte sie entrüstet. »Ich bete es an. Es ist …« Sie suchte nach Worten. »… einfach unbeschreiblich. Und was für ein Titel.« Sie deutete auf die hellen Motive am Kopf des Gemäldes. »Er klingt so harmlos.«

»Was siehst du?«, fragte er, und seine Augen bohrten sich in ihre.

Diesmal gab sie ihm Antwort, obgleich sie der Meinung war, dass keine Interpretation seinem Werk gerecht werden konnte.

»Ruhe und Schönheit der Szenerie sind bedroht. Am Nachthimmel explodieren die Leuchtkörper, und die Harpune des Fischers bohrt sich in seine Beute.«

Er trat zu ihr, legte die Arme um sie. Stumm verharrten sie, als hielte die Welt inne. Noch nie, das wurde Dora klar, hatte jemand die lauernde Gefahr mit einer solchen Schönheit und Anmut gezeigt, ohne sie zu verharmlosen.

Wenige Tage später erschien Dora zum Frühstück mit der Abendzeitung vom Vortag und legte sie auf den Tisch.

Deutschland schließt Nichtangriffspakt mit Russland, titelte *Paris Soir.*

Picasso starrte auf die Zeilen. »Was denkst du?«, fragte er und blickte Dora direkt in die Augen.

»Dass die Nazis etwas vorhaben. Ich weiß nicht, was, aber ich spüre es bis in meine Knochen. Irgendetwas wird geschehen.«

»Du mit deinem Instinkt«, gab er lächelnd zurück, doch sein Lächeln gefror sogleich auf seinen Gesichtszügen.

»Du bist der Seher von uns beiden«, konterte sie.

Er schwieg, bestrich sein Brot mit Butter und Konfitüre und gab es Kazbek, der es mit einem Bissen verschlang.

»Wir fahren umgehend nach Paris«, sagte er plötzlich entschieden, leerte seine Schale Café au lait in einem Zug und knallte die Serviette auf den Tisch. »Nein. Morgen früh. Packen wir unsere Sachen. Marcel soll mit dem *Nächtlichen Fischfang in Antibes* vorausfahren. Manchmal sprichst du die Dinge aus, und erst dann begreife ich, dass ich es schon lange wusste. Guernica war erst der Anfang.«

Auch wenn Dora dies schon immer gewusst hatte – es aus seinem Mund zu hören, war etwas anderes. Es rührte sie zutiefst.

»Du malst die Dinge lange vor ihrer Zeit«, sagte sie.

»Die Vision macht die Natur der Kunst aus«, gab er trocken zurück. »Wir nehmen mit Kazbek den Zug, Dora.«

Kazbek spitzte die Ohren.

Picasso warf ihm ein trockenes Stück Brot zu. Gierig kaute der Hund, stand mit seinen langen Beinen umständlich auf, schritt mit gesenktem Haupt zu Dora hinüber und setzte sich neben sie, als habe er eine Wahl getroffen. Sie legte ihre Hand auf seinen Hals.

»Dieser Hund liebt dich genauso, wie ich es tue«, sagte Picasso. »Er ist dir völlig ergeben. Wie hast du das nur angestellt?«

KAPITEL 22

Paris, 1939

Kurz vor Sonnenaufgang des übernächsten Tages erreichten Dora und Picasso mit Kazbek an ihrer Seite Paris. Marcel, der vorausgefahren war, holte sie von der Gare de Lyon ab.

»Das Gemälde ist in Sicherheit, Pablo«, sagte er und verteilte das Gepäck im Kofferraum.

Die Stadt war so leer, wie sie Picasso beschrieben hatte. Viele Häuser waren unbeleuchtet, die Straßenlaternen warfen ihr mattes Licht auf das Kopfsteinpflaster. Nur Notre-Dame glänzte in goldenem Licht auf der Île de la Cité, als Marcel den Wagen an der linken Seite der Seine entlangfuhr.

»Viele Pariser sind aufs Land gezogen, jeder, der es sich leisten kann, jedenfalls«, sagte er, während er einen Blick in den Rückspiegel zu Dora und Picasso warf.

An den Litfaßsäulen vor den Métro-Stationen hingen Aufrufe der französischen Behörden, die Ausländer dazu aufforderten, umgehend die Stadt zu verlassen.

»Sie schicken fort, was ihnen fremd ist«, sagte Picasso verächtlich.

»Sie tun es, um Freund und Feind besser unterscheiden zu können«, erwiderte Marcel.

»Jeder Ausländer könnte ein Spion der Nazis sein«, erklärte Dora und lachte auf. »Bist du ein Spion, Picasso?«

»Max«, stammelte Picasso. »Was ist mit ihm?«

Sein Freund, der deutsche Künstler Max Ernst, war schon mehrere Male verhaftet worden. »Auf einmal gilt er hier als

Ausländer. Sie werden ihn wieder verhaften, wenn er noch in Paris sein sollte. Werden sie auch mich verhaften?«

»Sie werden dir nichts tun, Picasso. Nein. Das wagen sie nicht.«

Ausländer, dachte sie und lehnte ihren Kopf auf die Rückenlehne. Plötzlich spielte es eine Rolle. Ja, auch Picasso war ein Ausländer in Frankreich. Ein Gedanke an ihren *Tata* streifte sie. Was war mit ihm? Sie würde umgehend mit ihm sprechen müssen, sollte er noch hier sein und nicht längst auf dem Weg nach Brasilien.

Mit ihrer Mutter hatte sie erst vorgestern von Antibes aus telefoniert. Seit der elterliche Haushalt an der Place de la Porte de Champerret einen Telefonanschluss besaß, war vieles leichter. Picasso hatte sich in seinem Atelier schon vor einem Jahr diesen Luxus geleistet. »Man kann nie wissen, wofür es einmal gut ist, in diesen unberechenbaren Zeiten«, hatte er gesagt.

Als sie die Rue des Grands-Augustins erreichten, verschwand Picasso mit der Post, die sich während seiner Abwesenheit aufgetürmt hatte, nach nebenan. Dora blieb im Atelier stehen und bemühte sich, den großen Ofen anzuheizen. Der seinem Herrn treu ergebene Sabartés hatte ihn bereits mit Holz und Kohle befüllt.

Nachdem die Holzspäne Feuer gefangen hatten, sah Dora sich im Atelier um: Alles schien an seinem Platz zu stehen.

Nach über einer Stunde betrat Picasso den Raum, immer noch im Mantel, ein Papier in den Händen haltend.

»Meine Aufenthaltsgenehmigung für Frankreich. Unbefristet. Endlich! Meine Hartnäckigkeit wurde genau zum richtigen Zeitpunkt belohnt.«

Dora atmete auf. Nun musste sie sich nur noch um *Tata* sorgen.

»Dann lass uns beginnen«, sagte Picasso und rieb sich die Hände. Er zog seinen Mantel aus, hängte ihn an den Haken und lief mit ausladenden Gesten durch sein Atelier. »Das muss alles in Sicherheit gebracht werden!«

Das Holz hatte Feuer gefangen, Wärme breitete sich aus.

Dora beschäftigte sich mit den Zeichnungen und Radierungen, die sie auf einer Liste notierte und auf mehreren Stapeln ordnete.

Nach und nach kamen im Lauf des Tages die engsten Freunde hinzu und sahen sich das Spektakel an, darunter auch Brassaï, der schon lange nicht mehr in Picassos Atelier gewesen war. Dora und er begrüßten sich kühl. Immerhin hatte sie ihm seit *Guernica* seine Stellung als Hoffotograf streitig gemacht.

Mit einer brennenden Zigarette in der Hand lief Picasso auf und ab.

»Wie schön, dass du hier bist, *mon ami*«, rief er und umarmte Brassaï. »Dora! Bist du bereit?«

Marcel entblößte Picassos neues Werk *Nächtlicher Fischfang in Antibes*, und die Anwesenden bewunderten es andächtig.

Dora setzte sich auf einen Stuhl und hielt Stift und Notizblock bereit.

»Als Lagerorte haben wir zunächst die *Banque nationale pour le commerce et l'industrie* mit zwei Tresoren«, sagte Dora.

Picasso lief mit verschränkten Armen durch den Raum. »Und zwar direkt neben denen von Matisse. Dora, mach meinem Freund Matisse den Vorschlag, unsere Tresore zu tauschen.« Er grinste wie ein kleiner Junge, der einen Streich ausgeheckt hatte. »Seine Bilder kommen in meinen und meine in seinen. Da werden die Deutschen ein dummes Gesicht machen.«

»Eine gute Idee«, erwiderte Dora und schrieb alles auf. »Dann wäre da dein Landgut in Le Tremblay, der Gewölbekeller.«

Picasso nickte. »Wichtig ist, alles zu verteilen.« Fragend sah er Dora an. »Wie viele meiner Werke sind derzeit im Ausland?«

»Dreißig Prozent?«, erwiderte sie achselzuckend. »*Guernica* befindet sich in New York ….«

»… wo es um Himmels willen bleiben soll. Habt ihr eigentlich die Zahlungen veranlasst?«, fragte Picasso mit einer Geste in Richtung Sabartés.

Wie immer konnte dieser die Zahlen auswendig herunterleiern.

»Wir haben inzwischen fast eine halbe Million Franc nach Barcelona und Madrid für die Verköstigung von Kindern überwiesen. Ein größerer Betrag wird deinem Wunsch entsprechend für Flüchtlinge aus Katalonien bereitgestellt. Sämtliche Eintrittsgelder der Ausstellungen von *Guernica* gehen direkt in einen Hilfsfonds für die Opfer des Spanischen Bürgerkriegs. Insgesamt ist gut eine Million derzeit bei den richtigen Adressaten angelangt.«

»Sehr gut«, sagte Picasso zufrieden. »Weiter so. Und macht kein Aufheben darum. Von meinem Engagement braucht niemand zu wissen.«

Er zündete sich eine neue Zigarette an.

Dora fand es jedes Mal aufs Neue bemerkenswert, dass ausgerechnet ein Mann wie Picasso, so egozentrisch er auch sein mochte, darauf bedacht war, seine Wohltaten nicht an die große Glocke zu hängen. Oder wollte er schlichtweg vermeiden aufzufallen, falls es ernst wurde? Sie schob den Gedanken beiseite.

»Was ist, wenn es schiefgeht?«, durchbrach Brassaï ihre Gedanken.

Alle Blicke waren plötzlich auf ihn gerichtet. Mit seinen dunklen Augen und dem gelockten Haar erinnerte Dora der begnadete Fotograf an einen Landstreicher, und an ihre Fotos von den Clochards von Paris. In ihren ersten Jahren in Paris war ihr Brassaï ein Freund gewesen, bis sie Picassos Geliebte wurde, was ihre Freundschaft deutlich hatte abkühlen lassen.

»Wie meinst du das?«, fragte Picasso.

»Wenn sie dein Werk für ›entartet‹ erklären und es beschlagnahmen oder zerstören. Wenn sie es wirklich wollen, dann hindern sie auch die Verstecke nicht daran, Pablo.«

Sie – die Übermacht der Deutschen schwang in jedem seiner Worte mit.

Dora warf Picasso einen fragenden Blick zu. Er schwieg und drehte sich weg. Ruckartig trat er vor das Gemälde *Nächtlicher Fischfang in Antibes* und sagte: »Es geht um die Legende, die ein Werk erschafft, und nicht um die Tatsache, dass es erhalten bleibt.«

Niemand im Raum teilte seine Meinung, aber keiner wagte es, ihm zu widersprechen. Einzig Dora wusste, dass ihn nur die Verzweiflung so etwas hatte sagen lassen. Picasso selbst war die Legende. Sobald er auch nur den Pinsel ansetzte, war sein Werk von seiner Person nicht zu trennen. In Wahrheit war Picasso regelrecht von der Panik getrieben, seine Werke könnten zerstört werden. Es würde ihn selbst zerstören.

»Es wird alles gutgehen«, sagte Dora bestimmt. »Habt ihr nicht gesehen, wie sie am Hintereingang des Louvre die Kunstwerke in riesigen Lastwagen verstauen und wegbringen? Sie fahren Tag und Nacht aus der Stadt hinaus, niemand weiß, wohin. Paris bringt seine Kunstschätze in Sicherheit. Es ist der richtige Weg. Ihr werdet sehen. Niemand wird es wagen, Picassos Kunst auch nur anzurühren.«

Als Dora wenige Tage später, wie jeden Morgen, Picassos Atelier verließ, begegnete sie bereits im Treppenhaus den Packern, die aus den Kellerräumen Gemälde und Skulpturen hinausbrachten. Im Hof stand ein Lastwagen bereit.

Sie registrierte das Gemälde *Dora und der Minotaurus*, das gerade vom Keller hinaufgetragen wurde, und warf einen Blick nach oben, wo Picasso am Fenster stand und ins Leere schaute. Was mochte jetzt in ihm vorgehen?

Dora und der Minotaurus – wie lange lag es zurück, dass ein heißer Sommertag das Liebespaar auf einer Terrasse zusammengeführt hatte? Ein Gedanke an ihre erste gemeinsame Nacht streifte sie wie der Flügelschlag eines Schmetterlings. Noch einmal drehte sie sich um und blickte hinauf.

Picasso war vom Fenster weggetreten.

Wie in Trance folgte sie dem Kunstwerk, das als Eröffnung ihrer Liebe in ihre Seele hineingebrannt war, und sah dabei zu, wie es in den Lastwagen verladen wurde. Innen entdeckte sie Stapel von Gemälden, Skulpturen und Zeichenmappen, die sie selbst mit Radierungen und Skizzen bestückt hatte.

Plötzlich fiel ihr der Koffer unter ihrem Bett in der elterlichen Wohnung mit den Negativen ihrer Fotos ein. Waren sie dort sicher? Wohin mit ihren Gemälden? Und wann hatte sie eigentlich angefangen, die Zeit in *Picassos* einzuteilen, wann war seine Kunst zum Maßstab ihrer Welt geworden und ihre eigene künstlerische Leistung in den Hintergrund getreten? Ihre Gedanken durften nicht nur um *seine* Kunst, *sein* Genie kreisen.

Sie nahm sich vor, noch heute ihre Gemälde an der Place de la Porte de Champerret im dortigen Keller in Sicherheit zu bringen.

Nur wenige Wochen nach der Rettungsaktion von Picassos Kunstwerken brach der Zweite Weltkrieg aus.

Das nationalsozialistische Deutschland hatte am 1. September 1939 Polen überfallen. Frankreich und Großbritannien erklärten Deutschland daraufhin den Krieg. Matisse war in den Süden Frankreichs geflohen, und Picasso beherzigte den Rat des Freundes, Vorkehrungen zu treffen, um Paris erneut zu verlassen. Die Mehrzahl seiner Kunstwerke war in Sicherheit gebracht worden.

»Wir müssen hier weg«, sagte er zu Dora beim gemeinsamen Abendessen im Lipp.

»Schon wieder?«, fragte sie ungläubig, im sicheren Wissen, ihm zu folgen, wohin immer er auch wollte.

»Es wird sich nicht vermeiden lassen. Diesmal wird es länger dauern. Wir werden lange fortbleiben.«

Wir werden lange fortbleiben – für Picasso schien es selbstverständlich, dass sie seine Entscheidungen mittrug. Sie seufzte. Auch sie hielt seinen Vorschlag für die beste Lösung angesichts der aktuellen politischen Lage.

Picasso nahm einen kräftigen Schluck Wein und brach dann das Baguette.

»Wann?«, fragte sie.

»So bald wie möglich.«

Dora sah sich um. Im Lokal waren nur wenige Tische besetzt, sogar die gemeinsamen Freunde waren an diesem Abend zu Hause geblieben. Paris strahlte eine merkwürdige Stille aus, als befände es sich im Auge eines Wirbelsturms. Niemand vermochte vorherzusagen, was geschehen würde. Die Angst ging um wie ein streunender Hund, der in den Straßen von Paris seine Duftmarken setzte.

Es dämmerte bereits, und draußen am Boulevard Saint-Germain blinkten die Straßenlaternen, abwechselnd gingen sie an und wieder aus. Dora und Picasso sahen gebannt zum Fenster hinaus.

»Was bedeutet das?«, fragte Picasso den Wirt, der mit dem ersten Gang an ihren Tisch trat.

Er blickte hinaus. »Sie machen sich bereit für die Verdunklung«, sagte er in neutralem Ton. »Wir beobachten das hier schon seit Tagen.«

»Paris übt die Verdunklung?«, wiederholte Dora kopfschüttelnd. »Das ist geradezu beängstigend.«

»Es wird schon nicht so schlimm werden«, gab der Wirt zurück und servierte dem berühmten Paar ein mehrgängiges Festmahl, als gäbe es etwas zu feiern. Austern. Trüffel. Entenleber. Rinderfilet und Herzoginnenkartoffeln.

Dora war der Appetit vergangen, der Höflichkeit halber aß sie ein paar Bissen. »Was geschieht mit den vielen Galerien hier, die alle in jüdischem Besitz sind? Paul Rosenberg? René Gimpel, Pierre Loeb? Was geschieht mit ihnen, Picasso?«, fragte sie, nachdem der Hauptgang serviert worden war.

»Wir haben hier keine deutschen Verhältnisse, Dora«, erklärte Picasso gereizt und durchschnitt das Fleisch, aus dem helles Blut sickerte.

»Warum willst du dann weg?«

»Reine Vorsichtsmaßnahme. Und du liebst die Sonne. Ich übrigens auch.«

Dora stocherte in den Prinzessbohnen herum und schob das Filet zur Seite. Sie nahm den Geruch von Trüffelöl wahr und trank von ihrem Wein. Schien es nur ihr so, oder fehlte dem Wein jegliche Tiefe?

»Was ist das für ein Wein?«, fragte sie angriffslustig, als hätte ihn Picasso selbst gekeltert.

Mit Schwung griff er nach der Flasche und las das Etikett. »Ein Bordeaux, Jahrgang 1928. Ich weiß wirklich nicht, was du hast, meine kleine Verrückte.« Theatralisch nahm er einen Schluck, spülte die Flüssigkeit in seinem Mund hin und her und schluckte sie dann. »Am Ende ist es egal, wovon wir betrunken werden.«

Klirrend stellte er das leere Glas auf den Tisch und schenkte sich nach.

»Wahrscheinlich bin ich an die feinen Aromen des Südens gewöhnt«, sagte sie, hob das Kinn und setzte dabei jenes ironische Lächeln auf, das ihr in seiner Gegenwart zum treuen Begleiter geworden war. »Ich bin bereit, du wunderbarer Weinkenner. Wohin fahren wir diesmal, oder sage ich lieber: *fliehen*?«

Der Geruch der Trüffel verursachte ihr auf einmal Übelkeit. Oder war es das Fleisch?

Picasso starrte auf ihren Teller. »Ich habe da etwas im Auge, einen kleinen verschlafenen Ort am Atlantik. Schon bald wirst du schwimmen gehen können.«

Sie legte das Besteck ab, tupfte sich mit der Serviette die Lippen und schob das halb leere Glas zur Seite. »Der Atlantik ist kalt.«

»Dann werden wir eben Spaziergänge am Meer unternehmen, Dora.« Er stach mit seiner Gabel in ihr Stück Fleisch und schob es sich in den Mund.

Ihr fiel die Harpune aus dem magischen Gemälde *Nächtlicher Fischfang in Antibes* ein, und ihr war, als nähme das Verschlingen ihres Fleisches etwas vorweg. Vor ihrem inneren Auge besaß der Fischer auf dem Bild plötzlich die Fratze des Bösen, und seine gestreifte Kleidung wurde zur Sträflingsuniform. Ihr graute vor Picassos Visionen, auch wenn sie jede einzelne Stelle seiner Meisterwerke abgöttisch liebte. Manchmal konnte sie zwischen deren Schöpfer und dem Mann Picasso nicht unterscheiden.

Das war ihr größtes Dilemma. Niemals würde sie aufhören, sein Genie zu lieben. Egal, was kommen würde, niemals würde sie einen kompletten Bruch vollziehen können. Seine Kunst war Teil ihres Lebens geworden. Ihr vermochte sie sich bedingungslos unterzuordnen, dem Mann Picasso niemals.

»Diese Trüffel haben etwas Animalisches«, sagte Picasso mit vollem Mund. »Findest du nicht auch?«

Er grinste, als bereite ihm ihr Ekel Freude.

Dora sah ihm gebannt beim Kauen zu.

Ja, animalisch war das richtige Wort. Hatte sie ihr Instinkt nicht frühzeitig gewarnt, bereits damals, als sie nach der ersten Nacht die Skizze *Dora und der Minotaurus* betrachtet hatte? Das später folgende Ölgemälde mit den grellen Farben hatte den Kontrast zwischen ihnen beiden nur verschärft. Es war mehr als ein Motiv, es war Picassos unersättliches animalisches Wesen, das sich kompromisslos nahm, was es haben wollte.

»Warum siehst du mich so an?«, fragte er und verbarg sein Gesicht für einen winzigen Augenblick hinter der Serviette.

»Weil du bist, wie du bist«, erwiderte sie zärtlich. »Du hast mir nie etwas vorgemacht. Ich mag oft an deinen Worten und Handlungen gezweifelt haben und werde es weiterhin tun. Aber dein Werk war mir immer ein zuverlässiger Kompass, Picasso. Nur in ihm zeigt sich die tiefe Wahrheit deines Wesens.«

KAPITEL 23

Royan, 1940

Im Hafenstädtchen Royan am Atlantik bezogen Picasso und Dora in dem kleinen zweistöckigen *Hôtel du Tigre* in der Nähe des Hafens zwei Zimmer. Nach den Erfahrungen des Ersten Weltkriegs glaubte man sich an der Atlantikküste Frankreichs sicher, aber Dora musste sehr früh erkennen: Ihrer aller Sicherheit hatte einen hohen Preis, vor allem für sie. Picasso hatte Marie-Thérèse und Maya bereits vor einem halben Jahr in der nahe gelegenen Villa *Les Voiliers* untergebracht, wo er nunmehr sein Atelier einrichtete. Dora erfuhr es wenige Tage nach ihrer Ankunft durch Zufall.

»Ich habe dir von Anfang an gesagt, dass ich mich um die Menschen kümmere, die mir nahestehen. Maya ist meine Tochter. Was erwartest du? Dass ich sie in Paris zurücklasse?«, hatte Picasso erklärt, nachdem ihn Dora zur Rede gestellt hatte.

Da war sie verstummt. Längst gab es für sie kein Zurück, ihr ging einfach die Kraft aus, Dinge von ihm zu fordern, und Liebe war nicht einklagbar. Angesichts der Tatsache, dass Picasso die Nächte allein bei ihr verbrachte, schwieg sie, arrangierte sich und tröstete sich mit dem Gedanken, dass es am Ende nicht anders wäre als zu Hause in Paris. Immer schon waren Marie-Thérèse und Picassos Tochter in seinem Leben anwesend – mit ihnen hatte sie den Mann, den sie liebte, schon immer geteilt.

Er mochte seine Liebe und Aufmerksamkeit nach Lust und Laune verteilen, sie über dem Objekt seiner Begierde ausschenken wie einen teuren Wein – Maya und Marie-Thérèse besaßen eine Sonderstellung. Ein Leben lang würde er an die Mutter seiner Tochter gebunden bleiben.

Die ersten Monate während ihres Aufenthalts brach Picasso immer wieder zu kurzen Stippvisiten nach Paris auf. Einmal fehlte seine Aufenthaltsgenehmigung für Royan, ein anderes Mal musste er dringend Malutensilien kaufen, die er nur in Paris erhielt, oder es ging darum, seine eigene Ausstellung zu besuchen. Noch wurden seine Werke gezeigt.

Dora, die ihn stets begleitete, spürte seine Unruhe. Seine Rastlosigkeit schien seine Antwort auf die unsicheren Zeiten, als habe er nur noch die Wahl der Flucht. War er in Paris, flüchtete er nach Royan. War er dort, zurück nach Paris.

In Royan und der Umgebung besuchten sie hin und wieder gemeinsam die Flohmärkte. Picasso liebte das Getümmel inmitten ausrangierter Dinge – er konnte nahezu alles verwerten. Er war versessen auf das Material, das sich ihm auf den Flohmärkten bot. Nichts noch so Kurioses, was er nicht gebrauchen konnte: Eisenstücke, Stoßstangen und Fahrradsattel erwachten in seinen Händen zu neuem Leben.

Ein milder Winter wechselte übergangslos ins Frühjahr, bis der Sommer endlich auch das Wasser des Atlantiks erwärmte. Dora liebte den Wind in diesem Landstrich, den es in Mougins nicht gab, geschweige denn in Paris. Täglich ging sie schwimmen, stets war sie bereit zum Aufbruch. Sie war sich im Klaren, dass binnen weniger Tage, gar Stunden die Stimmung kippen konnte. Was abends galt, konnte am nächsten Tag durch das politische Geschehen, weit von Royan entfernt, zunichtegemacht werden.

Besuch kam und ging. Auch mit den Freunden war es nicht mehr dasselbe, die Zeit hatte sie alle verändert, und jeder war mit seinem Überleben beschäftigt. Jegliche Unbeschwertheit, die sie noch vor einem Jahr in Mougins und Antibes getragen hatte, war verschwunden und einer gewissen Ernsthaftigkeit gewichen.

Penrose kam, um sich für die Zeit des Krieges zu verabschieden. Von Royan brach er gen Norden nach Saint-Nazaire auf, wo er sich mit Lee Miller traf. Von dort aus reisten die beiden mit dem Dampfschiff *Île de France* nach New York, wo Man Ray sich bereits seit Wochen aufhielt. Doras beste Freundin Jacqueline und deren Ehemann Breton hatten ebenfalls alle Vorkehrungen für die Überfahrt nach Amerika getroffen und warteten in Marseille auf ihre Ausreisepapiere.

Picasso und Dora arrangierten sich mit Royan, obgleich sie beide innerlich immer bereit für den Absprung waren. Ewig würden sie nicht hierbleiben können. Die Vereinigten Staaten hatten Picasso mehrfach Asyl angeboten, was er jedes Mal dankend ablehnte, und so arbeiteten beide auf einem Pulverfass. Regelmäßig rief Dora bei ihrer Mutter an, um sich nach deren Befinden zu erkundigen, aber Julies einziges Problem schien Josips Abwesenheit zu sein. Dora hingegen war froh, ihn in Brasilien in Sicherheit zu wissen, und Julie schützte ihr französischer Pass.

So zumindest dachte sie.

Oft saß Dora dem Geliebten Modell oder sah fasziniert dabei zu, wie er einem alten Fahrradsattel und dem verrosteten Lenker einen Stierkopf entlockte.

»Es war seine Natur«, sagte er, und Dora verkniff sich die Frage, worin genau *ihre* Natur bestand.

Weinend und mit der Tageszeitung vom 14. Juni 1940 in der Hand stürmte Dora an einem warmen Sommerabend ins *Café des Bains* am Hafen von Royan. Überall im Ort waren draußen die Stoffmarkisen zu sehen, und die Idylle versetzte ihr einen Stich mitten ins Herz. Picasso saß zusammen mit einigen Einheimischen am Tisch und trank bereits Rotwein.

»*Qu'est-ce qui s'est passé?*«, fragte er und lehnte sich in seinem Stuhl zurück – *Was ist passiert?*

»Paris ist gefallen«, schluchzte sie, nachdem sie sich gefangen hatte. »Die Deutschen haben Paris besetzt.«

Er riss ihr die Zeitung aus der Hand und starrte auf die Fotos. Deutsche Soldaten marschierten durch den Arc de Triomphe. Auf einem anderen Bild flatterte an der *Assemblée Nationale*, dem Pariser Parlamentsgebäude, eine Hakenkreuzfahne.

Picasso runzelte die Stirn, dann zerknüllte er die Seite und warf sie auf den Boden. Federleicht kam sie auf.

»Sie werden es nicht wagen«, sagte er trotzig. »Sie werden es nicht wagen, die Museen zu beschlagnahmen.«

»Das haben sie bereits getan.« Dora bückte sich, nahm das Zeitungsknäuel und faltete es mit zitternden Händen auseinander. »Sie waren bereits im Louvre.«

Schweigend stand sie auf und ging grußlos zurück ins Hotel, wo sie sich aufs Bett legte und die Augen schloss. Sie wusste bereits, was er in diesem Moment vor dem Café des Bains dachte: Hier waren sie nicht länger in Sicherheit.

Als er sich spät in der Nacht neben sie legte, nahm er ihre Hand.

»Wir bleiben und warten ab, was geschieht.«

Mit einem tiefen Seufzer schlief sie ein. Sie träumte von ausgebombten Städten, von Ungeheuern in Uniform und von dem brennenden Paris.

Dora wusste nicht, ob Stunden, Tage oder Wochen vergangen waren, sie verlor sich in der Zeit, in der Picasso wie ein Besessener ihr Antlitz malte und sie nichts tat, als ihm Modell zu sitzen. Das Gemälde *Sich kämmende Frau* musste rechtzeitig fertig werden, und als es dann vollendet war, erschrak Dora nicht einmal bei seinem Anblick: Ihre sinnlichen Lippen und ihr schwarzes Haar erinnerten noch an sie, der Rest war der pure Ausdruck der Maßlosigkeit, des Monströsen. Ein überquellender Bauch, die Brüste wie Augen, ein zweidimensionaler Kopf. Dora begriff: Das Monster war nicht sie, es waren der bevorstehende Krieg, der Übergriff und die Unersättlichkeit der Deutschen, die in Europa wüteten.

Es verging nicht viel Zeit, da hörte sie aus der Ferne in Royan Panzer anrollen. Fragend sah sie Picasso an, der vor seinem Gemälde stand und lauschte. Er nahm einen tiefen Zug von seiner Zigarette.

Innerhalb eines einzigen Tages wurde der idyllische Hafenort am Atlantik von deutschen Soldaten und ihrer Kriegsmaschinerie vereinnahmt. Man hörte die in Doras Ohren harten deutschen Worte in den Straßen. Der französische Singsang, alles Elegante und Leichte, schien verschwunden. Jetzt herrschten auch hier Ordnung und Disziplin.

Stets musste man Papiere vorzeigen, wenn man sich in Royan bewegte, bis Picasso es müde wurde. Er leitete alles für eine Rückkehr nach Paris in die Wege.

»Paris mag auch besetzt sein, aber es ist mir vertrauter als alles andere«, lautete sein Kommentar.

Seine kleiner gewordene Entourage mit Marcel, Sabartés und Kazbek war bereits unterwegs. Marie-Thérèse und Maya hatte er schon länger vorausgeschickt.

Diesmal erreichten Picasso und Dora die Stadt der Lichter an einem Sonntag, am 1. September 1940.

»Zeig uns unsere Stadt«, befahl Picasso mit undurchsichtigem

Blick, nachdem Marcel an der Gare de Lyon das Gepäck verladen hatte. Er hatte seinen Trenchcoat umgehängt und hielt Dora an der Hand.

»Es wird dich schmerzen, Picasso«, warnte Marcel eindringlich.

»Ich muss es sehen«, erwiderte er.

Marcel startete den Wagen und lenkte ihn durch leere Straßen. Wenige Menschen waren unterwegs, die meisten von ihnen gehörten zur deutschen Wehrmacht. Es schien, als ginge der Alltag in Paris einfach weiter, mit ausgetauschten Rollen und einer neuen Bevölkerung. Zwei Drittel der Pariser waren inzwischen aufs Land geflohen.

Die Sonne strahlte von einem fast unnatürlich blauen Himmel. Auf der Seine tuckerten Schiffe, ihr Bug schob das Wasser wie gewellten Stoff auseinander. Vor den Cafés saßen Zivilisten und Uniformierte. Ein ganz normaler Sonntag in Paris.

An den öffentlichen Gebäuden wehten Hakenkreuzflaggen, und deutsche Soldaten paradierten im Gleichschritt durchs Quartier Saint-Germain-des-Prés. Sie mochten wie Marionetten wirken, hinter ihrer höflichen Maske jedoch blieb die Gefahr, die von ihnen ausging, allzeit präsent. Paris gehörte nicht mehr den Parisern. Vertraute französische Wegweiser waren jetzt in deutscher Sprache beschriftet. *Krankenverteilungs- und Unfallmeldestelle* las Dora auf einem Schild vor dem *Arc de Triomphe*, der jetzt *Triumphbogen* hieß. Auf dem nächsten: *Hauptpostamt* anstatt *Hôtel des Postes*.

Zum zweiten Mal in ihrem Leben hatte Dora das Gefühl, dass man ihr die Wurzeln herausreißt, erst ihre physischen, jetzt auch die geistigen. Sie würde ihre Wurzeln wieder nach oben wachsen lassen müssen, dorthin, wo die Luft dünn war und sie gegen die Glasscheibe zwischen ihr und der Welt rebellieren konnte.

»Was für eine Demütigung«, stieß sie beim Anblick des Jardin des Tuileries aus, der jetzt Tuileriengarten genannt wurde. Sie erinnerte sich an die vielen Treffen mit Freunden im Sommer, als sie angefangen hatte, zu fotografieren. Jetzt befanden sich ihre Freunde in weiter Ferne an der Front und bereiteten sich auf bevorstehende Kämpfe vor. In friedlichen Zeiten hatte sie in den Gärten von Paris auf einer Bank ein Buch gelesen, im Gras gelegen und dem Zug der Wolken hinterhergesehen.

»Die Nazis haben sich alles einverleibt, jeden Stein, jedes Stückchen Gras. Sie sind unersättlich.«

»Du sagst es, Picasso.«

Sie dachte an sein Gemälde *Sich kämmende Frau*. Er hatte es vorausgesehen.

Picasso seufzte. »Niemals werden sie Macht über unser Denken, über unsere Phantasie bekommen, niemals«, sagte er, und sie glaubte, Tränen in seinen Augen zu sehen.

Den Höhepunkt von Marcels Stadtrundfahrt bildeten die ihnen vertrauten Kunstgalerien. Einige von ihnen hatten ihre Schaufenster mit braunem Packpapier verklebt.

Bis auf Weiteres geschlossen. Wir danken unseren Kunden für die Treue über all die Jahre, stand an einer von ihnen in Schreibschrift geschrieben.

Vor ihrem inneren Auge beugten und krümmten sich die Buchstaben voller Schmerz und verloren ihren Sinn. Es war auch eine neue Sprache eingezogen, hart, militärisch und voller Hass gegen alles Fremde.

Auch die Galerie *Paul Rosenberg* in der Rue la Boétie war verschwunden. Picasso und Dora wussten, dass sich der Galerist rechtzeitig in Sicherheit gebracht hatte und geflohen war.

Dora drückte Picassos Hand. »Das ist eine völlig andere Stadt als jene, die wir verlassen haben. Was wird mit unseren jüdischen Freunden, die noch hier sind, geschehen?«

Sie erinnerte sich daran, wie sie Picasso genau diese Frage bereits vor einem Jahr gestellt hatte.

»Sie haben Max Ernst wieder verhaftet«, erklärte Marcel, einen Blick in den Rückspiegel werfend.

Picasso spuckte durch das geöffnete Seitenfenster auf die Straße.

»Die Deutschen verleiben sich das Zentrum der europäischen Kunst ein. Was werden sie noch tun? Die sogenannte entartete Kunst ausrotten?«, fragte er verzweifelt.

Entartete Kunst. Auch Picassos Werk zählte zu dieser ideologisch verbrämten Kategorie.

»Deine Werke sind in Sicherheit«, gab Dora zurück, aber ihr Trost klang hohl.

»Ja, Dora. Wir werden diesen Übergriff überstehen. Schau dir nur diese lächerlichen Straßenschilder an! Es wird den Nazis nicht gelingen, uns ihren Stempel aufzudrücken. Was können denn die Deutschen, außer ein lebendiges Stadtbild in Starre zu versetzen?«, sagte Picasso und streichelte mechanisch ihre Hand.

Sie hielten an einer roten Ampel am Boulevard Poissonnière direkt vor einem Café. Frauen und Männer saßen draußen mit Kaffee, Wein und Zigaretten. An einem Tisch sah man Soldaten vor ihrem Bier.

»Kommen Sie nur, *mes belles demoiselles. Courage, courage*!«, rief einer von ihnen mit einem harten Akzent und winkte zwei Französinnen zu sich, die aufstanden und sich lächelnd zu ihm setzten.

»Krieg und Angst verbreiten können sie«, sagte Dora und betrachtete die jungen Frauen, wie sie die ihnen angebotenen Zigaretten aus der Packung nahmen. Eine von ihnen schlug in hochhackigen Schuhen ein Bein über das andere, dem hinten senkrecht eine Naht aufgemalt worden war. Die Illusion von Seidenstrümpfen. Wahrscheinlich gab es keine mehr. Nicht einmal hier in Paris, in der Stadt der Mode. Dora selbst hatte in ihrem Zuhause Dutzende gelagert, als ob sie es geahnt hätte.

Die Ampel schaltete auf Grün, und Marcel fuhr weiter.

»Sie haben ihren Krieg gründlich vorbereitet. Paris ist zur Soldatenstadt geworden. Es heißt, Hitler liebe Paris.«

In gemäßigtem Tempo fuhren sie am *Deutschen Soldatenkino* vorbei.

»Er möge uns mit seinem Hass verschonen, aber seine Liebe dürfte noch unerträglicher sein. Was, wenn sie umschlägt?«

Picasso hatte recht. Dora kannte die Antwort bereits. In diesem Fall würde Hitler Paris vernichten, dem Erdboden gleichmachen.

»Als Künstler brauchen wir nicht viel, um zu überleben«, sagte Picasso und klopfte auf das Leder seines Rücksitzes.

Nein, dachte sie wehmütig, das stimmt nicht. Die Kunst braucht die Freiheit des Denkens, geradeso wie der Mensch die Luft zum Atmen braucht.

»Wir werden das Atmen verlernen und an der Rohheit der Deutschen ersticken«, sagte sie tonlos und schüttelte den Kopf. Sie spürte, wie ihr die Tränen in die Augen stiegen, und schluckte sie zusammen mit ihren düsteren Vorahnungen hinunter.

Sie überquerten die Seine über den Pont Neuf und bogen in ihr altvertrautes Viertel ein. Picassos Atelier lag nur noch einen Steinwurf entfernt.

»Ich werde malen, *chérie*«, sagte Picasso zärtlich und legte tröstend den Arm um sie. »Und du bleibst mein Lieblingsmodell, schöne Dora Maar.«

»So schön wie die Kämmende?«, fragte sie gekränkt. Ein

Stück blieb hängen, auch wenn sie tausend rationale Erklärungen für seine Motivwahl erfand.

»Das war Notwehr«, entgegnete er gelassen. »Mit dir hat es nichts zu tun.«

Von Weitem konnten sie bereits das Tor sehen, das zur Rue des Grands-Augustins führte. Picasso warf einen kritischen Blick hinauf zu seinen Fenstern. Alles schien unverändert, nur Dora hatte das Gefühl, dass die Scheiben zu Augen der Überwachung geworden waren, der Türgriff zu einem verschlossenen Mund. Auf die Wahrheit stand nun die Todesstrafe.

Als der Wagen anhielt, beugte sich Picasso nach vorn und tippte Marcel auf die Schulter.

»Du und Sabartés, ihr müsst so viel Material kaufen, wie es in Paris noch gibt. Farben, Pinsel, Leinwände, lieber zu viel als zu wenig. Ich kann alles gebrauchen. Die Gegenstände vom Flohmarkt von Royan werden vorläufig im Keller gelagert. Und Ton, ich brauche Ton! Ton und Heizmaterial für den Ofen. Besorgt alles, was ihr auftreiben könnt. Räumt den Keller von Le Tremblay leer, und schafft mir sämtliche Materialen in die Rue des Grands-Augustins.«

Dora legte ihren Kopf an seine Schulter und spürte seine Wärme. Sie wollte nicht aussteigen. Nicht jetzt. Am liebsten wäre sie zurück in den Süden nach Antibes oder Mougins gefahren, wo es nach Lavendel duftete und am Abend das Zirpen der Grillen zu hören war, wo der Wind durch die geöffneten Fenster sanfte Wellen in die Vorhänge malte und mit ihnen tanzte, wo die Freunde unten in der Laube lachten und glücklich waren, wo der Wein in Strömen floss und das Leben leicht erschien.

In diesen Zeiten lastete auf ihrem Gemüt so viel Schwermut, dass Dora wusste: Nur ein Hauch zu viel Wehmut oder Trostlosigkeit würde ihr mit Anspannung gehaltenes inneres Gleichgewicht erschüttern.

Sie dachte an ihre Freundin Nusch, an Éluard und die vielen anderen Freunde, die Paris verlassen würden oder bereits fort waren. Sie lechzte nach einem lebendigen Gegengewicht, das ihr Nusch mit ihrer kindlichen Freude am Leben geben konnte. Mehr denn je brauchte Dora die Gewissheit, dass die Welt am nächsten Tag zuverlässig dieselbe war wie am Abend zuvor. Wie sollte sie ohne diesen Rahmen leben? Ohne es zu wollen, war ihr der Geliebte zu der einzig verbliebenen Konstante geworden. Sie hatte angefangen, Picasso zu brauchen. Ausgerechnet jener Mann, der so sehr mit seiner eigenen Balance beschäftigt war, sollte ihr Halt geben.

Sie spürte seinen Mund an ihrem Hals und lächelte.

»Eine lange Durststrecke liegt vor uns, Dora. Wir aber werden Wein, Wasser, Farbe und Leinwände haben. Und das unermessliche Land der Phantasie, jenen Ort tief in uns, den niemand jemals besetzen wird. Ich bin das Zentrum der Kunst hier in Paris. Sie werden mir nichts tun. Du bist sicher, weil ich es bin.«

TEIL 3

Die Liebe am Abgrund
(1940–1944)

Der Abend schloss seine Flügel
Über dem verzweifelten Paris
Unsere Lampe stützt die Nacht
Wie ein Gefangener die Freiheit

PAUL ÉLUARD,
SIEBEN LIEBESGEDICHTE IM KRIEG

KAPITEL 24

Paris, 1940

»Das sind wichtige Papiere für dich«, sagte Josip Markovitch und reichte seiner Tochter ein zusammengefaltetes Blatt. »Trage sie stets bei dir.«

Arier-Nachweis, Jugoslawisches Königreich, las Dora laut vor und sah ihren Vater fragend an. Er war gealtert. In den letzten Wochen hatten sich die Sorgenfalten auf seiner Stirn und um die Mundwinkel vertieft, die sie hier in dem Hinterzimmer von Julies Hutgeschäft erst richtig sehen konnte. Dennoch strahlte er noch immer so viel Würde aus, als stünde er über den Dingen.

Vor seiner Schiffsreise von Marseille nach Brasilien wollte Josip so viel wie möglich regeln. Er war der Meinung, dass es für Julie an der Zeit war, ihr Geschäft aufzugeben, und hatte mit Engelszungen auf seine Frau eingeredet, die sich jedoch unentschlossen zeigte.

»Wir dürfen nicht auffallen«, sagte er nachdrücklich. »Versteh doch!«

Julie aber zuckte die Achseln. »Wir! Was heißt schon wir – du wirst ja nicht da sein. Durch meine Adern fließt französisches Blut«, sagte sie trotzig. »Was sollen sie mir denn tun? Ich bin eine Französin aus den besten Kreisen.«

»Dein Name, Julie, denk doch daran, welchen Namen du trägst.«

»Ich konnte diesen Namen nie leiden«, keifte sie. »Diesen slawischen, schrecklichen Namen. Jetzt lässt du mich hier mit ihm sitzen. Meine Eltern würden sich im Grabe umdrehen, wenn sie mich so sehen würden!«

»Du siehst sehr gut aus, *Maman*«, sagte Dora spitz und warf dabei einen Blick auf ein in Packpapier verschnürtes Bündel, das sie an der Garderobe abgestellt hatte. Darin befanden sich Kleidungsstücke, die sie von ihrer Änderungsschneiderin ausbessern lassen wollte.

Julie trug heute ein neues Kleid aus dunkelblauem Taft, dazu einen ausgefallenen Hut mit Papageienfedern.

Josip strich sich über das Revers seines Seidensakkos. »Lass dir doch helfen, Julie. Ich nehme gern alles auf mich! Wenn, dann käme das Jüdische von meiner Seite.«

»Hast du denn wirklich jüdische Verwandtschaft, *Tata*?«, fragte Dora interessiert.

Josip zuckte die Achseln. »Wer weiß?«

»Das habt ihr nun von eurer Geheimniskrämerei«, sagte Julie, verschränkte die Arme und zog die Mundwinkel nach unten. »Was soll ich denn sagen, wenn ich nun gefragt werde? Dass mein Ehemann es nicht ausschließen kann, ein halber Jude zu sein? Er, der Sohn einer Wäscherin?«

Josips Gesicht verfärbte sich. Er schnaubte; gleich würde er wieder einen seiner Anfälle haben.

»Habt ihr eigentlich schon mal über eine Scheidung nachgedacht?«, fuhr Dora dazwischen und stellte sich zwischen die beiden.

Beide sahen sie erschrocken an. Es herrschte Schweigen im Raum.

»Zwei Katholiken sollen sich scheiden lassen?«, zischte Julie schließlich. »Bist du denn völlig verrückt geworden? Das ist Blasphemie! Niemals.«

Josip nickte zustimmend, nahm einen tiefen Atemzug und

schüttelte dann den Kopf. Ja, was Julies und Josips unheilvolle Verbindung vor Gott anging, da waren sich die beiden Katholiken immer einig gewesen. Egal, was passierte, offiziell würden sie ein Ehepaar bleiben.

»Zieh dich an die Place de la Porte de Champerret zurück, und warte, bis alles vorbei ist. Dein Ladengeschäft trägt nun mal deinen Namen«, sagte Josip nochmals nachdrücklich.

Im Stillen musste Dora lächeln. Josip hatte leicht reden. Er würde bald über alle Berge sein und in Brasilien eine neue Arbeit antreten. Längst war es keine Frage mehr, ob seine Familie mitkommen wollte. Allerdings war das für Dora sowieso ausgeschlossen. Niemals würde sie Paris verlassen, nicht ohne Picasso.

»Und wenn *Maman* ihren Mädchennamen für ihr Geschäft übernimmt?«

»Zu spät«, sagte Josip schlicht. »Das würde auffallen.« Dann wandte er sich noch einmal an Julie. »Du musst diese Arbeit nicht machen, Julie. Ich schicke euch regelmäßig Geld. Dora wird auf dich aufpassen, solange ich weg bin.«

Dora presste die Lippen zusammen. Sie starrte auf das Blatt Papier, das ihr eine »arische« Abstammung nachwies. Es war geradezu lächerlich.

»Ich kümmere mich um *Maman*«, gab sie zurück, nahm das Bündel an der Garderobe und umarmte Josip zum Abschied. Heimlich, ohne dass Julie es sehen konnte, übergab er ihr bei der Umarmung eine Rolle Geldscheine. Seit sie mit Picasso zusammen war und immer weniger ihrer Werke verkaufte, war es zur Gewohnheit geworden, und Dora erkannte an der Stärke der Papierrolle in ihrer Hand, wie viel es war. Das hier würde für mindestens vier Monate reichen und ihren Unterhalt abdecken, ohne Picasso zur Last zu fallen.

»Danke, *Tata*.«

Julie, die es aufgegeben hatte, zu fragen, wo Dora ihre Nächte verbrachte, sah ihrem Ehemann hinterher, wie er durch die Hintertür verschwand. »Brasilien! Was tut er bloß in Brasilien? Markovitch scheint eine Schwäche für Südamerika und für schwarze Frauen zu haben.«

»*Maman*«, sagte Dora streng. »Hör auf damit, dich zu quälen. *Tata* arbeitet in Brasilien, das ist alles.«

»Kannst du das auch von Picasso, deinem Liebhaber, sagen?«, fragte Julie mit hochgezogenen Brauen. »Nun gut, er muss dafür nicht in ein fernes Land wie dein Vater. Er hat seine Liebschaften hier in Paris und scheint keinen Hehl daraus zu machen. Bist du über die Anzahl seiner Affären im Bilde?«

Seit dem Krieg hatte sich Julies Mutterrolle der besorgten Märtyrerin in die einer Marktschreierin gewandelt. Anscheinend wusste sie besser über Picassos Privatleben Bescheid als jeder andere in Paris.

»*Tais-toi*«, befahl Dora. »Schweig, *Maman*.«

Vom Laden aus waren Schritte und das Glöckchen über der Tür zu hören.

Julie hatte Kundschaft. Sie drückte ihre Schultern herunter, lächelte ihre Tochter triumphierend an, strich sich über den Taft ihres neuen Kleides und hob den Kopf. Dann schlüpfte sie durch den Vorhang, der das Hinterzimmer vom Präsentationsraum trennte.

»Bonjour, Madame«, hörte Dora sie mit zitternder Stimme sagen. *»Vous désirez?«* – Was wünschen Sie?

Dora fragte sich, wie lange Julies fragiles Gleichgewicht halten würde, nachdem Josip, diesmal womöglich über Jahre, das familiäre Karussell zu verlassen gewillt war. Sie konnte ihren Vater verstehen, dennoch lastete Julies verwundetes Seelenleben dann völlig auf Doras Schultern. Dabei hatte sie an ihren eigenen Widersprüchen und all den Unsicherheiten, die jetzt über sie hereinbrachen, selbst genug zu tragen.

Sie hatte das Gefühl, mit einer schweren Last zu gehen, als sie Julies Geschäft verließ und vom Quartier Latin über den Pont Neuf in Richtung Marais lief.

Wie sehr hatte sich ihr Leben verändert. Ihr Vater ging fort, diesmal für lange Zeit. Im Marais, dem jüdischsten aller Viertel von Paris, beäugten sie die wenigen Menschen, die auf der Straße waren, voller Misstrauen. Sie waren zu Recht misstrauisch, denn so lange war es nicht her, dass der Hass, die Verfolgung und die Gewalttaten gegenüber Ausländern und Juden eskaliert waren. In den Schaufenstern der kleinen Haushaltswarenläden hingen neben Schüsseln und Blechsieben Porträts von Pétain. Das Oberhaupt der sogenannten Freien Zone Frankreichs führte in Vichy ein Schattenkabinett.

Vor den Lebensmittelgeschäften warteten Frauen in langen Schlangen. Man konnte ihnen ansehen, dass sie sich am liebsten unsichtbar machen würden. Jede stand für sich, als kämpfe sie einen stillen, einsamen Kampf gegen Hunger, Armut und die *Boches. Boches* – der von den Franzosen gern verwendete abfällige Begriff für die Deutschen war zu neuem Leben erweckt worden.

Dora versetzte es einen Stich, als ihr schlagartig ihre Privilegien bewusst wurden. Sie selbst musste nicht einmal ihre Lebensmittelmarken eintauschen, denn für Picasso war es selbstverständlich, dass er sie ebenso versorgte wie Marie-Thérèse und seine Tochter.

Endlich erreichte Dora die Rue des Rosier, eine enge Gasse in der Nähe der Place des Vosges, wo Helena Goldberg ihre winzige Änderungsschneiderei führte. Ein aus Pappe gebasteltes Schild mit der Aufschrift *Fermé, geschlossen,* stach Dora ins Auge.

Sie betätigte die Klingel, trat einige Schritte zurück und sah erwartungsvoll hinauf in das Stockwerk, in dem Helena arbeitete. Plötzlich wurde ihr bewusst, dass sie das Geräusch des sich drehenden Rads ihrer Nähmaschine, das Dora früher bereits von Weitem zur Begrüßung gehört hatte, vermisste. Es war still, alle Fenster waren geschlossen. Dora klingelte ein zweites Mal.

Niemand öffnete.

»Wollen Sie zu Madame Goldberg?«, fragte eine Passantin, die gerade des Weges kam und stehen blieb. Die Frau sprach mit hartem polnischen Akzent.

»Ja«, sagte Dora irritiert und umklammerte ihr Bündel. »Ich habe Arbeit für Helena.«

»Die Goldbergs sind geflohen«, sagte die Frau resigniert, »wie so viele andere Pariser Juden. Sie sind hier nicht mehr sicher.«

»Die Deutschen hassen die Juden«, sagte Dora betroffen.

»Die Franzosen auch«, gab die Frau zurück und lief weiter.

»Wenigstens ist Helena in Sicherheit«, tröstete sich Dora, lief zur Métro-Station Chemin Vert und nahm den nächsten Zug.

Mit einem quietschenden Geräusch fuhr der Waggon los, bremste ab und beschleunigte wieder. Die Passagiere schaukelten im gleichmäßigen Takt auf ihren Sitzen hin und her, während Dora nur an Helena dachte, an ihr gelocktes braunes Haar, die dunklen, lebhaften Augen – erst vor einigen Wochen hatte Helena ihr drittes Kind bekommen.

Es ist ein Junge, hatte Helena an Dora geschrieben und sie zum Tee eingeladen, dem Dora aus irgendeinem fadenscheinigen Grund ferngeblieben war. Nun bereute sie es zutiefst. Womöglich hatte Helena sie in ihre Pläne einweihen wollen.

Zu spät registrierte sie, dass sie die Haltestelle ihres Zuhauses, den Pont Neuf, verpasst hatte, und stieg schließlich an der Place de la Concorde aus.

Der große Platz war unbelebt, ein dunkel gekleideter Schutzmann mit einem *képi* dirigierte mit weißen Handschuhen den mäßigen Verkehr. Schwarze Limousinen fuhren um den kahlen Obelisken. Sie registrierte den neu angebrachten Wegweiser mit einem roten Kreuz. Darauf stand *Krankenverteilungs- und Unfallmeldestelle.* Sie hatte keine Ahnung, was das schrecklich lange deutsche Wort bedeuten sollte.

Zu Fuß steuerte sie den nahe gelegenen Jardin des Tuileries an, der auf ihrem Heimweg lag. Vorn links sah sie das Museum *Jeu de Paume*, ein kleines rechteckiges Gebäude, das sie früher oft zu Ausstellungen besucht hatte. Auch das Jeu de Paume war geschlossen.

Sie setzte sich auf eine Bank, zündete sich eine Zigarette an und ließ ihren Blick über den gepflegten Rasen schweifen.

Paris war nicht mehr Paris. Zwei Drittel der Bevölkerung fehlten, und die Besatzer beherrschten jedes Gebäude, jede Straße, die Freizeitanlagen, ja sogar jedes Kino, in dem nur noch deutsche Filme liefen. Selbst die Fahrscheine der Métro waren zweisprachig ausgewiesen. In den Parks, wo früher Liebespaare flanierten, vernahm man die harten Schritte von ledernen Springerstiefeln. Die Pariser waren gezwungenermaßen längst auf Holzschuhe umgestiegen, ein provisorisches Schuhwerk, das mit Bändern an den Fesseln befestigt wurde.

Dora schien es, als kontrollierten die Besatzer auch längst die geistige Freiheit. Wenn sie nur über die Einschnitte im Alltagsleben nachdachte, bekam sie kaum Luft. Sie und Picasso lebten in der Rue des Grands-Augustins ein Parallelleben, das all das, was vor ihren Augen geschah, aussparte. Es war zurückgezogen, sicher, privilegiert, und dank der regelmäßigen Besuche der Freunde gab es sogar einen gewissen gesellschaftlichen Rahmen. Selbst in Picassos neuem Lieblingsrestaurant, dem *Le Ca-*

talan, sah man keine Besatzer. Sie beschlagnahmten ihre eigenen Lokale, die prompt nicht mehr von Franzosen frequentiert wurden.

Dora nahm einen tiefen Zug von ihrer Spitze, während sie beobachtete, wie eine Frau in einem weißen Kittel aus dem Jeu de Paume heraustrat. Die Frau hielt nach rechts und links Ausschau und steuerte schließlich zielsicher auf Dora zu.

Dora setzte sich auf und wartete. Je näher die Frau kam, desto klarer sah Dora in ihrer Gestalt eine alte Bekannte. Sie hatte Rose Valland, die Kuratorin des Jeu de Paume, vor dem Krieg oft in verschiedenen künstlerischen Salons getroffen und bewunderte ihren kunsthistorischen Sachverstand.

Rose setzte sich neben Dora, schlug die Beine übereinander und nahm sich eine Zigarette.

»Wie geht es Picasso?«, fragte sie knapp, als hätten sie einander erst vor fünf Minuten bei einer Vernissage aus den Augen verloren.

Ihre Hände zitterten.

»Gut«, sagte Dora. »Er arbeitet.«

»Es heißt, er habe viele seiner Werke in Sicherheit bringen lassen.«

»Ja, das heißt es«, erwiderte Dora.

»Das war richtig.«

Dora blickte auf Roses weißen Kittel, der an einigen Stellen verschlissen war. »Haben Sie viel zu tun im Jeu de Paume? Bereiten Sie eine Ausstellung vor?«, fragte sie vorsichtig.

Rose blies in einem langen Atemzug Rauch aus. »Die Ausstellungen, die es hier gibt, sind eher …« Sie hielt inne, als suche sie nach einem passenden Wort. »… sie sind eher politischer Natur.« Sie sah Dora an. »Sagen wir, es handelt sich um inszenierte Privataudienzen für gewisse Herren.«

Gewisse Herren.

Dora schloss die Augen. Sie hatte davon gehört: Hitlers Stellvertreter Göring kam regelmäßig inkognito hierher und stieg im *Ritz* ab, wo er wie ein König eine ganze Etage bewohnte. Musste Rose Valland für ihn persönlich Vernissagen ausrichten? Dora lief ein Schauer über den Rücken.

»Bei uns im Jeu de Paume landet die sogenannte herrenlose Kunst aus den jüdischen Galerien. Wir katalogisieren alles. Manchmal wollen die *Boches* etwas aus dem Repertoire der herrenlosen Objekte sehen, etwas *Entartetes*, wie sie es nennen. Sie fahren niemals mit leeren Händen zurück nach Deutschland. Wir verstehen uns?«

»Nur das *Entartete*?«, fragte Dora fassungslos.

Rose schüttelte den Kopf, beugte sich hinab, nahm einen Stein vom Kiesweg und warf ihn auf die Wiese.

»Herrenlos«, schnaubte Dora verächtlich.

Was war aus ihnen allen geworden? Rose arbeitete für die *Boches*, aber welche Rolle spielte sie? Warum vertraute sie sich Dora an? Sie warf ihrer Sitznachbarin einen verstohlenen Blick zu.

Plötzlich stand Rose Valland auf, ließ ihre brennende Zigarette auf den Boden fallen und drückte sie mit dem Fuß aus.

Automatisch sah Dora auf ihr Schuhwerk – schwarze Schnürschuhe mit einem kleinen Absatz.

»Es hat gerade erst angefangen«, sagte Rose ernst, und in ihrer Stimme klang Verbitterung, Warnung, aber auch ein Hilferuf. Lange blickte sie in Richtung ihrer Arbeitsstätte. Sie nahm ihre Nickelbrille von der Nase und polierte die Gläser an ihrem Kittel. Dann setzte sie die Sehhilfe wieder auf, und für einen Moment trafen sich die Blicke der beiden Frauen. In Roses Augen sah sie Kampfbereitschaft, ihre Körpersprache signalisierte Haltung und Entschlossenheit.

»Sie bringen immer mehr Kunstwerke in die deutsche Botschaft. Otto Abetz gilt als großer Kunstliebhaber.«

»Was ist mit Picasso?«, stammelte Dora.

»Sie werden Picasso in Ruhe lassen. Er ist weltberühmt und wird von wichtigen Leuten protegiert. Sie wagen es nicht, glauben Sie mir das. Sie werden ihn schikanieren, aber ihm wird nichts passieren.«

Dora hielt den Atem an.

»Jeder von uns muss in seinem Rahmen das tun, was er kann«, fuhr Rose fort. »Wir werden nicht aufgeben. Ich habe einen Braque katalogisiert. Den *Gitarrenspieler.* Wie kam er wohl ins Jeu de Paume? Wie lange wird er dort bleiben? Wo wird er eines Tages hängen? Sprechen Sie mit niemandem darüber, außer mit Picasso. Ich weiß um Ihre Diskretion, Dora.«

»Ich schwöre es«, flüsterte sie.

Rose setzte sich in Bewegung und drehte sich nach wenigen Schritten noch einmal ruckartig um. »Gott schütze Frankreich, Gott schütze uns alle. *Au revoir*, Dora Maar.«

»*Au revoir*, Rose Valland«, sagte Dora und zwang sich ein Lächeln ab.

Braques *Gitarrenspieler.* Wer kannte das wundervolle Gemälde nicht? Dora erinnerte sich, dass das Bild vor der Besatzung in der Galerie Rosenberg ausgestellt gewesen war.

Nach dieser Begegnung, bei der sie einen vagen Blick auf die räuberische Logistik der *Boches* hatte erhaschen können, ging Dora mit anderen Augen durch Paris. Alles erschien ihr nun noch bedrohlicher. Sie wusste nicht, wo Schlimmeres geschah: Hinter den Kulissen oder davor, wo auf offener Straße Juden angespuckt wurden und deutsche Soldaten mit gut gekleideten Pariserinnen die Keller der Tanzpaläste stürmten. Das hier war viel mehr als ein Tanz auf dem Vulkan – es war ein Tanz auf einer messerscharfen Klinge. Sie nahm sich vor, die *Boches* niemals zu unterschätzen.

Wie schmerzhaft es war, dass die Kunst auf einmal wie vom Erdboden verschwunden war. Die vielen Kunstgalerien, über deren Eingängen einst berühmte Namen wie Rosenberg, Kahnweiler, Wildenstein, Pierre oder Zak einladend in goldenen Lettern gethront hatten, waren von der Bildfläche verschwunden. Das Herz von Paris hatte aufgehört zu schlagen. Wo waren die Besitzer geblieben, wo ihre Besitztümer? Das Jeu de Paume und die deutsche Botschaft vermochten unmöglich, alles zu beherbergen.

Wie beruhigend war es hingegen, den Galeristen Paul Rosenberg in New York in Sicherheit zu wissen. Doch was geschähe indes mit den sogenannten entarteten Werken? Würden die *Boches* das Fremde, Andersartige, all das, was in der Welt ihrer Herrenrasse nicht vorkam, verbrennen, ebenso wie sie es in ihrer Heimat getan hatten?

»Braques *Gitarrenspieler* ist im Jeu de Paume«, brach es aus ihr heraus, als sie Picassos Tür aufstieß. Sie stürzte zu ihm, warf ihren Kopf an seine Brust und weinte.

Picasso streichelte ihren Kopf und wiegte sie wie ein Kind.

»Die *Boches* haben ihn gestohlen, Picasso.«

Schluchzend berichtete sie, was sie erfahren hatte.

»Es wird nicht das Letzte sein, was sie sich nehmen, Dora. Wir müssen unsere Kräfte schonen. Weine nicht um einen Gitarrenspieler. Es geht um die Legende eines Werks. Und die werden die *Boches* niemals zerstören können.«

KAPITEL 25

»Es geht um die Legende eines Gemäldes«, wiederholte Picasso, schob Dora sanft von sich weg und nahm ein Blatt vom Tisch. Er wedelte damit durch die Luft. »Sie haben mir erneut ein Ausstellungsverbot erteilt.«

Dora zog ihre Handschuhe aus und hängte den Mantel an den Haken.

Picasso warf einen kurzen Blick auf Doras von Elsa Schiaparelli entworfene Handschuhe, die sich wie eine zweite Haut um ihre wohlgeformten Finger schmiegten. Oben an den Fingerspitzen hatte Elsa rote Farbe in Form von Doras Nägeln angebracht.

»Ich liebe diese Handschuhe«, murmelte er. »Sie sind wie für dich gemacht.«

»Sie sind von deiner Arbeit inspiriert«, gab sie lächelnd zurück.

Er reichte ihr einen Brief vom Kulturattaché der Besatzungsmächte. Sie studierte den Absender: *Deutsche Botschaft, Paris. Rue de Lille, Otto Abetz.* Dann überflog sie den Inhalt und ließ das Blatt Papier sinken.

»Der deutsche Botschafter«, stieß sie verächtlich hervor. »Eine Botschaft mitten im Kriegsgebiet. Ist das nicht lächerlich?«

»Es wird Teil des deutschen Plans sein, zu tun, als sei hier in Paris alles normal.«

»Sie werden uns die Fratze des Bösen rechtzeitig zeigen, keine Sorge«, sagte sie angewidert und deutete auf den Brief. »Wir dürfen sie niemals unterschätzen. Kategorie *entartete Werke*. Was sind das nur für Banausen. Was wollen sie von dir, die *Boches*? Dir einen Auftrag erteilen?«

Picasso schüttelte den Kopf. »Sie haben sich hier in der Rue des Grands-Augustins angemeldet, wollen meine Arbeiten sehen.«

Sie werden ihn schikanieren, aber ihm wird nichts passieren. Rose Vallands Worte fielen ihr ein.

»Wie bitte?«, fragte Dora empört. »Davon steht hier nichts.« Sie schlug mit der flachen Hand auf das Schreiben.

»Sie haben Sabartés angerufen.«

Picasso wischte sich übers Gesicht, trat ans Fenster und zündete sich eine Zigarette an. Dann lachte er aus vollem Hals.

»Weißt du, was passiert ist? Sie haben meinen Tresor geöffnet und die Bilder von Matisse gefunden.«

»Und?«, fragte Dora vorsichtig. »Was ist geschehen?«

Er zuckte die Achseln. »Nichts, nur, dass sie wohl einigermaßen irritiert waren.«

Für einen Moment warfen sie sich einen verschwörerischen Blick zu, wie Kinder, denen ein Streich gelungen ist.

»Wie soll es nur weitergehen?« Dora ließ sich auf den Sessel fallen. »Die Lebensmittel werden knapp. Vor den Geschäften bilden sich Schlangen.«

Kazbek, der zu ihren Füßen lag, zuckte im Schlaf. Bestimmt träumte er von einer Hasenjagd.

»Ich lasse auf meinem Gut in Boisgeloup in der Normandie bereits Gemüse anbauen. Schon bald wird es regelmäßig hierhergeliefert oder ins Le Catalan. Wir werden alles haben, was wir brauchen.«

Es war, als spräche er sich selbst Mut zu.

»Du hast schon lange nicht mehr gemalt«, gab Dora tonlos zurück. »Was bedeutet schon Gemüse gegen deine Kunst?«

Picasso lächelte. »Ich habe wunderschöne Zeichnungen von dir gemacht«, sagte er zärtlich, ging ins Nebenzimmer und kam mit einigen Skizzen zurück.

Dora betrachtete sie eingehend. Es handelte sich um sanfte Abbilder voller Zärtlichkeit. Hatte er ihre Zerbrechlichkeit aufgespürt und war durch die harte Schale ihres Selbst gedrungen? War dieses Wesen, das verträumt zur Seite blickte, für den Krieg wirklich gewappnet?

»Du bist jetzt das Herz von Paris«, sagte Dora und legte die Zeichnungen auf den Tisch.

Er blickte sie fragend an.

»Die jüdischen Galerien, das Zentrum der Pariser Kunst, gibt es nicht mehr. Jetzt schlägt das Herz der Pariser Kunst hier in der Rue des Grands-Augustins, Picasso. Sie werden dir nichts tun. Du bist sozusagen unantastbar.«

Zerstreut lief er zum Tisch, auf dem seine Farben und Pinsel lagen. Von dort nahm er ein Notizbuch und hielt es lächelnd in die Höhe.

»Ich habe wieder angefangen zu schreiben«, sagte er fröhlich. »Bald werden wir mit den Proben beginnen.«

Dora lächelte ihn an. »Ein Theaterstück?«

Picasso nickte und strahlte übers ganze Gesicht. »*Wie man Wünsche am Schwanz packt*. So heißt es.«

»Klingt sehr vielversprechend«, sagte sie lächelnd.

Seine poetischen Auswüchse besaßen nicht annähernd die Tiefe und Qualität seiner handwerklichen Kunst, aber es bereitete ihm große Freude, sich in Gedichten und Theatermanuskripten zu versuchen.

»Du wirst auch mitspielen. Und Jacques Lacan.«

Er grinste. Jacques Lacan, ein berühmter Arzt, der nach der Methode Sigmund Freuds arbeitete und eine Privatklinik außerhalb von Paris besaß, war ein enger Freund Picassos. Dora mochte ihn sehr.

»Ein Zwei-Mann-Stück?«, fragte Dora kess.

»Nein! Simone und Jean-Paul habe ich ihre Rollen auf den Leib geschrieben.«

Dora seufzte: Sie kannte das intellektuelle Paar Simone de Beauvoir und Jean-Paul Sartre von zahlreichen Begegnungen im Café de Flore. Picasso war schon lange mit den beiden befreundet. Mit Simone, einer hochgewachsenen, dunkelhaarigen Frau ihres Alters, war sie nie richtig warm geworden. Sie erschien ihr kühl, ohne jegliche Impulsivität, von der sie selbst so viel hatte. Und Sartre war ein wandelndes Lexikon, ein scharfer Denker, der stets hoch konzentriert im Flore in einer Ecke saß und seine Theorien auf das Papier bannte. Simone de Beauvoir, so hieß es, stand ihm mit ihrem messerscharfen Verstand in nichts nach.

»Und welche Rolle hast du mir zugedacht?«

Aufgeregt blätterte Picasso in seinem Notizheft. Dann sah er verschmitzt auf. »*Die magere Angst*, Adora, das wird dein Part.«

»Ich werde mir Mühe geben«, entgegnete sie, zog den Bauch ein und trat neben Kazbeks Stammplatz ans Fenster.

Während Picasso seine zweifelhafte Poetik vorantrieb, ging das Leben unten in den Straßen von Paris einfach weiter. Von der Rue des Grands-Augustins aus sah man nicht einmal Hakenkreuzflaggen, keine Soldaten, keine *Boches*. Gegenüber, zum Greifen nah, erhoben sich vor einem trüben Horizont die Kamine der Vorderhäuser aus Backstein. Weiter hinten in Richtung Süden tat sich ein Stück Himmel auf.

Es wirkte, als wäre Paris im Lot. Unten schob eine Frau mit gesenktem Kopf ihr Fahrrad zum Hauseingang. Im Innenhof spielten Kinder mit einem selbst gebastelten Fußball.

»Die *Boches* werden eine Sperrstunde einrichten«, sagte sie tonlos. »Sobald es dunkel wird. Ich schaffe es dann nicht mehr in den Norden von Paris zu *Maman*.«

»Dann bleibst du einfach hier«, sagte Picasso, stellte sich hinter sie und legte die Arme um sie. »Wir werden das überstehen, Dora. Wenn das Material für meine Malerei ausgeht, schreibe ich. Gedichte, Theaterstücke – du weißt, wie kreativ ich bin.«

Gedichte? Es war unglaublich, wie dieser Mann vor Selbstbewusstsein strotzte – sein schriftliches Werk bildete weiß Gott keine Offenbarung. Dora schrieb schon so lange Gedichte, hatte ihm aber nie ein einziges ihrer Sammlung gezeigt, obgleich sie ihre Schriften für weitaus besser hielt als die seinen. Ihre Leistungen in der Kunst, vor allem in der Fotografie, waren nicht von der Hand zu weisen. Wie man sie gefeiert hatte, sie – die Fotografin des Surrealismus! Warum machten sich Frauen nur so klein, wenn es um ihr Können ging? Nicht mehr als zwei Frauen fielen ihr ein, die sich mit ihrem Werk und ihrer Haltung in der männlich dominierten Welt der Kunst behauptet hatten: Frida Kahlo und Camille Claudel. Ihrer Freundin Frida war die Rebellion gelungen, zunehmend wurde sie auf der ganzen Welt als ernstzunehmende Malerin wahrgenommen. Camille hingegen hatte die Übermacht ihres Geliebten Rodin in der bildenden Kunst letztlich in die Irrenanstalt gebracht.

Dora schloss die Augen. Was hatte sie in den letzten Monaten geleistet, außer Dutzende Studien von Picassos *Weinender Frau* anzufertigen? Jeder ihrer Freunde hielt ihre Arbeiten für Kopien des großen Meisters, dabei hatte sie sich selbst nur zurückholen wollen. Ihr Gesicht, ihre Seele. Sie fühlte sich, als hätte sie sich auf seinen Leinwänden verloren, und sie wollte nichts anderes, als seinen Blick von ihr fortzunehmen. Es war *ihr* Gesicht, das sie zurückerobern wollte.

Bevor sie das Haus zum gemeinsamen Abendessen im Le Catalan verließen, ging Picasso wie immer baden.

Sie machte sich im Schlafzimmer zurecht, diesmal ganz in Schwarz mit einem violetten Hut.

Aus ihrer Schublade, wo sie manche Picasso-Rarität hortete, die er aus Papier- oder Serviettenresten gezaubert hatte, zog sie ihr Notizbuch heraus. Darin befand sich eines ihrer frühen Gedichte. Es stammte aus den Anfängen ihrer Liebe.

Mögen Geduld und Schweigen
Mich an die Hand nehmen
Möge die Eifersucht
Ihre prächtigen Klauen anlegen
Die Abwesenheit zückt ihre Nadeln
Mich mit dem pulsierenden Tag zu begrüßen
Sie wecken mich
Das Blut schüttelt seine Flügel
Ich rede

Wehmut schlich sich in ihr Herz – was war innerhalb von vier Jahren alles geschehen? Wie konnte es dazu kommen, dass ihr berühmter Name immer mehr zurückgetreten und schließlich von dem großen Namen Picassos überschattet worden war? War es ein Absturz der gefeierten Fotografin der Surrealisten, dass sie in Picassos Armen gelandet war? Schlossen ihre Liebe für einen großartigen Künstler und ihre eigene Kunst einander aus?

Sie erinnerte sich an die frühen Eifersuchtsszenen, die sie provoziert hatte, nachdem sie gewahr wurde, dass er ihr niemals allein gehören würde. Im Laufe der Jahre war ihr, als hätte ihr jemand die Augen ausgewaschen, die sie in mutigen Momenten weit aufsperrte, den Blick wie hypnotisiert auf eine weite, raue Landschaft gerichtet, wo sich eine Zeit nach Picasso abzeichnete. Nicht heute, nicht morgen, irgendwann. Frida Kahlo überlebte ihre Liebe zu Diego Rivera mithilfe ihrer Kunst – das hatte Jacqueline in ihrem letzten Brief aus Mexiko anlässlich ihres Besuchs bei der Ausnahmekünstlerin berichtet. Wie kühn stellte sich diese Frau ihrem Schicksal. Würde auch Dora zu ihrer Kunst zurückfinden? Irgendwann?

Konnten sich Liebende überhaupt gehören? Es gab keinen Anspruch auf Liebe – sie war und blieb ein Geschenk. Wenn sie da war, musste man sie auskosten. Ging sie, galt es, mit dem Mangel zu leben. Man verlor einen Arm, ein Bein und humpelte weiter. Immer ließ man ein Stück seines Herzens zurück.

Irgendwann – nicht jetzt, nicht heute, nicht morgen. Irgendwann.

Plötzlich vernahm sie vom Salon aus Stimmen.

Marie-Thérèse war gekommen. Wahrscheinlich, um wieder irgendetwas einzufordern. Leise trat Dora zur Tür und legte ihr Ohr daran.

»Ich brauche meine Ration Kohlen«, sagte Marie-Thérèse trotzig.

Schritte entfernten sich, gefolgt von Gepolter und Picassos leiser, einschmeichelnder Stimme. Seit sie alle nach Paris zurückgekehrt waren, versorgte er die Mutter seiner Tochter täglich mit Kohlen und Lebensmitteln.

»Wie soll es nur weitergehen?«, fragte Marie-Thérèse.

»Du hast Essen, ein Haus und alles, was du brauchst«, erwiderte er gereizt. »Und hier befindet sich für Notfälle mein Gold«, setzte er leise nach. »Das ist für Notzeiten. Damit du weißt, wo es ist. Wir haben alles, wir müssen nicht Hunger leiden.«

Auch Dora kannte das Geheimfach hinter einem Gemälde, wo Picasso seine Goldbarren versteckt hielt.

»Ich brauche kein Gold«, zischte Marie-Thérèse. »Davon rieche ich nicht besser, verstehst du? Besorge mir lieber ein Stück Seife.«

Dora seufzte – ihre Rivalin hatte recht: In diesen Zeiten war es das Alltägliche, das zum Luxus geworden war: Seife, Kohlen, Lebensmittel und Zigaretten. Aber Picasso wäre nicht Picasso, hätte er nicht überall seine Quellen. Auf einmal wurde Dora klar, in welchem Refugium sie selbst seit dem Beginn des Krieges lebte. Er bezahlte sämtliche Rechnungen, Tag für Tag lud er sie zum Essen ins Le Catalan ein. Sie hatte alles, was sie brauchte. Nur mit seinen zärtlichen Bekundungen war er nach vier Jahren des Höhenfluges in ihrer Liebe weniger verschwenderisch.

Nach einer Weile hörte sie, wie die Tür geschlossen wurde. Auf Zehenspitzen ging sie hinüber zur Anrichte und legte das Notizbuch zurück in die Schublade.

»*¿Estás lista*?«, fragte Picasso und klopfte an ihre Tür. *Bist du bereit?*

Seine Stimme klang ungeduldig. Wahrscheinlich heckte er bereits einen neuen Plan aus, den er gleich im Le Catalan zum Besten gäbe. Seine Entourage würde, wie immer, an seinen Lippen hängen.

Sie fuhr sich über die Wangen, stand auf und begab sich in ihrem eleganten Abendkleid zur Tür. Der feine Stoff raschelte im Gehen, als schwebe sie über ein Tanzparkett.

»*Si, yo e lista*«, sagte sie und öffnete die Tür. »Wer war das gerade eben?«

»Nur jemand, der um Geld bettelte«, sagte er gleichmütig.

Seine dunklen, warmen Augen wanderten voller Bewunderung über ihre Garderobe; ergriffen nahm er ihre Hand, beugte sich darüber und küsste sie. »Du überraschst mich immer aufs Neue, Dora – meine Geliebte, Muse, Künstlerin.«

KAPITEL 26

Paris, 1941

Mit staunenden Augen sah sich Dora um. Ein kühler Winterabend war über den Dächern von Paris in der Avenue Foch gegenüber dem Bois de Boulogne hereingebrochen.

Die Anchorenas, eine der reichsten Familien der Welt, hatten Picasso, Dora und Cocteau zum Essen eingeladen. In zentraler Lage wohnten sie mit einem betörenden Blick über Paris auf mehreren Etagen, von denen sie einige ausschließlich für Feierlichkeiten nutzten. Die Anchorenas liebten es, sich mit Künstlern zu umgeben, und seit Kurzem hatte es sich eingebürgert, dass ihre berühmten Gäste als Ausgleich für die Einladung jeweils eine Tür in ihrer Wohnung bemalten.

Picasso, der bereits einmal ohne Dora hier gewesen war, wobei ihm eine Badezimmertür zugeteilt worden war, hatte sich bislang erfolgreich darum gedrückt.

»Sie sind mir unheimlich«, hatte er auf dem Weg in die Avenue Foch zu Dora gesagt. »Ich kann sie einfach nicht leiden. Sie sind Snobs.«

»Wir werden sie uns genauer ansehen«, hatte Dora erwidert und war mit klopfendem Herzen in die vor Kostbarkeiten platzende Wohnung eingetreten, die eher einem Palast glich.

Im Salon hing ein riesiger Kronleuchter von der Decke, Gemälde und Statuen schmückten die Räumlichkeiten. Ein großes Bücherregal beherbergte spanische Literatur. Es war die Sprache, die den Besuch für Dora reizvoll machte. Endlich würde sie wieder Spanisch, argentinisches Spanisch, sprechen können!

Der gemeinsame Freund Cocteau war bereits vor ihnen eingetroffen, und Dora freute sich, sein vertrautes Gesicht zu sehen. Schon länger unterhielt er innigste Beziehungen zu den Gastgebern.

Sie aßen üppig. Mitten im Krieg gab es hier frische Austern, Picassos Lieblingsgericht Chateaubriand und zum Nachtisch exotische Früchte mit einer *Crema Catalana*.

Dora beobachtete Picasso, der sich auffallend zurückhaltend zeigte.

»War er wirklich in Paris? Sozusagen inkognito? Sind Sie sicher?«, hörte sie plötzlich Hortensia Anchorena fragen.

Die Gastgeberin beugte sich Cocteau entgegen, während sie ihre Lippen mit einer Serviette abtupfte. Hortensia war kräftig gebaut und trug einen mit Federn geschmückten Hut, der ihren kleinen Kopf zu erdrücken schien.

»Er war hier«, sagte Cocteau und wartete, bis das Dienstmädchen sein Champagnerglas neu gefüllt hatte. »Adolf Hitler ließ sich in der Morgendämmerung an einem Sommertag des Jahres 1940 *sein* Paris zeigen.«

»Es ist nicht *sein* Paris«, fauchte Dora. Die Gastgeberin warf ihr einen kurzen Blick zu und bedeutete dann Cocteau, weiterzusprechen.

»Du musst nicht alles wörtlich nehmen, meine Liebe«, sagte Cocteau an Dora gerichtet und wandte sich an den Gastgeber, der still dasaß und Dora fixierte.

»Sein Weg führte ihn an die Place du Trocadéro über die Champs-Élysées und die Pariser Oper bis ins Marais.«

»Wie aufregend«, sagte Hortensia Anchorena und nahm hektisch einen Schluck aus ihrem Champagnerglas.

Ihr Ehemann tat es ihr gleich.

»Was hatte er denn im Marais zu suchen?«, fragte Picasso befremdet und schob seinen Desertteller zur Seite. Er zündete sich eine Zigarette an. Dora konnte sein Unbehagen spüren. Nervös rutschte er auf seinem Stuhl hin und her. »Es ist das jüdische Viertel von Paris.«

Auch Dora fühlte Widerwillen in sich aufsteigen. »Picasso hat recht«, wandte sie ein. »Was hat der *Führer*, der größte Judenhasser aller Zeiten, im Marais verloren?«

Sie lehnte sich zurück, die Spitze in den Händen haltend, und hob das Kinn, als erwarte sie von Cocteau eine Erklärung.

»Hitler ist ein großer Kunstliebhaber«, gab der Befragte mit einem Anflug von Bewunderung zurück und zuckte die Achseln. »Ich weiß es nicht. Er war nur wenige Stunden in Paris. Arno Breker und Albert Speer haben ihn begleitet.«

Dora schloss die Augen – Arno Breker, Hitlers Lieblingsbildhauer, wurde hier in Paris immer wieder gesehen. Er galt als frankophil und hatte es in Deutschland weit gebracht. Dora selbst verabscheute seine monumentalen Kunstwerke, meist Statuen nackter »arischer« Krieger. Hitlers Architekt Albert Speer hingegen war den meisten Parisern seit der Weltausstellung 1937 ein Begriff. Mit einem monumentalen, mosaikverkleideten Turm, auf dem ein über fünf Meter hoher Reichsadler ragte, hatte er Hitlers Vision des *Deutschen Hauses* unverblümt dargestellt.

Inzwischen bewohnte Breker, wenn er in Hitlers Lieblingsstadt weilte, auf der Île Saint-Louis das ehemalige Luxusappartement von Helena Rubinstein, die längst außer Landes war. Was Brekers Kunst anging, so waren sich Cocteau und Dora absolut uneins, während sie sonst denselben Geschmack teilten.

Breker zeige, wie Dora nicht müde wurde zu betonen, *die* typisch arische, deutsche Frau, *den* deutschen Mann, allesamt perfekte Schablonen für die arische Rasse.

»Ihr kennt ihn nicht«, sagte Cocteau. »Privat ist Arno ein ganz reizender, charmanter Mann.«

Picasso räusperte sich.

Hatte Cocteaus Sympathie mit der Tatsache zu tun, dass er Breker persönlich kannte und zudem einen Hang zu schönen Männern hatte?

»Ich bin der Meinung, dass man die Kunst von dessen Schöpfer nicht zu trennen vermag«, sagte Dora streng. »Sie ist ein politisches Bekenntnis.«

Alle Blicke waren plötzlich auf sie gerichtet.

»Ich teile Ihre Meinung, Mademoiselle«, erwiderte die Gastgeberin nach einer langen Pause mit ruhiger Stimme. »Das lässt sich nicht auseinanderhalten, genauso wenig wie Hitlers Politik und Hitler selbst.«

Hortensia Anchorena ließ offen, wie sie es meinte, aber Dora glaubte, sie durchaus richtig verstanden zu haben.

»Dann teilen Sie also meine Meinung, dass Breker Hitlers Ideologie einer Herrenrasse in seinem Werk unverschlüsselt kundtut?«, hakte sie nach, wobei sie ihre Frage auf Spanisch stellte.

Picasso stieß unter dem Tisch mit seinem Fuß gegen ihren.

»Er ist ein sehr kultivierter Mann, und er liebt die Franzosen«, verteidigte Cocteau, der kein Wort verstanden hatte, den Deutschen immer noch.

Verwirrt blickte er in die Runde.

»Also wenn ihr mich fragt – ich bin zuweilen sehr unkultiviert«, sagte Picasso grinsend und drückte seine Zigarette auf dem halb leeren Dessertteller aus. »Dora beschwert sich regelmäßig über meine schlechten Manieren.«

Alle lachten, und zur Erleichterung der illustren Runde wurde das Thema gewechselt. Man sprach über Ausstellungen, Filme und Tanzpaläste, aber keines der Themen schien Dora unverfänglich. Sie hielt sich zurück und griff unter dem Tisch nach Picassos Hand.

Als sie nach einer angemessenen Zeit die Gesellschaft verließen, schnaubte Dora vor Wut.

»Hast du ihr Bücherregal gesehen?«, fragte sie unten auf der Straße und warf einen Blick hinauf, wo Cocteau mit den Anchorenas zurückgeblieben war.

»Natürlich, es war ja nicht zu übersehen.«

»Und fiel dir etwas auf?«

Picasso schüttelte den Kopf.

»Dann muss dir ein großes Werk der Neuzeit entgangen sein. Sie haben dort Hitlers *Mein Kampf* stehen. Diese Leute sind Faschisten.«

»Das war sehr naheliegend, Dora«, erwiderte Picasso gleichmütig. »Und ich wusste von Anfang an, dass ich nicht dorthin will. Aber du musstest ja argentinisches Spanisch sprechen. Unbedingt! *¡Olé!*«

Er stellte sich auf wie ein Torero zur Eröffnung des Kampfes und blickte sie herausfordernd an.

»Dein Instinkt steht meinem in nur wenigen Dingen nach«, gab sie lachend zurück.

Ja, sie hatte den richtigen Instinkt gehabt – bereits beim Betreten der Wohnung hatte sie im Augenwinkel ein Bildnis wahrgenommen, das an einer Stelle im Flur im Dunkeln hing, und Befremden empfunden. Beim Abschied an der Wohnungstür hatte sie dann genau hingesehen. Es handelte sich tatsächlich um das Bildnis Adolf Hitlers.

»Faschisten«, sagte sie und schüttelte sich dabei.

»Worin«, fragte Picasso, »soll meine Nase der deinen denn nachstehen?«

»In Takt und Feingefühl«, erwiderte sie. »Und das richtige Maß darin zu finden.«

»Auch du sprichst aus, was dir in den Sinn kommt, und nimmst dabei keine Rücksicht.«

»Im Gegensatz zu dir suche ich nicht nach den Schwächen meines Gegenübers«, gab sie zurück und hängte sich bei ihm ein.

Picasso stutzte, und Dora wusste: Sie hatte ins Schwarze getroffen. Hand in Hand liefen sie die glitzernde Avenue des Champs-Élysées entlang und erreichten den Arc de Triomphe.

»Glaubst du, diese Anchorenas sind Denunzianten?«, fragte Picasso nach einer Weile und beschleunigte seinen Gang. Dann zog er sie Richtung des Jardin des Tuileries.

Dora schüttelte den Kopf. »Sie sind reich und wollen ihr Leben hier in Paris leben, sich mit Kunst eindecken und ihre Privilegien genießen. Vielleicht sind sie einfach nur dumm. Aber Cocteau ist ihr Freund, und er ist kein Faschist.«

»Bist du sicher?«, fragte Picasso, blieb an einer einsamen Bank inmitten des Jardin des Tuileries stehen und ließ ihre Hand los. Nicht weit von hier gingen im Musée Jeu de Paume soeben die Lichter an.

Dora spürte, wie sich ihr Atem beschleunigte. Cocteau, der homosexuelle Feingeist mit den schmalen Händen, der Poet, der Maler, ihr guter, wunderbarer Freund – Picasso hielt ausgerechnet ihn für einen Faschisten?

»Ich bin sicher«, sagte sie bestimmt. »Cocteau ist ein anständiger Mann.«

Sie ließ die Konversation des Abends noch einmal Revue passieren. Was genau hatte sie so erzürnt? Die Tatsache, dass Hitler das Marais betreten hatte? Sie stellte sich vor, wie der deutsche Führer sich an der Place des Vosges das rote Backsteinhaus von Victor Hugo angesehen hatte. Allein Hitlers Blick beschmutzte das Andenken des großen Schriftstellers.

»Womöglich beherrscht er das Spiel der zwei Gesichter«, sagte Picasso, warf seine brennende Zigarette zu Boden und trat sie mit dem Fuß aus. Gemeinsam überquerten sie den Pont Neuf.

»Wir alle werden es erlernen müssen, Picasso – uns inmitten solcher Leute zu bewegen und uns selbst dabei treu zu bleiben. Wir werden uns daran gewöhnen müssen, zwei Leben zu leben«, sagte Dora in düsterer Vorahnung dessen, was in diesem Krieg wohl noch auf sie zukäme.

Picasso schüttelte sich, ihm widerstrebte dieses Versteckspiel zutiefst.

»Aber ich bemale keine ihrer Türen«, sagte er trotzig. »Vor Cocteau müssen wir uns dennoch in Acht nehmen«, setzte er leise hinzu, nahm ihre Hand und lief weiter. »Er steht auf der Seite der Deutschen.«

Widerwillig erinnerte sich Dora an Cocteaus Äußerungen heute Abend, seine wohlwollenden Worte über Breker. »Vielleicht steht er schlichtweg auf der Seite einiger schöner Männer.«

Mitten auf der Brücke spuckte sie auf das Kopfsteinpflaster. Abrupt blieb Picasso stehen und starrte auf die Stelle am Boden. Dann lachte er aus vollem Hals, beugte sich über das Brückengeländer und spuckte in die Seine. »Ich kann viel weiter als du«, rief er ausgelassen.

»Auch das werde ich noch von dir lernen«, gab sie zurück. »Ich bin eine begabte Schülerin, wie du weißt.«

Am nächsten Morgen klingelte es in der Rue des Grands-Augustins Sturm. Dora hörte, wie Sabartés öffnete. Kurz darauf stürmte Marie-Thérèse mit einem in Packpapier eingewickelten

Gegenstand ins Atelier, wo Dora gerade mit dem Mischen von Farben beschäftigt war.

Picasso war auf der Stelle im Nebenzimmer verschwunden. Dora blickte auf das Mitbringsel. »Mademoiselle«, sagte sie mit gekünstelter Freundlichkeit. »Was verschafft uns die Ehre?«

Marie-Thérèse schnaubte, riss das Papier auseinander, zerrte ein Kleid aus dunkelrotem Samt heraus und warf es Dora vor die Füße. Dora erkannte es sofort. Es handelte sich um *ihr* Kleid, von Elsa Schiaparelli entworfen, eigens für Dora angefertigt.

»Das ist Ihre Größe, Mademoiselle Maar, nicht meine. Der Schneider hat falsch geliefert.«

Blitzschnell rekonstruierte Dora, was geschehen sein musste. Es war nicht das erste Mal. Picasso, der heimlich Kopien von Doras exklusiver Garderobe anfertigen ließ, hatte ihr neues rotes Kleid duplizieren lassen, um es der Mutter seiner Tochter zu schenken.

»Picasso!«, rief Dora gegen die verschlossene Tür. »Du Schuft! Fällt dir denn nichts Besseres ein, als mich zu kopieren? Musst du deine Geliebte in meine Haut stecken? Es ist erbärmlich!«

Sie wedelte mit dem edlen Stoff durch die Luft.

»Ich bin nicht seine Geliebte«, schrie Marie-Thérèse. »Das sind Sie!«

Dora nahm das Kleid und rannte damit hinüber in das Zimmer, in dem er sich verbarrikadiert hatte.

Er stand wie ein kleiner Junge geduckt in der Ecke, zog seine Schultern hoch und legte den Zeigefinger auf die Lippen.

»Meine Kleider sind Einzelanfertigungen. Wie oft muss ich dir noch sagen, dass sie an keiner anderen Frau etwas verloren haben?«

Sie fühlte, wie sie fast platzen wollte vor Wut, während der Übeltäter in der Ecke lauerte und sich das Lachen verkniff.

Trotz seines jungenhaften Benehmens lag etwas Überhebliches in seinem Blick, als genieße er die Situation. Als hätte er sie eigens zu seiner Schadenfreude inszeniert.

Entschlossen lief Dora zurück, wo Marie-Thérèse mit in die Taille gestützten Händen stand. Ihre Gesichtsfarbe glich dem Rot des Himmels auf Picassos Gemälde *Dora und der Minotaurus*.

»Wo ist er?«, fauchte sie. »Ist er da drin?«

Sie zeigte auf die Tür.

»Es wird nicht wieder vorkommen, Mademoiselle«, sagte Dora gefasst, denn plötzlich tat ihr Marie-Thérèse leid. Sie schien seine sadistischen Spiele nicht im Geringsten zu durchschauen.

»Ist er da?«, fragte Marie-Thérèse noch einmal.

»Nein«, sagte Dora. »Er ist ausgegangen. Was glauben Sie, wie oft ich hier die Wände anschreie?«

Wütend stapfte Marie-Thérèse hinaus. »*Ich* bin seine Frau, merken Sie sich das. Die Mutter seiner Tochter«, rief sie, während sie die Stufen hinabpolterte. »Sie haben hier keine Wände anzuschreien. Nicht hier!«

Dora schielte zum geöffneten Fenster hinaus und sah, wie Marie-Thérèse stehen blieb und ihr mit geballter Faust drohte.

»Wenn Picasso für mich ein Kleid machen lässt, dann können Sie es noch lange nicht haben. Es passt gar nicht zu Ihnen.«

»Es ist *mein* Entwurf, aber für die Beurteilung des Außergewöhnlichen fehlt Ihnen natürlich der künstlerische Blick«, rief Dora hinunter in den Hof. »Sie können anziehen, was Sie wollen. Das Billige können Sie niemals überdecken. Es ist mein Werk! Für mich gemacht!«

»Du bist sehr streng mit ihr«, sagte Picasso grinsend, als er wenige Minuten später durch den Türspalt lugte.

»Und du bist nichts als ein Feigling«, gab sie zurück. »Warum verursacht dir die Demütigung von Marie-Thérèse solch eine Freude?«

In dem Moment, da sie es aussprach, begriff sie. Picasso hatte zwei Fliegen mit einer Klappe geschlagen – er hatte zwei Frauen gedemütigt und Dora dabei wissen lassen, dass er derjenige war, der die Regeln bestimmte. Er war in der Lage, seine Frauen an- und auszuziehen, wie es ihm beliebte. Selbst ihre Kleidung diktierte er und stahl Dora dabei ihre Exklusivität.

»Warum tust du das?«, schrie sie.

»Weil ich es kann«, erwiderte er, hob die Brauen und kratzte sich an der Stirn.

KAPITEL 27

Paris, 1942

Meine liebe Dora,

von Herzen hoffe ich, dass Ihr wohlauf seid. Ich jedenfalls bin es und beobachte von Brasilien aus mit großer Sorge, was in Paris geschieht. Wenn es sich einrichten lässt, werde ich im nächsten Monat in die Heimat kommen und für einige Monate bleiben. Ich versprach es Deiner Mutter.

Du hast mein Geld also in eine neue Wohnung in der Rue de Savoie investiert, in der Du jetzt lebst und arbeitest. Hast Du denn Dein Atelier in der Rue d'Astorg endgültig aufgegeben? Du musst mir nur versprechen, in Deinem neuen Zuhause wieder zu arbeiten. Wie mich das freuen würde, meine kleine Dorica. Deine Mutter habe ich beruhigt, soweit das überhaupt möglich ist. Sie ist sehr einsam, seit Du ausgezogen bist. Ich erklärte ihr, dass Du erwachsen bist und Dein eigenes Leben leben musst. Am Ende wechselte sie das Thema (es ging um Geld) und ließ wieder alles an mir aus. Du hast recht, mein Kind: Ich sollte an Deiner Stelle an ihrer Seite sein. Aber Du weißt ja, wie sie ist.

Mit Deinem neuen Heim verbinde ich auch die Hoffnung auf etwas mehr Distanz zur Rue des Grands-Augustins und dessen Bewohner. Dass Deine neue Wirkungsstätte in unmittelbarer Nähe derselben liegt, ist hoffentlich kein böses Omen. Ziehe Dich zurück, Dora, man weiß nie, was noch geschehen kann!

Grüße mir Deine Maman und bleibt wohlbehalten in diesen unberechenbaren Zeiten. Sieh bitte nach ihr, lass sie nicht ganz allein. Sie hat es schwer, ohne uns beide. Wie mir zu Ohren gekommen ist, lassen die Deutschen die Pariser aber in Ruhe. Beten wir, dass es so bleibt.

Dein Dich liebender Tata

Dora faltete den Brief zusammen und legte ihn zur Seite. Wie sehr sich Josip mit Paris täuschte! War er schon so lange fort? Die Deutschen zeigten längst ihr wahres Gesicht. Picasso hatte nach seiner Rückkehr aus Royan ein vorläufiges Ausstellungsverbot erhalten.

Unter der mit den Deutschen kollaborierenden Vichy-Regierung war auch die Polizei zu einem verbrecherischen Handlanger der Besatzer verkommen. Wem konnte man noch trauen?

Dora trat ans Fenster und warf einen Blick aus ihrem neuen Zuhause. Ihre großzügige Wohnung lag gerade einmal einen Steinwurf von Picassos Atelier entfernt. Sie hatte es mit Julie einfach nicht mehr ausgehalten, und mit Picasso auf Dauer zusammenzuleben war ausgeschlossen.

Das Glück dieser bedrohlichen Zeiten lag im Privaten, im Rückzug, im Abschotten vom Terror der *Boches*. Für Künstler wie Picasso und Dora bildete die Kunst mehr Heimat denn je. Für ihn war es naheliegend, dass Dora sein Lieblingsmodell wurde. Während Picasso darüber hinaus mit allem, was ihm in die Hände kam, formte, malte und töpferte, widmete sich Dora in ihrem neuen Atelierraum in der Rue de Savoie ihrer Malerei, wobei sie seit Kurzem Gesellschaft von einem kleinen Malteserhund mit weißem Fell und schwarzen Knopfaugen hatte, der ihr das Gefühl gab, nicht allein zu sein. Sie hatte den Rüden auf den Namen *Bijou* getauft.

Picasso malte gegen die Besatzer, Dora tat es ihm in ihren eigenen vier Wänden gleich. Mit einem Anflug von Stolz bemerkte sie, wie in ihren Gemälden Picassos Einfluss zunehmend verschwand und sie ihre eigene Bildsprache fand. *Man darf ihn nicht kopieren, weil man es niemals so gut kann wie er.* Ihre eigenen Worte, die sie in einem Pariser Lokal einst zu Jacqueline gesagt hatte, fielen ihr wieder ein.

Währenddessen bildete sich hinter den Kulissen zunehmend Widerstand, an dem viele ihrer Freunde beteiligt waren. In unzähligen Kellern wurden Flugblätter mit der Aufforderung *Résistez!* – Wehrt euch! – vervielfältigt. Éluard hatte angefangen, Gedichte gegen den Krieg zu schreiben, die Nusch in Pralinenschachteln verpackte und unter den Parisern verteilte.

Picasso besuchte Dora täglich in ihrem Zuhause. Er hatte ihre Wände in der Rue de Savoie bemalt und kleine Käfer in die Holzbalken eingeritzt. Selbst die Toilette und den Klodeckel verzierte er und verschonte auch das Treppenhaus nicht. Dora ließ ihn gewähren. Insgeheim genoss sie das Privileg, mehrere Picassos an ihren eigenen vier Wänden verewigt zu sehen. Wer konnte das schon von sich behaupten? Niemand würde sie ihr jemals wegnehmen können.

In einem von Doras fünf Zimmern hatte sie nun ihr Atelier mit Staffeleien, Malutensilien, Gemälden und surrealistischen Fotos aus ihrer glanzvollen Zeit vor dem Krieg untergebracht. Im kleinen Salon stand ein Telefonapparat, eine komfortable und lebensnotwendige Verbindung zur Welt.

Regelmäßig schrieb Doras Vater ihr aus Südamerika. Julie griff zuweilen mehrmals täglich zum Telefon, um ihre Tochter zu sprechen, dann wieder schwieg sie wochenlang. Meistens schimpfte und jammerte sie ohnehin nur. Trotzdem besuchte Dora ihre Mutter, sah nach dem Rechten oder aß hin und wieder gemeinsam mit ihr. Über Picasso sprach Julie kein Wort mehr, als habe sie den *Spanier* aus ihrem Gedächtnis verbannt. Ihre Lieblingsthemen waren neben Doras »sündigem« gesellschaftlichem Status die Deutschen in Paris mit ihrem ungehobelten Benehmen und ihrer harten Sprache und natürlich Josips Verfehlungen. In Julies Vorstellung weilte er in einem fernen Land und versammelte unter der heißen Sonne Scharen von Frauen um sich. Von seiner Arbeit, durch die Mutter und Tochter monatlich großzügige Geldsummen bezogen, war nie die Rede.

Nachdem sie Bijou gefüttert hatte, ging Dora nach nebenan in ihr Atelier, zog ihre Schürze an und machte sich an die Arbeit. Ein Stillleben, das sie vor Tagen begonnen hatte.

In einer meterhohen Voliere neben dem Sprossenfenster saßen zwei Diamanttäubchen, die sie auf dem Markt gekauft hatte. Sie warf einen Blick auf die schönen Tiere, die still auf ihren Plätzen verharrten – nur ihre Knopfaugen gingen unruhig hin und her. Vorsichtig öffnete sie das Türchen des Käfigs und wartete ab. Eines von ihnen tapste vorsichtig heraus, lugte durch die geöffnete Tür in den Raum und brachte sich dann wieder in Sicherheit.

»Habt ihr die Freiheit verlernt?«, sprach sie vor sich hin und schob den Gedanken, dass *sie* die Wärterin ihres Gefängnisses war, beiseite.

Sie nahm den Pinsel in die Hand und zog die Konturen einer Vase auf ihrem Gemälde nach.

Das Klingeln des Telefons aus dem Salon unterbrach ihre Arbeit.

»Gestapo-Zentrale Dijon, Bourgogne«, meldete sich eine unnatürlich hohe männliche Stimme. »Mademoiselle Maar?«

Ihr Herzschlag beschleunigte sich. Unzählige Szenarien möglicher Festnahmen gingen ihr durch den Kopf, an allererster Stelle Picasso, dann die vielen Freunde, die aktive Mitglieder der Résistance waren und ständig in großer Gefahr schwebten.

»Ja, die bin ich. Was kann ich für Sie tun?«

»Handelt es sich bei Julie Markovitch, wohnhaft Paris, Place de la Porte de Champerret, um Ihre Mutter?«

»Geborene Voisin«, entfuhr es Dora.

Es ging um Julie? Dora schnappte nach Luft.

»Wir halten Ihre Mutter hier fest.«

»Aber, was ....«, stammelte Dora. »Was hat sie denn getan?«

»Zu den näheren Umständen vermag ich keine Auskunft zu geben.«

Der Mann legte auf.

Ratlos stand Dora da, den Telefonhörer in der Hand, und schloss die Augen. Was war geschehen? Und vor allem: Was hatte Julie in Dijon zu suchen? In diesen Zeiten?

Eilig lief sie zu ihrem Schreibtisch, riss die Schublade auf und blätterte mit zitternden Händen ihr Adressbuch durch. Dann ging sie zurück zum Telefon und wählte Cocteaus Telefonnummer – er war der Einzige ihrer engen Freunde, der Kontakte zu den Deutschen besaß.

Cocteau hörte aufmerksam zu, überlegte lange und versprach schließlich Hilfe. »Da gibt es nur einen einzigen Mann, der helfen könnte. Ich spreche mit ihm.« Ehe Dora antworten konnte, legte der Freund auf.

Wenige Stunden später klingelte es an Doras Tür. Ein Bote überbrachte ihr eine Nachricht. Sie kam von André Dubois, einem ehemaligen ranghohen Pariser Polizeioffizier, der von der Vichy-Regierung vor einem Jahr fristlos entlassen worden war. Eingeweihte munkelten, er befände sich seitdem im Widerstand und habe vielen Juden zur Flucht verholfen. Sie las seine Nachricht.

Erwarte Sie beim Springbrunnen an der Place des Vosges. Dubois.

In ihrem schlichtesten Kostüm und einem weiten Mantel verließ Dora wenige Minuten später das Haus.

Als sie zusammen mit Bijou den Platz betrat, war ihr mulmig zumute. Am Springbrunnen entdeckte sie einen Mann mit einer Zeitung. *Paris Soir,* entzifferte sie und trat langsam näher.

Seine Gestalt war eindrücklich, groß und schlank, mit einem auffällig großen Kopf. Bisher kannte sie sein Gesicht nur aus der Zeitung.

Zielsicher ging er direkt auf sie zu, gerade so, als seien sie altvertraute Freunde. Er klemmte die Zeitung unter den Arm, nahm ihre Hand und legte seine andere darauf. Mit großen Schritten führte er Dora zu einer Bank am Rande der Parkanlage. Dora setzte sich neben ihn und nahm ihr Hündchen auf den Schoß.

»Cocteau hat mich informiert. Ich habe so viel von Ihnen gehört und bin ein großer Bewunderer Ihrer Kunst, Mademoiselle Maar. Was für eine Ehre.«

Er breitete die Zeitung aus. Dora warf einen verstohlenen Blick auf den Mann, der neben ihr saß.

»Was kann ich für Sie tun? Monsieur Cocteau sagte, Sie bräuchten umgehend Hilfe«, sagte er, den Blick nach unten gerichtet, als spräche er mit seiner Zeitung. »Würden Sie mich ins Bild setzen?«

Dora sah sich vorsichtig um. Ein paar Kinder spielten auf dem schneebedeckten Rasen. Einige Paare gingen spazieren. Hier im Marais sah man deutlich weniger Deutsche als in den anderen Stadtteilen. Sie setzte Bijou zu Boden, der sogleich zum Rasen sprang.

»Es geht um meine Mutter, Monsieur Dubois. Madame Julie Markovitch.«

Dubois legte seine Zeitung aufgeschlagen neben sich auf die Bank, griff in seine Manteltasche, zog eine Zigarettenschachtel heraus und hielt sie Dora wortlos entgegen, die sich eine Zigarette nahm. Er entzündete ein Streichholz, und beide atmeten Rauch aus, der in der Kälte deutlich zu sehen war.

»Sie wurde in Dijon verhaftet. Von der Gestapo«, flüsterte sie, während sie Bijou beobachtete, wie er im Gras schnupperte.

»Dijon?«

Dora nickte. »Ich erhielt vor einer knappen Stunde einen Anruf von der Gestapo-Zentrale.«

Dubois richtete sich auf. Langsam drehte er seinen Kopf in ihre Richtung. Sie konnte seine dunklen Augen sehen und versuchte vergeblich, in ihnen zu lesen.

»Hat sich Ihre werte Frau Mutter etwas zuschulden kommen lassen?«

Dora schüttelte entschieden den Kopf. »Nein, niemals.«

»Was könnte dann der Grund sein?«

»Mein Vater hatte immer Bedenken wegen unseres Namens«, sagte Dora tonlos, nahm einen tiefen Zug von ihrer Zigarette, stieß den Rauch aus und warf sie achtlos in den Schnee. »Marko-vitch. Er klingt so jüdisch.«

»Aus dem Osten kommen viele Juden dieses Namens. Und? Sind Sie Jüdin?«

»Nein«, sagte Dora. »Nein.«

Das Geheimnis, mit dem sie noch vor Jahren gespielt hatte, war zu ihrem größten Feind geworden. Nun hing alles davon ab, das Gegenteil zu beweisen. Warum traf es ausgerechnet *Maman*, eine Frau mit einem französischen Pass? Die Vorstellung, dass man Julie in eine Gefängniszelle gesteckt hatte, versetzte Dora geradezu in Panik, gefolgt von einem schlechten Gewissen. Sie erinnerte sich nur allzu gut an das letzte Treffen mit Josip in Julies Ladengeschäft, wo sie gemeinsam vergeblich auf ihre Mutter eingewirkt hatten, sich komplett ins Private zurückzuziehen. Hatte ihre Verhaftung mit der Tatsache zu tun, dass sie weiterhin ihr Geschäft betrieben hatte?

»Ich muss nachdenken, Mademoiselle«, sagte Dubois nach

einer Pause, nahm seine Zeitung und legte sie sorgfältig zusammen. »Es ist eine äußerst schwierige Situation. Ich habe meine Beziehungen, aber …« Er brach ab und räusperte sich. »Sind Sie im Besitz irgendwelcher Papiere, die bestätigen könnten, dass Ihre Mutter keine Jüdin ist?«

Doras Arier-Nachweis! Wie vorausschauend Josip gehandelt hatte. Mit zitternden Händen griff sie in ihre Manteltasche, in der sich das Dokument befand. Verstohlen reichte sie das Blatt Dubois.

Dubois sah es sich stirnrunzelnd an.

»Was für mich gilt, muss auch Gültigkeit für Madame Markovitch haben«, zischte Dora, stand auf, ging zu Bijou und nahm ihn auf den Arm. Sie setzte sich wieder, hielt den Malteser auf ihrem Schoß und streichelte mechanisch seinen Kopf. »Sie ist eine geborene Voisin aus Tours. Ihr Vater war Mathematikprofessor, sie selbst ist Geigerin, besitzt aber ein Geschäft in der Nähe der Rue de Seine. Das lässt sich alles zurückverfolgen.«

Dubois faltete das Blatt zusammen und ließ seinen Blick über den Platz schweifen.

Die roten Backsteinhäuser mit ihren weißen Sprossenfenstern, welche die Place des Vosges umgaben, wirkten auf Dora wie Hunderte von Augen, die sie und Dubois genau beobachteten.

»Überlassen Sie mir dieses Papier. Ich behalte die Sache im Auge«, hörte sie Dubois sagen, der ihren Arier-Nachweis in der Innentasche seines Mantels verschwinden ließ. Er machte Anstalten, sich zu erheben.

»Nein«, sagte Dora und legte ihre Hand auf seinen Arm. »Es genügt nicht, wenn Sie die Sache im Auge behalten. Sie müssen handeln, ich flehe Sie an, Monsieur! Wenn Sie etwas tun können, dann bitte! Meine Mutter wird das nicht überleben. Ich kenne sie, sie ist sehr instabil.«

Dubois sah sie eindringlich an, als prüfe er, ob er ihr vertrauen konnte. Ein Wort zu viel könnte seinen und ihren Untergang bedeuten.

»Ich weiß von Cocteau, dass Sie ein guter Mensch sind«, sagte Dora mit zitternder Stimme. »Ich weiß, dass Sie schon vielen Menschen geholfen haben. Es heißt, Sie besäßen immer noch die besten Kontakte. Ich flehe Sie an, Monsieur!«

Mit einem Ruck stand er auf, warf seine Zigarette zu Boden und trat sie aus.

»Ich brauche Ihr Versprechen, Monsieur«, sagte Dora, die wie angewurzelt sitzen blieb und zu ihm hinaufsah.

»Vertrauen Sie mir und grüßen Sie mir den lieben Cocteau.«

Er zog seinen Hut und verließ die Place des Vosges.

Dora sah seiner Gestalt hinterher. Durch einen kahlen Torbogen, der im Sommer mit Rosen verziert war, verschwand er in Richtung Marais.

Ihr schienen Stunden vergangen, als sie schließlich aufstand, Bijou absetzte, ihn an die Leine nahm und wie betäubt die Rue de Rivoli betrat. Schwarze Limousinen mit wehenden Hakenkreuzfahnen fuhren an ihr vorbei. Judenfänger, dachte sie und schloss die Augen. Orientierungslos bog sie in eine Seitenstraße ein, in der nur wenige Zivilisten unterwegs waren, viele von ihnen trugen einen Davidstern am Ärmel ihrer Kleidung. Wie würde die Gestapo mit Julie in Dijon verfahren? Immer wieder hörte man von schrecklichen Foltermethoden, von Konzentrationslagern im südfranzösischen Gurs, aber auch in Drancy, direkt vor den Toren von Paris.

»Alle Spanier sind Juden!« – Wann hatte Picasso das gesagt,

als Ausdruck seiner Solidarität für die Schwächsten in diesen Zeiten? Seitdem schienen Jahre vergangen zu sein.

Zu Hause in der Rue de Savoie legte sie Bijou in sein Körbchen, holte ihre Tarotkarten aus dem Schrank, entzündete eine Kerze und legte sich die Karten. Eine alte Zigeunerin hatte ihr einst beigebracht, wie man die nächsten Geschehnisse aus ihnen zu lesen vermochte. Sie schloss die Augen und zog mit der linken Hand die Karte des Gehängten: Alles musste sich umdrehen, bevor Neues und Gutes entstehen konnte, bedeutete sie. Was mochte das darüber aussagen, was gerade mit ihrer Mutter geschah? Dora sprach sich Mut zu.

Sie verfasste ein paar Zeilen an Julie, zerriss den Brief jedoch gleich wieder. Dann stand sie auf, warf ihren Mantel über und ging zum nächsten Postamt, wo sie ein Telegramm aufgeben wollte.

»*Chère Maman, Kontakt in Paris aufgenommen. Alles in die Wege geleitet. Halte durch! Hilfe naht. Je t'embrasse, Theodora*«

Gedankenverloren ging sie zum nächsten Schalter. Ob man Julie das Telegramm überhaupt aushändigen würde?

Dort meldete sie ein Funktelefonat nach Übersee an. Man schickte sie in eine kleine Kabine neben dem Fenster.

»*Tata!* Sie haben *Maman* in Dijon verhaftet«, rief sie, als sie seine Stimme hörte, und fing an zu weinen.

Josip schwieg.

»*Tata!* Hast du verstanden?«

»Ja«, sagte er nach einer langen Pause. »Was macht sie denn in Dijon?«

»Ich weiß es nicht.«

Er seufzte. »Ich habe euch gewarnt.«

»Was soll ich nur tun?« Sie erzählte Josip von ihrem Treffen mit Dubois. »Ich glaube, ich muss ins Burgund fahren, *Tata*.«

»Das machst du auf gar keinen Fall«, befahl Josip. »Überlege doch, was auf dem Spiel steht. Deine Verbindung zu Picasso – womöglich warten sie in Dijon nur darauf, dass du ihnen ins Netz gehst.«

Dora fuhr sich durch ihr langes Haar. Ihr Vater hatte recht – es war viel zu gefährlich, jetzt eine Reise anzutreten, selbst wenn ihr Ziel sie nicht einmal in die freie Zone führte. Womöglich war es eine Falle. Aber wer, außer ihr, vermochte, Julie zu helfen?

»Wer ist dieser Dubois?«, durchbrach Josip ihre Gedanken.

»Er war ein wichtiger Beamter bei der Pariser Polizei.«

»Du vertraust einem Kollaborateur, Dora? Weißt du, wie gefährlich das ist?«

»Er ist im Widerstand.«

Auf einmal fühlte sie sich fiebrig. Cocteau. Das Gesicht des Freundes tauchte vor ihrem inneren Auge auf, wie er sich vor Monaten bei den Anchorenas über den Dächern von Paris für einen Nazi eingesetzt hatte. War Dubois wirklich auf der Seite des Widerstands?

Mit dem Telefonhörer in der Hand lehnte sie ihren Kopf gegen die Verglasung der Kabine und genoss das kalte Material auf ihrer heißen Haut. Vor dem Fenster liefen Passanten vorbei. Ein Liebespaar, Arm in Arm – er trug eine deutsche Uniform, sie ein Kostüm mit einem Hut, der nicht zu ihrer Kleidung passte. Dora hörte französische Wortfetzen mit einem starken deutschen Akzent. Wem konnte man in Zeiten wie diesen noch vertrauen? Die Grenze zwischen Loyalität und Verrat schien sich aufzulösen.

»Wollen wir hoffen, dass es stimmt«, hörte sie plötzlich die Stimme ihres Vaters. Verwirrt nahm sie den Hörer vom Ohr, hielt ihn von sich weg und betrachtete die Rundung der Muschel. »Dora!«, klang es aus der Ferne. »Bist du noch da?«

Sie nickte.

»Dora? Kannst du mich hören? Ich komme so bald wie möglich nach Paris. Verhalte dich ruhig. Versprich es mir!«

»Ich verspreche es«, sagte sie monoton, legte auf und verließ wie in Trance das Postamt.

In der Rue de Savoie angekommen, entdeckte sie eine Notiz von Picasso.

Heute Abend Essen im Le Catalan. Ich hole dich ab. Picasso.

Es vergingen fünf Wochen, ohne eine Nachricht aus dem Burgund oder von Monsieur Dubois.

Fünf lange Wochen, die Julie in Dijon in einer Zelle verbrachte, während Josip genau drei Mal per Telegramm mitteilte, seine Abreise würde sich verzögern.

Picasso, von dem sich Dora Trost und Rat ersehnte, schwieg teilnahmslos, was sie wiederum in Rage brachte. Ihr Weinen erregte ihn nicht mehr. Längst warf sie keine Champagnerflaschen mehr an die Wände. Ihre Wut verpuffte an seiner zunehmenden Gleichgültigkeit. Manchmal stritten sie über Nichtigkeiten, gingen im Gefühl gegenseitiger Fremdheit auseinander und rauften sich doch wieder zusammen. Dann wieder malte er sie, und ihre Züge schienen ihr beim Betrachten ihres eigenen Antlitzes immer verstörender.

Sah sie *seine* Befremdung über sie, *seinen* nahenden Rückzug? Oder war es ihr Gesicht, das den schleichenden Abschied zeigte, die Zerbrechlichkeit ihres Miteinanders, das ausgerechnet der Krieg aufrechterhielt? Immerhin besaß selbst ein Picasso durch die Ausgangssperren und Kontaktbeschränkungen viel weniger Möglichkeiten, sich nach neuen Frauen umzusehen. Dora erschrak über ihre Gedanken.

In seinem Atelier gingen nach und nach Farben und Leinwände aus. Nachschub war schwer zu beschaffen, Kohle und

Holz waren längst Mangelware. Die kalten Wintermonate zwangen ihn, in seinem winzigen Badezimmer zu arbeiten, wo er mit einem funktionierenden Ofen töpfern konnte. Dora sehnte den Frühling herbei, der diesmal lange auf sich warten ließ. Alte Freunde, die schon lange nicht mehr in die Rue des Grands-Augustins gekommen waren, fingen an, den großen Meister wieder zu besuchen, und gaben Dora zu verstehen, dass ihre Arbeit hier getan war. Picasso hatte gar kein großes Aufsehen darum machen müssen – dosiert gewährte er alten Bewunderern wieder Zugang in seine heiligen Räume, setzte in Gesprächen deutliche Signale der Aufmerksamkeit in neue Richtungen, während er Dora ignorierte oder ihr ins Wort fiel. Sein Verhalten färbte schnell auf die anderen ab. Früher war es genau umgekehrt gewesen: Einst hatten Picassos Liebe und Aufmerksamkeit Dora den Respekt seiner Umgebung eingebracht, jetzt schienen sie dieselben Leute schon dort zu sehen, wo sie in ihren Augen hingehörte: im Abseits.

Doras Fotodokumentationen von Picassos Werk wie auch die Porträts des Geliebten durch ihre Linse waren nicht mehr gefragt, als habe er einfach genug davon und suche nach einem anderen Blick auf sich. Stattdessen erhielt Brassaï sukzessiv seinen Posten als Hoffotograf zurück.

Ebenso wie Dora aufgehört hatte, um die Zuwendung ihres Geliebten zu bitten, hatte auch der große Bollerofen im Atelier seinen Geist aufgegeben. Sie ertappte sich indes immer häufiger bei dem Gedanken, dass diese Liebe sich längst überlebt hätte. Gleichzeitig zerriss sie die Vorstellung, ohne ihn zu sein.

»Dieser Krieg geht mir auf die Nerven«, fauchte Picasso sie an einem grauen Spätnachmittag an, als sei Dora an allem schuld. Mit Wucht warf er einen von Farbresten verschmutzten Lappen in die Ecke.

Sie beobachtete ihn dabei regungslos. Seine Sorgen, sein Unwohlsein waren das Einzige, was für ihn das Maß der Dinge bildete. In der Rue des Grands-Augustins hatten Doras Zweifel und Ängste längst nichts mehr verloren. Picasso brauchte eine vor Sinnlichkeit und Esprit sprühende Frau, kein Nervenbündel, das sich um seine Mutter sorgte und dessen einziger Trost ein kleines Hündchen war. Instinktiv spürte er die geringste Schwäche bei seinem Gegenüber auf und erwiderte diese mit übersteigerter Stärke. Das Geheimnis der Eroberung seines Herzens lag im Neuen, Unbekannten und in einem starken weiblichen Willen. Nichts davon hatte Dora im Moment zu bieten.

In Sabartés subtilen Gesten las sie den Triumph eines Menschen, der wusste, dass er Picasso immer nah sein würde, und der die Begabung des Wartens und die bald folgende Belohnung auskostete. Dora war viel zu klug, um nicht zu erfassen, was geschehen war: Sie war dem strahlenden Stern Picasso zu nahe gekommen und hatte damit auch die Gefahr in Kauf genommen, aus dessen Umlaufbahn herausgeschleudert zu werden. Picassos Feuer für sie, das sie einst in seinen Augen gesucht und gefunden hatte, war nunmehr nicht mehr als ein Glimmen. Aber Verstand und Gefühl, das waren zweierlei Dinge. Auf gewisse Weise liebte sie ihn noch immer und würde niemals damit aufhören. Und darum scheute Dora den nächsten Schritt.

Sie war müde.

Wortlos ging sie nach einem Streit über die Wahl des abendlichen Restaurants zurück in die Rue de Savoie und betrachtete die Insekten mit ihren dünnen Beinen, die Picasso für sie an die Wände gemalt hatte. Starr verharrten sie an Ort und Stelle, so wie sie ihr Meister geschaffen hatte. Zum ersten Mal kam ihr der Gedanke, dass sie jeden ihrer Schritte bewachten.

Als Picasso am frühen Abend unverhofft bei ihr anrief, machte ihr Herz einen Luftsprung.

»Mach dich bereit, ich hole dich ab. Wir speisen im Le Catalan.«

Mit ihrer Hauskleidung warf sie all ihre Zweifel ab, schminkte sich, legte das Parfüm eines vergangenen Dufts voller Lust, Zärtlichkeit und Wärme an und schlüpfte in Picassos Lieblingskleid. Sie riss ihr Hündchen aus dem Schlaf und verließ mit ihm die Wohnung. Das Abendessen verlief reibungslos, denn Picassos Entourage hing an seinen Lippen, während er über den Auftrag der Kunst in Zeiten des Krieges referierte.

Täglich versuchte Dora, in Dijon anzurufen. Die Gestapo weigerte sich, ihre Mutter an den Apparat zu holen, und man ließ sie über den wahren Grund ihrer Haft im Dunkeln. Es gehe Julie Markovitch den Umständen entsprechend gut, hieß es, und Dora wartete und wartete.

Dubois schwieg. Picasso haderte mit den schweren Zeiten und mit Doras Stimmungsschwankungen. Nicht einmal der Funke eines Eingeständnisses, Doras Verhalten speise sich auch aus *seinen* Widersprüchen, erhielt Raum in seiner Welt. Picasso war, wie immer, zu sehr mit sich selbst beschäftigt.

KAPITEL 28

Das Klingeln des Telefons riss Dora aus dem Schlaf, gefolgt von Bijous hellem Bellen.

»Hier spricht André Dubois«, vernahm sie wie aus der Ferne die klare Stimme von Cocteaus Freund. Sie warf einen Blick auf die Uhr in ihrem Salon. Es war kurz vor fünf Uhr nachmittags – sie musste über drei Stunden geschlafen haben.

»Es war eine Verwechslung, Mademoiselle Maar. Wenige Häuser entfernt von der Place de la Porte de Champerret und Ihrer elterlichen Wohnung befindet sich die eines gewissen Anatoli Markovitch, eines Kommunisten und Juden. Die Deutschen suchen ihn schon lange.«

Dora glaubte sich verhört zu haben. Eine Verwechslung? Ein Anatoli Markovitch lebte in unmittelbarer Nähe zu Julie?

»Was heißt das?«, stammelte sie.

»Ihre Mutter ist frei, Mademoiselle, sie sitzt bereits im Zug nach Paris. Sie müsste noch am Abend an der Gare de l'Ouest ankommen.«

Bijou saß vor ihr und sah sie mit großen Augen an. Mechanisch streichelte sie sein lockiges Haar.

»*Merci, Monsieur, je vous remercie*«, sagte sie tonlos, legte auf und ging ins Bad, wo sie einen Blick in den Spiegel warf. Die Blässe stand im harten Kontrast zu ihren dunklen Augen. Die Traurigkeit der letzten Wochen hatte sich in tiefen Linien in den Mundwinkeln eingegraben, und ihren sonst so feurigen Augen fehlte jeder Glanz. Sie legte Rouge und Lippenstift auf, band ihr Haar mit einer violetten Schleife zusammen und zog ihren Mantel an. Im Flur nahm sie Bijou an die Leine und verließ ihre Wohnung.

Sie erreichte den Bahnhof zwei Stunden vor Eintreffen des Zugs aus Dijon, setzte sich zum Warten auf eine Bank und schloss die Augen, während die letzten Wochen und Monate an ihr vorbeizogen. Bijou döste auf ihrem Schoß.

Das Warten hatte sich klammheimlich in ihr Leben geschlichen, so sehr, dass ihr zwei Stunden wie ein Wimpernschlag erschienen. Wieder und wieder hatte sie Lektionen im Warten erteilt bekommen. Von Josip, von Picasso, der der strengste aller Lehrer war. Immer noch fieberte sie seinen Einladungen zum Mittagessen entgegen, seinen Anrufen, seinem unverhofften Erscheinen in ihrer Wohnung, seinen spärlichen Zuwendungen. Es war erbärmlich, dass es ihr nicht gelang, sich daraus zu befreien, obwohl sie doch längst wusste, dass ihre gemeinsame Zeit zu Ende war.

Der Dampf der Lokomotiven, das Ein- und Ausfahren der Züge und die Gesprächsfetzen vorbeieilender Passanten mischten sich mit ihren Gedanken, die immer wieder um den Geliebten kreisten und ihr Gefühl, an seiner Seite allein zu sein.

Als sich Julie von Weitem näherte, erkannte sie ihre Mutter zunächst nicht – blass und mit deutlichem Gewichtsverlust schlich sie über den Bahnsteig, als wolle sie sich unsichtbar machen. Mit leerem Blick blieb sie vor Dora stehen und sah ihre Tochter und deren Hündchen wie zwei Fremde an. Ihre Kleidung war staubig, die Haare an den Ansätzen ergraut, die Handschuhe durchlöchert. Ohne Schminke und mit ihrer zerschlissenen Kleidung wirkte sie wie eine alte Frau aus jenen gesellschaftlichen Schichten, auf die Julie ein Leben lang mit gerümpfter Nase hinabgeschaut hatte.

»*Maman*«, sagte Dora mit erstickter Stimme und legte den Arm um sie. Julie roch nach Schmutz, Schweiß und Zigarettenrauch.

Julie sprach kein Wort. Mit unsicherem Gang ließ sie sich von Dora führen, die sie schließlich auf die Rückbank eines Taxis setzte und neben ihr Platz nahm. Dort hielt sie die zitternde Hand ihrer Mutter und starrte auf deren abgebrochene Fingernägel.

»Es wird alles gut, *Maman*. Ich lasse gleich nach dem Dienstmädchen und der Maniküre rufen. Wir müssen unbedingt deine Nägel in Ordnung bringen.«

In der elterlichen Wohnung angekommen, ließ sie für Julie ein Bad einlaufen, suchte frische Kleidung heraus und stellte im Salon Wein auf den Tisch, dazu ein paar Kekse, die sie im Küchenschrank gefunden hatte.

»Bist du hungrig? Ich könnte uns eine Suppe kochen, *Maman*.«

Julie schüttelte den Kopf und warf einen irritierten Blick auf Bijou, der zu ihren Füßen lag und sie erwartungsvoll ansah. Stumm, ohne Gefühlsregung, setzte sie sich auf den Stuhl, den Dora ihr bereitgestellt hatte. Dann trank sie drei Gläser Wein und legte sich ins Bett.

In diesem Moment verfluchte Dora ihren Vater. Nachts schrieb sie eine Notiz an das Dienstmädchen, es möge seine Arbeit umgehend wiederaufnehmen, und legte ihre restlichen Lebensmittelmarken auf den Tisch. Dank Picassos Privilegien im Le Catalan brauchte sie ihre eigenen fast nie.

Dora blieb eine Woche in ihrem ehemaligen Zuhause, gab dem Dienstmädchen Anweisungen und sprach mit Picassos Hausarzt, dem Seelendoktor Jacques Lacan, einem der wenigen Ärzte, denen sie vertraute.

»Meine Mutter bringt alles durcheinander und verhält sich sonderbar. Was soll ich nur tun, Jacques?«

Lacan riet zu Geduld, liebevoller Begleitung und viel frischer Luft. Und er verschrieb der Patientin das Sedativum *Veronal.*

Dann, am vierten Tag nach der Einnahme des Beruhigungsmittels, begann Julie zu sprechen. Zunächst wirr, unzusammenhängend, aber sie fand zu ihrer Sprache und ihrem kühlen Wesen zurück. Zum ersten Mal in ihrem Leben war Dora über Julies bösartige Sticheleien erleichtert, wirkten sie doch vertrauter als ihr Schweigen.

»Dein Vater ist schuld«, sagte Julie immer wieder. »Und du, mit deinem Lebenswandel. Die Sittenlosigkeit unserer Familie ist eine Schande. Deshalb haben sie mich eingesperrt. Gott ist mein Zeuge.«

»Was hast du eigentlich in Dijon gemacht?«, fragte Dora ein einziges Mal.

»Das geht dich nichts an.«

Dora schwieg, verschwand mit Bijou in ihrem ehemaligen Zimmer und rief heimlich mitten in der Nacht bei Picasso an. Er befahl ihr, sofort zu ihm zurückzukommen. Dora fragte sich, ob er sie vermisste – oder sich einfach daran störte, dass sie eigenen Dingen nachging. Jedenfalls sah er keinerlei Sinn darin, dass Dora länger das Kindermädchen für Julie spielte.

»Wohin willst du?«, fragte Julie, als Dora ihr am folgenden Tag kurz vor dem Mittagessen mit zitternder Stimme erklärte, sie ginge nach Hause in die Rue de Savoie.

»Was hast du denn in der Rue de Savoie verloren, Theodora?«

»Ich lebe dort, *Maman*. Weißt du das nicht mehr?«

Julie sah sie verständnislos an, tat einen tiefen Seufzer, setzte sich an den gedeckten Tisch und sah dabei zu, wie das Dienstmädchen Kartoffelsuppe mit Fleischeinlage auffüllte. »Kommt der Slawe erst heute Abend zum Essen? Ich habe ihn seit Tagen nicht gesehen. Wo ist das zweite Gedeck?«

Das Dienstmädchen räusperte sich und verschwand in der Küche.

Julie nahm ihre Serviette und begann zu essen.

Der Slawe. Josip hatte geahnt, was geschehen würde, nur hatte er sich in der Person geirrt. Nicht Dora war über ihren Nachnamen gestolpert, sondern Julie. Eine weitere Schuld, die auf Doras Schultern lastete. Mit geöffnetem Mantel stand sie da und nahm Bijou auf den Arm.

»Ich werde ihm gleich noch einmal telegraphieren, *Maman*. Er wird sicherlich bald in Paris ankommen.«

Als sie ihre Mutter zum Abschied auf die Stirn küssen wollte, wandte sich Julie ab und ließ ihren Löffel in die Suppe fallen.

»Au revoir«, sagte Dora.

Vor der Tür drückte sie ihr Hündchen an sich und schnappte nach Luft. Als Bijou kurz aufjaulte, setzte sie ihn auf dem Boden ab. Dann steuerte sie das nächste Postamt an, ging hinein und setzte ein Telegramm auf.

Lieber Tata, Maman zurück in Paris. Sie braucht Dich. Wann wirst Du endlich zu Hause sein? Alles lastet auf mir, bin müde. Ich bin sehr müde. Deine Dora.

Dann machte sie sich auf den Weg in die Rue des Grands-Augustins. Bald war es ein Uhr, jene Uhrzeit, um die sie Picassos Atelier hin und wieder betreten durfte. Sie hatte ihn über eine Woche nicht gesehen.

»Was ist los?«, flüsterte sie, als ihr Sabartés bereits auf der Treppe entgegenkam. Er legte den Zeigefinger gegen die geschlossenen Lippen.

»Pablo hat Besuch. Von einem Deutschen«, zischte er und schloss leise die Tür hinter ihnen. Er zeigte in Richtung von Picassos Atelier.

Dora zog ihren Mantel aus, nahm Bijou auf den Arm und lief auf Zehenspitzen zur Tür, die halb geöffnet war. Sie trat in eine Nische und lauschte. Sabartés stellte sich neben sie. Sogar Bijou schien die Ohren zu spitzen.

Picasso begleitete einen schwarz gekleideten Mann, führte ihn von Werk zu Werk und referierte dabei über die Kunst im Allgemeinen.

»Was will der verdammte *Boche* hier?«, flüsterte Dora.

»Er hat sich als Hauptmann der deutschen Feindaufklärung vorgestellt. Seit einer Stunde ist er hier, und der Meister zeigt ihm seine Werke. Er hat sogar das Bad mit den Töpfereien inspiziert.«

»Die meisten Werke sind nicht hier«, gab Dora trocken zurück. »Was könnte er vorhaben?«

Sabartés zuckte die Achseln. »Keine Ahnung. Er kam unangemeldet.«

»Die *Boches* kommen immer unangemeldet.«

»Pablo hat ihm gegenüber den Mangel an Malutensilien beklagt und um Hilfe gebeten.«

»Er ist verrückt«, sagte Dora.

»Sie wissen ja, wie er ist – wenn es um seine Kreativität geht, vergisst er sich.«

»Nicht nur sich«, konterte Dora und lugte vorsichtig um die Ecke.

Da entdeckte Picasso sie. Schnell zog sie sich zurück und lehnte den Hinterkopf an die Wand.

»Dora, *ma chère*! Komm zu uns, *vite, vite*«, rief Picasso, und seine Stimme näherte sich. Sie trat aus der Nische heraus, umklammerte Bijou und spürte, wie Picasso ihre Hand nahm. Er küsste sie überschwänglich auf den Mund. Verlegen sah der Besucher zur Seite.

»Darf ich Ihnen die große Künstlerin Dora Maar vorstellen? Sie ist eine wunderbare Frau und im Übrigen eine gebürtige Französin. Sogar ihr Hündchen hat französische Vorfahren.«

Dora lief ein Schauer über den Rücken. Nicht noch einmal, dachte sie, nicht noch einmal. Sie setzte Bijou ab, der sogleich in Richtung Küche lief.

Picassos Besucher nahm galant ihre Hand, beugte sich darüber und deutete einen Handkuss an. »Ich kenne Ihre Werke, Mademoiselle.«

Seiner Stimme war nicht zu entnehmen, ob das als Kompliment oder als Beleidigung gedacht war.

»Bonjour, Monsieur«, gab sie kühl zurück und zwang sich ein Lächeln ab.

Ein Moment des Schweigens stellte sich ein, bis sich der Deutsche fragend wegdrehte und auf ein Regal deutete, womöglich das letzte Objekt seiner Inspektion. Zielsicher ging er dorthin, nahm eine Postkarte in die Hand und betrachtete sie eingehend.

Picasso folgte ihm.

Der Deutsche hielt die Karte in die Höhe und deutete auf das Motiv. Es handelte sich um Doras Foto von *Guernica* in Postkartenformat.

Ihr war, als schnüre ihr jemand die Luft ab.

»Waren Sie das?«, fragte der Mann schließlich nach einer langen Pause, an Picasso gerichtet.

Dora glaubte, sich verhört zu haben. Was für eine Frage! Gab es tatsächlich jemanden in Paris, der Picassos Antikriegswerk nicht kannte?

Aufgewühlt suchte sie Picassos Blick. Er zuckte nicht einmal. Stattdessen richtete er sich auf, hob das Kinn, ging ans Fenster und sah hinaus, als stünde die Antwort in den Wolken.

Kazbek, der die ganze Zeit still auf seinem Teppich gelegen hatte, stand auf, schüttelte sich und verließ knurrend den Raum.

Vom Flur aus hörte man das freundliche Bellen Bijous.

»Nein, das waren *Sie*«, sagte Picasso deutlich, als habe er soeben eine Frage über die jüngste Geschichte Spaniens präzise und wahrheitsgemäß beantwortet.

Dora blieb fast das Herz stehen.

Im Handumdrehen erfasste sie Picassos impertinentes Wortspiel, und eine Welle der Zuneigung erfasste sie. Langsam ging sie zu ihm und stellte sich demonstrativ neben ihn. Dicht nebeneinander, in dieselbe Richtung sehend, kam für einen kurzen Augenblick jene Nähe zwischen ihnen auf, die sie beide einst bei der Arbeit an *Guernica* getragen hatte.

In Momenten wie diesen wusste sie, warum sie bei ihm blieb, warum sie ihrer verendenden Liebe noch immer eine Chance gab. Sie verstanden einander mit dem Herzen.

Wie Komplizen lächelten sie einander an und hielten sich an den Händen.

KAPITEL 29

Mit bedachten Schritten ging Dora durch die Räume der Galerie von Jeanne Bucher am Boulevard du Montparnasse. Die zierliche, über siebzigjährige Jeanne war eine der wenigen Galeristinnen in Paris, die sich den Repressalien der Deutschen widersetzte. Unbeirrt stellte sie gegen den Willen der *Boches* Picasso, Paul Klee, Max Ernst und Miró aus. In ihrer neuen Ausstellung war auch Dora Maars Werk vertreten.

Dora blieb vor einem ihrer Stillleben stehen und betrachtete es kritisch. In dunklen Braun- und Grüntönen war auf einem Stuhl ein Wecker zu sehen, daneben befand sich ein Blumentopf mit einer Pflanze, die aus zwei grünen Blättern bestand. Quadrate und Rechtecke verliehen den Elementen Raum und einen Rahmen.

»Du hast endlich deinen eigenen Stil gefunden«, hörte sie plötzlich die vertraute Stimme Jeannes neben ihr. »Das freut mich sehr, Dora. Du musst unbedingt weiter malen.«

Zur Begrüßung umarmten die beiden Frauen einander und küssten sich auf die Wangen.

Dora wusste, worauf Jeanne anspielte. In den ersten Jahren ihrer Beziehung mit Picasso hatte Dora sein Motiv der *Weinenden Frau* nachgeahmt. Manisch hatte sie sich in das tränenreiche Motiv aus Picassos Reihe verbissen. Nur sie allein wusste, aus welchem Grund.

»Du meinst, *meine* weinende Frau?«, fragte Dora geradeheraus.

Jeanne nickte verlegen und verschränkte die Arme. »Ich habe

nie verstanden, was du damit bezwecken wolltest, Dora. Du selbst hast immer gesagt, man dürfe Picasso niemals nacheifern.«

»Ich habe ihm nicht nachgeeifert, Jeanne«, sagte sie leise. »Es war mein Versuch, mich zurückzuerobern – die Deutungshoheit über mich. Diesen Kampf führe ich seit Jahren, weil ich mich sonst verliere. Er mag den Krieg gemalt haben, aber er hat es in meinem Gesicht getan, verstehst du? Er hat mich entstellt. Ich wollte meine Würde wiederhaben.«

Jeanne senkte die Augen. »Aber du weißt doch, dass die Kunst ganz eigene Wege geht. Es hatte nichts mit dir zu tun. Du bist nur eine Stellvertreterin.«

»Ja«, seufzte Dora. »Das weiß ich. Aber es existieren auch zärtliche, sanfte Bilder von mir, solche, die meine Seele widerspiegeln, ohne mich zu verhöhnen. Haben die ebenso wenig mit mir zu tun?«

»Er hat sie in anderen Zeiten gemalt, Dora. Im Zuge der ersten Leidenschaft. Den Anfängen wohnt immer ein besonderer Zauber inne.«

Dora lächelte gedankenverloren. »Vielleicht hast du recht, und es ist das Vorrecht der Verliebtheit, uns sanfter zu machen, als wir sind.«

»Ich habe dich nie als hart empfunden, liebe Dora«, erwiderte Jeanne mit strenger Stimme.

»Madame Bucher, haben Sie Zeit für mich?« Eine Kundin näherte sich Jeanne, die sich eilig von Dora verabschiedete und sogleich auf die Frau zuging.

Dora trat hinaus, überquerte den Boulevard und nahm einen Umweg über den Jardin du Luxembourg.

Es war Herbst geworden in Paris. Die Bäume hatten sich in betörende Farben gekleidet, und die Wege der Parkanlagen waren von den rotgelben Blättern übersät. Die Schönheit der Natur vermochte nicht zu verdecken, dass es sich bereits um den dritten Pariser Herbst unter dem Regime der *Boches* handelte.

Voller Grauen erinnerte sich Dora an das einschneidende Erlebnis im Juli dieses Jahres, als die Sonne ohne Unterlass von einem blassblauen Himmel geschienen hatte. Tränenüberströmt war damals Nusch, gefolgt von Éluard, unangemeldet in Picassos Atelier gekommen und hatte sich schluchzend zu Boden geworfen.

Dora hatte der Freundin einen Tee zubereitet, bis diese im schluchzenden Stakkato berichtet hatte, dass sie Augenzeugin der größten Razzia, die Paris bis dahin gesehen hatte, geworden war.

»Ich war gerade dabei, Éluards Pralinenschachteln mit seinen Gedichten in der Rue de Rivoli zu verteilen. Und dann habe ich es gesehen: Die Schweine haben die Juden durch das Marais getrieben wie eine Horde Vieh. Die Menschen haben geschrien, geweint und um Gnade gefleht, alles Sternträger. Das Marais ist leer, leer, leer. Niemand ist mehr dort. Sie haben sie alle weggebracht. Ich habe es mit eigenen Augen gesehen.«

»Diese *Boches*«, hatte Dora gesagt und ihre Hände zu Fäusten geballt. Und doch konnte sie nichts tun, als Nusch Tee einzuflößen und ihr eine Zigarette zu reichen, an der die Freundin gierig zog.

»Es war die französische Polizei, Dora«, sagte Nusch und stieß mit geschlossenen Augen den Rauch aus.

»Aber die *Boches* haben alles organisiert. Sie sind großartige Strategen«, sagte Dora mit zitternder Stimme. Der Gedanke an André Dubois streifte sie: tapferer, guter Dubois!

Picasso hatte erst Nusch, dann Dora angesehen, jedoch keine Regung gezeigt und war mit einer brennenden Zigarette schweigend ans Fenster getreten.

Tage später erfuhr man von dem Ausmaß der *Grande Rafle*, bei der über 13 000 Juden in der Pariser Radsportanlage, dem *Velodrôme d'Hiver*, zusammengepfercht worden waren. Bei glühender Hitze ohne Wasser, Essen, sich selbst überlassen.

»Sie haben geweint und gewimmert – Kinder, Mütter, Väter, Großeltern«, zitierte Éluard beim gemeinsamen Abendessen im Le Catalan flüsternd einen Augenzeugen. Er zerriss das Blatt in mehrere Teile. »Geheime Informationen der Résistance«, sagte er tonlos, entzündete ein Streichholz und verbrannte das hochgefährliche Papier.

Picasso machte ein Gesicht, als habe es ihm den Appetit verdorben. Mit einem Ruck schob er seinen halb vollen Teller von sich weg.

»Und die *Boches* haben die armen Menschen wenige Tage später in ihre Vernichtungslager bringen lassen«, flüsterte Dora.

»Wie viele?«, fragte Picasso. »Und wohin genau?«

»Mehr als dreitausend«, zischte Cocteau. »Drancy, Auschwitz.«

Auschwitz. Cocteau hatte das gefürchtete Wort ausgesprochen.

»Diese Verbrecher«, sagte Éluard mit erstickter Stimme. »Ab diesem Tag«, versprach er feierlich, »ab diesem Tag werde ich mich ganz und gar der Sache der Résistance verschreiben.«

Picasso sagte nichts. Es war, als hätte er resigniert und versinke vollkommen in seiner eigenen Welt. Erst wenige Tage später, als sein Lieblingslokal wegen einer Lebensmittelkontrolle seine Pforten schließen musste, explodierte er.

»Sind die Deutschen denn jetzt ganz und gar verrückt geworden?«

Diese Vorfälle lagen nun gerade einmal drei Monate zurück, und Dora fragte sich, was noch kommen würde. Was war mit all ihren Freunden geschehen? Wo war die Unbeschwertheit geblieben, die Freiheit von Mougins, der Sommer aller Sommer, die Verheißungen des Südens?

Im Jardin du Luxembourg blitzte für einen Augenblick die Sonne hinter Wolken hervor. Dora setzte ihre Sonnenbrille auf, genoss den Duft von feuchtem Gras und sah den Flaneuren hinterher. Meistens handelte es sich um Uniformierte der deutschen Wehrmacht in Begleitung von Französinnen.

Am liebsten hätte Dora auf den Boden gespuckt.

Sie erhob sich von der Parkbank und passierte die Büste Rodins. Ihre Anfänge als Künstlerin fielen ihr ein, die lächerliche Weigerung der Académie des Beaux-Arts, sie aufzunehmen. Alles in allem waren ihr wenige Steine in den Weg gelegt worden, das größte Hindernis lag in ihrem widerspenstigen Wesen, ihren hochgesteckten Zielen. Dora war zu einer anerkannten Künstlerin geworden – was nutzte es jetzt? Die Deutschen hatten es geschafft, in der Metropole der französischen Kunst Mauern hochzuziehen, gewaltig und undurchdringbar. Dieser Krieg ließ alles Lebendige in der Kunst still werden. Paris war zu einem Standbild geworden, das sich erst wieder bewegen würde, wenn es vorbei wäre und die Freiheit obsiegt hätte.

Sie schüttelte die düsteren Gedanken ab – es galt, weiterzumachen, mit erhobenem Haupt und einer rebellischen Seele.

Wenige Minuten später erreichte sie die Rue des Grands-Augustins, wo Picasso sie erwartete. Sie hatte versprochen, ihm Modell zu sitzen.

Als sie in seinem Atelier ankam, konnte sie bereits auf der Leinwand die ersten Striche eines weiblichen Porträts sehen – es war sie selbst, mit zwei unterschiedlichen Gesichtshälften und mageren, kraftlosen Oberarmen. Ihr dunkles Haar fiel ihr auf die Schultern.

»Du kommst spät«, sagte er zur Begrüßung und lugte kurz hinter seiner Staffelei hervor. Er trug ein blau gestreiftes Baumwollhemd mit knielangen Hosen und Pantoffeln. Die Streifen erinnerten sie an den Süden, an Royan, den wilden Atlantik mit seinen tiefblauen Farben.

»Setz dich, Dora.«

Sie schluckte ihren Aufruhr, die traurigen Erinnerungen an den schrecklichsten aller Pariser Sommer hinunter und nahm in der vorgeschriebenen Pose Platz.

»Ich musste vorhin an Nusch denken, wie sie geweint hat im Sommer nach der *Grande Rafle* im Marais. Weißt du noch?«, fragte sie nachdenklich.

»Deine Gedanken an das Vergangene vergiften deine Gegenwart«, gab er knapp zurück.

Das Vergangene – es gab auch schöne Erinnerungen, so schön, dass sie rückblickend schmerzten. Bilder der Provence zogen vor ihrem inneren Auge vorbei. Die gemeinsamen Stunden mit den Freunden, die Intimität der Nächte mit Picasso, die Nähe des Augenblicks, sein glühendes Gesicht bei der Arbeit. Der violette Lavendel, das satte Gras und die wilden Blumen.

»Den Kopf etwas höher, die Schultern nach unten, und sieh geradeaus«, befahl er.

Mechanisch folgte sie seinen Anweisungen und hörte das vertraute, streichende Geräusch seiner Pinselzüge. Der Duft von Ölfarbe stieg ihr in die Nase. Wo hatte Picasso neue Farben aufgetrieben?

Es war Herbst, der Sommer vorbei, und der Winter stand bereits vor der Tür. Längst war ihre Anwesenheit in seinem Schlafzimmer keine Selbstverständlichkeit mehr, aber in dieser Nacht würde sie bei ihm bleiben und um ihre Liebe kämpfen. Sie sah die Einladung dazu in seinen Augen.

Als sie am frühen Abend vom Essen im Le Catalan zurückkehrten, klingelte das Telefon. Sabartés empfing sie mit dem Hörer in der Hand und gab Dora ein Zeichen. Meistens bedeutete diese Geste, dass es sich bei der Anruferin um Julie handelte. Sie sah auf die Uhr – kurz nach acht.

Picasso rollte die Augen und verschwand in seinem Atelier.

Dora legte den Hörer ans Ohr.

»Wann kommst du nach Hause?«, fragte Julie, ohne Einleitung.

»Morgen«, erwiderte Dora und warf durch einen winzigen Spalt des Vorhangs einen Blick nach draußen. Alle Häuser waren verdunkelt, kein Mensch war auf der Straße zu sehen. Die Sperrstunde hatte begonnen. Nur die Straßenlaternen beleuchteten das Kopfsteinpflaster, von dem Nebel aufstieg. Plötzlich erinnerte sie sich an das Schauspiel, das sie mit Picasso vom Lipp aus beobachtet hatte.

»Sie üben die Verdunklung«, hatte der Wirt damals gesagt und ihnen ein Festmahl serviert.

»Was ist los, *Maman*?«, fragte Dora angespannt.

»Was soll sein? Du kümmerst dich nicht um mich. Der Slawe ist außer Landes, und ich friere schrecklich. Ich brauche dringend Kohlen, um den Ofen zu heizen.«

Ihre Stimme klang kränklich, beleidigt und, wie immer am Telefon, unterschwellig aggressiv.

»Ich kümmere mich morgen darum, *Maman*. Es herrscht Sperrstunde, du weißt, was das bedeutet. Ich kann jetzt unmöglich zu dir kommen. Die Métro fährt nicht, ich müsste das Fahrrad nehmen. Es ist viel zu weit und obendrein gefährlich.«

»Du bist bereits in Lebensgefahr, Theodora«, sagte Julie wie ein Pfarrer auf der Kanzel. »Dieser Mann hat dich vergiftet. Dich erwartet das Fegefeuer. Kehr auf den rechten Weg zurück!«

»Es geht nicht um ihn, *Maman*«, erwiderte Dora müde und legte ihre Stirn gegen die Wand. Ihr Hündchen tapste zu ihr und rollte sich auf dem Boden neben ihr ein.

»Du bist eine undankbare Tochter, seit du mit ihm zusammen bist. Ihr lebt in Sünde. Gott wird euch strafen.«

»Ich habe eine eigene Wohnung«, sagte sie schwach. »Ich lebe nicht mit ihm zusammen. Wir arbeiten gemeinsam.«

»Wer weiß, was für Dinge er in seinem Schlafzimmer mit dir tut. Es heißt, er ...«

»Schluss damit«, unterbrach Dora sie in schroffem Ton. Sie hatte genug von Julies Indiskretionen, ihren verbalen Übergriffen. »Es reicht!«

Immer wenn Julie zweideutige Dinge aussprach, wurde Dora zu dem kleinen Mädchen von einst, und die Glaswand in Buenos Aires tat sich vor ihr auf. Große, aufgerissene Augen verfolgten sie. Damals war sie wehrlos gewesen, heute nicht. Aber manchmal ging ihr einfach die Kraft aus, auch noch an dieser Front zu kämpfen. Sie hatte genug mit ihren eigenen Dämonen zu tun.

»Lass mich in Ruhe, *Maman*. Ich bin müde.«

»Eines Tages wirst du es bereuen, Theodora. Man widerspricht seiner Mutter nicht folgenlos. Dich erwartet die Hölle für dein schamloses Verhalten. Du bist genau wie der Slawe«, schrie sie.

Am anderen Ende der Leitung hörte sie Julie schwer atmen, begleitet von einem krächzenden Röcheln.

Dora holte tief Luft und sammelte noch einmal Kraft. »Nenn ihn nicht ›der Slawe‹, er ist mein Vater und dein Ehemann!«, konterte sie mit schriller Stimme.

Es entstand eine längere Pause, und insgeheim hoffte Dora, Julie würde aufgeben.

»Warum hat dir der Spanier bis heute kein Kind gemacht?«, kam es schließlich ganz leise vom anderen Ende der Stadt.

Dora rang um Atem und Fassung, tausend Gedanken schossen ihr durch den Kopf. Dann besann sie sich. Auch sie konnte verletzen, hatte sie doch von Julie gelernt, wie das ging.

»Ich verdanke es dir, *Maman*, dass ich keine Kinder bekommen kann! Erinnerst du dich an deine Folterberichte von einem Gynäkologenstuhl? Hast du damals meine Schmerzen und die Angst, die du mir gemacht hast, eigentlich sehr genossen?«

Dora klopfte das Herz bis zum Hals. Ihre Wangen glühten. Sie legte den Hörer zur Seite, ging auf dem Flur auf und ab, fuhr sich durchs Haar, blieb stehen, stemmte die ausgestreckten Arme gegen die Wand und ließ den Kopf hängen. Mehrmals atmete sie tief ein und aus. Dann lief sie zurück und nahm den Hörer wieder ans Ohr.

»*Maman!* Geh zu Bett. Wir sprechen morgen in Ruhe darüber. Es ist zu spät. Selbst zum Streiten ist es zu spät.«

Am anderen Ende der Leitung hörte sie im Hintergrund Gepolter, dann ein kratzendes Geräusch, als sei in Julies Umgebung etwas heruntergefallen.

Dora lauschte. Julies röchelnder Atem war nicht mehr zu hören. Sie wartete und wiederholte im Sekundentakt ihre Frage: »*Maman*? Bist du noch da?«

Das Telefon blieb stumm.

Schließlich legte Dora auf, den Blick starr auf das Telefon gerichtet. Als sie sich umdrehte, stand Picasso mit missmutigem Gesichtsausdruck hinter ihr.

»Was hat sie diesmal vorhergesagt? Den Weltuntergang? Womit zwingt sie dich diesmal hinaus in die Dunkelheit?«

Dora überkam ein Schauern. Picasso griff in seine Hosentaschen und zog eine Zigarette und Streichhölzer heraus.

»Diesmal war es anders. Auf einmal hat sie geschwiegen. Sie hat einfach aufgelegt. Das passt nicht zu ihr.«

»Es wird ein neuer Versuch sein, dich zu kapern. Sie ist einfallsreich, wie du weißt«, sagte Picasso trocken und reichte Dora seine brennende Zigarette. Sie nahm einen tiefen Zug und gab sie ihm zurück.

»Ich muss nach ihr sehen, Picasso. Ihr Schweigen beunruhigt mich. Irgendetwas ist passiert.« Entschlossen nahm sie ihren Mantel vom Haken und warf ihn über.

»Dora«, sagte Picasso in strengem Ton und versperrte ihr den Weg. Er legte seine Hände um ihre Arme, und da spürte sie, wie sie am ganzen Leib zitterte.

»Genau das möchte sie erreichen. Sie pfeift, und du kommst zurück wie ein abgerichteter Hund. Du kannst jetzt nicht auf die Straße. Sie könnten dich verhaften. Es ist viel zu weit zur Place de la Porte de Champerret. Ausgeschlossen. Ich verbiete es dir.«

Er ließ von ihr ab, lief zum Tisch, schenkte ein Glas Rotwein ein, kam zu ihr zurück und gab es ihr. Sie trank es in einem Zug aus.

»Was ist, wenn …?«, fragte sie ängstlich und ließ sich von ihm den Mantel ausziehen.

Ein Gedanke an den Gehängten im Tarot streifte sie.

»Was soll denn sein? Es handelt sich um einen neuen Erpressungsversuch deiner Mutter, um dich zu unterwerfen.«

Keiner beherrscht das Spiel der Unterwerfung wie du, dachte sie wehmütig. Sie legte ihre Stirn gegen seine Brust.

»Was soll denn passiert sein, meine kleine Verrückte?«, fragte er zärtlich und küsste ihre Schläfe. Sie spürte seine warmen Lippen auf ihrer Haut. Seine Berührung war das Einzige, was sie jetzt beruhigen konnte.

»Ich weiß es nicht«, flüsterte sie. »Ich …«

»Weißt du, woran ich gerade denken muss?«

Seine Stimme klang wie Samt.

»Du wirst es mir sagen«, gab sie leise zurück.

»Daran, wie ich einmal spät nach Hause kam, mitten in der Nacht. Du warst hier in meinem Atelier. Draußen war es stockdunkel. Im Hausflur hast du mich erwartet und mir den Weg beleuchtet. Du warst es, die mir den Weg gezeigt hat. Du bist meine Lichtträgerin, schöne, kluge Dora.«

Mit geschlossenen Augen sah sie das Bild von damals, und der Moment von Wärme und Vertrauen flackerte in ihr auf wie das Licht von einst, das sie ihm entgegengehalten hatte, damit er zu ihr fand.

»Ja, ich erinnere mich«, erwiderte sie.

KAPITEL 30

Als Dora am nächsten Morgen die elterliche Wohnung aufschloss, wusste sie sofort, was geschehen war. Eiskalte Luft empfing sie, begleitet von unerträglicher Stille. Für einen Moment blieb sie im Flur stehen und hörte nichts als ihren eigenen Atem. Wie eine Traumwandlerin ging sie hinüber in den Salon, wo der Telefonapparat stand.

Julie saß neben ihm, als sei sie in ihrem Sessel eingeschlafen. Der Hörer war ihr aus der Hand gerutscht, zwischen Daumen und Zeigefinger klemmte das Kabel. Julie war tot.

Dora setzte sich an den Tisch, dem Sessel gegenüber. Sie blieb lange genug, um zu verstehen, begreifen konnte sie es nicht. Fassungslos starrte sie das Gesicht Julies an, das ihr auf einmal fremd geworden war, und wünschte sich, ihre Mutter würde die Augen öffnen und sagen, sie sei einfach eingeschlafen. Dann wieder spürte sie Erleichterung. Buenos Aires und der Tango ihrer Jugend zogen an ihr vorbei, das frühe Paris ihrer Kindheit, ihre Rückkehr in die Stadt der Lichter, der Verlust ihrer Wurzeln und Julies haltloses Leben, das sich in ihrem fortgesetzt hatte.

»Eine Francesa gibt sich Männern hin, Theodora. Sie beherrscht die Erniedrigung, die schlimmste Form des Verführens. Es ist Schmutz und Schande«, glaubte sie die warnende Stimme Julies zu hören.

Dora lachte auf. Sie verführte längst nicht mehr. Im Stillen hatte sie angefangen, sich auf den Abschied von Picasso vorzubereiten.

Josips halbherzige Versuche kamen ihr in den Sinn, Julies Wahnsinn zu beschwichtigen. Seine Ausflüchte in Worte, Taten, all seine Rückzüge, unter denen Dora hatte leiden müssen. Mit Wehmut warf sie einen Blick hinaus in den Flur, wo Julies Hüte in großen Schachteln auf der Garderobe lagen. Picasso hatte den Hut als ein Zeichen des Wahnsinns in seiner Kunst immer wieder gezeigt. Doras ganzes Leben bestand aus Hüten. Grün, blau, schwarz und rot wie die Sünde, mit und ohne Federn, schlicht, aber stets auf ihr schönes Gesicht zugeschnitten wie ein Maßanzug, als hielte ausgerechnet ein Hut ihr gespaltenes Wesen notdürftig zusammen.

Sie sah zum Fenster hinaus. Heimlich war die Sonne gen Westen gewandert, es mussten Stunden vergangen sein.

Immer noch blieb sie in der elterlichen Wohnung in der Hoffnung, die Tränen würden kommen und ihre Trauer auswaschen, aber sie kamen nicht. Dafür türmte sich ein Berg voller Schuldgefühle in ihr auf.

Irgendwann nahm sie vorsichtig Julie das Telefonkabel aus der kalten, starren Hand, legte ihr eine warme Decke auf den regungslosen Körper und gab telefonisch ein Telegramm an ihren Vater auf. Nebenher schenkte sie sich ein Glas Rotwein ein.

»*Maman* ist tot, *Tata*«, diktierte sie. »Du kannst endlich nach Paris kommen.« Sie sprach die Worte laut aus, und sie standen im Raum wie unzusammenhängende Buchstaben, die aus einem Buch herausgefallen waren. Es war ihr anderes Ich, das gefasst sprach, Wort um Wort aneinanderreihte. Es behielt den Überblick und konnte alles in die Wege leiten, was jetzt notwendig war. So vieles musste erledigt werden.

Der Postbeamte sprach ihr sein Beileid aus.

Sie trank ein Glas Wein und bat die Vermittlung um ein weiteres Gespräch, diesmal mit Lacan. Ihr fiel kein anderer Arzt ein.

»Du musst herkommen«, sagte sie. »Ich brauche dich für einen Totenschein.«

Lacan versprach, umgehend zu kommen.

Mit schweren Schritten ging sie durch die Wohnung und öffnete die Tür zu ihrem Mädchenzimmer. Sie suchte ihr Notizbuch, bis ihr einfiel, dass sie es in der Rue de Savoie aufbewahrte. Also nahm sie ein Blatt Papier aus dem Schreibtisch und setzte sich. Sie saß lange regungslos dort, einen Bleistift in der Hand haltend.

Heute ist Maman gestorben, schrieb sie in geschwungenen Buchstaben und legte den Stift zur Seite.

Als sie an all die vielen Streitgespräche mit Julie dachte, war ihr auf einmal, als habe sie selbst ihre Mutter ins Grab gebracht.

»Tu dies nicht, tu das, nimm dich in Acht, pass auf, unterlasse das endlich, Dora.«

Ein Leben lang hatte Julie Verbote ausgesprochen, als befände sich Doras Seele in stetiger Lebensgefahr. Niemals, so weit sie auch zurücksah, konnte sie sich daran erinnern, dass Julie sie zu etwas ermutigt hatte.

Dora stand auf, trat in den Flur und nahm den erstbesten Hut aus einem Karton. Es war Julies Lieblingshut mit dem kleinen zerbrechlichen Vogel aus Samt.

Verbarg sich in dieser von Julie selbst entworfenen Kopfbedeckung die Sehnsucht der ehemaligen Geigerin, die mit ihrer Heirat ihre Träume aufgegeben hatte? War Julie am Ende ein Opfer ihrer Erziehung, ihrer engen moralischen Vorstellungen? Hätte sie an der Seite eines anderen Mannes das Glück gefunden, oder war Julie selbst das Unglück gewesen? Josip hatte sich stets um seine Familie gekümmert; an Geld hatte es nicht gefehlt in all den Jahren, auch wenn es für Julie nie genug gewesen war. Aber Josip vermochte nur Dora Liebe, Aufmerksamkeit und Toleranz zu schenken, so dass für seine Frau nichts übrig geblieben war. Letztlich waren ihre Eltern einander fremd geblieben.

Setzte sich das Unglück des ungleichen Paars in Dora fort? War sie das Produkt dieser Fremdheit? Zwar war sie als Tochter einen völlig anderen Weg als Julie gegangen, aber worin bestand ihr Glück? Immerhin hatte sie ihre Kunst jämmerlich vernachlässigt, seitdem sie mit Picasso zusammen war. Ihre Kunst, die einst ihr ganzes Glück bedeutet und sie durch Höhen und Tiefen begleitet hatte. Wann war Picasso für sie an diese Stelle getreten?

»Am Ende bin ich doch eine Francesa geworden«, murmelte Dora vor sich hin, betrat den Salon und bekreuzigte sich, als sie ihre Mutter daliegen sah.

Eine katholische Herkunft schüttelte man nicht ohne Weiteres ab, genauso wenig wie die explosive Mischung von französischem und slawischem Blut.

Noch einmal betrachtete sie Julie eingehend, diesmal mit dem nötigen Abstand. Hatte sich Julies Mimik entspannt? Der bittere Zug um ihren Mund jedenfalls schien verschwunden.

Als es an der Tür klingelte, öffnete sie und bedeutete Lacan, der mit zerzaustem Haar den Flur betrat, hereinzukommen. Sie zeigte auf den Salon, wo sie ihn mit Julie allein ließ.

»Herzinfarkt«, sagte Lacan knapp, als er wenige Minuten später aus dem Salon heraustrat. Eine Diagnose, die Dora weder tröstete noch beunruhigte. Es war, wie es war. Angesichts des Todes gab es nichts als Akzeptanz.

»Mein aufrichtiges Beileid, liebe Dora. Ich werde sogleich nach einem Leichenwagen schicken lassen. Kommst du zurecht, oder soll ich dich irgendwo hinbringen? Vielleicht zu Picasso?«

Als sie den Namen hörte, klang etwas in ihr an, ein Lied, eine spanische Volksweise. Zerstreut schüttelte sie den Kopf und versprach lächelnd, zu warten und nach Hause zu gehen, sobald *Maman* abgeholt worden war.

Eine flüchtige Erinnerung an das Buenos Aires ihrer Kindheit flackerte in ihr auf.

»Ich komme umgehend nach Paris«, telegraphierte Josip noch am selben Tag, als säße er bereits seit über vierzig Ehejahren vor seinen für diesen Ernstfall bereitgehaltenen, gepackten Koffern.

Am Abend erreichte Dora eine Beileidsbekundung und eine handgeschriebene Strophe aus Éluards neuem Gedicht *Freiheit*. Sie las die Botschaft wieder und wieder, und doch hatte sie das Gefühl, längst verlernt zu haben, welche Bedeutung sich hinter dem abstrakten Begriff Freiheit verbarg. Aber Paul Éluard erweckte ihn nun zu neuem Leben.

Auf alle gelesenen Seiten
Auf die leeren Seiten
Stein Blut Papier oder Asche
Schreib ich deinen Namen

So unfrei sie sich fühlte, so vage entfaltete sich in ihr ein Trost, eine Aussicht auf Veränderung – aber nicht in ihrem privaten Leben. Pauls Widmung rührte sie zutiefst.

Meiner schönen Freundin Dora, Malerin der äußersten Grenzen

Julie fand ihre letzte Ruhestätte unweit von Paris im Familiengrab der Voisins in Clamart auf dem *Cimetière du Bois Tardieu*, dem Wald der Vergänglichkeit. Dort wurde sie im Rahmen einer streng katholischen Zeremonie der Erde und jenen Wurzeln zurückgegeben, auf die sie immer so stolz gewesen war. Josip und Dora folgten dem mit weißen Rosen geschmückten Sarg. Dora verbarg ihr Gesicht hinter einem Schleier.

Julie wäre es eine Freude gewesen, zu sehen, wie ihr hochrangige Damen der Pariser Gesellschaft die letzte Ehre erwiesen, ihrem gesellschaftlichen Status angemessen. Dass sie diesen vor allem Josip, dem Slawen, verdankte, der unbeirrt an ihrer Ehe festgehalten hatte, wussten nur Dora und Josip. Auf Julies Grabstein wurde Josips Familienname eingemeißelt. Am Ende war Julie eine Markovitch.

»Es war ihr bestimmt, so zu sterben«, sagte Picasso, als Dora Stunden später schwarz gekleidet und mit leerem Blick sein Atelier betrat. Verstohlen reichte er ihr ein Papiermännchen, das er aus einer Zeitungsseite ausgeschnitten und mit wenigen Strichen bemalt hatte. Auch das war Picasso, auch das gehörte zu seinem Wesen: Er vermochte zu trösten, sein Gegenüber in dessen Traurigkeit ohne Floskeln ein wenig aufzuheitern.

Lächelnd schob sie das Männchen in ihre Tasche.

»Hast du es schon gesehen, Adora? Dein Gesicht ist fertig«, sagte er stolz und ging zurück zu Doras Porträt. Schwungvoll übermalte er die Gefängnisstäbe der ersten Fassung seines Werks am rechten Bildrand. »Es wird dir gefallen, wenn du es endgültig sehen darfst.«

Lächelnd verließ Dora sein Atelier und ging in ihr Zuhause in der Rue de Savoie. Im kleinen Salon nahm sie ihr Notizbuch aus dem Schreibtisch, klappte es auf und strich über eine weiße, unbeschriebene Seite. Seufzend setzte sie den Füllfederhalter an.

Maman ist tot. Sie verlässt uns in einer einzigen Anklage. Ich traure um sie, vor allem um das Leben, das sie nicht gelebt hat. Wo ist Deine Geige, Julie? Ich habe Dich niemals Geige spielen hören.

Ich werde *Tata* danach fragen, dachte Dora, vielleicht hat sie für ihn gespielt.

Wenige Tage später, als sie die vollendete Komposition ihres neuen Porträts auf Picassos Staffelei betrachtete, entdeckte sie all die Trauer, das Leid in ihren Augen, den Schicksalsschlag, der sie doch erst später ereilt hatte.

Picasso musste ihn schon vor Julies Ableben in ihren Augen gesehen haben.

Mitten im Leben hatte ihr dunkler Blick den Schmerz vorausgeahnt, den Julie mit ihrem Tod für immer in ihrer Tochter hinterlassen würde. Auf diese sonderbare Weise bildete Picassos jüngstes Werk Julies letzten Triumph.

TEIL 4

Freiheit und Fesseln
Vom Ende einer Liebe
(1943–1945)

Mir ist, als ob ich alles Licht verlöre.
Der Abend naht und heimlich wird das Haus,
Ich breite einsam beide Arme aus,
Und keiner sagt mir, wo ich hingehöre.

RAINER MARIA RILKE

KAPITEL 31

Paris, 1943

In Paris war der Frühling eingezogen, in Doras Herzen herrschte Winter. Sie saß hinter zugezogenen Vorhängen im Salon einer Wohnung in Saint-Denis, außerhalb von Paris. Auf dem Tisch flackerte Kerzenlicht. Assia, ihr ehemaliges Lieblingsmodell, hatte ihr die Astrologin Josephine Petit empfohlen, die weit genug von Picassos Welt entfernt lebte.

Julies Tod hatte die Entfremdung zwischen ihr und Picasso vorangetrieben, jene Kluft vertieft, die sich schon vorher aufgetan hatte, und Dora haderte zunehmend mit ihrem Zusammensein und wollte ausbrechen aus dem Gefängnis ihrer widersprüchlichen Gefühle. Sie fühlte sich ausgelaugt und wollte ihre Situation verändern, wusste jedoch noch nicht, wie. Sie brauchte Zuspruch, gleichzeitig hatte sie das Gefühl, verstehen zu müssen, was mit ihr geschah.

Josephine setzte sich ihr gegenüber und sah Dora freundlich an. Akkurat breitete sie ihre Notizen aus. Dora hatte ihr bereits Tag und Uhrzeit ihrer Geburt sowie die Daten Picassos in den Briefkasten geworfen. Picassos Geburtsstunde herauszufinden war ein Leichtes gewesen, zumal er selbst regelmäßig seinen Astrologen aufsuchte. Das Abergläubige, behauptete er stets, läge in seinem spanischen Blut, und tatsächlich hielt er sich mitunter peinlich genau an die Vorhersagen seines Astrologen, vor allem wenn dessen Aussagen mit anderen Wahrsagern übereinstimmten. Nur in seiner Kunst folgte er immer seinem eigenen Weg.

»Pablo Picasso und Dora Maar – was für eine starke Verbindung«, eröffnete Josephine mit ernstem Blick auf die farbigen Linien in den nebeneinanderliegenden Tierkreisen. »Sie sind beide Skorpione.«

Dora nickte.

»Ihre Begegnung stand tatsächlich in den Sternen, Dora. Ihr Instinkt führte Sie blind zueinander und entfachte eine ebenso körperliche wie geistige Leidenschaft. Ihre Verbindung ist von tiefen Gefühlen und Liebe getragen. Wenn man Ihr Geburtshoroskop ansieht, dann bietet Ihnen dieser eigenwillige Mann die Chance zu innerem Wachstum, umgekehrt befruchten Sie seine Kreativität. Dennoch sind Sie beide viel mehr füreinander als Künstler und Muse. Es handelt sich um eine äußerst gleichwertige Verbindung, eine, alles in allem, schicksalhafte Begegnung. Ihre Liebe scheint mir unausweichlich.«

Unausweichlich – Josephine sprach aus, was Dora von Anfang an empfunden hatte. In Gedanken ging sie zurück zu den Anfängen ihrer Liebe. Wie fern lag das Deux Magots, der Handschuh, der immer noch Picassos Reliquienschrank schmückte, die Sommer im Süden, die Fackelwanderung. Wie stark sie damals gewesen war, eine stolze Frau, unsterblich durch seine Liebe.

»Picasso ist Skorpion mit einem Löwe-Aszendenten«, fuhr Josephine fort. »Er lebt in seinem eigenen Kosmos. Das dürfen Sie niemals vergessen. Er holt sich von außen genau das, was er braucht. In der Liebe geht er ebenso unbeirrt seinen Weg wie in der Kunst. Seine Skorpion-Sonne ist frei von Einflüssen anderer Planeten. Er dürfte eine große innere Unabhängigkeit besitzen, während Sie zwischen Verstand und Gefühl hin- und hergerissen sind. Es ist, als kämpften zwei Wesen in Ihrem Inneren um die Oberhand.«

Dora nickte ergriffen – Josephine sagte nichts, was sie nicht selbst so empfand. Besser hätte sie Picassos und ihr Dilemma nicht beschreiben können.

»Wir können Dinge, die geschehen müssen, nicht aufhalten«, sagte Josephine dann mit samtweicher Stimme. »Aber wir können aus ihnen lernen. Glauben Sie an etwas außerhalb dieser Realität, an einen tieferen Sinn unserer Existenz? An eine unsichtbare Welt, die über unsere Vorstellungen hinausgeht?«

Dora nickte ehrfürchtig. Mystizismus, Esoterik, Tischrücken – nichts hatte sie in letzter Zeit ausgelassen, um der Wahrheit auf die Spur zu kommen.

»Vom Standpunkt des Karmas aus gesehen mussten Picasso und Sie Ihre Aufgaben aneinander erfüllen.«

Mit gerunzelter Stirn zündete sich Dora ihre Spitze an und nahm einen tiefen Zug. Der Qualm schlängelte sich im Kerzenlicht hinauf zur Decke. Alles, was Josephine Petit sagte, klang nach Abschied.

»Leidenschaft, Liebe, intellektueller Austausch, ein tiefes Verständnis der Schwächen und Stärken des Gegenübers – all das hat Ihre Beziehung befruchtet. Zwischen Ihnen gab es nur Entweder-oder, keinerlei Geplänkel. Jeder Streit muss die Leidenschaft aufs Neue entzündet haben, allerdings unter *einer* wichtigen Voraussetzung.«

Josephine sah auf und blickte Dora direkt in die Augen.

»Nämlich?«, fragte Dora verunsichert.

»Damit sind wir beim Kernproblem, deshalb sind Sie hierhergekommen. Das alles war nur möglich, solange Sie Picasso ebenbürtig begegneten.«

Ebenbürtig. Hatte sie sich jemals so gefühlt? Nein, sie durfte nicht undankbar sein. Der Gedanke an *Guernica* kam mit Wucht zurück in ihr Bewusstsein, die gemeinsame Arbeit auf Augenhöhe. Schon damals hatte sie gespürt, dass dies der Höhepunkt ihrer Liebe war. Wann hatte sie angefangen, sich ihm gegenüber schwach und wertlos zu fühlen? Lag das an seiner Größe, oder hatte sie sich selbst erniedrigt? Wie lächerlich war die Rebellion gegen sein Ego gewesen! Picasso durchschaute sie mit Leichtigkeit. Ja, ihr ging die Kraft aus. Die jüngsten Ereignisse hatten sie herausgefordert und sie im Innersten beschädigt. Julies Tod, Picassos Liebschaften, der Krieg, die Besatzung – am liebsten wäre sie aus ihrem eigenen Gefängnis ausgebrochen. Aber ihr fehlte die Kraft. Ihr war, als habe sie alle Energie für den Erhalt seiner Liebe aufgebraucht und war genau daran gescheitert. Seit ihrer Rückkehr nach Paris hatte sie Flüssigkeit in ein Gefäß mit einem Sprung gefüllt und war des Nachschenkens müde.

»Was kann ich Ihnen auf Ihren Weg mitgeben? Was, das Sie nicht längst wüssten?«, durchbrach Josephine ihr Gedankenkarussell.

Dora schüttelte sich und bemühte sich um Konzentration. Der Arzt im Norden von Paris fiel ihr ein, wie er ihr damals unverblümt die Wahrheit gesagt hatte: Niemals würde sie Kinder haben können. Und nun sagte ihr eine Astrologin durch die Blume: *Es ist vorbei. Ihnen fehlt die Kraft, um weiterzukämpfen. Geben Sie auf!*

Wo blieb der Trost, von dem Assia gesprochen hatte? Niemals, so hatte sie berichtet, niemals sei sie trostlos von Josephine weggegangen. Hatte Josephine Petit ihr wirklich nicht mehr zu bieten als den Blick in den Abgrund?

»Sie besitzen ein enormes Potenzial an Gefühlstiefe, eine große innere Stärke und die Fähigkeit zur Regeneration. Das ist Ihre Waffe gegen die Niederlagen des Lebens.«

Josephines Stimme klang warm und tief, voller Zuversicht, aber ihr Gesichtsausdruck zeugte von Besorgnis, Zweifeln. Erneut warf sie einen Blick auf die beiden Horoskope.

»Was soll ich nur tun?«, fragte Dora. »Ich bin so müde. In letzter Zeit fühle ich mich wie gelähmt.«

Josephine strich mit ihrer langen, schmalen Hand über die Tischdecke und ergriff Doras Hand.

»Sie sind eine Künstlerin, Dora Maar. Auch *Ihre* inneren Bilder brauchen eine äußere Bühne, nicht nur Picasso besitzt ein Anrecht darauf. Malen Sie! Ich kenne Ihre Bilder, Ihre wunderbaren Fotografien. Stets setzen Sie ihre Gemälde in einen Rahmen, das fiel mir an jedem Ihrer Stillleben auf. Genau darin liegt Ihr Geheimnis. Lassen Sie die Dinge nicht ausufern. Beziehen Sie Ihre Kraft aus den Quellen Ihrer Kreativität. Stück für Stück. Pinselstrich um Pinselstrich. Auch Schmerz vermag Großes hervorzubringen. Nutzen Sie Ihr Talent! Dann sind Sie für den Ernstfall gewappnet.«

»Die Trennung«, sagte Dora resigniert. »Er wird sich von mir trennen.«

Oder habe ich das längst getan?, fragte sie sich selbst.

Josephine beugte sich ihr entgegen und legte ihre Hand auf ihre. »Ich will es so sagen: In naher Zukunft stehen schmerzhafte Umbrüche an«, sagte sie mit weicher Stimme. »Aber das ist nicht das Ende. Es kann ein Anfang sein, wenn Sie den richtigen Blickwinkel einnehmen. Alles hängt davon ab, welche Rolle Sie einnehmen.«

Sie deutete auf einen Aspekt in Doras Horoskop, eine rote Linie, die vom Mond zum Pluto, dem Herrscher des Tierkreiszeichens Skorpion, führte. »Der Mond repräsentiert unsere Gefühle. Pluto geht in die Tiefe, dorthin, wo es wehtut. Ihr Schmerz, Dora, liegt bereits in Ihrer Kindheit begründet – aber das ist ein weites Feld. Sehen Sie diese Spannung?« Josephine tippte auf ein Dreieck. »Die Entscheidung, wie Sie damit umgehen, liegt ganz bei Ihnen. Die Sternenkonstellation steht fest, nicht aber unser Handeln, unser Umgang mit kommenden Konflikten.«

»Ich fühle es ja längst«, sagte Dora wie in Trance.

Josephine nickte. »Picasso reagiert aggressiv auf Schwäche, wenn ich das richtig deute, aber im Moment sehe ich Ihre Schwäche als unausweichlich an. Es ist zu viel geschehen. Es war unvermeidlich. Aber die Zukunft ist es nicht. Sie selbst können sie mitbeeinflussen, verstehen Sie?«

»Picasso verachtet Schwäche. Dies ist sein grausamster Charakterzug.«

»Ja, aber was ist mit Ihnen, Dora? Möchten Sie wirklich ein Opfer sein?«

Es war wie ein Zwang: Sie konnte nicht aufhören, die Dinge aus seiner Sicht zu sehen, als hinge ihr Leben von seinen und nicht von ihren Entscheidungen ab.

»Er verachtet die Schwäche derjenigen, die er liebt. Sie macht ihn noch stärker, und dabei bleibt er stets bei sich«, sagte Josephine leise. »Seine Unabhängigkeit ist Ihr Dilemma, Dora. Er lebt in seinem eigenen Kosmos. Jede Frau an seiner Seite wird das früher oder später zu spüren bekommen. Je größer die Liebe, desto tiefer die Kränkung.«

»Gibt es einen Ausweg?«, fragte Dora, aber ihre Frage klang hohl.

Zu ihrer Überraschung nickte Josephine. »Sie müssen um sich selbst kämpfen, nicht um Picasso.«

Dora seufzte – selbst für einen Kampf um ihre Würde fehlte ihr die Kraft.

Lange saßen die beiden Frauen da und schwiegen. Durch die zugezogenen Vorhänge drang schwach das Tageslicht.

Dora hatte das Gefühl, dass ihr Josephine Zeit lassen wollte, das Gesagte zu verdauen, obwohl sie es längst gewusst hatte.

Dies war nur die Bestätigung. Josephine schenkte zwei Gläser Rotwein ein und schob eines zu Dora hinüber. Ohne aufzublicken, trank sie in kleinen Schlucken, als handle es sich um Medizin.

Dann brachte Josephine ihre Kundin zur Tür.

»Was soll ich nur tun?«, fragte Dora beim Abschied.

Liebevoll legte Josephine den Arm um sie.

»Malen Sie! Suchen Sie Kraft im Gebet. Lesen Sie philosophische Abhandlungen, um Ihren Geist zufriedenzustellen. Er will gefüttert werden. Er ist sehr anspruchsvoll.«

Mit schweren Schritten ging Dora die Stufen hinunter, trat vors Haus und rief ein Taxi.

Auf der Rückbank lehnte sie den Kopf gegen das Fenster, und die Häuser der Vororte von Paris zogen an ihr vorbei wie nie wiederkehrende Chancen.

Am frühen Abend holte sie Picasso zum Essen ab. Geistesabwesend lief sie neben ihm her, und gemeinsam betraten sie das Le Catalan. Sie reckte den Hals, hob das Kinn und tat einen Schritt nach dem anderen. Ihre würdevolle, stolze Körpersprache hatte sie nicht verlernt.

»Ich bin kein Opfer«, sprach sie sich selbst Mut zu.

Die Freunde Éluard, Nusch, Cocteau und Brassaï waren bereits eingetroffen. Sogar Marie-Laure, die Dora lange nicht gesehen hatte, war gekommen.

Picasso bestellte zwei Karaffen Rotwein und eine Karaffe Wasser. Das tat er immer, nur dass er selbst das Wasser niemals anrührte.

»Liebes«, flüsterte Marie-Laure, die neben ihr saß. »Es ist schön und bedrückend zugleich, dich endlich wiederzusehen.«

Dora schwieg.

Nur stockend kam ein Tischgespräch zustande, dem Dora

teilnahmslos folgte. Zerstreut beantwortete sie Fragen, die Nusch oder Éluard an sie richteten.

»Was hast du heute gemacht?«, fragte schließlich Picasso und bestellte eine Schale Kirschen.

»Kirschen? Noch vor dem Entrée?«, fragte Marie-Laure und sah dabei zu, wie Picassos Wunsch sogleich erfüllt wurde. »Wie kommst du denn darauf, Pablo?«

»Die Pariser haben nichts zu essen und ernähren sich von Steckrüben. Seht ihr denn nicht, wie mager sie sind? Picasso lässt für seine Bedürfnisse Kirschen wachsen, während Paris verreckt«, sagte Dora monoton.

»Sie sind aus dem Süden«, keifte Picasso. »Nicht einmal ich vermag es, sie wachsen zu lassen. Und du hast all die Jahre gut von meinen Zuwendungen gelebt. Vergiss das nicht!«

»Wie könnte ich nur all deine Almosen vergessen«, erwiderte Dora und starrte vor sich hin.

Picasso schnaubte, dann schien er sich eines Besseren zu besinnen und winkte ab.

»Ich habe mir diese Kirschen weiß Gott verdient«, sagte er trotzig. »Nachdem es sie endlich wieder gibt, muss ich sie haben.«

Brassaï lächelte gezwungen. Éluard nippte an seinem Glas.

»Also, Dora, was hast du getan? Verrate es uns«, stichelte Picasso.

Alle warteten gebannt auf Doras Antwort, und Dora wurde bewusst: Seine Entourage folgte *ihm*, nicht ihr.

Picasso schob sich eine Kirsche in den Mund und warf ihr einen Seitenblick zu, dann schweifte sein Blick durch das gut besuchte Lokal.

»Gearbeitet«, antwortete Dora und fuchtelte mit ihrer Serviette herum. »Ich bin in diesen Tagen sehr beschäftigt.«

Während sie ihre Lüge aussprach, bemerkte sie, dass sich Picassos Aufmerksamkeit bereits neuen Ufern zugewandt hatte.

Er starrte hinüber an einen Tisch, an dem zwei junge Frauen Platz genommen hatten. Eine von ihnen hatte langes dunkles Haar und wirkte in ihrem dunkelblauen Kleid mit cremefarbenen Rüschen wie eine Klosterschülerin. Sie lächelte ungezwungen zu ihm herüber.

Er spuckte den Stein in seine Hand, legte ihn auf den Tisch, erhob sich, nahm die Schale Kirschen und steuerte direkt auf die jungen Frauen zu.

Marie-Laure legte ihre Hand auf Doras.

Dora erstarrte. Gebannt beobachtete sie, wie er den Frauen die ersten Früchte des Südens anbot und mit ihnen plauderte. Es war erbärmlich! Ein alter Mann mit einer ihm verbliebenen Haarsträhne führte sich auf wie ein Affe im Zoo. Das Gelächter, das zu ihrem Tisch herüberschallte, klang schief wie die gerissene Saite eines Instruments.

Um sie herum vernahm sie Stimmen, das Geklapper von Geschirr, als sei nichts geschehen. Der Betrieb ging einfach weiter. Spürte nur sie, was gerade geschah? Sie war längst daran gewöhnt, dass er sich anderen Frauen zuwandte, aber das hier unterschied sich von seinen üblichen Annäherungen. Seine ganze Körpersprache alarmierte sie. Er zappelte wie ein kleiner Junge und verteilte das Obst, als verschenke er sein Herz. Das laute Gelächter war unerträglich. Was war bloß so komisch an einer Schale Kirschen und einem alternden Mann, der sich vor einer Frau, die seine Enkelin sein konnte, wie ein Gockel aufführte?

In seinen Gesten, die Dora manchmal im Profil erhaschte, lag Leichtigkeit, als hätte er genau nach diesem Auftritt gelechzt in all den Monaten von Doras Trauer, ihrer Schwäche, ihren Tränen und ihrem sinnlosen Kampf um seine Zärtlichkeit. Ihr war, als dirigiere er ein Orchester.

Die Zeit des Tangos war endgültig vorbei, die Gemeinsamkeiten von *Guernica* waren Geschichte. Was Picasso hier schamlos vor den Augen aller aufführte, war die Eröffnung eines Walzers mit einer jungen, fremden Frau, die ihn anhimmelte, als habe sie nur auf den großen Meister aus der Rue des Grands-Augustins gewartet.

Gut gelaunt und mit einem seltsamen Glanz in den Augen kam er schließlich an den gemeinsamen Tisch zurück, wo gerade der Hauptgang serviert wurde, eine Daube mit Kartoffeln.

»Was habe ich plötzlich für einen Appetit«, sagte er, rieb sich die Hände und nahm das Besteck auf. »Iss, Dora. Du siehst blass aus.«

Éluard und Nusch sahen die Freundin schweigend an, als seien sie die Einzigen am Tisch, die eine spürbare Schieflage erkannten. Nusch schüttelte unmerklich den Kopf.

»Bon appétit«, hörte sie neben sich Marie-Laures Stimme. Nusch warf Dora einen zärtlichen Blick zu.

Plötzlich war ihr Picassos Nähe unerträglich, und sie hatte das Gefühl, zu ersticken. Sie riss an dem Kragen ihrer Bluse und keuchte.

»Ich fühle mich sehr unwohl«, stieß sie hervor, stand auf und verließ das Restaurant.

»Niemand verlässt ungefragt *meine* Tafel«, hörte sie Picassos Stimme in ihrem Rücken.

Zu Hause in der Rue de Savoie legte sie sich auf ihr Bett und weinte. Julies Tod hatte ihr die erlösenden Tränen verweigert, der Verlust von Picassos Liebe öffnete sämtliche Schleusen in ihr.

Sie hatte gewusst, was geschehen würde, aber dass es so schnell ging, war mehr, als sie ertragen konnte.

»Picasso«, rief sie in die Dunkelheit ihrer Wohnung, und die Dämonen an den Wänden nahmen Formen an. Sie bäumten sich auf und verwandelten sich in Picassos Insekten, die sich bewegten, als hätte er sie wie kleine Soldaten für den Ernstfall platziert. Gleich würden sie Dora überrennen. Wie hypnotisiert folgte sie ihren Bewegungen. Dann plötzlich liefen sie zurück, verharrten an ihren Plätzen und hinterließen an der Wand eine Blutspur.

»Picasso!«, rief sie in die leere Wohnung. »Hast du denn kein Herz?«

Der Gedanke kam ihr, dass er mit dem Blut seiner Frauen malte, seine Farben mit ihren Tränen mischte.

Sie rannte in ihr Arbeitszimmer, aber die Staffelei und die Diamanttäubchen in ihrem Käfig schwiegen, genau wie das Gemälde, der Tisch, der Stuhl, das Sofa. Wo war Bijou?

»Bijou! Wo bist du? Hast auch du mich verlassen?«, fragte sie verwirrt.

Erst da wurde ihr wieder bewusst, dass ihr treuer Begleiter vor Tagen im Jardin des Tuileries, wo sie Bijou an einer Bank angeleint hatte, gestohlen worden war. Wie hatte sie das vergessen können?

Sie schloss die Augen, und auf ihrer inneren Leinwand zogen Bilder von Picasso vorbei. Plötzlich glaubte sie, die Zukunft klar vor sich zu sehen.

Mit zufriedenem Gesichtsausdruck stünde er in seinem Atelier vor einer Staffelei und malte mit ausladenden Schwüngen seines Pinsels Bögen in prachtvollen Farben. Seine Bewegungen würden einem Dreivierteltakt folgen, denn in seiner Malerei wäre ein neues Zeitalter angebrochen, die für Dora vorbehaltenen harten Pinselstriche wären verschwunden. All die Ecken und Kanten ihres Wesens tropften aus dem Rahmen, versickerten im Nichts und ließen auf der Leinwand Platz für Neues.

Wenn er fertig wäre, träte er zurück und lächelte seine neue Schöpfung glücklich an. Aus der Büste der jungen Frau wäre ein Blumenstrauß gewachsen, und die Farben des Südens spiegelten sich in ihrem jungen Gesicht.

Picasso sänge eine spanische Volksweise.

Nichts mehr in seiner Arbeit würde an Dora erinnern.

KAPITEL 32

Paris, 1944

Tage und Wochen zogen ins Land, während Picasso an seinem Tagesablauf festhielt, als habe es seine jüngste Eroberung im Le Catalan niemals gegeben. Nur einmal sagte er auf Doras Nachfragen, Françoise Gilot sei mit ihrer Großmutter in den Süden gereist und käme erst zurück, wenn Picasso seine Verhältnisse geklärt hätte.

»Du lässt es zu, dass eine junge Kunststudentin dir Vorschriften macht?«, hatte Dora verständnislos gefragt.

Picasso hatte die Achseln gezuckt. »Ich bin doch hier bei dir, was also möchtest du?«

Zwar setzte er seine Besuche bei ihr fort, aber Dora spürte seine emotionale Abwesenheit, seine gedanklichen Ausflüge in den Süden. Gehörte es zu seinem Wesen, selbst eine Liebe, die am Ende war, in der Schwebe zu lassen?

Fast jeden Mittag kam er in die Rue de Savoie, wo er es sich in Doras gelb gepolstertem Empire-Sessel bequem machte und das politische Tagesgeschehen diskutierte, während Kazbek zu seinen Füßen lag.

»Hitler möchte Paris brennen sehen«, eröffnete er an einem strahlenden Sommertag im August das Gespräch.

»Wer sagt das?«, fragte sie und reichte ihm eine Schale Kaffee.

Sie setzte sich ihm gegenüber. An diesem Tag trug sie einen grauen, knielangen Rock und eine schlichte Bluse, als käme sie direkt aus einem Mädchenpensionat, dabei war sie bald vierzig. Draußen schien die Sonne von einem strahlend blauen Himmel, ein Bild, das die Repressionen in der Stadt, die letzten, heiseren Schlachtrufe der Deutschen beinahe vergessen ließ. Ihre Rufe waren verhaltener geworden, die einst täglichen Aufmärsche seltener. General de Gaulle beschwor die Franzosen über die *BBC* aus seinem Londoner Exil, durchzuhalten. Die Alliierten würden kommen und Frankreich befreien.

Liberté, hörte man immer öfter aus geöffneten Fenstern, die sich sofort wieder schlossen. Freiheit – ein Wort, das Dora in Stunden der Einsamkeit geradezu schmerzte. Je näher die Freiheit rückte, desto mehr lastete ihre innere Unfreiheit auf ihr.

»Cocteau sagt das«, durchbrach Picasso ihre Gedanken. »Du weißt, er hat enge Beziehungen zu den Deutschen. Er muss es wissen.«

Tatsächlich vollzog sich hinter den Kulissen im Hotel Meurice ein diplomatisches Tauziehen, von dem nicht einmal Cocteau Kenntnis hatte, denn der Gegenstand der Gespräche dieser beiden Männer war so heikel, dass auch nur *ein* Mitwisser alles vereiteln und Paris in Schutt und Asche hätte legen können. Währenddessen war es der schwedische Generalkonsul von Paris, der sich mit allen Kräften bemühte, den deutschen Stadtkommandanten von Choltitz davon zu überzeugen, Hitlers Befehl zu missachten, die französische Hauptstadt dem Erdboden gleichzumachen. Bisher herrschte eine Art Waffenstillstand zwischen den beiden, denn von Choltitz liebte Paris, und was viel wichtiger war, er sah Hitlers Krieg als verloren an.

»Die Alliierten sind auf dem Vormarsch, Picasso. Es ist nur noch eine Frage der Zeit.«

»Hoffentlich kommen sie rechtzeitig.«

Er warf einen Blick auf seine selbst kreierten Insekten an Doras Wänden. »Eigentlich hätte ich auch Skorpione malen müssen«, sagte er. »Sie hätten dir hier einen guten Dienst erwiesen.«

»Deine Bilder sind in Sicherheit«, erwiderte sie, ohne auf seine Anspielung einzugehen. »Die meisten jedenfalls.«

»Die Stimmung in Paris ist angespannt. Als bebe die Stadt. Ich glaube, leichte seismographische Ausschläge unter meinen Füßen zu spüren, jedes Mal, wenn ich auf dem Weg zu dir bin«, fuhr Picasso unbeirrt fort.

»Das liegt an dir und mir, Picasso, an der Entfernung und der Nähe zwischen uns, je nachdem, wie man es betrachtet. In den Kellern der Stadt wartet die Résistance nur darauf, Paris und seine Menschen zu verteidigen.«

»Was würdest du zum Schutz deiner Liebsten tun?«, fragte er provokativ.

Er konnte es nicht lassen, stets musste er einen Pfeil auf ihr Herz richten. Für sie gab es nur einen Liebsten, der hieß Picasso.

»Ich habe längst alles getan, so viel, dass ich nackt vor dir stehe. Blind, mit ausgestochenen Augen, stumm, ohne Sprache für das, was mit mir geschieht. Paris ist meine geringste Sorge.«

Picasso räusperte sich. Neuerdings bevorzugte er mit Dora politische Themen und Gespräche über Kunst. Sie waren weitaus unverfänglicher als ihre seelische Verfassung.

»Du hast schon immer einen düsteren Blick gehabt, Dora. Die Surrealisten sind schuld an deiner Misere. Sie haben deinen Hang zur Mystik, das Tischrücken, das Okkulte in dir gefördert. Wenn der Krieg vorbei ist, werde ich endlich wieder malen, Neues schaffen, in den Süden gehen. Wir könnten endlich einmal in mein neues Haus in Ménerbes fahren, das ich bis heute nicht gesehen habe. Du und ich, was meinst du?«

Dora horchte auf. »Du und ich?«, fragte sie schließlich stirnrunzelnd.

Picasso nickte.

Picassos Haus im Lubéron – ein Liebhaber seiner Kunst hatte

ihm das alte Haus gegen ein Stillleben angeboten. Picasso, der an jenem Tag gut gelaunt gewesen sein musste, hatte eingewilligt. Nun war er Besitzer eines Hauses, das er nur von einer einzigen Fotografie kannte.

»Wirst du mich begleiten, Dora?«, hakte er nach.

»Selbstverständlich«, erwiderte sie, bemüht, ihre aufkommende Freude über seine Frage zu verbergen. »Ich liebe den Süden, das weißt du doch.«

Als er gegangen war, dachte sie lange darüber nach, ob sie durch Françoises Abwesenheit einen Aufschub für die Trennung erhalten hatte oder ob genau dieser Umstand Picassos Distanz zu Dora vergrößerte. Setzte Françoise Gilot auf seine Sehnsucht? Wenn ja, war das junge Ding klüger, als Dora gedacht hatte.

Plötzlich überkam sie ein Gefühl der Ohnmacht, und zum ersten Mal in ihrem Leben ängstigte sie die bevorstehende Freiheit, die ihrer Seele Fesseln anlegte. Sie war eine Gefangene ihrer selbst, ein Häftling, der von Picassos Almosen abhing.

Am Abend, als sie mit Picasso im Deux Magots verabredet war, schminkte sie sich vor dem großen Spiegel im Flur, umrandete mit kräftigen schwarzen Strichen ihre Augen und trug Rouge und Lippenstift auf. Sie entschied sich, ihr langes Haar offen zu tragen, und verzichtete auf einen Hut. Als Garderobe wählte sie ein ausladendes Kleid in Royalblau, das sie einst zu Kostümbällen getragen hatte. Bevor sie das Haus verließ, trank sie drei Gläser Wein und streifte ihre Schiaparelli-Handschuhe über.

Alle Freunde sahen auf, als sie das Lokal betrat. Mit eiligen Schritten ging sie hinüber zu Picassos Tisch, an dem die üblichen Bewunderer saßen.

Picasso, der gerade ein Glas Wein in der Hand hielt, sagte

nichts, bedeutete ihr aber mit einem strengen Blick, neben ihm Platz zu nehmen. Sie setzte sich zwischen Paul und Brassaï.

Auf einmal war ihr, als bekäme sie keine Luft. Nervös rutschte sie auf ihrem Stuhl hin und her, wischte mit der Serviette über den Tisch und hatte das Gefühl, sich jetzt und hier zu verlieren. Als käme sie sich selbst abhanden.

Hilflos sah sie sich um. Wo war sie? War dies wirklich das Deux Magots, in dem ihre Liebe einst begonnen hatte, jener Ort, an dem sie Picasso herausgefordert und der Stierkampf seinen Lauf genommen hatte? Der heilige Ort, den Picasso jetzt, acht Jahre später, vergiftete? Sie dachte an die Blumenfrau und mit welcher Leichtigkeit sie ihre Rolle an seiner Seite einnehmen würde.

Alles schien Dora auf einmal verloren. Nicht an diesem Ort, dachte sie verzweifelt, während sie um sich herum Getuschel wahrnahm. Alle Augen waren auf sie gerichtet, nur Picasso stach mit der Gabel in sein verfluchtes Chateaubriand. Auf einmal geschah es wieder: Die Glaswand ihrer Kindheit schob sich zwischen sie und die Menschen um sie herum. Ein Bild von einem gesegneten Ort kam ihr in den Sinn. Erst vor Kurzem hatte sie es eingehend studiert. Ihr war, als wäre sie nicht hier im Deux Magots, sondern an jenem heiligen Ort.

»Zieht alle eure Schuhe aus«, platzte es aus ihr heraus. Sie hob beide Arme über sich und warf den Kopf in den Nacken. »Dies ist ein tibetischer Tempel, ein Gebetshaus.«

Hatte sie das tatsächlich gerade von sich gegeben?

Mit geschlossenen Augen vernahm sie im Nachhall ihren Ausruf, der einem sinnlosen Aufschrei glich. *Du entweihst diesen Ort, Picasso!* Sie wusste nicht, ob das ihre Gedanken waren oder ob sie es ausgesprochen hatte.

Als sie hektisch aufstand, kippte ihr Stuhl um, und sie rannte hinaus auf die Straße, wo sie schwer atmend stehen blieb. Luft! Unter einer Laterne vermochte sie zu atmen, und mit leerem Blick lief sie auf dem Gehweg in Richtung Boulevard Saint-Germain.

»Dora, meine schöne, geliebte Dora«, hörte sie auf einmal eine vertraute Stimme hinter sich. Jemand legte den Arm um ihre Schultern. Es war Éluard.

»Er betrügt mich, wusstest du das, Paul?«, stieß sie hervor und merkte erst jetzt, wie ihr Tränen über die Wangen liefen. Ihre Augen brannten von der verlaufenden Schminke. »Er hat eine neue Muse gefunden. Picasso hat mich von seinem Podest gestoßen, und meine Statue ist in tausend Scherben zerbrochen.«

»Ach Dora, du weißt doch, wie er ist«, sagte Paul zärtlich. »Es wird vorbeigehen. Dann wird er zu dir zurückkommen. Er liebt dich.«

»Nein«, sagte Dora bestimmt. Mitten auf der Straße blieb sie stehen und blickte in Éluards Augen. »Diesmal nicht.«

Ein Autofahrer hupte und gestikulierte hinter seinem Lenkrad mit aufgerissenen Augen. Éluard zog Dora von der Straße zurück auf den Gehweg. Sie liefen über den Boulevard Saint-Germain bis in die Rue de Savoie, wo Éluard die Tür aufschloss.

Stumm und vorwurfsvoll empfingen sie ihre Möbel. Éluard setzte sie im kleinen Salon auf einen Stuhl, holte Wein, als sei er ihr Gastgeber und nicht umgekehrt, reichte ihr ein Glas und redete auf sie ein.

Sie verstand kein Wort von dem, was ihr Freund sagte, aber insgeheim wusste sie, dass Éluard, der zwar ein guter Freund, aber ein untreuer Ehemann war, kein guter Ratgeber für ihre Lage war. Allmählich spürte sie die dämpfende Wirkung des Alkohols und die Schwere des Weines, die sie hinab in ihre tiefsten Abgründe zog.

Nachdem Éluard schließlich verschwunden war, stand sie auf und merkte, dass der Boden unter ihr schwankte. Plötzlich befand sie sich auf einem Schiff nach Buenos Aires, wo Julie bei den wenigen gemeinsamen Überseefahrten stets seekrank in ihrer Kabine geblieben war, während Dora und Josip sich am liebsten an der Reling das Meerwasser hatten ins Gesicht spritzen lassen. Ja, sie hatte die Fahrten übers Meer stets geliebt. Jetzt verlor sie an Land in ihren eigenen vier Wänden jeden Halt.

Sie tastete sich mit den Fingerspitzen an der Wand entlang in ihr Arbeitszimmer und sah sich fragend um. Was wollte sie hier? Die Täubchen saßen still da, als gäbe es nichts mehr zu sagen. Sie zog das weiße Tuch von der Staffelei und betrachtete ihr jüngstes Werk.

In kubistischen Formen zeichneten sich Wasser und Schiffe ab, die Andeutung einer Hafenanlage. Sie hatte dem Gemälde den Titel *Die Quais der Seine* gegeben, ein sicherer Ort, wo Schiffe anlegten und Menschen flanierten. Bezeichnenderweise war das Gemälde menschenleer. Sie sehnte sich in den Süden zurück, doch gäbe es dort die heilende Erlösung für sie?

Irgendwann legte sie sich aufs Bett, zog Schuhe und Strümpfe aus, und fiel in einen tiefen Schlaf, der den Käfig ihrer über Jahre hinweg sorgfältig versperrten Dämonen entriegelte. Als sie erwachte, war es fünf Uhr morgens.

Die Vögel zwitscherten, und von der Straße her vernahm sie Geräusche.

Wie eine Schlafwandlerin lief sie mit zerzaustem Haar hinüber in die Rue des Grands-Augustins, lehnte sich an die Wand neben dem großen Portal, das ihr einst Welten eröffnet hatte, und starrte hinauf zu Picassos Fenster. Die Straßenlaternen flackerten, die Dämmerung legte ein milchiges Licht auf die Häuser, und obwohl in Picassos Wohnung kein Licht brannte, glaubte sie, Kerzenlicht zu sehen und ein Paar, das sich im Raum bewegte. Es tanzte. Françoise trug einen Blumenstrauß auf dem Kopf, der ihr ganzes Gesicht verdeckte, während Picassos Gestalt jugendliche Züge annahm, als wäre er wieder zwanzig Jahre alt. Ein Lorbeerkranz schmückte sein volles Haar.

Ihr verwundbares Ich folgte den Bewegungen der Blumenfrau und des Jünglings bis in jenes Schlafzimmer, das sie einst mit dem alternden Picasso und dem Minotaurus geteilt hatte. Vor ihrem inneren Auge wälzten sich zwei Körper im Liebesakt. Der Minotaurus verschlang sein nächstes Opfer, das dessen heimtückisches Werben sogar genoss. Die Falle schnappte zu. Dora starrte auf seine großen Klauen, denen die gebräunten Hände Picassos entwuchsen. Sie ertasteten den Körper einer jungen Frau mit mädchenhaften Formen. Unter seinen Liebkosungen entstand Neues, und sein Fingerabdruck stanzte sich in ein weiteres Frauenleben an seiner Seite.

»Was tust du mir an«, flüsterte Dora in die Morgendämmerung. »Vor meinen Augen. Du formst Menschen, du legst sie fest und schiebst sie anschließend in deinen Tonofen im Badezimmer – hältst du dich für einen Gott?«

Sie blickte an sich herunter. Ihre nackten Füße standen auf dem kühlen Steinboden des Innenhofs. Dieselben Füße, die einst glücklich in Picassos Palast im Vaste-Horizon eingezogen waren. Wo waren ihre Schuhe? Hatte sie es nicht selbst zugelassen, dass er gottähnlich werden konnte?

»Du hast mir meine Schuhe gestohlen, mein Herz, meine Seele, alles, was ich bin«, schluchzte sie und ließ sich mit dem Rücken an der harten Steinwand auf den Boden gleiten. So verharrte sie, wie es ihr schien, stundenlang.

»Dora«, hörte sie wie aus der Ferne irgendwann eine Stimme. Höflich, distanziert, mit einer Spur Besorgnis.

Sie öffnete die Augen, und hinter einem brennenden Schleier stand Sabartés schräg über ihr und reichte ihr seine Hand. In ihrer Verzweiflung nahm sie diese an. Er hievte Dora vorsichtig nach oben.

»Er ist nicht hier. Du weißt doch, dass er bei Marie-Thérèse und Maya lebt. Schon seit Wochen. Dort wartet er das Ende des Krieges ab.«

»Ist denn der Krieg zu Ende?«, fragte sie verwirrt. »Mir ist nichts davon zu Ohren gekommen. Ich dachte, Paris brennt.«

»Nein, es brennt nicht. Bald, Dora, bald wird Paris frei sein.«

Frei – das Wort klang vertraut, sein Inhalt leer und ohne Bezug. Freiheit – welches Land war das? Ein abgestorbener Ort in ihr, an dessen Stelle ein sie verlassender Gott getreten war.

»Geh nach Hause, Dora, ruh dich aus. Ich sage ihm, dass du hier warst und ihn sehen wolltest.«

»Ich habe ihn gesehen«, gab Dora lautlos zurück. »Ich habe ihn tanzen und formen sehen. Er kann es nicht lassen. Es ist seine Natur.«

Widerstandslos ging sie zurück in die Rue de Savoie, überrascht, dass sie den kurzen Weg auf Anhieb fand. Dorthin, wo Picassos Käfer sich von ihr abwandten und still auf ihren Plätzen an den Wänden verharrten. Sie zog sämtliche Vorhänge zu und ließ sich auf ihr Bett fallen.

Irgendwann stand sie auf, nahm die Kiste mit seinen Präsenten und Papierschnipseln heraus, all die vielen Beweise seiner Existenz in ihrem Leben, öffnete sie, während sie mit gesenktem Kopf am Bettrand saß. Zarte Miniaturporträts kamen zum Vorschein, bemalte Streichholzschachteln, lauter filigrane Kostbarkeiten, die sie aufbewahrt hatte.

Eines davon war ein Geschenk, das er erst vor Kurzem für sie geschaffen hatte. In einer ausgefransten Papierserviette hatte er

Löcher und Brandstellen angebracht und sogar Bijous Schlappohren angedeutet, nachdem Doras Malteserhündchen gestohlen worden war. Heute war sie sich nicht mehr sicher, ob das überhaupt die Wahrheit gewesen war, aber Bijou war fort. Picasso hatte ihn zu neuem Leben erweckt, selbst das vermochte er.

»Zum Trost, für dich, liebste Dora«, hatte er gesagt.

Sie breitete ihre Fotos von *Guernica* auf ihrer Decke aus wie die Chronologie einer Liebe. Die unzähligen Männchen und Miniaturbilder, die Picassos Hände einst zu Doras Freude hervorgebracht hatten, kamen hinzu, und sie erzählten Geschichten aus einer vergangenen Zeit. Sie nahm das Konvolut und streute es über ihren Körper, ihren verletzten Stolz, über all die Demütigungen und Freuden von sieben langen Sommern und Wintern, den Nächten, den Tagen mit ihm.

Sie gaben ihr Trost und hielten ihr entfesseltes Wesen wie Leim zusammen.

KAPITEL 33

Dora lag eingerollt auf ihrem Bett.

Durch die geschlossenen Fenster hörte sie nur noch vereinzelt das Jubeln der Menschen auf den Straßen von Paris. Vor Tagen waren Panzer der Alliierten in die Stadt gekommen, dabei war es Paris gelungen, sich selbst zu befreien. Die Résistance hatte all ihre Kräfte mobilisiert, und die Pariser feierten das Leben, die neue Freiheit und sich selbst.

»Vive la France! Vive Paris!«, jubelten die Pariser.

Fremde Menschen fielen einander auf den Straßen in die Arme und küssten sich. Der in den Kellern gut gehütete Champagner floss in Strömen.

Hitlers Lieblingsstadt hatte nicht gebrannt, und die Menschen taumelten durch das neue Paris, feierten den Sieg über den Terror, die vierjährige Demütigung und tödliche Bedrohung. Sie rissen die deutschen Straßenschilder aus ihren Verankerungen. Die Tuilerien hießen wieder Jardin des Tuileries, und an sämtlichen Gebäuden waren die Hakenkreuzfahnen heruntergerissen und durch die stolze Trikolore ersetzt worden.

Dora erinnerte sich an Zeitungsbilder, die de Gaulle zeigten, wie er das triumphale Defilee über die Champs-Élysées angeführt hatte.

Picasso feierte mit seinen Freunden im Le Catalan.

Dora war erst gar nicht hingegangen, hatte Unwohlsein vorgeschoben und blieb allein. Sie fand keinen Trost, keinen Schlaf, denn seit Tagen blieben Picassos Besuche aus. Nachts krochen ihre Dämonen aus allen Ecken ihrer Wohnung und fielen über sie her, verhöhnten sie und gaben ihr Anweisungen wie einst Julie. Picassos Insekten wuchsen und verwandelten sich in Panzer, die über sie hinwegrollten. Schlafpulver und Alkohol dämpften das Schlimmste ab, aber das Erwachen aus dem Rausch war umso grausamer.

Mit Wehmut dachte sie an Cocteau, der sie längst wie all die anderen Freunde verlassen hatte. Picassos neue Ambitionen, die Objekte seiner Begierde, erreichten seine Entourage ohne Worte. Dora spielte keine Rolle mehr in seinem Leben. Die einzigen Freunde, die weiterhin zu ihr hielten und sie besuchten, waren Nusch und Paul Éluard. Und Doras Vater.

»Wie geht es meinem Kind?«, fragte Josip, der mit einer Tüte frischer Lebensmittel Doras Wohnung betrat.

Dora blickte verlegen an sich herunter. Durch die Anwesenheit ihres Vaters erfasste sie in wenigen Sekunden ihre Wirklichkeit. Sie sah schrecklich aus. Vernachlässigt, heruntergekommen wie ein *Clochard*. Ihre Haare standen wild durcheinander in alle Richtungen. Seit Tagen trug sie die gleiche Kleidung. Sie hatte nicht einmal Schuhe an. Wo waren ihre Schuhe?

»Ich bin etwas durcheinander«, sagte sie ausweichend und legte das frische Obst in eine Schale.

Josip trat zu ihr und berührte mit Daumen und Zeigefinger zärtlich ihr Kinn.

»Du musst mir versprechen, dich jetzt wieder um dich zu kümmern, Dora. Kopf hoch. Das wird schon. Paris ist frei und von seinem schlimmsten Peiniger erlöst. Es wäre hilfreich, wenn du dich waschen würdest, mein Kind.«

Der Duft von Josips exklusivem Rasierwasser streifte ihre Nase, und sie nickte beschämt.

»Treffen wir uns morgen zum Mittagessen?«, fragte Josip und begab sich in Richtung Tür.

Dora atmete auf. Josip würde wieder gehen, sie in Ruhe lassen.

Die Klinke in der Hand haltend, drehte er sich noch einmal um: »Ein Nein akzeptiere ich nicht. Morgen, zwölf Uhr, im Lutétia. Kauf dir ein neues Kleid, geh zum Friseur und hinaus an die frische Luft. In Paris kann man wieder atmen.«

Das sagte ausgerechnet jener Mann, der die Besatzungszeit im Ausland verbracht hatte.

Er reichte Dora einige Geldscheine, die sie sofort nahm.

Dann fiel die Tür hinter ihm ins Schloss. Sie ging zurück ins Schlafzimmer, legte das Geld auf den Nachttisch, rollte sich auf dem Bett ein und fiel in einen tiefen Schlaf.

Am frühen Morgen erwachte sie und taumelte in die Küche, wo Josips Einkäufe lagen. Nur mit viel Anstrengung erinnerte sie sich. Wann war er hier gewesen? Gestern? Heute? Vor einer Woche?

Zerstreut warf sie einen Blick auf die Tageszeitung, die er mitgebracht hatte. Das Datum gab keinen Aufschluss darüber, in welcher Zeit sie sich befand, aber es war die Zeit nach der Befreiung. *29. August 1944*.

Sie blätterte die Zeitung durch und trank einen Schluck Wasser.

Verständnislos betrachtete sie die Bilder von gepeinigten Frauen, die man hier in Paris nackt oder halb angezogen wie Vieh durch die Straßen getrieben hatte. Pariserinnen, die mit den *Boches* eine Beziehung gehabt hatten. *Filles de boches*, Deutschflittchen, nannte man jene Frauen, die nach dem Krieg im gesellschaftlichen Rang ganz unten angekommen waren. Verdrehte Rollen, denn unter den Deutschen war es ihnen besonders gut gegangen, und sie hatten alles gehabt: Kaffee, Zigaretten, ihren Frieden. Jetzt wurden sie für ihre Verbrechen der sogenannten horizontalen Kollaboration zur Rechenschaft gezogen.

Wie hypnotisiert starrte Dora auf das Foto einer jungen Frau, der im Bad der Menge unterhalb der Sacré-Cœur ihre langen blonden Haare geschoren wurden. Sie schien still dazusitzen, ihrem Schicksal teilnahmslos ergeben, als gäbe es kein Entrinnen.

All die Gewalt, die Paris unter der deutschen Besatzung erlitten hatte, entzündete sich nun an den *Verräterinnen*. Je länger Dora die Bilder betrachtete, desto mehr schien es ihr, als säße sie selbst auf dem Schafott, kurz vor ihrer Hinrichtung. Ihr Henker hatte einen Namen, den sie nicht wagte auszusprechen.

Sie legte die Zeitung zusammen. Auf der Rückseite entdeckte sie Rose Valland im Jeu de Paume an eine Skulptur gelehnt, das graue Haar streng zurückgekämmt, die Nickelbrille auf der Nase.

Rose Valland rettet unzählige Kunstwerke – heimliche Listen über Verbleib von Werken geführt, lautete die Überschrift.

Wie lange lag es zurück, dass sie ihr im Jardin des Tuileries begegnet war? Tage? Jahre? Ein halbes Leben? Sie vermochte es nicht zu sagen.

Dora schloss die Augen. Rose Valland hatte recht behalten – die *Boches* hatten Picasso in Ruhe gelassen, nicht mehr lange, und die Welt würde ihn als Widerstandskämpfer feiern. Immerhin war er erst vor Kurzem der Kommunistischen Partei beigetreten und brüstete sich mit seiner linken politischen Identität. Wer konnte es ihm verübeln?

Langsam ging sie hinüber in den abgedunkelten Salon und nahm ihr Notizbuch vom Tisch. Mit gerunzelter Stirn suchte sie eine Telefonnummer in Mexiko und starrte auf die Adresse.

Frida Kahlo. Wie lange lag ihre Begegnung mit Frida zurück? Fünf Jahre, oder war es erst gestern gewesen? Stolz hatte die Künstlerin damals gesagt, dass sie sich lieber um die Revolution kümmerte als um die in ihren Augen snobistische Kunstszene von Paris. Ja, Frida war eine überzeugte Kommunistin, im Gegensatz zu Picasso.

»Du hattest recht, Frida, wie recht du hattest«, flüsterte Dora und fuhr mit der Fingerspitze über die Telefonnummer. »Alles Heuchler und Snobs.«

»Die schlimmste Katastrophe in meinem Leben war Diego.« Dora erinnerte sich an Fridas Worte, als seien sie erst gestern gefallen. Traf das auch auf sie zu?

War Picasso *ihre* Katastrophe? Nein, sie hatte aus freien Stücken seine Nähe gesucht und tat es noch. Frida hatte einen gänzlich anderen Weg gewählt und ihre große Liebe mit der großartigen Kunst in ihrem Leben vereinigt. Einen Augenblick beneidete sie die Mexikanerin darum, dass sie mit all ihren Blessuren zurechtkam, den seelischen wie den körperlichen. Diegos Untreue mochte ihr das Herz herausreißen, aber in ihrer Kunst erhob sich Frida über alles.

Dora starrte auf die Adresse und Fridas Telefonnummer und nahm den Hörer ab.

Plötzlich hörte sie eine Stimme am anderen Ende der Leitung. »Vermittlung. Was wünschen Sie, Madame?«

Stockend gab sie ihr Anliegen durch. Zahl um Zahl. »Es ist wichtig«, schloss sie.

»Sie wollen wirklich ein Funktelefonat, Madame?«, fragte die Frau am Ende der Leitung. »Das ist sehr teuer.«

»Ich warte auf die Verbindung«, sagte sie knapp und legte auf.

Bis endlich ihr Telefon klingelte, schien ihr eine Ewigkeit vergangen zu sein.

»Frida?«, fragte sie. »Frida? Bist du es?«

Schweigen am anderen Ende der Leitung. Dann, nach einer Weile, hörte Dora endlich Fridas vertraute Stimme.

»Ich bin es, Dora.«

»Was ist passiert? Hier ist es nach Mitternacht. Ich war schon im Bett. Geht es dir gut? Ist etwas mit Picasso?«

Dora hörte Geraschel im Hintergrund. »Es geht mir gut, und Picasso geht es blendend.« Sie starrte auf die Fotos aus der Zeitung und konnte die Augen nicht von ihnen abwenden. »Sie jagen die Pariserinnen durch die Straßen.«

Frida stutzte. »Wovon sprichst du, Dora? Paris ist frei. Es stand hier in allen Zeitungen.«

»Ich bin es nicht«, flüsterte sie und berichtete stockend von den Bildern der Frauen, die in einem neuen Paris zu Freiwild geworden waren. »Und jetzt brandmarken sie die Verräterinnen.«

»Was soll das mit diesen Frauen, Dora? Warum quält dich das so sehr?«, fragte Frida und gähnte. »Du weißt sehr gut, wie radikal ich über Kollaboration denke. Möchtest du mir nicht sagen, was dich wirklich bewegt?«

Dora warf einen Blick zum Fenster hinaus. Die Straßenlaternen schimmerten, einige Spätheimkehrer des Pariser Nachtlebens zogen durch die Gassen, und Picasso war einen Steinwurf von ihr entfernt in seinem Atelier.

»Was bewegt mich?«, fragte Dora gedankenverloren zurück. »Weißt du, dass es der Süden war, wo wir uns zum ersten Mal liebten? Südfrankreich! Die Provence! Das bewegt mich, Frida, das Vergangene, nicht die Gegenwart. Wie ein warmer Sommerregen ist er damals in mein Leben getreten. Einst brachte das Meer meine Seele zum Schwingen. In mir leben zwei Frauen. Eine, die ihr Herz um einen Mann schlingt, der sie nicht mehr haben will, und eine, deren Stolz in tiefer Scham versinkt. Ich sehe mir dabei zu, wie ich die werde, die ich niemals sein wollte.«

»In der Liebe gibt es weder Stolz noch Scham, Dora. Erzähl mir vom Süden, von den schönen Erinnerungen mit ihm. Ich war niemals in der Provence. Beschreib es mir.«

Dora glaubte, das Geräusch eines Feuerzeugs zu hören, dann Fridas entspannten Atem.

»Einmal habe ich eine Fackelwanderung mit Picasso unternommen. Wir haben uns mitten in der Nacht verlaufen. Schon damals kannten wir den Weg nicht.«

»Ihr seid viele Jahre gemeinsam euren Weg gegangen, Dora. Und es liegt an dir, ob du diesen Weg weitergehst.«

Dora erinnerte sich an all das, was Frida ihr einst im Deux Magots anvertraut hatte: ihr jahrelanges Hadern mit Diego, ihren Kampf um ihre künstlerische Identität und das Ringen mit ihrem verkrüppelten Körper. Dora bewunderte die Stärke ihrer Freundin, während sie sich selbst schwach und klein vorkam.

»Wie hast du es geschafft, Frida? Wie hast du Diegos Untreue ausgehalten?«

Frida stieß einen tiefen Seufzer aus. »Indem ich mir klarmachte, dass ich meine Liebe zu ihm von seiner Eitelkeit trennen muss, verstehst du? Er ist ein Gockel, der sich aufplustert. Ich habe seine Affären hingenommen und gemalt. Sollen meine Rivalinnen doch den Kampf verlieren, denn entscheiden wird er sich niemals. Ich bin klüger als sie.«

Sie vernahm Fridas Atem, der ruhig und gleichmäßig ging. All das sagte die Freundin, ohne in Aufruhr zu geraten. Würde sich Dora nach all den Jahren an die Konkurrenz gewöhnen können? Instinktiv wusste sie längst, dass es diesmal anders war. Françoise Gilot war keine von Picassos gewöhnlichen Affären. Sie würde um ihn kämpfen, doch Dora war es leid, zu kämpfen.

»Picasso betrügt mich mit einer jungen Frau, die seine Enkelin sein könnte. Oder betrügt er sie mit mir? Denn er kommt noch immer zu mir. Aber was findet er bei Françoise, die mindestens zwanzig Jahre jünger sein muss als ich? Worüber spricht er mit ihr? Über Kirschen und Sonnenaufgänge?«

»Über Kirschen?«, fragte Frida und lachte aus vollem Hals. »Wie kommst du denn darauf?«

»So hat er sich ihr genähert. Mit einer Schale Kirschen im Deux Magots.«

»Ist ihm denn nichts Originelleres eingefallen?«, gab Frida schnaubend zurück. »Das ist doch kindisch! Mach dir klar, Dora, Männer wie er brauchen die Eroberungen für ihr Ego. Wenn du Geduld hast, kommt er zurück. Er wird niemals ganz auf dich verzichten können. Ihr seid Seelenverwandte, genau wie der Fettwanst und ich.«

Mit dem Fettwanst meinte Frida ihren Diego.

»Du hast nie aufgehört zu malen. Das ist der große Unterschied zwischen uns beiden. Du hast dich niemals aufgegeben.«

»Du wirst dich auch nicht aufgeben«, sagte Frida bestimmt. »Ich verbiete es dir. Das Malen hält meinen geschundenen Körper zusammen. Es ist mein einziger Ausdruck gegen die Wunden des Lebens. Es bildet mein Korsett. Woraus könnte dein Korsett bestehen?«

Die Wunden des Lebens. Dora seufzte. Ihre Wunden schienen ihr so zahlreich, dass sie nicht mehr wusste, wie sie sie heilen könnte.

»Ich kann mit seiner Untreue nicht leben.«

»Dann hast du dich entschieden, Dora.«

»Was würdest du an meiner Stelle tun?«

»Malen, Dora. Glaub mir, es geht vorbei. Wir beide brauchen die Kunst, auch wenn du mir das jetzt nicht glaubst, du wirst darauf zurückkommen. Ich weiß, wovon ich spreche. Wir haben uns scheiden lassen und kurz darauf wieder geheiratet. Du siehst, es hat keinen Sinn, gegen seine große Liebe anzugehen. Ich bin *meinen* Weg gegangen. Du musst deinen finden, Dora. Diego aus meinem Herzen zu reißen wäre mein Untergang.«

»Ach Frida«, jammerte sie und trat zum Fenster, während sie den Telefonhörer umklammerte. Draußen schob sich rötliches Licht über die Dächer von Paris. »Es tut mir leid, dass ich dich geweckt habe.«

»Zieh dich in dein Atelier zurück, male! Versuche, inmitten deiner Werke Kraft zu schöpfen. Manchmal braucht die Kreativität den tiefsten Schmerz, um all ihre Kräfte zu bündeln. Vielleicht findest du in deiner Kunst Klarheit. Das wünsche ich dir von ganzem Herzen.«

»Ich werde es versuchen«, sagte Dora und legte traurig den Hörer auf.

Wochen später erschien Picasso aus heiterem Himmel gut gelaunt in der Rue de Savoie.

Verwirrt ließ ihn Dora eintreten und bat ihn in ihren kleinen Salon, wo er es sich auf dem gelb gepolsterten Empire-Sessel gemütlich machte. Er trug einen Anzug, darunter ein weißes Hemd.

»So förmlich?«, stichelte sie.

Er sah an sich herunter und zündete sich eine Zigarette an.

»Begleitest du mich irgendwann in mein neues Haus in

Ménerbes?«, fragte er mit einem verschmitzten Lächeln um die Mundwinkel.

Irgendwann. Wann war das? Ménerbes, das kleine Dorf im Lubéron, wuchs in ihrer Vorstellung zu einem Sehnsuchtsort. Der Süden, dachte sie wehmütig, und ein zarter Funken Hoffnung tat sich in ihr auf. Über die düsteren Bilder stülpten sich plötzlich ihre Lieblingsmotive von Mougins, Antibes. Sie mischten sich mit der Zuversicht seiner Stimme. Reben. Blühender Lavendel und der Duft von wilden Kräutern.

Sie wollte dorthin, wo alles leichter war, wo ihre Körper mühelos zueinanderfanden und das Gute zwischen ihnen würde keimen können. Vielleicht würden sie zueinander zurückfinden. Dora vermochte Traum, Wunsch und Realität nicht zu unterscheiden, aber sie wusste, dass nur der Süden sie retten konnte. Denn durch Paris zog sich von der Rue de Savoie bis zur Rue des Grands-Augustins eine Blutspur, die ein langer Regen erst würde wegwaschen müssen. So lange musste der Süden ihre Wunden heilen.

»Im Lubéron gibt es den Mont Ventoux«, flüsterte sie, und in ihrer Vorstellung tat sich ein Berg auf, erhaben inmitten einer wilden, menschenleeren Landschaft und mit einer schneebedeckten Spitze. »Ein heiliger Berg.«

Womöglich vermochte ein jahrtausendealtes Sakrileg sie zu retten. Genau dorthin würde sie pilgern.

»Lass uns im Frühjahr dorthin fahren und malen, Dora. Wir werden gemeinsam arbeiten, so wie früher.«

Picasso nahm einen Zug von seiner Zigarette, formte seine Lippen wie ein Fisch und stieß den Rauch aus. Kleine Ringe lösten sich langsam im Raum auf.

»Warum so lange warten?«, fragte sie gedankenverloren.

»Weil es hier so vieles zu erledigen gibt. Man will meine

Werke wieder ausstellen. Von überall verlangen sie nach mir. Es ist wichtig, dass ich mich jetzt im Zentrum der Kunst zeige. Paris wird wieder Paris sein, Dora.«

»Du bist das Zentrum der Kunst«, gab sie leise zurück.

Am liebsten wäre sie sofort gefahren.

»Versprichst du mir, dass wir im Frühjahr fahren?«, fragte sie vorsichtig.

»Ich verspreche es.«

Kritisch sah sie ihn an, aber sein Blick ließ seine Zusage in der Schwebe, genau wie alles andere in den letzten Monaten.

Vielleicht sah er es als eine letzte Prüfung an, wie weit er gehen musste, um die Kluft zwischen ihnen sichtbar zu machen. Vielleicht würde er sein Versprechen nicht halten.

In Gedanken klammerte sie sich an die gemeinsamen Stunden von *Guernica*, an den Tango, die glücklichste ihrer gemeinsamen Zeit, hinter der sogar Mougins, Antibes und Royan zurücktraten.

Die Wahrheit war, dass alle Orte des Südens von Picassos Untreue befleckt waren. Nur die Zeit von *Guernica* blieb rein, unversehrt. Ménerbes war es noch. Sie würde die erste Frau sein, die ihn dorthin begleitete, aber ganz sicher nicht die letzte.

»Ich fahre mit dir nach Ménerbes. Lass mich wissen, wenn du bereit bist«, sagte sie mit fester Stimme.

Vielleicht würde sich im Süden, ihrem gelobten Land, etwas wiederbeleben lassen. Vielleicht würde dort über den Spalt, der sie in Paris trennte, neues Gras wachsen.

KAPITEL 34

Ménerbes, 1945

Picasso hielt sein Versprechen.

Zusammen mit Dora reiste er im Frühjahr des folgenden Jahres nach Ménerbes. In der Zwischenzeit hatte er seine Besuche in der Rue de Savoie beharrlich fortgesetzt. Seine regelmäßige Anwesenheit besänftigte Dora. Das Warten auf seine Anrufe oder Besuche war ihr zur Gewohnheit geworden. Zwischen den einstigen Liebenden herrschte eine Art Waffenstillstand, eine stille Übereinkunft, die Dinge in der Schwebe zu lassen. Die physische Abwesenheit Françoise Gilots trug zudem zu Doras Erleichterung bei und hielt ihre destruktiven Gedanken im Zaum.

Sie hatte angefangen, regelmäßig den Gottesdienst zu besuchen, und Josephines Rat befolgt, philosophische Abhandlungen zu studieren und zu malen. Doch nichts von alldem hatte ihr Verlangen nach Picassos Liebe befriedigt, sosehr Dora sich auch dafür verdammte.

Das kleine Dorf Ménerbes lag idyllisch auf einer Anhöhe im Lubéron, umgeben von Mistelbäumen und Zedernwäldern. Die terrassenartig aneinandergebauten Steinhäuser mit grünen und roten Fensterläden verliehen der Region ihr typisch provenzalisches Aussehen. Reben und Olivenhaine erstreckten sich über die Ebene. Der Duft von Thymian lag in der Luft.

»Das Haus ist viel größer, als ich es mir vorgestellt habe«, sagte Picasso begeistert, als sie beide mit ihrem Gepäck davorstanden.

Dora warf einen Blick hinunter: Auf halber Höhe befand sich eine kleine Kapelle mit einem Friedhof, inmitten von altem Baumbestand. Eine Steinmauer führte hinab ins Tal. In der Ferne sah man den schneebedeckten Gipfel des Mont Ventoux.

Mit einem großen Eisenschlüssel öffnete Picasso die schwere Holztür. Neben dem Eingang entdeckte Dora eine verbogene Eisenstange, an der eine Glocke hing. In einer Mischung aus Neugier und Unbehagen folgte sie Picasso in sein neues Domizil.

Im Inneren roch es staubig, nach altem und unbewohntem Gemäuer. Ein breiter Treppenaufgang mit weiß gekalkten Wänden führte in die oberen Stockwerke.

»Wir müssen überall die Fenster öffnen«, sagte sie, ließ ihre Gepäcktasche auf den Boden fallen und machte sich an die Arbeit.

»Du fängst oben an, ich hier unten«, befahl Picasso. »Wir treffen uns in der Mitte.«

Zügig begab sich Dora ins dritte Stockwerk. Auf den breiten, ausgetretenen Steinstufen hallten ihre Absätze durchs ganze Haus. Oben angekommen, fand sie sich am Anfang einer Flucht, von der mehrere Türen abgingen. Durch ein rechteckiges Sprossenfenster am Ende des Flurs fiel Tageslicht. Die meisten Räume waren schlicht möbliert und wirkten mit zugedecktem Leinen wie in einem Dornröschenschlaf.

In ein Zimmer verliebte sie sich auf Anhieb. Es beherbergte einen offenen Kamin, in dem noch verkohlte Holzreste lagen, einen Tisch, einen schiefen Schrank, ein Bett und ein klappriges Sofa mit Rosshaarbezug. In einer Nische in der Ecke befand sich eine schmale Tür, die sie vorsichtig öffnete. Auf wenigen Quadratmetern befanden sich Regale mit verrostetem Gartenwerkzeug.

»Eine Geheimkammer«, flüsterte sie, schloss die Tür und lief zu den Fenstern, die hinaus in den Garten zeigten. Von hier aus hatte man einen phantastischen Blick hinaus in die Ebene, mit Weinreben, Pappeln und Olivenbäumen. Instinktiv spürte sie etwas wie Heimatgefühl. Der Süden hatte sie noch nie enttäuscht.

»Wie schön es hier ist«, sprach sie leise vor sich hin und strich mit den Fingerspitzen über das staubige Fenstersims. Eine leise Hoffnung erfasste sie, hier in dieser Umgebung zu sich zurückzufinden.

Ihr Blick schweifte über den Friedhof und die kleine Kapelle. Wie eine sanfte Welle schlängelte sich die Landschaft durchs Tal. Sie warf einen Blick auf die Wände, und ihre Augen folgten dem Lichteinfall. Es war nahezu perfekt. Genau hier in diesem Raum würde sie mit der Morgensonne malen, Kraft schöpfen und regenerieren können. Sie spürte den Boden unter ihren Füßen. Hinter sich hörte sie Picassos Schritte näher kommen.

»Was für eine Landschaft«, sagte er und trat neben sie. »Unten im Salon gibt es auch einen Kamin und eine alte Bibliothek. Das musst du dir ansehen.«

»Wie viele Räume sind es?«, fragte sie.

»Fünfzehn«, erwiderte er. »Vier davon kann man bewohnen. Wir werden einiges tun müssen, um dieses Haus gemütlich zu machen.

Er wandte sich ab und lief mit großen Schritten durch das Zimmer, als nehme er Maß. Dann blieb er mit ausgestreckten Armen stehen, drehte sich einmal um die eigene Achse und sah Dora an. Mit beiden Zeigefingern deutete er auf den Boden unter seinen Füßen. »Dieser Raum ist genau der richtige für mein Atelier. Hier kann ich malen.«

Er warf den Kopf in den Nacken, voller Glück, das Richtige für sich gefunden zu haben.

»Es ist *dein* Haus«, erwiderte sie und lief an ihm vorbei, um die beiden anderen Stockwerke zu inspizieren. »Du kannst malen, wo du möchtest. Ich nehme, was du mir in deiner Großzügigkeit übrig lässt.«

Dora biss sich auf die Lippen. Sie war ungerecht. Picasso war all die Jahre niemals kleinlich gewesen: Mit Geld war er stets genauso verfahren wie mit seiner emotionalen Zuwendung – wenn ihm danach war, verteilte er sie im Überfluss.

Knurrend begab sich Picasso nach unten.

Das Haus besaß zudem eine kleine Terrasse mit einem verrosteten Tisch und zwei Stühlen. Ein verwilderter Garten grenzte an einen Felsen. Die Küche war mit einem langen Tisch und wenigen Stühlen eingerichtet. Von der Mitte einer gewölbten Decke hing eine Glühbirne an einem Draht, die tatsächlich funktionierte. Nur zwei vergitterte Fenster befanden sich hoch oben in der Wand. In einem Schrank standen etwas Geschirr, Töpfe und Gläser.

»Hier gibt es Skorpione, Dora«, mahnte Picasso. »Du musst gut aufpassen. Meist verstecken sie sich in der Toilette. Ihr Biss kann tödlich sein.«

Er grinste.

»Und wenn schon?«, erwiderte sie unbeeindruckt.

Sie entschied sich für einen Raum in der zweiten Etage, wo sie arbeiten und schlafen konnte. Sie brauchte nur Licht, Farben, Leinwände und diese betörende Landschaft. Picasso besaß das Vorrecht des Besitzers – sie musste nehmen, was er ihr anbot, und das Beste daraus machen. *Was war eigentlich neu daran,* dachte sie verbittert. Nahm sie diese Selbstverständlichkeit seines Wesens wegen ihres verletzten Stolzes jetzt anders wahr?

Am nächsten Tag erwarben sie im vierzig Kilometer entfernten Avignon alles, was sie brauchten: Farben, Arbeitsutensilien, Wein, Zigaretten und Kaffee. Baguette und Käse gab es im Ort.

»Die Farben reichen für die nächsten drei Wochen«, sagte Picasso und verstaute sie in seinem neuen Atelier.

Dora und Picasso arbeiteten tagsüber und trafen am Abend aufeinander. Dann gingen sie im Dorf essen und sprachen über die politische Lage in Europa, die Kunst im Allgemeinen. Genau wie zuvor in Paris seit seiner Begegnung mit Gilot klammerte Picasso auch hier im Süden persönliche Themen aus, als hätten sie in ihrem Reisegepäck die hochexplosive Mischung des Unausgesprochenen mitgeführt. Der geringste Reiz konnte eine Detonation auslösen.

Tag um Tag wurde Dora deutlicher bewusst, dass der Süden nicht zu ihrer Versöhnung oder gar zu einem Neuanfang würde beitragen können. Picasso war mit seinen Gedanken längst bei der anderen Frau. Und es war gerade Françoises Abwesenheit, die die Rivalin allgegenwärtig machte. Ihr Rückzug steigerte seine Sehnsucht, die mit seiner Abwendung von Dora einherging. Dora kannte ihn viel zu gut, um die Facetten seiner Gefühle nicht wahrzunehmen. Nie hatte es Picasso vermocht, seine Verliebtheit zu verbergen. Im Gegenteil, er trug sie stolz wie ein Gockel durch sein neues Anwesen.

Eines Abends saßen Dora und Picasso auf der Terrasse und tranken den für die Region typischen Roséwein. Die Bauern stellten die Mischung hierzulande aus Mourvèdre, Cinsault und fruchtiger Grenache meist für den eigenen Hausgebrauch her. Picasso liebte den Rosé ganz besonders.

Ein milder Frühlingstag ging zu Ende. Draußen war es wärmer als im Haus. Durch einen Felsspalt neben dem Haus entwischte ein Skorpion.

»Heute Morgen habe ich zwei gesehen«, sagte Dora gedankenverloren, mit den Augen das Tier suchend. »Einer davon saß in meinem Schuh.«

Picasso starrte vor sich hin, regte sich nicht.

Mit Wehmut erinnerte sie sich an das erste Gespräch, das sie über ihr gemeinsames Tierkreiszeichen geführt hatten. Damals hatte er mit seinen Augen an ihren Lippen gehangen. Heute betrachtete er sein leeres Glas.

Sie trank einen großen Schluck Wein.

»Du hast mir erzählt, dass sie sich eher im Kampf töten, als dass einer von ihnen nachgibt«, gab er angriffslustig zurück. »Nun, der andere wird längst tot sein. Das Weibchen wird das Männchen gefressen haben.«

Dora hielt inne. Alarmiert blickte sie in seine Augen, die voller Feuer auf sie gerichtet waren. Sein Blick sprach nicht von Leidenschaft und Hingabe, sondern von Kampfeslust. Ein Torero, der sich dem Stier stellte.

»Das habe ich niemals behauptet«, fauchte sie.

»Doch, das hast du«, gab er zurück.

»Ich habe gesagt, dass ein Skorpion in Lebensgefahr sich selbst den tödlichen Stich versetzt, bevor er sich seinem Schicksal ergibt. Das ist ein Unterschied.«

Picasso winkte ab. »Du bringst inzwischen alles durcheinander.«

»Ich habe nachgegeben, Picasso«, sagte sie nach einer langen Pause mit klarer Stimme. Vor ihrem inneren Auge legte sich der Stier zu seinen Füßen und wimmerte um sein Leben. »Wir sind am Ende. Der Kampf ist vorbei. Du musst mich nicht mehr quälen.«

Jetzt war es ausgesprochen.

Picasso schwieg und rutschte nervös auf seinem Stuhl hin und her.

Wie in Zeitlupe zogen all die Bilder ihrer Liebe an Dora vorbei. Seine Gemälde, angefangen beim *Minotaurus*, gefolgt von zärtlichen Zeichnungen ihres Gesichts. Ihr deformiertes Gesicht der *weinenden Frau,* der *Frau mit Hut* und der *sich kämmenden Frau* – all die vielen Gemälde, die ihr jetzt wie willkürliche Verunstaltungen vorkamen. War sie nichts als seine Muse gewesen, hatte er sie benutzt? All seine Bemühungen, Doras Wesen zu begreifen, sie zu zähmen, ihr die Hüte des Wahnsinns aufzusetzen – all das schien ihr auf einmal übergriffig, gefühlskalt. Sie hatte sich unterwegs vor lauter Liebe zu ihm verloren – doch war sie auch daran zerbrochen?

Er jedenfalls würde unversehrt aus dieser Liebe herausgehen, sich einer neuen Frau zuwenden und malen, formen, deren Wesen in Stein meißeln. Das Zentrum der Kunst zu sein genügte ihm nicht. Er musste auch den Mittelpunkt im Leben seiner Frauen spielen. Er liebte sie, biss und nagte an ihnen, bis nur das Skelett ihrer Seele übrig blieb. Dann nahm er sich das nächste, frische Fleisch.

Niemals drehte er sich um und blickte zurück.

»Dreh dich nicht um.« Seine einstigen Worte am Strand von Saint-Juan hämmerten in ihrem Kopf. Blind hatte sie ihm vertraut und war mit ihm gegangen. Hatte sie sich auf diesem furchtlosen Weg verloren?

Dreh dich nicht um! War es nicht sie selbst gewesen, die seine Dominanz zugelassen und seinen Befehlen gehorcht hatte?

Ja, sie waren am Ende angekommen. Selbst den Süden hatte er ihr verdorben, indem er in ihrem gelobten Land ihr Ende mit seinem Schweigen besiegelte.

»Du beutest deine Frauen aus«, brach es mit hoher Stimme aus ihr heraus, als bäumte sich der Stier in ihr ein letztes Mal vor dem tödlichen Stoß auf. »Und ich weiß jetzt, warum du es tust, Picasso! Du benutzt sie, um dich selbst zu fühlen, denn nur fühlend kannst du Großartiges schaffen. Dann wirfst du das Produkt auf deine Leinwand. Du malst mit ihrem Blut, du befreist dich mit ihren Fesseln. Wenn du genug aus ihnen herausgepresst hast, wenn du ganz erfüllt bist von dem, was sie dir gegeben haben, dann gehst du zur nächsten. Ich entzünde längst kein Feuerwerk mehr in dir! Ich habe ausgedient, das ist die Wahrheit!«

»Feuerwerk«, spuckte er verächtlich aus. »Was redest du da für einen Unsinn?«

»Du erträgst keinen anderen Künstler neben dir, Picasso, schon gar keine Frau!«

Sie konnte sehen, wie er innerlich bebte. Mit zitternder Hand zündete er sich eine Zigarette an.

»Dora«, zischte er. »Du bist ja wahnsinnig. Merkst du es denn nicht selbst? Du redest verworrenes Zeug, aus dem Nichts entfachst du einen Streit. Du bist verrückt, das ist die Wahrheit.«

Dora rang nach Atem. »*Du* hast mich wahnsinnig gemacht, Picasso! Mein Wahnsinn bist *du*! Du schleppst mich hierher, damit ich es endlich begreife. Und ich habe begriffen! Werde ich jetzt auch in deinem Reliquienschrank neben meinem Handschuh landen? Steckst du deine abgestorbenen Lieben dorthin und ergötzt dich an ihrem Schmerz?«

Sie stand auf und sah sich orientierungslos um. Ihr Herz klopfte bis zum Hals. Dann, auf einmal, hielt sie inne und lauschte. Was war das für ein Geräusch? Sie warf einen Blick hinab zum Friedhof. Die Glocken der kleinen Kapelle erklangen hell. Riefen sie nach ihr? Sollte sie jetzt zur heiligen Messe kommen?

»Geh zur Beichte, Picasso«, flüsterte sie mit aufgerissenen Augen. »Entschulde dich, bevor es zu spät ist. Auch *dein* Tod wird kommen. Wie sehr ängstigt er dich, der kalte Hauch des Todes?«

Sie drehte sich weg, ging nach oben in ihr Atelier und schloss sich ein. Keine Minute mehr konnte sie an seiner Seite bleiben. Picasso vergiftete dieses Haus und die letzte ihr gebliebene Liebe, *ihren* Süden.

»Du bist wahnsinnig«, hörte sie ihn unten schreien. »Wag es nicht, das Wort Tod in meiner Gegenwart in den Mund zu nehmen. Wie oft habe ich es dir verboten!«

Sie entriegelte ihre Tür und riss sie auf. »Tod! Tod! Tod!«, rief sie hinab. »Selbst ein Picasso wird sterben.«

Dann knallte sie die Tür zu, sperrte ab und kauerte sich in eine Ecke des Zimmers.

Ihre Dämonen erwachten aus dem Halbschlaf, der schlimmste aber tobte im ganzen Haus. Sie hörte Picassos Schritte immer näher kommen, bis es in seinem Atelier direkt über ihr polterte. Fluchend lief er hin und her. Erst als es still wurde, deckte sie sich mit einem alten Leintuch zu und legte sich auf den Boden. Erschöpft schlief sie am frühen Morgen ein.

Als sie erwachte, war es still. Nur die Vögel zwitscherten. Sie warf einen Blick zur Decke. Langsam erhob sie sich. Leise schloss sie ihre Tür auf und ging wie eine Traumwandlerin die Stufen hinab in den Salon, wo auf einem leeren Tisch zwei Blätter lagen.

Wie durch einen Schleier entzifferte sie seine Handschrift, die einzelnen Buchstaben wie Pinselstriche aufs Blatt geworfen.

»La casa es para tí«, lautete seine letzte Botschaft in der ihnen vertrauten Seelensprache. Sie zum Abschied zu verwenden bedeutete Hochverrat. »*Te la regalo. P.*«

Das Haus ist für Dich. Ich schenke es Dir.

KAPITEL 35

Ménerbes-Paris, 1945

La casa es para tí. Te la regalo. P.

Immer wieder las Dora Picassos Zeilen. Nicht einmal mit seinem vollständigen Namen hatte er unterschrieben.

Sie trat an die verglaste Tür, die zum Garten führte, und warf einen Blick hinaus.

Ménerbes erwachte in der aufgehenden Sonne. Die Boulangerie oben in der Straße hatte bereits die Markisen ausgefahren. Zwei dunkel gekleidete Frauen betraten den kleinen Laden. Ein Hund legte sich neben dem Haus in die ersten wärmenden Sonnenstrahlen.

Dora spürte, wie ihr die Tränen über die Wangen liefen.

»Du wagst es, mich ein letztes Mal zu beleidigen«, rief sie wie eine Predigerin von der Kanzel. »Dein Geschenk soll mich von Paris fernhalten?«

Mit klopfendem Herzen zerknüllte sie seine Zeilen und nahm den Kaufvertrag an sich. Nein, dachte sie verzweifelt und bemühte sich, ihre widersprüchlichen Gedanken zu sortieren.

Sie musste umgehend zurück nach Paris, ihren Platz behaupten! In aller Eile lief sie zur Poststelle ganz oben im Dorf und bestellte ein Taxi, das eine Stunde später vor der Tür ihres Hauses hupte.

»Nach Paris«, befahl sie dem Fahrer, der verdutzt ihr Gepäck einlud, während sie auf dem Rücksitz Platz nahm.

Nach zehn Stunden Fahrt in eisigem Schweigen erreichten sie in der Abenddämmerung die Rue de Savoie. Wenige

Passanten gingen durch die Straßen. In den Häusern brannte Licht.

Dora bezahlte den horrenden Fahrpreis, den sie unterwegs vereinbart hatten, ließ das Gepäck neben der Loge der Concièrge abstellen, nahm ihr Fahrrad und fuhr los. Doch sie suchte die Rue des Grands-Augustins vergeblich. Sie schien wie vom Erdboden verschluckt. Dora spürte keinen Wind, nicht einmal ihre Tränen, die er trocknete. Sie verlor sich selbst, die Zeit, ihr Herz, ihren Verstand.

»Mademoiselle!«

Eine bekannte Stimme drang ganz langsam wie durch einen Nebel zu ihr. Sie öffnete die Augen: Wo war sie?

Die Kälte der Treppenstufe, auf der sie saß, kroch ihr den Körper hinauf und legte sich wie ein eisiger Gürtel um ihre Brust. Sie blickte an sich herab. Sie trug ein Nachthemd und war barfuß – jemand musste ihre Schuhe gestohlen haben. Als sie Picassos Insekten an den Wänden des Hausflurs entdeckte, wurde sie gewahr, dass sie sich im Treppenhaus der Rue de Savoie befand.

»Wo ist er?«, flüsterte sie und sah sich zerstreut um.

Noch einmal die weibliche Stimme: »Mademoiselle!«

»Mein Fahrrad wurde gestohlen«, stammelte sie und versuchte, sich zu erinnern. An ihren Namen, an die letzten Stunden, an die Bestandteile ihrer Erinnerung, die ihr zusammen mit ihrem Fahrrad abhandengekommen sein mussten.

»Ich habe keinen Schlüssel zu meiner Wohnung, Madame. Ich wohne hier.«

Die Concièrge nahm sie zärtlich an die Hand, half ihr beim Aufstehen, legte den Arm um sie und griff nach dem Schlüssel, den Dora mit ihrer Faust umklammerte.

Behutsam führte die Concièrge Dora in ihre Wohnung, nachdem sie aufgeschlossen hatte. Doras Beine zitterten.

»Warten Sie hier. Ich bin gleich wieder da«, vernahm sie eine dumpfe Stimme wie aus der Ferne.

Die Tür fiel ins Schloss.

Hilflos sah sich Dora um. Was war geschehen? Sie versuchte, ihre Erinnerungen wachzurufen, fand aber nur unzusammenhängende Gedankenfetzen. War all das wirklich passiert? Ein Haus an einem Hang, eingebettet in eine gewellte Landschaft, in der Ferne der Mont Ventoux, der Süden, Kirchenglocken. Ein Streit mit Picasso, ein Kaufvertrag, ihr Fahrrad, das Ende.

Als es an ihrer Tür klingelte, erfasste sie Panik. Schutz suchend rannte sie durch ihre Wohnung, doch jedes Zimmer war zu einem Käfig geworden. Vor einem Spiegel blieb sie schwer atmend stehen.

Eine Fremde starrte sie an. Ihr zerzaustes, störrisches Haar stand in alle Richtungen von ihrem Kopf ab. Ihre Augen lagen in tiefen Höhlen, schwarz umrandet. Sie wischte mit dem Zeigefinger über ihr Lid und betrachtete verstört ihre Finger.

»Mach die Tür auf, Dora«, rief eine vertraute Stimme von draußen. Es war Picasso.

Auf Zehenspitzen schlich sie zu ihrem Kleiderschrank und kauerte sich im Inneren auf den Boden neben die Schuhe.

»*Tata, Maman*, hört auf zu streiten!«

Sie hielt sich die Ohren zu und wimmerte, schaukelte mit angezogenen Beinen hin und her und starrte durch den Spalt der geschlossenen Schranktüren. Die Glaswand ihrer Kindheit tat sich auf, und sie weinte hemmungslos.

»Aufhören«, flehte sie. »Hört endlich auf!«

Dann drang das Geklapper von Schlüsseln an ihr Ohr. Oder waren es verstimmte Kirchenglocken? Schritte auf dem Boden. Durch den Schleier ihrer Tränen registrierte sie in ihrem Schlafzimmer einen Schatten.

»Dora! Wo bist du?«

War das die Stimme Jacques Lacans, des Seelendoktors?

»Sie versteckt sich bestimmt im Schrank«, hörte sie Picasso sagen.

Hochverrat – sie hätte ihm ihr Kindheitsgeheimnis niemals anvertrauen dürfen. Jetzt plauderte er alles aus. Sie hielt sich die Ohren zu, doch in diesem Moment öffnete sich von außen die Tür zu ihrem Refugium.

Zwei Augenpaare blickten auf sie herab.

»Dieser Mann hat mich mit einem Haus abgefunden«, krächzte sie mit heiserer Stimme zu Lacan und zeigte mit dem Finger auf Picasso. »Er hat sich freigekauft. Und dann hat er mir mein Fahrrad gestohlen.«

»Komm, Dora«, sagte Lacan liebevoll und reichte ihr seine Hand.

Sie nahm sie. Lacan führte sie zu einem Stuhl, auf dem sie regungslos sitzen blieb.

Dann spürte sie, wie ihr jemand ins Kleid half, eine Jacke um ihre Schultern legte und sie bat, zu warten. Ihre Reisetasche lag bereit.

»Wir werden uns jetzt um dich kümmern, Dora.«

Mit starrem Blick verfolgte sie, wie der Arzt Picasso zur Seite nahm und auf ihn einredete. Sie schnappte einige Worte auf, die keinerlei Bedeutung für sie besaßen: Nervenheilanstalt Sainte-Anne, Psychiatrie. Selbstmordgefahr.

Picasso hörte mit aufgerissenen Augen zu, einen traurigen Blick auf sie werfend. Sie wusste nicht, wem seine Melancholie galt: ihm selbst, ihr oder allem, was mit ihnen geschehen war.

»Du musst diese Papiere unterschreiben, Pablo«, drängte Lacan und hielt ihm Blätter und einen Stift hin. »Es gibt niemand anderen, der das sonst tun könnte. Wir müssen ihr helfen. Sie leidet Höllenqualen.«

Höllenqualen – sie lachte hysterisch auf. Wer vermochte das zu benennen? Nicht einmal sie selbst hatte Worte für das, was mit ihr geschah. Ihr Verstand rebellierte, ihr Körper versagte, bald würde ihr Herz stillstehen, aber niemals, dessen war sie sich gewiss, würde dieser Schmerz aufhören.

Picasso sah wieder in ihre Richtung und schüttelte den Kopf. Sie glaubte, für einen winzigen Augenblick einen Hauch der alten Liebe in seinen Augen zu entdecken.

»Erinnere dich«, flehte sie mit bebenden Lippen. »Um unserer Liebe willen, erinnere dich an unsere guten Zeiten. Sei milde mit mir. Ich bin deine Lichtträgerin, weißt du das nicht mehr?«

Sie wusste nicht, ob sie es gesagt oder gedacht hatte. Es spielte keine Rolle. Dem, was mit ihr geschah, hatte sie nichts mehr entgegenzusetzen.

Mit schmerzverzerrtem Gesicht setzte Picasso den Stift an, unterzeichnete und verließ fluchtartig Doras Wohnung.

Lacan blieb zurück.

Ein altes Bild schob sich auf die Bühne ihrer Erinnerung, ein Bild aus längst vergangenen Zeiten.

Sie hatte an einem Tisch im Deux Magots gesessen. Die Umgebung versank im Nebel. Aus der Menschenmenge traten zwei Gestalten heraus: Picasso und Dora, Mann und Frau, Künstler und Künstlerin, zwei Liebende im Einklang eines nicht enden wollenden Tangos. Dora hielt ein Messer in der Hand und trug ihre schönsten Handschuhe. Sie war jung, unbesiegbar, stolz und voller Lebenskraft.

Toma mi mano, me entrego a ti – Nimm meine Hand, ich ergebe mich dir.

Wie damals verschwand Picasso auch heute, seinen Mantel überwerfend, in die dunkle Nacht von Paris. Wie lange lag das zurück! Acht Jahre nach ihrem Siegeszug ergab sie sich ihrem unvermeidlichen Schicksal.

»*Toma mi mano*«, flüsterte sie, starrte auf die halb geöffnete Tür, durch welche ihr Geliebter geflüchtet war, und gab ihre zitternde Hand in die Lacans.

In Gedanken legte sie die zwei Gesichter der Liebe übereinander, und durch ihr Herz ging ein Riss.

Lacan hievte sie von ihrem Stuhl nach oben und streichelte unbeholfen ihr widerspenstiges Haar.

Sie wehrte seine Berührung mit fahrigen Gesten ab.

Mit gesenktem Kopf und gefalteten Händen folgte sie Picassos Hausarzt hinaus auf die Straße in das nächtliche Paris.

TEIL 5

Neuanfang in Ménerbes
(1952–1956)

Ich habe die Welle überholt
Und bin jetzt frei
Mich zum inneren Sommer zu bewegen
Ich verstehe dieses Geheimnis im Sein
Dieses Geheimnis, das mir selbst verborgen.

DORA MAAR, WÜSTE

KAPITEL 36

Ménerbes, 1952

Wie jeden Abend tuckerte Dora nach vollbrachtem Tagwerk mit ihrem Mofa durch den Lubéron zurück nach Ménerbes.

Sie hatte den ganzen Tag gemalt, diesmal auf einem Feld bei Roussillon, einem malerischen Ort, der für seine ockerfarbenen Felsen berühmt war. Dort gab es ein ganz besonderes Morgenlicht, das Dora liebte, als sei die Landschaft beim Erwachen in Gold getaucht. Die sanften Hügel erstreckten sich in der Ferne wie eine langsam auslaufende Welle.

Wenn es dunkel wurde, wirkten die verdrehten, fast schwarzen Äste der Reben von Doras neuer Heimat wie Feenwesen, die in kühlen Nächten ihre Kräfte sammelten, um dem eisigen Mistral standzuhalten.

Genau wie diese Reben fühlte auch Dora, dass sie von rauer Schönheit und hoher Widerstandskraft war. Sie war stolz auf ihre jüngsten Werke, weil sie sich selbst darin wiederfand, ihr Wesen, ihren Geist, ihr Leben.

»Du bist eine Künstlerin, Dora, vergiss das nie. Du brauchst einen Rahmen und ein Ventil für die mystische Seite deiner Seele. Die Kunst und das Studium über das Wesen der Dinge, die Philosophie und Gott, sie werden dir Halt geben. Gib stets darauf acht, deine Kreativität und deinen Geist gleichermaßen zu befriedigen«, hatte ihr Lacan in Paris immer wieder gesagt, genau wie damals die Astrologin Josephine Petit.

An Tagen wie diesen erinnerte sie sich gern an seine weisen Worte, die sich tief in ihre Seele gebrannt hatten. Sie befolgte

Lacans Rat, hatte Platon, Nietzsche, Rousseau und Freuds Schriften gelesen und tat es immer noch. Dem Geheimnis des Lebens war sie dabei keinen Schritt näher gekommen, aber die philosophischen Überlegungen beflügelten ihren Geist und gaben ihr Kraft, sich den Fragen des Lebens zu stellen.

Tatsächlich hatte Dora jenen von Lacan angemahnten Rahmen vor allem hier in diesem alten Haus gefunden. Im Nachhinein hatte Picasso ihr also einen großen Gefallen getan, als er es ihr geschenkt hatte. Der größte Schmerz war zu ihrer Rettung geworden.

Seit sechs Jahren verbrachte sie ihre Sommer in Ménerbes. Monate, die sich im Laufe der Zeit unmerklich bis in den späten Herbst ausgedehnt hatten.

Sie malte und lebte, und immer öfter gab es dabei Tage, an denen sie mit sich im Reinen war.

An der Straße hinter Gordes hatte sie eine Wiese mit einem Blütenmeer wilder Narzissen entdeckt. Viele hielten die österlichen Blumen für Todesboten, aber Dora wusste, dass sie auch Hingabe bedeuteten.

Es gab immer mindestens zwei Sichtweisen.

Die meisten der gemeinsamen Freunde in Paris mieden Dora nach wie vor, aber es waren auch neue Freunde hinzugekommen, wie der amerikanische Schriftsteller James Lord und der Kunstkritiker und Kubismuskenner Douglas Cooper, der auf einem Schloss in der Nähe von Avignon lebte, nur eine Stunde von Ménerbes entfernt.

James, der seit einigen Jahren in Paris lebte, traf Dora regelmäßig, wenn sie in der Rue de Savoie überwinterte. Sie diskutierten stets bis spät in die Nacht, und Dora schätzte die anregenden Gespräche mit ihm sehr. Sie hatte den großen, feinsinnigen Mann ins Herz geschlossen. Während Douglas aus seiner Homosexualität keinen Hehl machte, sprach James niemals über seine Neigung, aber jeder in Paris wusste, dass er einen Geliebten hatte. Besonders Dora gegenüber ließ James kein Wort darüber verlauten, als hielte er sich ein Hintertürchen offen. Es entging ihr keineswegs, dass James ihr hin und wieder den Hof machte, und sie genoss sein Werben durchaus. Aber auch wenn James sie auf diese stille, zurückhaltende Weise anbetete, galt seine wahre Verehrung Picasso.

Der hatte sich nach dem Krieg nach Vallauris zurückgezogen, in jenen Ort, den er einst mit Dora auf ihren gemeinsamen Wanderungen entdeckt hatte und von dem aus sie mit brennenden Fackeln nach Mougins gelaufen waren. Jetzt besaß er offensichtlich eine neue Bedeutung für ihn, denn Picasso hatte zwei Kinder mit Françoise Gilot.

Immer noch dachte Dora viel an ihn, doch fast nur an ihn als Künstler, als jenes Genie, das sie nie aufgehört hatte zu verehren.

Einmal hatte ihr Picasso von Vallauris aus ein in Doras Augen geschmackloses Geschenk zukommen lassen: einen hässlichen Stuhl mit solch kurzen Beinen, dass er zu nichts zu gebrauchen war, und dessen Proportionen geradezu lächerlich wirkten. Sie hatte Picassos Provokation erfasst und mit einiger Genugtuung den Stuhl im Entrée ihres Zuhauses in der Rue de Savoie aufgestellt, wo er als echter »Picasso« jeden Besucher begrüßte – eine kleine, aber äußerst effiziente Rache an Picassos wie auch immer geartetem Versuch, Dora zu ärgern. Keiner der Besucher konnte etwas mit diesem »Werk« Picassos anfangen, und Dora weigerte sich, die Zusammenhänge zu erläutern. Es sei schlichtweg ein echter Picasso, pflegte sie auf Nachfragen zu sagen.

»Picasso war außer sich und hat getobt, als er erfuhr, dass jedermann diesen hässlichen Stuhl sehen kann und ihn für seine

›Kunst‹ hält«, hatte James nach einem Besuch bei dem Künstler berichtet.

»Umso besser«, hatte Dora gekontert. »Er möge niemals vergessen, dass ich es immer noch mit ihm aufnehmen kann.« Wochen später hatte sie ihm als Retourkutsche einen völlig verrosteten Spaten mit einem abgebrochenen Holzstiel, den man nicht anfassen konnte, ohne sich dabei Splitter einzuziehen, zukommen lassen.

Erst danach war ihre Rache perfekt.

Lacan, der Dora nach ihrem Zusammenbruch im Jahr 1945 eine große Stütze gewesen war, lachte amüsiert über die Sticheleien zwischen dem einstigen Liebespaar. Während der zehn Tage, die Dora damals in der Nervenheilanstalt Sainte-Anne gewesen war, und in den zwei Jahren danach hatte Lacan sie durch eine Psychoanalyse nach freudschem Vorbild begleitet. Diese Gespräche ließen ihre verschwommene Welt nach und nach aufklaren und halfen ihr, die Zusammenhänge, die bis tief in ihre Kindheit zurückgingen, zu begreifen. Denn Dora war klug genug, zu verstehen, dass sie nur über ihren Geist eine Linderung ihres Schmerzes erfahren würde – ihr Herz hatte über die intensive Zeit mit Picasso die Grenzen dessen, was sie zu fühlen in der Lage war, ausgereizt. Was sie jetzt brauchte, waren Zeit und genug Raum für sich, um zu gesunden. Das alles bot ihr Ménerbes.

»Zwischen euch ist noch so vieles ungeklärt, Dora«, sagte Lacan mehr als einmal.

Aber weder Dora noch Picasso wollten etwas davon wissen, keiner von beiden wollte den Abgrund, der sich zwischen ihnen auftat, noch einmal durchschreiten. Sie hatten sich aneinander abgekämpft und dabei wirklich keine Kränkung ausgelassen. Es war genug.

Als Dora die schwere Tür ihres Hauses aufschloss, hörte sie aus der Küche nebenan das Klappern von Geschirr.

»Sie sind noch hier?«, fragte Dora verdutzt.

Artemis, ihre Haushälterin, hatte Aprikosenmarmelade eingekocht, und auf dem Herd köchelte eine Suppe.

»Das sehen Sie doch«, sagte Artemis knapp und wandte sich den bereitstehenden Gläsern zum Abfüllen zu.

Die kleine, runde, stets tief gebräunte Witwe war keine Freundin großer Worte, aber sie besaß genau jene praktischen Eigenschaften, die Dora fehlten: Artemis sah auf einen Blick, was im Haushalt getan werden musste, und packte die Dinge beim Schopfe, sie putzte, wusch und bügelte. Wenn sie Lust hatte, sorgte sie zusätzlich für ein warmes Essen.

»Ich habe Ihnen eine Suppe gekocht«, murmelte sie.

»Danke«, erwiderte Dora knapp und ging nach nebenan in die Bibliothek.

Auf einem ausgebeulten Sessel lag ihre Katze Moumoune, eine unberechenbare Tigerkatze, die ihr Picasso nach ihrer Rückkehr aus der Nervenheilanstalt geschenkt hatte. Er wusste, dass sie eigentlich keine Katzen leiden konnte, und mochte das Geschenk als weiteren Seitenhieb gedacht haben. Aber er hatte nicht die geringste Ahnung von Doras Fähigkeit zur Anpassung, denn das eigenwillige Tier begleitete sie seitdem von Paris nach Ménerbes und wieder zurück.

Im Vorbeigehen streichelte Dora ihr weiches Fell.

Artemis hatte die Bibliothek notdürftig aufgeräumt, das schiefstehende Regal begradigt, die Bücher entstaubt und die Vorhänge gewaschen, die Dora wieder abhängen ließ. Sie hasste Vorhänge. Artemis hatte zähneknirschend Doras Anweisung Folge geleistet, obgleich sie der Meinung war, dass Vorhänge in ein Haus gehörten, genau wie Türen.

»Trotzdem muss hier Ordnung herrschen, Madame. Immerhin leben Sie hier«, hatte die Haushälterin erwidert und weitergeputzt.

Irgendwann hatte Dora sie gewähren lassen, eine Ausbesserung des maroden, löchrigen Dachs jedoch vehement verweigert. Also hatte Artemis stillschweigend in den oberen Räumen Eimer aufgestellt, die jetzt das Regenwasser auffingen.

Die meiste Zeit verbrachte Dora in ihrem Atelier, jenem Raum, den ihr Picasso einst weggenommen hatte. Heute gehörte er ihr allein. Ihr und Moumoune. Außerdem bewohnte sie im oberen Stockwerk ein Schlafzimmer mit einem kleinen Bad. Spiegelverkehrt existierte daneben ein identischer Raum, den Artemis als Gästezimmer bezeichnete, auch wenn Dora keine Gäste im Haus haben wollte. Nach der Nähe mit Picasso brauchte sie vor allem Raum für sich. Es war ihr egal, was andere darüber dachten. In erster Linie ging es ihr um die Rettung ihrer selbst. Bis heute sträubte sie sich erfolgreich, in ihrem Domizil irgendjemanden zu empfangen. Viele interpretierten das als ihre Neigung zur Geheimnistuerei. Nun gut, mit dieser Zuweisung lebte sie seit Jahrzehnten.

Wenn Freunde auf der Durchreise bei ihr vorbeischauten, ging sie mit ihnen in ein nahe gelegenes Bistro, das zwischen Apt und Cavaillon in dem kleinen Ort Les Beaumettes gute regionale Küche bot. Den Wirt kannte Dora persönlich. Er verehrte sie, wie es die meisten der Bewohner in der näheren Umgebung taten. Dabei blieb sie den Bewohnern von Ménerbes ein ebensolches Rätsel, wie sie es den meisten Menschen in Paris stets gewesen war.

Das Geheimnis liegt uns im Blut, behauptete Josip nach all den Jahren immer noch, auch in seinem jüngsten Brief aus Paris.

Nach wie vor lebte er in seinem Pariser Hotel, ging jeden

Mittag essen und kritisierte das Personal, den Geschmack der Jus, die Vorspeise, den Hauptgang, den phantasielosen Nachtisch. Nichts war ihm gut genug, nur Dora blieb von seinen Angriffen weitgehend verschont. Es schien, als habe er nach Julies Tod andere Betätigungsfelder für seine Streitereien gesucht.

»Picasso hat dich auf dem Gewissen«, hatte Josip beim letzten Treffen kurz vor Doras Abreise nach Ménerbes beim Mittagessen im Lutétia gesagt, während die Vorspeise serviert wurde. Eine Anklage, die er stets wiederholte und die Dora regelmäßig von sich wies.

»Wie könnte er, *Tata*?«, fragte sie mit klarer Stimme und legte kurz ihre Hand auf seine. »Jeder Mensch hat die freie Wahl, und ich habe nun einmal ihn gewählt. Das ist alles. Nun lebe ich mit den Folgen.«

Josip ballte seine Hand zur Faust und schlug damit auf den Tisch. Die Gläser klirrten, und Wein schwappte auf die weiße Tischdecke.

»Du hast deine Karriere für ihn aufgegeben.«

»Ich habe für meine künstlerische Entwicklung einen anderen Weg eingeschlagen.«

Dora tupfte mit ihrer Serviette auf die rosafarbenen Spritzer.

»In ganz Paris erzählt Picasso herum, die Surrealisten hätten dich zerstört. Nur er selbst, er trage nicht die geringste Schuld. Die Surrealisten hätten dich wahnsinnig gemacht.«

»Keiner macht mich wahnsinnig, weder die Surrealisten noch Picasso!«

Josip lehnte sich zurück und drehte sein Weinglas zwischen den Fingern. »Bist du sicher?«

Er sah seine Tochter mit zusammengekniffenen Augen an. Ihr Vater verstand es, ihren wundesten Punkt zu treffen, aber sie war vorbereitet.

»Picasso hat meinen Wahn mitgetragen, *Tata*. So wie du es mit Julies verrückten Eskapaden getan hast. Genau genommen befindet er selbst sich ständig an der Grenze zum Wahn, nur sein Malen hält ihn im Lot. Picasso hat verstärkt, was ohnehin schon immer in mir war – im Guten wie im Schlechten. Und ich glaube, sagen zu können: Auch ich vermochte das bei ihm. Wenn wir tot sind, dann werde ich mehr in Picassos Leben hinterlassen haben als eine Eva, Olga, Marie-Thérèse, Françoise oder wie auch immer die Nächste heißen mag.«

Sie spießte ein Stück der butterzarten Entenbrust auf ihre Gabel und schob sie durch den aromatischen Orangenjus.

»Das Geflügel ist viel zu zäh«, sagte Josip und legte sein Besteck auf seinen fast unberührten Teller. »Ich bleibe dabei. Die Küche hier ist nicht mehr das, was sie einmal war.«

KAPITEL 37

Es war Abend geworden im Lubéron, und die Sonne versteckte sich hinter den Felsen und Pinienbäumen. Die Luft duftete nach wilden Kräutern.

Mit langsamen Schritten ging Dora hinauf in den ersten Stock, schloss die Tür zu ihrem Atelier auf und stellte das Aquarell, das sie heute gemalt hatte, auf eine Staffelei. Sie warf einen Blick auf den Tisch, der mit allerlei Einmachgläsern zugestellt war. Darin sammelte Dora alles, was sie für ihre Experimente brauchte: Senfkörner, Apfelkerne und grobes Salz. Lappen mit Farbresten von leuchtendem Rot, tiefem Blau und sattem Grün lagen neben Gefäßen und Flaschen mit Terpentin.

Sie stutzte und sah in Richtung ihres Schreibtischs. Wo war ihr Notizbuch?

Mit einem Schlüssel öffnete sie das altmodische Schloss ihrer Geheimkammer, die hinter einer schmalen Tür lag. Sie hatte Artemis ausdrücklich verboten, diese jemals zu betreten.

»Und wenn das Haus brennt, Artemis, meine Geheimkammer ist tabu.«

Artemis war achselzuckend mit einem Eimer Schmutzwasser in Richtung Treppenhaus verschwunden.

Dora vergewisserte sich, ob ihre Tür auch abgeschlossen war. Niemand sollte sie stören, wenn sie dorthin ging, wo sie ihre Schätze aufbewahrte. An ihrem Schlüsselbund hingen mittlerweile zwanzig Schlüssel, allein für dieses Haus. Ihr starker Wunsch nach Sicherheit war schon immer Teil ihrer Persönlichkeit gewesen, die letzten Jahre hatte er sich jedoch verstärkt und neue Ventile gesucht. Bevor sie ihr Haus verließ, kontrollierte sie alle Türen und Fenster, sah nach, ob sie abgeschlossen hatte. Daraus ergab sich jedes Mal ein hoffnungsloses Unterfangen, denn um sicherzugehen, dass sie abgesperrt hatte, musste sie die Türen nochmals aufschließen. Wenn sie dann nach mehr als einer Stunde endlich so weit war, begleiteten sie eine gewisse Unruhe, ein tiefes Misstrauen gegen sich selbst und ein ständiger Aufruhr, jemand könnte sich des Interieurs ihres Hauses bemächtigen.

Seinen Wert kannte nur sie allein.

In der engen Kammer ging ihr Blick über die Etagen des staubigen Regals. Neben einem zerbrochenen Tonkrug lag tatsächlich ihr Notizbuch, als hätte sie es hier vor sich selbst versteckt. Traute sie nicht einmal mehr sich selbst?

Sie nahm es, ging damit an ihren Schreibtisch, schlug es auf und blickte zum Fenster hinaus.

Äußerlich hatte sie sich in den vergangenen Jahren wenig verändert. Nun gut, ihre Haare waren grau geworden und ihre Hüften runder, in ihrem Inneren jedoch hatten sich Berge bewegt. Mit jeder Erkenntnis, die sie in den Gesprächen mit Jacques Lacan gewonnen hatte, hatte sie ihre inneren Räume neu eingerichtet. Das allein zählte.

Dass nichts mehr an seinem Platz stand, war eine logische Folge der Metamorphose ihres Ichs. Sich an die neue Ordnung zu gewöhnen, würde den Rest ihres Lebens beanspruchen.

Sie las einige Zeilen aus ihrer »dunkelsten Vergangenheit«, wie sie ihre Zeit nach der Trennung nannte, schlug nach wenigen Sätzen entschieden das Notizbuch zu und begab sich hinunter in die Küche. Vorher schloss sie ihre Geheimkammer und anschließend ihr Atelier ab.

Unten brannte Licht.

Artemis war dabei, Einmachgläser im Küchenschrank zu verstauen, und sie hatte den Tisch mit einem Suppenteller, einer Tasse und Tee gedeckt. Manchmal genoss Dora die Gesellschaft ihrer wortkargen Haushälterin, besonders an Abenden wie diesem.

»Die Konfitüre dürfte eine Weile reichen«, murmelte Artemis, als sie Dora bemerkte.

Dora blickte auf die Teekanne, deren Tülle abgebrochen war. Dampf stieg von ihr auf, und der Duft von Minze mischte sich mit der süßen Säure der eingekochten Aprikosen. Nirgendwo waren sie so süß wie hier. Dora kaufte sie jeden Sommer auf dem größten Wochenmarkt der Provence in Apt.

»Ich habe Tee für Sie gekocht.«

Dora nahm eine zweite Tasse vom Regalbrett über dem Tisch, stellte sie neben ihre und setzte sich. Sie schenkte beide Tassen ein.

»Setzen Sie sich zu mir, Artemis.«

Artemis stutzte, runzelte die Stirn, wischte sich die Hände an der Schürze ab und ließ sich langsam auf dem Stuhl gegenüber ihrer Dienstherrin nieder. Vorsichtig nippte sie an ihrer Tasse. »Die Suppe ist mit Fleisch, Madame, sie wird einige Tage reichen. Aber stellen Sie den Topf in die Kühlkammer, sonst hält sie sich nicht. Ein Zitronenkuchen steht bereits dort. Nächste Woche werde ich nur am Samstag kommen können«, sagte sie und verschluckte dabei die letzten beiden Worte.

Dora hob fragend die Brauen. »Nur am Samstag? Was soll denn dann mit mir geschehen? Ich werde verhungern und völlig verwahrlosen ohne Sie.«

Dora zwang sich ein Lächeln ab.

Artemis verzog das Gesicht und winkte ab. »Ich muss mich

um meine kleine Nichte kümmern. Meine Schwester pflegt jetzt unsere Mutter. Jemand muss die Kleine zur Schule bringen und tagsüber versorgen. So schnell verwahrlosen Sie nicht, Madame.«

»Wie alt ist sie denn?«

»Bald zehn Jahre alt und ziemlich aufgeweckt«, gab Artemis zurück und wischte einmal über den Tisch.

»Bringen Sie sie mit«, sagte Dora.

Artemis, die gerade Zucker in ihren Tee gegeben hatte und mechanisch in ihrer Tasse herumrührte, hielt in ihrer Bewegung inne und starrte Dora stumm an.

»Glauben Sie, ich könnte nicht mit Kindern umgehen, nur weil ich keine habe?«, fragte Dora mit zusammengekniffenen Augen.

»Ich habe ja selber keine«, sagte Artemis und senkte den Blick. »Aber gut. Danke.«

»Bitte.«

Schweigend tranken sie ihren Tee.

Dora lehnte sich auf dem Stuhl zurück. Durch die kleinen vergitterten Fenster, die sich ganz oben im Mauerwerk befanden, fiel etwas Abendlicht.

»Hier in der Küche ist es im Sommer wirklich angenehm kühl«, sagte Dora, stand auf, holte eine Flasche Rotwein von der Anrichte, nahm zwei einfache Wassergläser und schob den Tee beiseite. »Trinken wir doch etwas Richtiges.«

Artemis verfolgte mit großen Augen, wie Dora die Gläser randvoll einschenkte.

Beide nahmen einen kräftigen Schluck.

»Dafür im Winter umso kälter.«

»Einst war ich die Geliebte des größten Malers dieses Jahrhunderts. In Paris hätten wir niemals diesen einfachen Landwein getrunken, der noch nicht einmal ein Etikett hat«, sagte Dora unvermittelt. »Wissen Sie, von wem ich spreche?«

Artemis schluckte. »Das ist ein guter Wein aus der Region. Die Bauern keltern ihn für den eigenen Verbrauch«, protestierte sie und fügte nach einer kurzen Pause hinzu: »Ja, Picasso war einmal hier in Ménerbes. Mit Ihnen vor vielen Jahren. Bis heute spricht man im Ort darüber.«

»Was erzählt man sich denn?«, fragte Dora, bemüht, ihr plötzlich aufkommendes Interesse zu verbergen.

Artemis grinste. »Ehrlich?«

Dora nickte. »Ich habe genug Menschen, die mich anlügen, Artemis. Sie kennen mich, Sie wissen doch, dass ich stets die Wahrheit bevorzuge und Schmeicheleien von wahren Absichten zu unterscheiden weiß.«

Artemis atmete tief durch. »Es heißt, Sie wären ein bisschen verrückt, weil Sie ständig mit diesem Mofa unterwegs sind. Selbst ein Mann würde sich mit einem solchen Gefährt schämen.«

Dora zuckte die Achseln. »Es ist ein Mofa, na und?«

»Eines mit einem Blechschild, auf dem Ihr Name steht.«

»Damit ich es finde, wenn es verloren geht«, konterte Dora.

»So wird es sein.«

»Halten Sie mich auch für verrückt, Artemis?«

»Ein bisschen speziell vielleicht. Aber wer ist das nicht? Ich bin ja auch nicht gerade umgänglich.«

»Das dürfen Sie weiß Gott von sich behaupten. Was erzählen sich die Leute noch? Reden sie noch über Picasso?«

Artemis nickte und schüttelte gleichzeitig den Kopf. »Dass Sie seine Muse waren.«

Mit der flachen Hand schlug Dora auf den Tisch.

Artemis zuckte zusammen. Aus den Gläsern schwappte etwas Flüssigkeit, die in den Ritzen des Holztischs verschwanden.

»Das war ich nicht! Es beschreibt nicht annähernd unsere Beziehung.«

Nach einem kurzen Zögern nahm Artemis einen Lappen von der Spüle und trocknete damit den Tisch.

»Das bin nicht ich, die das behauptet. Und Sie haben gefragt«, sagte Artemis bestimmt. »Die Leute hier sind einfach, so wie der Wein, den Sie trinken, Madame, verstehen Sie das? Sie denken nicht so kompliziert wie Sie. Hier ist nicht Paris.«

Dora warf ihr einen versöhnlichen Blick zu.

»Wollen Sie wissen, wie der große Meister war?«, fragte sie schließlich und zündete sich ihre Spitze an. Sie inhalierte den Rauch und stieß ihn in einer langen Wolke aus. Eine der letzten Begegnungen mit ihm kam ihr in den Sinn: Damals war er mit seiner neuen Geliebten zu Dora in die Rue de Savoie gekommen und hatte Dora befohlen, die Dinge gegenüber der *Blumenfrau* klarzustellen. Françoise Gilot hatte sich offensichtlich geweigert, die Liaison mit Picasso verbindlich einzugehen, solange sie nicht sicher sein konnte, dass es zwischen Dora und ihm endgültig vorbei war.

»Eines Tages läutete er an meiner Tür und schob meine Nachfolgerin vor sich her. Er befahl mir, ihr zu erklären, dass es vorbei sei mit uns. In *meinem* Zuhause! An der Schwelle zu *meiner* Wohnung!«

Verständnislos blickte Artemis in Doras Gesicht. »Monsieur Picasso hat das von Ihnen verlangt? Aber das ist ja …« Empört schnaubte sie und zog beleidigt ihre Mundwinkel herunter. Anschließend wischte sie sich mit dem Handrücken über den Mund.

»Wissen Sie, was ich ihm geantwortet habe?«

»Dass ihn der Teufel holen soll?«, fragte Artemis, und in ihren Augen flackerte ein verhaltenes Feuer auf.

Dora hob den Zeigefinger in die Luft. »*Die Menschen werden mich für ein armes, unglückliches Geschöpf halten, aber das Unglück bist du,* habe ich zu ihm gesagt. *Und ich habe das Unglück hinter mir gelassen – genau wie dich.* Und dass er nicht einmal wisse, was Liebe ist. Wie soll er denn dann beurteilen, wann sie zu Ende geht?«

Artemis lachte laut heraus. »Großartig, Madame! Das gefällt mir! Das hat er verdient. Hat er es verstanden?« Sie setzte ihr Glas an, trank es in einem Zug leer und stellte es lautstark auf den Tisch zurück.

»Oh, Picasso verstand alles. Zwischen uns gab es keinerlei Missverständnisse.«

»Und wie lautete seine Antwort?«

»Er hat meiner Nachfolgerin ein Kind gemacht«, sagte Dora leise, schloss die Augen und nahm einen weiteren Zug. »Genau genommen sogar zwei.«

Lange teilte Artemis ihr Schweigen, schenkte Doras Glas noch einmal voll und schob es ihr zu. »Kein schlechter Wein«, sagte sie fast zärtlich. »Ich glaube, Madame, dieser Ort tut Ihnen gut. Sie werden sehen.«

Dann stand sie auf, ging zur Garderobe und blieb unentschlossen zwischen Flur und Küche stehen.

»Am Ende wird es Madame Gilot wie Ihnen ergehen, Madame. Was ein Mann einmal tut, tut er immer wieder. Das ist wie ein Naturgesetz.«

Sie nahm ihr Kopftuch, schüttelte es wie ein Staubtuch kräftig aus, warf es über ihren Kopf und band es sich unter dem Kinn zu.

Dora lächelte sie zaghaft an. »Das haben Sie sehr nett gesagt.« Hinter Artemis fiel die Tür ins Schloss.

Mit schweren Schritten begab sich Dora nach oben in ihr Atelier. Wehmütig betrachtete sie die Landschaften des Lubéron auf den Leinwänden, die sie nicht müde wurde zu malen. Sie weckten die Erinnerung an ihre letzte Ausstellung nach dem Krieg in Paris im Jahr 1947.

Damals hatte die Galerie Loeb ihre Stillleben und Landschaftsbilder ausgestellt. Dora war der Premiere ferngeblieben. Zu dieser Zeit war sie noch kraftlos, ohne Halt gewesen. Heute, darüber hegte sie nicht den geringsten Zweifel, würde sie mit erhobenem Haupt hingehen und ihren schönsten Hut spazieren tragen.

Alle hätten sehen sollen, wie gut es ihr inzwischen ging.

Jahre waren vergangen, dunkle Jahre, durchbrochen von wenigen wärmenden Lichtstrahlen, die sie vor allem im Gebet und in der Malerei fand.

Es gab ein Leben *nach* Picasso.

Artemis hatte recht – der Süden tat ihr gut. Sie hatte es immer gewusst. Ein langwieriger Heilungsprozess, den die Zeit, das Gebet und die Kunst Schritt für Schritt entfalteten, hatte eingesetzt und dauerte noch an.

Picasso würde ihr als alte Wunde bleiben, gleich einer Narbe, die bloß noch den Wetterumschwung ankündigte.

Ich bin eine andere geworden, und dennoch trage ich einen Teil der alten Dora mit mir herum, schrieb sie am Abend in ihr Notizbuch, klappte es zu, sprach kniend ihr Abendgebet und begab sich zu Bett.

Von der Straße vernahm sie die schreienden Rufe von Katzen, die gewillt waren, sich zu paaren.

Sie hielt sich die Ohren zu.

KAPITEL 38

Von unten klang mehrfaches Hupen herauf in Doras Atelier, gefolgt von ausgelassenem Gelächter. Türen wurden geöffnet und zugeschlagen. Die Glocken der Kapelle läuteten zwölf Uhr mittags.

»Überraschung«, sangen zwei männliche Stimmen im Chor vor Doras Haustür.

Sie trat ans Fenster und sah hinunter. Instinktiv wich sie zurück.

Ihre Freunde James Lord und Douglas Cooper standen in hellen Anzügen und Strohhüten da und betätigten die altmodische Glocke. James' klappriger Renault parkte vor dem Haus.

»Dora, schöne Dora, da sind wir!«, sagte er überschwänglich und breitete die Arme aus. »Zeig dich am Fenster, wir wissen, dass du da bist!«

Sie beugte sich nach vorn und winkte ihnen zaghaft zu. »Ich darf um etwas Geduld bitten«, rief sie und schloss das Fenster.

Für einen Augenblick stand sie regungslos im Raum. Dora hasste Überraschungsbesuche.

Eilig lief sie die Stufen hinunter, griff im Salon nach dem Telefon und bestellte in ihrem Lieblingsrestaurant in Les Beaumettes, unweit von Ménerbes, einen Tisch im Freien.

»Sehr gern, Madame Maar«, sagte der Wirt. »Ich freue mich, Sie wiederzusehen, es ist uns eine Ehre.«

»Bis gleich«, gab Dora zurück und legte auf.

Im Flur kontrollierte sie vor dem Spiegel ihr Haar, trug Lippenstift auf, nahm ihre Handtasche und öffnete die Tür einen Spalt. Schnell schlüpfte sie hindurch, schloss sie hinter sich und stellte sich oben an der halbrunden Treppe auf.

Die Freunde gingen ihr entgegen und küssten sie zur Begrüßung auf die Wangen.

»Wir dürfen nicht hereinkommen?«, fragte Douglas sichtlich enttäuscht, während er die Tür anstarrte, als suche er etwas dahinter. »Was ist mit einer Besichtigung? Wir haben uns so sehr darauf gefreut.«

»Ausgeschlossen«, erwiderte sie kopfschüttelnd, ging mit erhobenem Haupt zum Auto und ließ sich auf den Beifahrersitz fallen. Sie strich sich über ihren roten Glockenrock. Innerlich bebte Dora. So gastfreundlich sie in Paris gewesen war, hier vermochte sie nicht, über ihren Schatten zu springen. Noch nicht. So vieles hatte sich in ihr verändert. Noch brauchte sie all das für sich allein, für ihr »neues Leben«. Außerdem ging es niemanden etwas an, wie einfach sie hier lebte. Der Gedanke, dass Picasso davon erfahren würde, war ihr geradezu unerträglich.

Demonstrativ blickte sie geradeaus durch die Frontscheibe und kurbelte dann das Seitenfenster hinunter. James Lord und Douglas Cooper standen unschlüssig zwischen Haus und Wagen.

»Wie oft habe ich euch gesagt, dass ich hier in Ménerbes unmöglich Gäste empfangen kann? Seid froh, dass ich uns einen Tisch in einem hübschen Lokal reserviert habe! Wer hat euch eigentlich Manieren beigebracht? James«, sagte sie vorwurfsvoll, »in Paris verhältst du dich formvollendet. Wo ist dein Anstand geblieben? Man überfällt eine Dame nicht. Du lebst lange genug in Frankreich, um das zu wissen!«

Verwirrt sahen die Freunde einander an und stiegen schließlich in den Wagen.

Dora war nicht entgangen, dass James rot geworden war.

»Du hast recht«, sagte er fast demütig und startete den Motor. »Bitte entschuldige.«

»Ich liebe dich für deine herzlichen Empfänge«, raunte Douglas Cooper sarkastisch von hinten.

»Ihr wisst genau, wie ich so etwas hasse. Was für die Rue de Savoie gilt, ist auch hier Gesetz. Es gibt gewisse gesellschaftliche Regeln.«

Ja, die gab es, und Dora war nicht gewillt, darauf zu verzichten.

»In deinem tiefsten Herzen bist du eben doch bourgeois«, gab Douglas zurück.

»Womit du mir ein großes Kompliment machst, *mon cher*«, erwiderte sie kühl. »Gute Manieren dienen dem Schutz der Gesellschaft und des Einzelnen.«

»Du hast nicht immer so gedacht«, zischte Douglas.

»Alles hat seine Zeit«, erwiderte Dora und signalisierte mit einer Geste, dass die Diskussion für sie als beendet galt.

James warf einen Blick in den Rückspiegel und legte den ersten Gang ein.

Das einfache Lokal lag an der Straße zwischen Gordes und Apt. Draußen unter einem Strohdach servierte der Wirt eisgekühlten Wein und brachte die Tafel, auf der das *Menu du jour* in geschwungenen Buchstaben stand: Trüffelomelette, Lamm in einer Sauce de Foie gras, Salat, Käse, Mandelkuchen.

Alle aßen die Vorspeise mit Appetit.

»Ich dachte nicht, dass einfache Küche so gut sein kann«, sagte James Lord.

Dora warf ihm einen strengen Blick zu. Nicht nur, dass er exakt das sagte, was Julie sagen würde – James war Amerikaner, und Dora ertappte sich bei dem Gedanken, dass nur die Franzosen die besten Gerichte der Welt zauberten und dementsprechend wertschätzten.

»Hier ist nicht Paris. Die provenzalische Küche ist schlicht, aber schmackhaft. Der Lubéron ist keine reiche Region, und dennoch haben sie Trüffel auf der Karte«, erwiderte sie stolz und schwenkte ihr Weinglas.

Douglas und James sahen sich verschwörerisch an und aßen stumm weiter.

»Was gibt es Neues in Paris?«, fragte Dora, als der Hauptgang gebracht wurde.

»Alles beim Alten«, sagte James Lord und spießte ein Stück Lamm auf seine Gabel. »Man geht von Salon zu Salon, besucht die Theater und die Museen. Wann gedenkt unsere liebe Freundin zurückzukehren? Du fehlst in Paris, *ma chère.*«

Er sah ihr in die Augen.

»Wie immer im Herbst, mein Freund. Sie mögen ruhig bereits Theaterkarten für uns reservieren.«

Seit Langem wechselte Dora bei James Lord zwischen der Anrede Sie und Du, je nach Stimmungslage. Besonders bevorzugte sie das Sie, wenn er übers Ziel hinausschoss oder Vertrautheiten vortäuschte, die es zwischen ihnen nicht gab. Dasselbe galt für Douglas Cooper.

Sie plauderten eine Weile über die Landschaften des Südens, die Ausstellungen in Paris und die französische Küche.

Beim Käse kam Douglas auf Picasso zu sprechen. Dora war daran gewöhnt. Am Ende wollten die Leute stets etwas von ihr wissen oder fühlten sich beauftragt, ihr den neuesten Klatsch über den einstigen Geliebten zuzutragen.

»Ich habe Picasso vor Kurzem in Vallauris besucht«, erklärte Douglas Cooper und zündete sich eine Zigarette an. »Die zwei

Kinder halten ihn auf Trab und, wenn ihr mich fragt, auch von der Arbeit ab.«

»Wir wollen doch nicht schon wieder über Picasso sprechen«, ermahnte James den Freund leise. Sein Blick sagte exakt das Gegenteil, und Dora wurde das Gefühl nicht los, dass sich die beiden abgesprochen hatten.

»Warum denn nicht?«, fragte Dora unbeschwert und lächelte ihre Begleiter abwechselnd an. »Ihr ahnt nicht, wie oft ich über ihn reden muss. In Paris ist es die Presse, die mich befragt, und selbst hier, wo ich mich in Sicherheit und Ruhe wähne, haben mich Galeristen und Museumsleiter schon belästigt. Ich bin nun einmal diejenige, die am meisten über ihn weiß.«

Sie zuckte die Achseln und trank in einem Zug ihr Glas Wein leer.

»Das bist du ohne Zweifel«, sagte James fachmännisch.

»Picasso ist und bleibt ein Teil meines Lebens, auch wenn er inzwischen in einem kleinen Töpferort den Sonnenuntergang anbetet.«

»Bei Kindergeschrei«, fügte Douglas hinzu und grinste schadenfroh. »Er macht keinen glücklichen Eindruck.«

Jeder wusste, wie sehr er Picasso bewunderte. Der große Kunstkritiker, der trotz seines dicken Bauchs schlaksig wirkte, gehörte zu jener Gruppe, die Picassos Pariser Entourage der Vorkriegsjahre und der Besatzungszeit ersetzte. Douglas liebte ihn aus der Ferne, und Dora war genau darüber im Bilde, welche Werke Douglas Cooper in seinem Schloss hortete, obwohl sie noch nie dort gewesen war. Es hieß, in seinem Wohnsitz in der Nähe von Avignon sähe es wie in einem Museum aus.

»Es wird gemunkelt, die Trennung von Françoise stünde unmittelbar bevor«, erklärte James.

Ein Blitz durchfuhr Dora, und sie richtete sich auf. »Ist es schon so weit? Nach nur sieben Jahren? Die habe ja sogar ich übertroffen.«

Sie biss sich auf die Zunge. Diese Äußerung ging zu weit. Mit einem Seufzer lehnte sie sich zurück. Sie durfte sich nicht dazu verleiten lassen, ihre Eitelkeiten bloßzulegen.

Doras Blick schweifte über die knorrigen Weinreben, die alten Steinhäuser, umgeben von Olivenbäumen, vor denen Traktoren abgestellt waren. Im Tal lag der blühende Lavendel wie ein gewellter Teppich. Die Luft duftete nach wilden Kräutern und Blüten.

Plötzlich erinnerte sie sich an ihren Ausflug mit Lee Miller in Mougins, als sie in einem Olivenhain bei einem Picknick über Man Ray gesprochen hatten. Wie lange lag das zurück?

Wie aus der Ferne hörte sie Douglas und James über die großen zeitgenössischen Künstler Picasso, Matisse und Balthus fachsimpeln. Jahre an Picassos Seite hatten sie gelehrt, die unterschiedlichsten Verehrer und deren wahre Absichten einzuordnen. Douglas Cooper war ein absoluter Kenner der Kunstszene, wenngleich er in Gesellschaft zuweilen gewöhnungsbedürftig war. Je nach Laune hielt er mit seiner Meinung nicht hinterm Berg, äußerte diese unverblümt und zeigte keine Scheu, sein Gegenüber dabei zu verletzen. James hingegen machte sich gern größer, als er war. Vor einigen Jahren hatte er die Unverfrorenheit besessen, Picasso aus dem Stegreif um ein Porträt zu bitten. Er hatte Glück gehabt, denn der Meister war an jenem Tag gut gelaunt gewesen und erfüllte ihm den Wunsch. Die Zeichnung besaß etwas Zärtliches, und James sah mit seinen blonden Locken wie ein Jüngling darauf aus, obwohl er bald dreißig war.

Als das Dessert serviert wurde, beteiligte sich Dora wieder am Gespräch. Es gab Mandelkuchen mit einem *petit café*. In die

Mitte des Tischs stellte der Wirt ein kleines Tablett mit drei randvoll gefüllten Schnapsgläsern.

»Noch ein *eau de vie* für alle«, sagte er augenzwinkernd. »Auf Kosten des Hauses.«

Er drehte sich um und verschwand.

»Trinken wir auf die Beständigkeit«, sagte Dora und hob ihr Glas. »Auf die Kunst, die größer ist als wir alle, und auf die Freundschaft, die stets das Wohlbefinden des Gegenübers im Auge behält.«

Betreten kippten die beiden Männer ihren Schnaps hinunter.

»Weißt du, warum ich die Gespräche über Picasso liebe, Dora?«, fragte Douglas nach einer Weile und nahm mit der Gabel ein Stück Mandelkuchen auf. »Weil sie auch bedeuten, über uns selbst zu sprechen. Wenn sich eines Tages, wenn wir gestorben sind, irgendjemand unserer erinnert, dann nur, weil wir das Genie kannten.«

»Blödsinn«, entfuhr es Dora. Sie sah Douglas mit zusammengekniffenen Augen an. Auf einmal spürte sie den Alkohol, der ihre Sinne benebelte, aber zugleich ihre Angriffslust weckte. »*Du* magst dieser Kategorie angehören. Aber nicht ich. Dafür habe ich zu sehr all seine Seiten kennenlernen dürfen.«

»Und die wären?«, fragte Douglas mit anzüglichem Blick. Demonstrativ stellte er seine Ellbogen auf den Tisch, nahm einen tiefen Zug von seiner Zigarette und blies den Rauch aus. Seine Augen glänzten wässrig. »Nur zu, ich bin ganz Ohr und für allerlei Pikantes zu haben.«

»Das glaube ich Ihnen aufs Wort, Monsieur Cooper«, erwiderte Dora und schüttelte den Kopf. »Wir können noch weitere zwei Flaschen Wein trinken: Ich schweige. Und Picasso tut das auch.«

»Bist du sicher?«, fragte James provokativ. »Vielleicht schreibe ich eines Tages eine Biographie über ihn und über dich, geliebte Dora. Und dann erinnere ich mich an diesen wunderschönen Nachmittag, der uns allen die Zunge lockerte.«

»Er wird dich dafür hassen«, fauchte Dora und kippte die Asche ihrer Spitze achtlos auf den Boden. »Genau wie ich es tun werde.«

»James wird es verkraften«, gab Douglas kühl zurück.

»Es war nicht ernst gemeint«, beschwichtigte James, legte seine Hand auf die von Dora und bestellte eine weitere Flasche Wein.

Die Unterhaltung verlor sich in Banalitäten. Selbst das Wetter wurde ausführlich besprochen, um weitere heikle Themen zu vermeiden.

Es war bereits früher Abend, als Dora beschwingt in James Lords Wagen stieg. Das Trio begab sich zurück nach Ménerbes.

»Seht euch diesen Baum an!«, sagte Dora während der Fahrt und deutete auf eine am Wegesrand hochgewachsene Pappel, deren Blätter sich im Wind bewegten. Sie bemerkte ihren leichten Zungenschlag. »Für uns ist es nicht mehr als ein heller, schöner Baum, etwas ganz Alltägliches. Von Picasso gemalt, würde er zu einem Gegenstand der Verehrung, und dann sähen wir ihn wiederum mit anderen Augen. Er zeigt uns *seine* Sicht der Welt. Wer in der Welt der Kunst vermag auch nur annähernd dies zu leisten? Das ist der Grund, warum dieser Mann für mich – trotz allem – immer etwas Besonderes bleiben wird.«

Douglas Cooper räusperte sich.

»Ja«, sagte James ergriffen. »So ist es. Weißt du, was ich mich schon sehr lange frage?«, wandte er sich an Dora.

»Du wirst mir deine Indiskretion sogleich zumuten«, sagte sie kühl.

»Welche Picasso-Besitztümer du in deinem Haus hortest, *ma chère.* Und das ist keine Indiskretion, sondern eine Frage, die von allgemeinem Interesse ist. Sicher hast du weitaus mehr, als du die Öffentlichkeit wissen lässt. Was hat dir Picasso in Ménerbes vermacht? Er *muss* hier gemalt haben, als ihr noch zusammen wart. Möchtest du es uns verraten?«

Douglas rückte nach vorn, legte seine Unterarme auf die Rückenlehnen der Vordersitze und stützte sein Kinn darauf.

»Verrate es uns, schöne Dora.«

Dora blickte zuerst zu James, dann nach hinten zu Douglas. Sie legte den Finger auf die Lippen und lächelte. »Ja, das wüsstet ihr wohl alle gern. Sagen wir so, ich bin im Bilde über jedes seiner Werke, und was vielleicht das Wichtigste dabei ist, ich kenne deren Preise.«

Innerlich amüsierte sie sich über die Frage. So betrunken konnte sie gar nicht sein, dass sie sich auch nur einen einzigen Picasso abschwatzen ließ. Fast alle befanden sich in Paris oder in einem ihrer Tresore. Ihr größtes Problem behielt sie für sich. Die meisten ihrer Besitztümer waren unsigniert, eine »Nebenwirkung« der einstigen Intimität zwischen Picasso und ihr. Allerdings war es allein Picassos Signatur, die den Wert eines Werks um das Vielfache erhöhte.

Der Meister aber, das wusste jeder in der Kunstszene, machte seine Unterschrift von seiner Tageslaune abhängig. Manch ein Besitzer kämpfte jahrelang um diese Gunst, vielen blieb sie ein Leben lang verwehrt.

Eine halbe Stunde später erreichten sie Ménerbes.

James fuhr beherzt die enge Gasse hinauf, bis direkt vor Doras Haus.

Sie stieg aus dem Wagen, stolperte dabei über einen Stein, fing sich jedoch im letzten Moment elegant ab. »Ich wünsche euch eine gute Rückfahrt – oder eine schöne Zeit, was immer ihr vorhabt.«

Sie reckte das Kinn, drehte sich weg und zerrte ihren Schlüsselbund aus der Handtasche.

Mit einem Ruck sprang Douglas vom Rücksitz und stellte sich hinter Dora. »Du wirst uns doch einen winzigen Einblick in dieses wunderschöne Haus nicht verwehren. Wir machen auch ganz sicher keinerlei Umstände. Nur sehen wollen wir es, ein einziges Mal. Von uns aus mit zusammengebundenen Händen.«

James, der starr nach vorn gesehen hatte und sich am Lenkrad festhielt, machte den Motor aus und stieg gleichfalls aus dem Wagen. »Dora – bitte, bitte, bitte«, bettelte er, während er sich ihr näherte. »Nur eine winzig kleine Hausführung.«

»Nein«, sagte sie bestimmt und schüttelte den Kopf. »Es geht nicht. Vielleicht ein anderes Mal.«

Sie drehte sich um und versperrte mit ihrem Körper die verschlossene Tür.

Dahinter konnte sie Artemis und deren zehnjährige Nichte Claudette hören. Die Kleine spielte mit einem Ball auf dem Steinboden. Selten war sie so froh über deren Anwesenheit gewesen wie in diesem Moment.

»Meine Haushälterin ist beschäftigt, und sie hat Besuch mitgebracht. Es geht nicht«, sagte sie und stampfte mit dem Fuß auf den Boden.

Die Wahrheit war, dass sie immer noch dabei war, das Haus für sich selbst zu erobern. Sie konnte es nicht teilen, nicht einmal für eine Besichtigung. Es war ihr geradezu unmöglich. Hinzu kam, dass sie nur zwei von vierzehn Zimmern wirklich bewohnte, jenes, wo sie malte, und das, in dem sie schlief. Genau darum ging es in ihrem Leben, aber würden das auch ihre

Freunde verstehen? Über all die Jahre hatte sie sich so sehr an diesen spartanischen Zustand gewöhnt, dass er ihr nur noch auffiel, wenn sie in Paris eingeladen wurde. Denn selbst die Rue de Savoie hatte sich inzwischen in ein verstaubtes Museum verwandelt. Auch dort bewohnte sie nur noch den kleinen Salon. Vielen diente diese Tatsache als Beweis für ihren Geiz. Für sie bedeutete es Fokussierung auf das Wesentliche.

James suchte ihren Blick.

»Bitte«, flüsterte sie. »Ich bitte dich, James. Um unserer Freundschaft willen.«

Es entstand eine Pause, während sie einander in die Augen blickten.

»Nicht heute, Douglas«, sagte James nach einem kurzen Zögern an den Freund gewandt, küsste Dora auf die Wangen und wandte sich ab. Er nahm den verdutzten Douglas an die Hand, öffnete ihm die Tür und schob ihn auf den Beifahrersitz. »Wir fahren zurück, *mon ami.*«

Mit leerem Blick sah Dora dem sich entfernenden Wagen hinterher.

KAPITEL 39

Lange folgte Dora mit ihren Augen dem Wagen, bis ihn die Dämmerung in Richtung Südwesten verschluckte. Sie lehnte ihren Kopf gegen die Hauswand. Plötzlich fühlte sie sich müde, erschöpft. Die Gespräche über Picasso, der viele Wein und ihr Widerstand gegen die Aufdringlichkeit der beiden Männer hatten sie Kraft gekostet.

Je älter sie wurde, desto mehr Wert legte sie auf die Einhaltung gesellschaftlicher Regeln. Auch ihre wilden Zeiten und ihre Toleranz waren in die Jahre gekommen.

Hoffentlich sprach sich ihre Weigerung, hier in Ménerbes Besuch zu empfangen, in Paris schnell herum. Keiner ihrer Bekannten und Freunde sollte es auch nur versuchen, sie in ihrem Haus zu überfallen.

Umständlich schloss sie die Tür auf, ging in die Küche und trank ein Glas Leitungswasser. Von oben war Gepolter zu hören, gefolgt vom monotonen Geräusch eines Kehrbesens auf dem Holzboden.

»Ich bin zu Hause«, rief sie hinauf zu Artemis.

Für einen Moment hörte das Geräusch auf, dann setzte es wieder ein. An Artemis hatte sie sich inzwischen so sehr gewöhnt wie an das überschaubare Interieur. Längst störte sie sich nicht mehr an Artemis' ostentativem Schweigen, im Gegenteil, es kam ihr entgegen.

Das Haus besaß seine eigene Sprache – man musste nur genau hinhören.

Dora liebte das Geräusch der Regentropfen in die von Artemis aufgestellten Schüsseln, und das Stöhnen des Dachs, wenn der Mistral an den gelockerten Ziegeln rüttelte.

Mit unsicherem Gang ging Dora nach nebenan in die Bibliothek und ließ sich auf das Rosshaarsofa fallen. Moumoune, die stets wie aus dem Nichts auftauchte, sprang auf ihren Schoß. Mit geschlossenen Augen lag sie da und streichelte ihr Fell.

Der Nachmittag mit James und Douglas hatte ihr wieder einmal klargemacht, dass Picasso nie völlig aus ihrem Leben verschwinden würde. Sie hatte sich über die Jahre eine Art Schutzmantel zugelegt, indem sie bei Gesprächen alles Private von damals aussparte und nur ohnehin Bekanntes preisgab. Aber stets aus ihrer Sicht. Über den Künstler Picasso zu sprechen, erschien ihr nur allzu natürlich. Wie selbstverständlich war sie zu einer Expertin seiner Kunst und zur Kennerin seiner Bildsprache geworden. Auch dies war ein exklusives Überbleibsel ihrer Beziehung.

Sie ließ ihren Gedanken freien Lauf. Das Geräusch des Kehrbesens beruhigte sie und vermittelte ihr ein wohliges Gefühl, so wie früher, wenn Picasso nebenan in seinem Atelier gemalt und dabei spanische Volkslieder gesummt hatte.

Der viele Wein tat sein Übriges. Langsam döste sie weg.

An der Schwelle zwischen Schlaf und Wachsein schritt sie wie eine unsichtbare Voyeurin durch Picassos Haus in Vallauris. Mühelos fand sie sich dort zurecht, obwohl sie sein Domizil nur oberflächlich aus Zeitungsartikeln kannte. Jetzt konnte sie heimlich jeden einzelnen Raum betreten.

Kinder tobten durch die engen Flure. Der fünfjährige Claude zerrte seine kleine Schwester Paloma in den Garten. Die Kinder lachten ausgelassen.

Der alte Schmerz rührte sich in Dora – Picasso und ihr war das gemeinsame Kind verwehrt geblieben.

In ihrer Vorstellung lief sie weiter, während der Boden unter ihren Füßen knarrte. Jedes einzelne Zimmer war mit Picassos bestückt. Neue Gemälde, die Dora in Ausstellungen begegnet waren, standen achtlos herum. Auf Anhieb erkannte sie, dass den Gemälden die Ausdruckskraft von einst fehlte. Picassos Ausdruck schwächelte, seinem Pinselstrich mangelte es an der Energie, Potenz und Lebenskraft von einst. Immerhin hatte er inzwischen die siebzig überschritten.

Aus seiner Küche hörte sie das Geklapper von Geschirr. Sie ging dorthin. Niemand bemerkte sie, und schamlos betrachtete sie die neue Familienidylle.

Françoise und Picasso saßen einander an einem einfachen Holztisch gegenüber.

Die schöne Françoise trug ein einfaches Sommerkleid, er einen geringelten Baumwollpullover, ein bretonisches Muster, das er neuerdings bevorzugte. Sollte es ihn verjüngen? Er wirkte wie ein alter bretonischer Fischer, dessen Haut von der Sonne gegerbt war. Ein neuer Hund war an seiner Seite. An den Wänden hingen Keramikteller. Zwischen Françoise und ihm stand eine leere Bügelflasche mit einem Rest Rotwein. Sie sprachen kein Wort miteinander.

Hinter dem geöffneten Fenster erstreckte sich die Landschaft mit Lavendelfeldern, Olivenhainen, Rosmarin und Wacholdersträuchern. Der Ort erschien Dora so verlassen wie das Haus.

Unvermittelt stand das Paar auf, packte einen Picknickkorb, und Dora folgte den beiden an den Strand des Golfs von Saint-Juan, wo sie einst auf der Suche nach Muscheln und Steinen blind und ohne Zögern mit ihm gegangen war.

Sie bereute nichts.

Fünfzehn Jahr später, diese Erkenntnis drang durch Doras Tagtraum wie durch eine Nebellandschaft ihrer Gedanken, war ein anderer Mann aus ihm geworden. Einer, der mit einem riesigen, aufgespannten Sonnenschirm seiner jungen Frau an der Plage de la Garoupe folgte. Durch die Perspektive kontrastierte der Größenunterschied zwischen Françoise und ihm so sehr, dass Dora die ganze Schieflage des Paars erfasste.

Picasso war ein Schattenspender geworden – wo nur war sein Licht geblieben?

Françoise lächelte beglückt. Sie hielt den Kopf geneigt und schritt wie eine Königin am Strand dem Fotografen entgegen, der Robert Capa hieß und aus Amerika zurückgekehrt war.

Früher hatte Picasso seine Frauen in seinen Schatten gestellt, jetzt erschien er Dora wie ein braver alter Mann, der einer dreißig Jahre jüngeren Blumenfrau hinterherlief. In Françoises Gesicht spiegelte sich die Überlegenheit der Jugend.

Sein geöffnetes Hemd demonstrierte Vitalität, aber was er tat, wirkte wie eine Freizeitbeschäftigung im Ruhestand. Er war um Jahrzehnte gealtert. Wo war sein Stolz?

Plötzlich war Dora, als durchschaue sie all seine blumenbetonten Porträts von Françoise Gilot, die verspielt gegen die einstigen Darstellungen ihres Gesichts erschienen. Picasso konnte es nicht lassen, seine Frauen zu erhöhen, solange er verliebt war.

Wann würde Françoise von ihrem Sockel gestoßen werden?

Mit Dora als seinem Modell hatte Picasso von Anfang an die Intensität totaler Nähe auf die Leinwand gezaubert. Stets entblößte Doras kantiges Wesen zugleich Picassos widersprüchliche Gefühle, die er mit jedem einzelnen Pinselstrich in ihr Gesicht eingearbeitet hatte.

Ja, er hatte Dora ungefiltert gemalt, unverblümt, aufrichtig. Mit all den Zeichnungen und Gemälden von ihrem Gesicht hatte er ohne Umwege die Komplexität ihres Wesens vorausgedeutet und somit ein Licht auf die Zukunft ihrer Liebe geworfen.

Ihre Begegnung am Strand der Côte d'Azur war unausweichlich gewesen, jene mit Gilot hingegen erschien ihr gewollt, ein Arrangement wie ein Stillleben mit den ersten Kirschen der Saison.

Wie aus der Ferne vernahm Dora ein Geräusch. Sie spürte ihren Hinterkopf auf dem harten Sofa. Eine Stimme klang an ihr Ohr, eine helle Kinderstimme. Sie war wieder in der Realität angekommen. Sie blinzelte mit den Augen, öffnete sie langsam. Vor ihr stand Claudette.

»Darf ich dir morgen wieder beim Malen und Töpfern zusehen?«

Sie musste eingenickt sein.

»Wie spät ist es?«, fragte Dora schroff und richtete sich schwerfällig auf.

»Gleich acht Uhr, wir gehen bald nach Hause. Tante Artemis hat dir einen Kuchen gebacken. Einen Aprikosenkuchen.«

»Was willst du von mir?«, fragte sie misstrauisch und strich ihren Rock glatt.

Dora spürte, wie eine Wand in ihr langsam an einigen Stellen aufbrach, und sie schalt sich innerlich für ihr ewiges Misstrauen. Es war nur ein Kind. Wie sollte es etwas Böses im Schilde führen? War sie schon so abgebrüht, dass sie hinter jeder harmlosen Frage einen Angriff witterte, hinter jedem netten Wort eine potenzielle Enttäuschung?

Aber Claudette schien ihre Zurückhaltung zu ignorieren und blickte sie mit ihren dunklen Augen erwartungsvoll an. Ihre widerspenstigen Locken standen in alle Richtungen ab. Ein wenig erinnerte sie Claudette an sie selbst als Kind.

»Das habe ich doch gesagt«, erwiderte Claudette mit klarer

Stimme. Sie war keine Spur beleidigt, und das beschämte Dora. »Mit dir malen und töpfern. Aber ich sehe dir auch gern einfach beim Malen zu.«

»Warum?«

»Weil du dann lächelst. Du lächelst immer, wenn du malst. Ich mag es, wenn du lächelst.«

Und Dora konnte nicht anders – sie lächelte.

»Und manchmal auch einfach so, wie jetzt.«

»Oh, der Grund bist du, Claudette. Du bist der Sonnenschein in diesem Haus.«

Das Kind strahlte übers ganze Gesicht.

»Claudette«, klang die Stimme von Artemis von oben in die erste Etage hinab. »Bist du fertig? Wir gehen.«

»Ja«, gab sie zurück. »Ich bin hier bei Madame Dora.« Claudette schlich auf Zehenspitzen zur Tür, lugte um die Ecke und kam noch einmal zurück. »Was wollten die beiden Männer vorhin? Wollte der eine der beiden, der mit dem dicken Bauch, wollte er dir das Haus wegnehmen?«

Dora hielt inne. War es möglich, dass eine Zehnjährige die wahren Absichten ihrer Besucher besser durchschaute als mancher Erwachsene?

»Nicht das Haus, aber etwas, das hier drin versteckt ist«, raunte Dora.

»In deiner Geheimkammer?«

»Vielleicht. Warst du denn schon einmal dort?«

Die Kleine schüttelte mehrfach den Kopf. »Tante Artemis sagt, das sei verboten. Man nennt das ein Tabu.«

»Weißt du denn schon, was ein Tabu bedeutet?«

Claudette nickte. »Etwas, das man nicht tut. Einfach so. Ohne zu fragen, warum. Es ist wie sonntags in die Kirche gehen. Man fragt nicht, warum, man tut es einfach.«

»Der Vergleich hinkt ein wenig, denn das eine tut man, das andere lässt man unangetastet, aber für heute will ich ihn gelten lassen.«

Dora seufzte. Wie einfach die Welt in den Augen der Kinder war. Manch ein Erwachsener konnte sich von Claudettes Beobachtungsgabe eine Scheibe abschneiden. »Du hast den Mann sehr gut eingeschätzt. Woran hast du sein Ansinnen erkannt?«

»Er war so freundlich zu dir.«

Eine Mischung aus Wehmut, Traurigkeit und plötzlich aufkommender Nähe zu diesem Mädchen, das sie Tag um Tag lieber gewann, stahl sich in ihr Herz.

»Du bist sehr gescheit, Claudette. Wenn man Menschen gut beobachten kann, ist das später sehr hilfreich. Man kann sich dann besser schützen, verstehst du? Ja, er wollte unbedingt etwas von mir haben. Aber nichts von dem, was ich besitze, ist für einen günstigen Preis zu haben. Dafür war der Preis, den ich gezahlt habe, viel zu hoch.«

Claudette runzelte die Stirn, als habe sie nur die Hälfte des Gesagten verstanden, nahm ihren Schulranzen aus dem Flur, setzte ihn auf und lächelte Dora offen an.

»Das Haus ist also ein Tabu.«

Dora nickte. »Ganz genau.«

Von oben näherten sich die Schritte Artemis'. Ihren unvergleichlichen Gang würde Dora aus Tausenden heraushören. Er glich dem eines dreibeinigen Hundes, der zu viel auf den Rippen hatte.

Als sie Dora erblickte, warf sie ihrer Hausherrin einen strengen Blick zu. »Ich habe Rotwein und Rosé von Georges Martinez aus Lumières besorgt. Steht in der Vorratskammer. Die Flaschen *ohne* Etikett.«

Dora schmunzelte.

Artemis nahm das Kind an die Hand.

»Bis morgen«, sagte Dora zeitgleich mit der zuschnappenden Tür. »Danke.«

Wenige Wochen später erreichte Dora ein Schreiben von Douglas Cooper. Er entschuldigte sich in aller Form für sein schlechtes Benehmen und das seines Freundes und äußerte geschwollen sein Anliegen.

Es würde mich aufrichtig freuen, wenn Du eines Tages als mein Gast hierher in mein kleines, bescheidenes Schlösschen kämst. Du magst hierbleiben, so lange du möchtest, und wann immer Du kommst, bestimmst Du allein. Dann mache ich alles wieder gut, liebste Dora. Dein ergebenster Freund und Bewunderer Douglas Cooper.

KAPITEL 40

Ménerbes, 1954

»Das ganze Dorf spricht über Sie«, zischte Artemis, nahm das schmutzige Geschirr vom Küchentisch und ließ es in eine Blechschüssel mit Spülwasser gleiten.

Mittlerweile verbrachte Dora ihr achtes Frühjahr in ihrem Haus in Ménerbes, diesmal allerdings in einer neuen Konstellation.

»Was erzählt man sich denn?«, fragte Dora schnippisch und nahm sich aus einer Schale eine Mandel.

»Dass Sie mit einem jungen Mann unter einem Dach leben. Sie haben immer gesagt, Sie wollen niemanden hier haben.« Artemis stampfte mit dem Fuß auf den Boden.

»Das Dorf wird sich daran gewöhnen müssen, dass ich Freunde habe, Artemis. Ich habe meine Meinung geändert. Es ist sozusagen ein Selbstversuch, bevor ich völlig vereinsame.«

Sie lächelte verschmitzt.

»Ich möchte nicht, dass die Leute schlecht über Sie reden, Madame«, erwiderte diese, während sie eine tropfende Tasse in das Abtropfgestell über dem Becken räumte.

Dora lehnte sich an den Tisch und zuckte die Achseln. »Sie ahnen nicht, durch welch harte Schule ich in Paris in Sachen Klatsch gegangen bin. Das Geschnatter interessiert mich überhaupt nicht.«

Artemis hielt inne, einen nassen Teller in der Hand haltend, dann drehte sie sich zu Dora, erwiderte ihren Blick und holte tief Luft. »Ménerbes ist nicht Paris.«

Der Stein des Anstoßes war Doras erster Besuch. Seit drei Wochen verbrachten Dora und James Lord gemeinsam ihre Ferien hier in Ménerbes. Während sich Artemis über die Zweisamkeit im selben Haus echauffierte, hatte Dora die Probleme ganz woanders verortet und freute sich insgeheim, wie einfach sich das Zusammenleben mit dem fünfzehn Jahre jüngeren Mann gestaltete. Außerdem war sie endlich über ihren Schatten gesprungen und hatte einem Freund Einlass in ihr Haus gewährt. Für sie war das ein großer Schritt.

Jeder von ihnen zog sich tagsüber zurück, abends trafen sie sich in der Küche zum Essen, oder sie gingen gemeinsam in ein Lokal. Ohne Murren hatte James das karge Gästezimmer neben Doras Schlafzimmer bezogen, in dem er täglich arbeitete.

»Hier ist nicht Paris«, wiederholte Artemis trotzig und nahm die Schüssel mit dem Spülwasser, ging an Dora vorbei und schüttete das Wasser durch die geöffnete Haustür mit Schwung hinaus auf die Straße.

Hinter ihr fiel die Tür ins Schloss.

»Hier in Ménerbes herrschen Anstand und Sitte. Die Menschen denken anders, nicht so freizügig wie Sie, Madame. Was Sie tun, schadet Ihnen. Nur darum geht es mir.«

Dora sah Artemis mit zusammengekniffenen Augen an. »Sie mögen ihn nicht, nicht wahr?«

Artemis wischte sich die nassen Hände an ihrer Schürze ab und rümpfte die Nase. »Es ist weit mehr als das, Madame. Ich kann ihn nicht ausstehen. Er ist wie ein Fisch, wenn man ihn anfasst, flutscht er einem aus den Fingern und springt zurück ins Wasser. Es hat nichts damit zu tun, dass er mit Männern …«

Sie verschluckte die letzten Worte, nahm sich ein Staubtuch aus dem Regal und verschwand damit in der Bibliothek.

Dora sah ihr verblüfft hinterher.

So eigenwillig sich Artemis zeigte, so sehr schätzte Dora im Kern ihre Ehrlichkeit.

Lange dachte sie über den Vergleich mit dem Fisch nach. Ihre Haushälterin schien etwas in James' Wesen erfasst zu haben, das auch ihr keineswegs entgangen war. Im Tiefsten ihres Herzens misstraute Dora seiner Profillosigkeit, die sie allerdings seiner Jugend zuschrieb. Aber seit sie hier waren, drängte sich ihr immer mehr der Verdacht auf, James wolle durch sie vor allem Picasso nahe sein. Es war, als belebte Doras Nähe seine Phantasie, als bilde sie einen Vorgeschmack zum Paradies.

Im Gegenzug bot er ihr dank seines Wagens den Luxus von Ausflügen in die Umgebung. Außerdem genoss sie die abendlichen Gespräche mit ihrem Gast, seine Aufmerksamkeiten, sein zartes Werben um ihre Gunst und noch mehr: Manchmal schenkte ihr James zärtliche Blicke und sah sie dabei genau so an, wie ein Mann eine Frau ansieht.

Als sie die Treppen hinaufstieg, hörte sie von oben das Blättern von Papier, dann die Typen einer Schreibmaschine. Sie schloss die Tür zu ihrem Atelier auf, nahm den Arbeitskittel vom Haken und betrachtete ihr neues Gemälde.

Wie Wellen lag die Ockerlandschaft unter einem blauweißen Himmel. Optisch war ihre Kunst kleiner geworden: so groß die Motive sein mochten, so klein war deren Format – das Gegenteil von Picassos Kunst.

Ja, sie hatte ihren eigenen Weg, ihren eigenen Blick auf die Welt gefunden. Auch in der Malerei.

Sie malte bis in die Abendstunden.

Nachdem Artemis gegangen war, hatte Dora entgegen ihren sonstigen Gewohnheiten, die sie hier im Süden pflegte, viel Zeit mit ihrer Garderobe zugebracht. Heute wollte sie ihre zweckmäßige Kleidung, die sie stets in diesem Haus trug, durch etwas anderes ersetzen. Sie wählte ein schwarzes, schlichtes Kleid mit einem tiefen Rückenausschnitt, dessen üppiger Stoff ihre Hüften kaschierte, legte Schmuck an und sogar Parfüm. Dann schminkte sie sich dezent.

Nach einem zufriedenen Blick in den Spiegel trat sie aus dem Zimmer. Zaghaft klopfte sie an James' Tür. »Abendessen, James.«

Niemals würde sie es wagen, sein Zimmer zu betreten.

»Ich bin gleich unten«, gab er zurück, und wieder hörte sie das Geraschel von Papier. Ein Stuhl wurde gerückt.

Das ganze Haus duftete nach Huhn, Zitrone, Knoblauch und Kräutern. Sie betrat die Küche und entdeckte auf dem Tisch eine Nachricht von Artemis:

Guten Appetit. Ich komme erst übermorgen wieder. Artemis.

Dora schmunzelte. Artemis war keine Freundin schriftlicher Nachrichten, verstand es aber mit Bravour, ihrem Missfallen zwischen den Zeilen Ausdruck zu verleihen.

Dora ging hinaus auf die Terrasse, wo Artemis den Tisch gedeckt hatte: eine Schüssel mit Kartoffeln und ein Zitronenhuhn mit den Kräutern der Provence und schwarzen Oliven in Weißwein.

»Du siehst bezaubernd aus«, sagte James zur Begrüßung, als er die Terrasse betrat. Er ging Dora entgegen und küsste ihre Hand.

Sie setzten sich und aßen mit großem Appetit.

»Deine Haushälterin mag schrullig sein, wortkarg und auch hässlich – aber sie ist eine großartige Köchin.«

»Ihr scheint euch nicht zu mögen«, gab Dora zurück.

James winkte ab, als sei ihm das nicht einmal erwähnenswert.

Schweigend aßen sie weiter. Beim Digestif zündete Dora die

Kerzen an. Ein milder Wind strich durch die Bäume und Sträucher ihres Gartens.

Sie bemerkte seine Blicke, die anders waren als sonst. Sie gingen über ihre Schultern, ihre Hände, den Hals. Manchmal, daran erinnerte sie sich plötzlich, als habe sie es damals schlichtweg übersehen, manchmal hatte er sie in Paris so angesehen. Aber niemals lange. Heute hörte er damit nicht auf. Zog er in Erwägung, dass zwischen ihnen etwas passierte, obwohl ihn und Dora ganze fünfzehn Jahre trennten, oder lag es an der Nähe in diesem Haus, ihrem Zusammenleben? Kam es zwangsläufig zu Intimitäten, indiskreten Gedanken?

Nach dem Dessert, das aus Artemis' legendärem Mandelkuchen bestand, lehnte sie sich zurück und zündete sich ihre Spitze an.

Sie saßen nebeneinander, rauchten, tranken Wein und blickten hinab ins Dorf, das still dalag. Vereinzelt brannten Lichter in den einfachen Häusern.

An diesem Abend gingen ihnen die Gesprächsthemen aus. Während sie sonst über Kunst, Literatur und Picasso redeten, schwiegen sie heute, als wäre alles gesagt.

Schweigend erhob sich Dora gegen Mitternacht, löschte die Kerzen, und gemeinsam gingen sie die Stufen hinauf. Zum ersten Mal seit Langem nahm Dora bewusst den Duft fremder Haut wahr, einen Duft jenseits von Picassos. Kein Terpentin, keine Farbreste, kein Ton. Lavendelseife.

Unzählige widersprüchliche Gedanken gingen ihr durch den Kopf. Plötzlich erinnerte sich ihre Haut an die Berührungen von einst. Hatte es mehrerer Wochen unter einem Dach bedurft, damit sie sich endlich eingestehen konnte, dass auch das Gebet sie nicht von der Versuchung befreit hatte?

Schickte ihr Gott in dieser Nacht eine Prüfung? War sie am

Ende doch zu jener Frau geworden, vor der Julie sie ein Leben lang gewarnt hatte?

Und führe uns nicht in Versuchung. Im Stillen betete sie ein Vaterunser.

Sie blieben dicht voreinander stehen, schweigend, nur ihr Atem war zu hören. Die Nähe zwischen ihnen war so unmittelbar, als verständigten sich ihre Körper wortlos.

Wie lange lag das zurück?

James suchte ihren Blick.

Sie erwiderte ihn. Für einen winzigen Moment genoss sie das plötzlich aufflammende Prickeln zwischen ihnen, das wie ein Lied aus vergangenen Zeiten in ihr schwang. Man verlernte derlei Botschaften nicht zu lesen, auch nicht, sie zu beantworten.

Der Wind rüttelte an den morschen Fensterläden ihres Hauses.

Ein kurzer Gedanke kam ihr, James die Hand zu reichen und ihn in ihr Zimmer zu bitten, aber ihr Instinkt hielt sie zurück. Was hinderte sie? Früher war sie ihrer Lust stets gefolgt. Warum war sie so keusch geworden?

Bataille hätte sie verhöhnt, könnte er sie so sehen. Bataille, mit dem sie über nahezu jede Grenze der körperlichen Ekstase gegangen war, als sei die körperliche Begegnung nicht mehr als ein Spiel, waghalsig, aber kontrollierbar. Erst Picasso hatte sie eines Besseren belehrt.

Picasso. Tief in ihrem Innern wusste sie plötzlich, was sie in Wahrheit zurückhielt. Das Hindernis bildete nicht James' wahre Leidenschaft, die vorrangig Männern galt. Keinesfalls war es seine Jugend, sondern etwas anderes – eine weitaus höhere, unbezwingbare Macht.

Dora scheute den Vergleich mit Picasso.

Sie spürte die verhaltene Flamme in ihrem Herzen, die sie

daran erinnerte, dass sie eine Frau war, mit Begierden, mit zärtlichen Wünschen. Wie profan wirkte dieses Begehren gegen das Streben nach dem Göttlichen in der Kunst. Früher hatte sie mit einem einzigen Blick verführt. Konnte sie noch verführen? Gab ihr James in diesem Augenblick seine Antwort auf ihr unausgesprochenes Angebot, das sich ohne Absicht in ihre Augen geschlichen hatte?

Sie hasste es, sich die Wahrheit einzugestehen, aber die letzte Instanz bildete Picasso. Nur ihm hatte Dora einst blind vertraut und ihre Hand, ihre Sehnsüchte, ihr Begehren, alles, was sie als Frau und Künstlerin ausmachte, in seine Hände gelegt.

Hatte dieser junge Mann, der jetzt unbeholfen von einem Fuß auf den anderen trat, das Format, nach Picasso das Bett mit ihr zu teilen? Ein Aufschrei ging durch ihr Inneres, und sie verneinte die Frage so schnell, wie sie sich diese gestellt hatte. Sie hatte mit Picasso die höchste Form der Leidenschaft erlebt, im täglichen Leben wie auch im Geiste, in den vielen Nächten und in der dünnen Luft der Vollkommenheit seiner Kunst.

Welcher Mann sollte so hoch greifen können?

James räusperte sich. Ihr war, als sei sie mit einem Schwung kalten Wassers auf ihrem Gesicht aus einem Traum erwacht und wieder bei sich.

Aus seinen Augen verschwand der Glanz, das verhaltene Flackern des Begehrens.

Sie schloss die Augen und spürte ihren Herzschlag. Ihr gemeinsamer Atem überschnitt sich wie der Klang zweier Instrumente, die nicht zusammenpassten.

»Gute Nacht«, sagte sie und strich über James' Hand.

»Gute Nacht«, gab er zurück und küsste sie zärtlich auf den Mund.

Um sich selbst zu prüfen, schloss sie in dieser Nacht ihre Tür nicht ab. Sie legte sich in ihr Bett und berührte mit den Fingerkuppen ihre Lippen, auf denen sein Kuss haftete. Wollte sie wirklich allem Körperlichen entsagen, für alle Zeit? Sie war alt genug, um die schmerzhafte Lücke als solche wahrzunehmen, jedoch zu jung, um sie hinzunehmen.

Sie schlief unruhig, wälzte sich in ihrem Bett von einer Seite zur anderen und hielt inne, wenn das Haus seine nächtlichen knirschenden Geräusche von sich gab. Manchmal glaubte sie, Schritte zu hören. War James' Tür nebenan aufgegangen? Mit aufgerissenen Augen starrte sie auf die Türklinke ihres Schlafzimmers, die sich nicht bewegte.

Am nächsten Morgen verschwand sie im Bad und ließ ihre Schlafzimmertür angelehnt. Sie wusch sich, schminkte ihre Lippen und wischte das Rot wieder ab. Anstelle des schwarzen Kleids von gestern wählte sie einen grauen Faltenrock und eine weiße Bluse.

Als sie zurück in ihr Zimmer wollte, erstarrte sie.

Ihre Tür war weit geöffnet.

Sie hielt den Atem an und starrte auf James' Rücken. Er stand vor ihrer Geheimkammer, schien hoch konzentriert mit dem Schloss beschäftigt, als hege er nicht den geringsten Gedanken an etwas Unrechtes.

Mehrfach ruckelte er an der schmalen Tür.

Dora wusste: Sie würde sich nicht öffnen lassen.

Sie ballte ihre Hand zur Faust, räusperte sich lautstark und drehte sich weg. Als sie die Stufen hinabging, vernahm sie James' Schritte, dann fiel die Tür seines Zimmers leise ins Schloss.

Unten in der Bibliothek räumte sie eilig ihre Malsachen zusammen, steckte sie in ihren Rucksack und setzte ihn auf. Geräuschvoll warf sie die Haustür hinter sich zu, ließ den Antrieb ihres Gefährts mehrfach im Leerlauf aufheulen und fuhr los.

Auf einem nahe gelegenen Hochplateau hielt sie und baute ihre Staffelei auf. Weit und breit war kein Mensch zu sehen. Immer noch klopfte ihr das Herz bis zum Hals. Der Vertrauensbruch saß tief. Sie beschloss, ihn James gegenüber niemals zu erwähnen und ihre Gefühle mit sich selbst auszumachen.

Nachdem sie die Farben gemischt hatte, nahm sie den Pinsel in die Hand, und mit jedem weiteren Pinselstrich übernahm ihre Hand mehr die Führung über ihr Ich. Und wieder erfuhr Dora, was ihr ganzes Leben gegolten hatte: Nur ihre Kunst vermochte es, über den Schmerz, die Niederlagen und Unberechenbarkeiten zu triumphieren, sich über alle Widrigkeiten des Lebens zu erheben.

Vor Doras Augen erstreckte sich eine Landschaft in zarten Grün-, Rot- und erdigen Brauntönen, darüber ein von weißen Wolken durchsetzter azurblauer Himmel. In der Ferne verschmolz die angedeutete Bergkette mit dem Horizont.

Sie malte stundenlang, während der Lauf der Sonne das Licht und damit ihren Blick auf die Landschaft veränderte. Darüber, was sie tat, was war oder sein würde, dachte sie nicht nach und verlor sich wie in einer Meditation. Sie fühlte sich federleicht, die Welt unendlich weit und sich selbst darin geborgen. Alles, was sie tun musste, war, ihre linke Hand gewähren zu lassen. Die Farben und Motive schienen aus ihrem Handgelenk zu fließen, und sie verspürte ein vertrautes Gefühl von Freiheit, das unermessliche Glück des Schaffens.

Sie allein war die Herrin über ihr Werk, die Herrin über ihre Gefühle.

Stunden später, als es bereits dämmerte, das Bild von der Abendsonne getrocknet und transportfähig war, packte sie es behutsam ein und machte sich auf den Rückweg.

In Lumières, dem kleinen Dorf, das Ménerbes gegenüberlag,

saß vor einem Bistro ein Bauer, bekleidet mit einer Latzhose und einer Schirmmütze. Schweigend trank er seinen Wein und nickte Dora zur Begrüßung flüchtig zu.

Sie setzte sich an einen kleinen Tisch neben dem seinen und bestellte Rotwein.

»Sind Sie nicht Madame Maar, die Malerin?«, fragte er nach einer Weile freundlich.

Sie nickte.

»Artemis kauft immer Wein bei mir.« Er nahm seine Mütze ab, neigte sich ihr andeutungsweise entgegen und setzte sie wieder auf. »Gestatten: Georges Martinez. Vielleicht hat Artemis schon von mir erzählt. Ich hoffe, er schmeckt Ihnen, mein Rosé.«

»Er ist sehr gut«, erwiderte Dora. »Ja, Artemis hat mir von Ihnen berichtet.«

»Das ist ein schönes Bild«, fuhr Georges Martinez unbekümmert fort und lenkte seinen Blick auf das Gemälde, das Dora auf dem Tisch abgelegt hatte. »Genau so sieht der Lubéron aus. Dieses Bild ist wie die Menschen hier. Sanft, stark, voller Widerstandskraft. Ich weiß, wovon ich spreche. Jeden Tag bin ich auf den Feldern. Sommer und Winter. Das hier ist meine Heimat.«

Er zeigte auf das Bild.

»Danke«, sagte Dora und nahm einen Schluck von ihrem Wein.

Spiegelte es nicht auch sie, ihre Seele, wider? War sie über die Jahre ein wenig wie die Landschaft des Lubéron geworden? Unendlich weit, einsam, aber auch stark, unbeugsam? Jeder Grashalm musste dem eisigen Mistral standhalten, von dem man nie sagen konnte, wann genau er kam. War nicht auch sie inzwischen auf alles vorbereitet? Der Gedanke tröstete sie fast ein bisschen.

Lange saß das ungleiche Paar an zwei Tischen, jeder seinen Gedanken nachhängend. Sie rauchten, tranken Wein und sahen dabei zu, wie die Sonne hinter den Bergen unterging.

»Ich hoffe, Ihr Gefährt hat Licht und bringt Sie sicher nach Hause«, sagte Georges lachend, als Dora irgendwann aufstand, ihr Gemälde einrollte, es in den Rucksack steckte und damit zu ihrem Mofa ging.

»Das wird es, Monsieur Martinez, das wird es«, gab sie zurück, stieg auf und startete den Motor. Sie hob ihre Hand zum Gruß. »Außerdem kenne ich den Weg.«

»Nennen Sie mich Georges«, sagte er und winkte ihr lange nach.

Am nächsten Tag ließ Georges Martinez durch seinen Schwiegersohn eine Kiste Rosé mit einem freundlichen Gruß an Doras Adresse liefern.

In tiefer Bewunderung Ihrer Kunst erlaube ich mir, Ihnen dies kleine Geschenk zu übermitteln.

Ihr Georges Martinez

KAPITEL 41

Argilliers, Château de Castille, 1954

Es ist uns eine große Freude, Dich, liebe Dora, und Dich, lieber James, am Ostermontag zum Abendessen in unserem bescheidenen Zuhause zu empfangen.

Cordialement, Douglas Cooper und John Richardson

Dora hielt die Einladung in den Händen, während James den Wagen durch die Frühlingslandschaft lenkte.

»Es wird dir gefallen, Dora«, sagte er aufmunternd. »Das Schloss ist alles andere als bescheiden. Ein wunderschönes Anwesen, du wirst sehen.«

Jene Nacht, die vor ihren Zimmern abrupt geendet hatte, lag Wochen zurück und war von beiden unerwähnt geblieben. Doras über die Jahre gewachsenes Zutrauen gegenüber James war durch sein heimliches Eindringen am nächsten Morgen zerstört worden.

James schien Doras Veränderung nicht entgangen zu sein, und so bewegten sie sich fortan wie auf einem Minenfeld durchs Haus. Stets gingen sie zur Schlafenszeit getrennt nach oben.

Nur ein einziges Mal entzündete sich ein alter Streit zwischen ihnen. Es ging um eine kleine Skulptur Picassos, einen aus Gips gefertigten Vogel auf Draht, der in Doras Pariser Wohnung stand. Einst hatte Dora ihn James geschenkt, ihn jedoch schon bald darauf zur Aufbewahrung zurückverlangt, nachdem er nichts anderes zu tun gehabt hatte, als damit anzugeben und jedermann von *seinem* Picasso zu erzählen, den er aus den Händen Doras empfangen hatte, Picassos einstiger Geliebten. Schnell war Dora das peinliche Auftreten zugetragen worden.

»Wann gibst du mir endlich meinen Picasso zurück?«, fragte James eines Abends in Ménerbes gereizt.

»Damals wie heute sage ich: Sobald du zur Vernunft gekommen bist. Ich bewahre ihn für dich auf.«

Damit war das Thema für sie erledigt. Niemand sollte es wagen, mit einem Picasso im Zusammenhang mit ihr zu prahlen.

»Nach unserem Ausflug zu Douglas fahre ich zurück nach Paris«, hatte James trotzig auf Doras Zurechtweisung erwidert.

Sie hatte nicht widersprochen. Inzwischen sehnte sie den Tag seiner Abreise herbei.

Den ganzen Sommer und Herbst wollte sie arbeiten. Die Einsamkeit schützte vor Kränkungen.

Über den imposanten römischen Aquädukt Pont du Gard erreichten sie am frühen Abend den malerisch im Grünen gelegenen Ort Argilliers.

Dora stieg aus dem Wagen. Sie trug ein leichtes Taftkleid in dunklem Rot, um die Schultern eine Nerzstola von Julie.

»Da seid ihr ja!«, sagte Douglas, sichtlich erfreut, und bat seine Gäste herein. Er küsste Dora auf die Wangen. »Du siehst wunderschön aus. Herzlich willkommen.«

Langsam betraten sie durch einen Säuleneingang die Empfangshalle, die in einen großen Salon, fast einen Saal, mündete. Auf Sockeln stehende Statuen und dicht an dicht hängende Gemälde verschiedener Kunstepochen gaben dem Besucher das Gefühl, in einem Museum zu sein. Einige Wände waren mit alten Fresken bemalt.

Dora streifte ihre Schiaparelli-Handschuhe ab und ließ Douglas Coopers Vorstellung der anderen Gäste zerstreut über sich ergehen. Keiner von den Anwesenden interessierte sie wirklich.

Als sie den Ehrengast, der ihr den Rücken zugedreht hatte, erkannte, glaubte sie, ihr Herz würde zerspringen.

Sie starrte auf seine Glatze.

Dreh dich um, dachte sie und beobachtete, wie er langsam zuerst den Kopf, dann seinen Körper zu ihr wandte.

Picasso trug einen rot geringelten Baumwollpullover, der sein Gesicht fast jugendlich wirken ließ. Aber die Falten in seinem Gesicht hatten sich vertieft, seine Haut wirkte stumpf und matt, von der Sonne gegerbt.

Als hätten sie sich erst vor Kurzem das letzte Mal gesehen, ging er mit ausgebreiteten Armen auf sie zu.

»Dora, *ma chère*«, sagte er überschwänglich und umarmte sie. Er nahm ihre Hände und beugte sich darüber. Sie sah auf seine blanke Glatze, und ein Geruch streifte ihre Nase, der im Gegensatz zu früher nicht mit Terpentin oder Farbresten überdeckt war. Es war sein eigener Geruch. »Was für eine wunderbare Überraschung, dich hier zu sehen, Dora.«

»Ich bin es, die überrascht ist«, gab sie freundlich zurück. Erstaunt stellte sie fest, dass sie das Schauspiel des Verbergens ihrer wahren Gefühle noch immer beherrschte. Es war, als habe er einen Knopf betätigt, worauf das Eingeübte abgerufen wurde.

Sie spürte die Wärme seiner Hände, seine raue Haut, den festen Druck. »Gut siehst du aus«, fuhr sie mit ruhiger Stimme fort.

»Ach Dora, meine geliebte Adora«, gab er mit einem tiefen Seufzer zurück. Er drückte ihre Hände. »Wenn du mich sehen könntest, wie ich mich selber sehe, das Herz würde dir zerbrechen.«

»Da bin ich gewiss«, konterte sie.

Ihr Verstand erfasste blitzartig, was ihr Herz längst wusste: Nichts hatte sich geändert. Picasso war der Alte geblieben. Die Welt, nein, das ganze Universum drehte sich um ihn.

Er reichte ihr seinen Arm. »James, mein Lieber«, sagte er zu einem sichtlich verblüfften James und ging einfach an ihm vorbei.

»Darf ich zum Essen bitten?«, rief Douglas, und sogleich versammelte sich die Gesellschaft an dem ovalen, prunkvoll gedeckten Tisch.

Dora entzog Picasso ihren Arm und setzte sich neben James.

Picasso nahm schräg gegenüber Platz. Die Enttäuschung, nicht in ihrer Nähe zu sein, stand ihm im Gesicht geschrieben. Mit aufmerksamen Augen verfolgte er jede Bewegung Doras: Wie sie die Serviette auf ihren Schoß legte, mit ihren Sitznachbarn einige unverfängliche Worte wechselte, wie sie sich aufrichtete, während ihr Champagnerglas gefüllt wurde.

»Seid ihr nun eigentlich verheiratet?«, fragte Picasso und steckte sich einen Zahnstocher zwischen die Zähne.

Die Vorspeise wurde serviert.

Seine Augen funkelten, und sie las darin seine alte Schwäche, niemanden neben sich gelten lassen zu können.

Er trank einen kräftigen Schluck Champagner und grinste anzüglich.

»Nur verlobt«, gab Dora mit einem eisigen Lächeln zurück und legte demonstrativ ihre Hand auf die von James.

Für einen Moment stellte sich am Tisch verlegenes Schweigen ein. Einer der Gäste räusperte sich. Lediglich Dora und Picasso schien sein Affront nicht peinlich zu sein.

Zwei große Schalen mit Austern auf einem Bett aus Eiswürfeln wurden gebracht.

»Ich liebe Austern, nicht wahr, Dora?«, sagte Picasso, rieb sich die Hände, nahm sich gleich mehrere und begann, eine nach der anderen aus der Schale zu schlürfen.

Dora lächelte. »Ja, du liebst sie.«

»Woran arbeitest du eigentlich im Moment?«, fragte Douglas ahnungslos und gab dem Diener ein Zeichen, eine weitere Flasche Champagner zu bringen. »Verrate es uns, Pablo, auf welches Werk dürfen wir uns freuen?«

Die anwesenden Damen legten ihr Austernbesteck zur Seite. Alle sahen Picasso gebannt an.

Dora träufelte Zitrone über die Meeresfrucht und tupfte ihre Finger an einer Serviette ab.

Mit einem Ruck schob Picasso seinen Teller von sich fort, stand auf und lief in großen Schritten um den Tisch herum.

Alle Augen folgten ihm.

Fast amüsiert beobachtete Dora seinen dramatischen Auftritt, die fließenden Bewegungen, als führe er seinen Pinsel über die Leinwand. Er mochte keine besonders guten Theaterstücke geschrieben haben, als Schauspieler war er eine Klasse für sich – allerdings in nur einer Rolle. Und dieses Ein-Mann-Stück trug den Namen Picasso. In dieser Rolle gelang es ihm im Handumdrehen, den Mittelpunkt jeder Gesellschaft zu bilden.

Dora erinnerte sich an die vielen Gelegenheiten, wo er stets aus der Masse hatte hervortreten müssen. Picasso machte sich nicht zum Zentrum – er war das Zentrum selbst, alles andere ertrug er nicht. Wenn er die Stimme erhob, hing jeder an seinen Lippen. Niemand nahm es ihm übel, wenn er übers Ziel hinausschoss. Er war der große Picasso, der Mann, der sich alles leisten konnte.

Nach und nach setzte das Geklapper von Austerngabeln auf dem wertvollen Porzellan wieder ein.

»Was ich male, wollt ihr wissen?«, fragte er, während er den

Saal ablief, als nehme er Maß. Er warf den Kopf in den Nacken, blieb stehen und starrte zu der mit Fresken bemalten, gewölbten Decke hinauf. Dann hob er die Arme in die Höhe und ließ sie kraftlos fallen. »Karikaturen meiner selbst, meine lieben Freunde. Ich bin ein Affe, ein Zwerg, alles, was ihr wollt. Mein Leben ist ein Schlachtfeld.«

Die Gäste hörten auf zu essen.

Nein, dachte Dora, du hinterlässt Schlachtfelder bei den Menschen, die dir nahekommen.

Picasso nahm eine Zigarette aus seiner Hosentasche und zündete sie sich an.

Aufrecht stand er neben einer Statue, die wie ein Standbild seiner selbst wirkte, ein Bühnenbild in einem von Kunstwerken überquellenden Schloss, eigens für Picassos Auftritt geschaffen. Alle Anwesenden gehörten zu seinem Ensemble. Picassos Welt war eine einzige Bühne.

Vor Doras innerem Auge zogen die vielen Varianten ihres Gesichts in seiner Porträtmalerei vorbei. Hatte er damit der Welt seinen Blick auf Dora geschenkt – oder hatte er sie bloßgestellt?

Sicher waren ihm die Ovationen allemal. Die Kunstwelt applaudierte, während er ihre Protagonisten zu Voyeuren seines Innenlebens machte. Seine Bewunderer konnten seinen Sadismus nicht sehen, sie verschlossen die Augen davor und beobachteten stattdessen wie gebannt das abstrakte Leid seiner Frauen.

»Wisst ihr überhaupt, dass ich zum ersten Mal in meinem Leben ohne Frau dastehe?«, durchbrach seine verzweifelte Stimme Doras Gedanken.

Er warf ihr einen intensiven Blick zu, als könne nur sie allein ihn verstehen.

Sie lächelte ihn an, obgleich sie innerlich vor Zorn bebte. In seinen Augen konnte sie es sehen: Picasso befand sich in einer tiefen Krise – er konnte nicht malen.

Hier in diesem Saal im Château de Castille bejubelten die ihm vertrauten Freunde seine Seelenschau, aus einem vermeintlichen Schmerz geboren, aber Dora kannte den Ursprung seines Leidens besser als jeder hier Anwesende. Picassos Leiden rührte keinesfalls von mangelnder Zuwendung. In Wahrheit ging es um mangelnde Inspiration. Sie allein verursachte sein Leid. Keine Frau der Welt vermochte ihm Derartiges zuzufügen, dieser Mann war gegen Liebeskummer immun.

»Wenn ich morgens aufwache, sage ich manchmal zu mir selbst: Du kannst unmöglich Picasso sein, denn das Bett neben dir ist leer.«

Er hob beide Hände in die Luft, als predige er auf einer Kanzel.

Ohne Dora aus den Augen zu lassen, ging er mit großen Schritten auf sie zu, hockte sich vor ihren Stuhl, zwang sie, sich ihm zuzuwenden und nahm ihre Hände. »Dora, mein Liebes! Ist dir das auch schon einmal passiert?«, flüsterte er in ihr Ohr.

Sie erstarrte. Seine Frage schnürte ihr den Atem ab. Sie spürte seine warmen Lippen an ihrer Schläfe, zog den Kopf zurück und blickte in seine dunklen Augen, deren Abgründe sie auf einmal wieder gewahr wurde.

Hinter ihr vernahm sie James' verlegenes Räuspern.

Dora bekam eine Gänsehaut. Sie ärgerte sich darüber, dass ihr Körper immer noch auf den einstigen Geliebten reagierte. Würde es denn niemals aufhören?

»So sehr und so lange, dass ich eine andere geworden bin«, sagte sie mit klarer Stimme.

Ihr Körper mochte nachgeben, ihr Geist nicht.

Mit einem Ruck stand Picasso auf, zog Dora zu sich hinauf

und führte sie an der Hand zu einer abgelegenen Fensternische des Salons.

»Ich muss dir etwas sagen, das nur für deine Ohren bestimmt ist«, raunte er.

Hinter ihnen vernahm sie leise Stimmen, die langsam lauter wurden. Wie Statisten lieferten die Gäste Picasso einen zuverlässigen Rahmen für den nächsten Akt. Noch war Dora nicht klar, welche Rolle sie in Picassos Drehbuch spielte, aber etwas in ihr warnte sie, und ihr Instinkt hatte sie noch nie getrogen.

Trotzdem ging sie mit ihm.

In der Fensternische legte er den Arm um sie. Verzweifelt bemühte sie sich, die Welle ihrer plötzlich aufkommenden Gefühle aufzuhalten.

Ich liebe dich, Dora. Lass uns noch einmal von vorn beginnen. All die Jahre ohne dich waren ein einziger Irrtum. Adora!

Sie stutzte: Hatte er dergleichen gerade gesagt, oder täuschten sie ihre Sinne?

Ja, sie fühlte die einstige Nähe von damals. Mühelos verwischte das Aufeinandertreffen ihrer Körper jegliche Fremdheit zwischen ihnen. Ihr Herz flog ihm zu, und sie war außerstande, es aufzuhalten.

Eigentlich kannte sie all die Facetten seines Blicks und konnte die geringste Abweichung zwischen seinen Worten und seinen wahren Absichten deuten. Nicht heute. Nicht jetzt, wenn er sie so ansah.

Draußen kündigte sich der Frühling an. Die Vögel zwitscherten. Neben dem verwilderten Garten hatte Douglas angefangen einen englischen anzulegen. Genau wie in Doras Herzen lagen Chaos und Ordnung direkt nebeneinander. Himmel und Hölle. Liebe und Hass.

Es gab keinen Gewinner.

Sie spürte Picassos warme Hände, die ihre umklammerten. Er schien sie ein letztes Mal zum Tanz aufzufordern.

Sie erwiderte seinen Blick. Seine Augen bohrten sich in ihre wie einst im Café Deux Magots.

¡Toma mi mano! – Nimm meine Hand!

»Picasso«, hörte sie sich sagen mit der Stimme vergangener Zeiten, und für einen Moment war ihr, als ließe sie ein letztes Mal all ihre Waffen fallen und stünde nackt vor ihm.

Genau in diesem Moment änderte sich sein Gesichtsausdruck.

Just in jenem Augenblick, da sie kampflos ihr Herz öffnete, eine weiße Fahne in der Hand haltend, fixierten seine Augen sein Opfer – ein Torero, bereit zum tödlichen Stoß, ein Skorpion, der im nächsten Moment zustechen würde. Alles ging so schnell, dass sie unmöglich Wirklichkeit, ihre Gefühle und sein Handeln auseinanderhalten konnte.

Es war zu spät, sie war bereits in die Falle getappt.

Seine schmeichelnden Worte hatten nicht ihr gegolten, sondern seinem Stolz, seiner Eitelkeit, seiner Lust, sich am Schwächeren zu ergötzen.

Er ließ ihre Hand los.

Während sie all dessen gewahr wurde und um Haltung rang, registrierte sie, wie er sich umsah, als habe er versehentlich einen falschen Weg eingeschlagen, als habe er nach etwas anderem gesucht und sich in der Örtlichkeit getäuscht.

Er wandte sich ab und ging zur Gesellschaft zurück. Immer noch besaß er die Kraft, einen Menschen zu zerstören, und es bedurfte nur eines Fingerschnippens, das altvertraute Ritual zu vollziehen.

Es war Dora, die ein Versehen war, ein Irrtum.

Sie blieb in der Nische stehen, verwundet, mit aufgerissenem

Herzen, wie ein Tier in Schockstarre, das sich tot stellt. Die Glaswand von Buenos Aires kehrte zurück, während sie verzweifelt aus dem Fenster sah, das Schrankversteck ihrer Kindheit, Lacans Schritte, Picassos mitleidiger Blick, seine Unterschrift. Sie begriff: Ihre Seele war nur einen Wimpernschlag vom Wahnsinn entfernt gewesen.

Damals war sie schwach gewesen. Heute nicht, Jahre an seiner Seite hatten sie vorbereitet. Mitten im Chaos ihrer Gefühle fasste sie einen Entschluss: Sie musste die Dinge auseinanderhalten, seine Worte von ihren Erinnerungen lösen, seinen Blick aus ihrer Seele herausreißen.

Sie würde es ihm kein zweites Mal erlauben.

»Nie mehr«, sagte sie zu sich selbst. »Nie mehr, sage ich.«

Sie vernahm Flüstern hinter ihrem Rücken, das Geklapper von Geschirr, das Klirren von Champagnergläsern. Die Gesellschaft war bereits beim Hauptgang angekommen, bemüht um Normalität.

Nach einer Weile, ihr kam es vor wie eine Ewigkeit, reckte sie ihren Hals, wie ein Vogel vor dem Abflug, der seine Flügel spreizt und den Kopf anhebt. Sie setzte ein Lächeln auf und schritt zurück an ihren Platz neben James.

»Ich bewundere dich«, flüsterte er ihr zu, während sie beobachtete, wie Picasso sich bereits einem neuen Objekt zugewandt hatte, auf das er nun einredete. Ein männlicher Gast, dessen Namen sie sich nicht gemerkt hatte. »Du bewahrst stets Haltung, und deine Eleganz entspricht mindestens deiner Intelligenz, meine liebe Freundin. Jeder hier im Saal bewundert dich.«

Éluard hatte ihr einst genau dieses Kompliment gemacht, nur dass er, im Gegensatz zu James, ihr Wesen zu beurteilen wusste. James hatte nicht die geringste Ahnung, wer sie war.

Sie verbrachte den Rest des Abends wie in Trance.

Ihre Hände zitterten nicht. Im Gegenteil, sie schnitten hingebungsvoll das Fleisch auf dem Teller und führten es formvollendet an ihre Lippen. Sie reichten ihrem Mund den Champagnerkelch und versorgten sie mit Schaumwein, bis ihre Umgebung im Nebel versank.

Die Statuen im Schloss bewachten die Szenerie und wandten gleichzeitig diskret den Blick zur Seite ab. Wieder einmal war es die Kunst, waren es die Flügel ihrer Phantasie, die Dora retteten. Sie sehnte sich nach ihrem einsamen Haus, nach den Staffeleien, dem Malen.

Nach Lappalien befragt, antwortete ihr Mund in ganzen Sätzen, unterlegt von den passenden Gesten, der richtigen Satzmelodie.

»Nie wieder, sage ich«, sagte sie auf James' Frage nach dem Zeitpunkt des Aufbruchs nach Ménerbes. »Nie wieder wird er mich verletzen. Ich erlaube es nicht.«

Einzig Douglas Cooper und dessen Lebensgefährte John Richardson warfen ihr hin und wieder besorgte Blicke zu. Sie lächelte deren Bedenken weg. Sie war zu lange an Picassos Seite gewesen, um nicht immer noch in der Lage zu sein, die Waffe des Verstellens gegen das Entblößen einzusetzen.

»Nie wieder, sage ich.«

Als sich die Gesellschaft längst aufgelöst hatte und sie nach der Verabschiedung in der Dunkelheit in James' Wagen saß, sah sie von Weitem, wie Picasso ein letztes Mal auf sie zukam, als habe er seinen Sieg über sie noch nicht besiegelt.

Der Mond beschien den halbkreisförmigen Zugang zum Château. Er hing prall am Himmel, und sie sehnte sich hinauf zu ihm, um einen anderen Blickwinkel zu gewinnen.

Picasso hielt die Beifahrertür auf, während James auf der

Fahrerseite Platz nahm und den Motor startete. Picasso sah zu ihr herab.

»Dora«, hörte sie ihn mit weicher Stimme sagen. In ihren Ohren klang die Liebkosung wie eine verkratzte Schallplatte, die an einer Stelle hängen geblieben war. *Dora. Dora. Dora.* Und immer wieder: *Dora.*

»Dora, Liebes, komm, fahr mit mir.«

Er zeigte auf seinen schwarzen Wagen, in dem Marcel bereits am Steuer saß und einen Blick in den Rückspiegel warf.

Manche Dinge änderten sich nie.

Sie starrte auf Picassos ausgestreckte Hand.

Sein gekränktes Werben lag wie aufgewirbelter Staub in der Luft, der sich beim geringsten Windhauch verflüchtigte.

Sie wusste nicht, woher sie die Kraft nahm, aber auf einmal war sie da. Ein letztes Mal verdichtete sich die Summe aller Verletzungen der Jahre an seiner Seite mit dem jüngsten Todesstoß in einer Fensternische des Château de Castille zu einem einzigen, ewigen Widerspruch.

»Nein«, sagte sie, »nie wieder«, und schlug die Tür zu.

KAPITEL 42

Ménerbes, 1956

Dora fand die kleine verstaubte Schachtel zufällig, obwohl sie in ihrem Leben nie an den Zufall geglaubt hatte. Über Jahre war sie in ihrer Geheimkammer hinter einem zerbrochenen Krug unentdeckt geblieben. Hatte sie das Behältnis vor sich selbst versteckt? Es besaß das Format einer Postkarte und maß in der Höhe etwa zehn Zentimeter.

Jetzt war die Zeit gekommen, es zu öffnen. Zwei Jahre lag der Vorfall im Château de Castille zurück, er spielte keine Rolle mehr.

Heute hatte es geregnet. Deshalb war sie nicht zum Malen mit ihrem Mofa hinausgefahren und hatte aufgeräumt, eine Tätigkeit, zu der sie Artemis immer wieder ermunterte. Von unten vernahm sie das Geräusch eines kehrenden Besens.

Ihre Haushälterin war gerade eben eingetroffen.

Dora stellte die Schachtel auf den Tisch, neben ihr stand eine Tasse heißer Tee.

Sie nahm einen großen Schluck und warf einen Blick aus dem Fenster. Zaghaft blitzte die Sonne hinter den Wolken hervor.

Nun hatte Dora es doch vermocht, an einem Ort zu bleiben, obwohl es genau genommen zwei waren. Ménerbes und die Rue de Savoie in Paris. Als ihre beständigste Heimat hatte sich jedoch ihre Kunst erwiesen, ein vertrautes Refugium, in dem ihre Seele unverwundbar war.

Picassos Geschenk von vor nunmehr elf Jahren hatte sich als

nachhaltiges Heilmittel für sie erwiesen. Sie liebte dieses Haus. Sie liebte den Süden. Sie liebte das Meer und ließ sich immer noch an heißen Sommertagen dort hinbringen. An die Plage du Soleil, den Golf von Saint-Juan, wo sie einige Zeit so glücklich gewesen war, wie es nur wenigen Menschen vergönnt war.

Das verschlafene Örtchen Ménerbes gab ihr alles, was sie brauchte. Bei richtiger Windrichtung war sogar der Lavendel aus der Haute-Provence zu riechen, ölig, schwer. Die Morgendämmerung ließ den heiligen Berg Mont Ventoux, den sie von ihrem Fenster aus sehen konnte, wie einen stolzen Riesen mit weißer Schneehaube erstrahlen.

Vor wenigen Wochen hatte Artemis durchgesetzt, das marode Dach reparieren zu lassen, und die Wände ihrer bewohnten Räume weiß gestrichen. Äußerst widerwillig hatte Dora für die Außenarbeiten Geld herausgerückt.

Artemis sprach in diesem Zusammenhang von Doras Verarmungswahn, gar von Geiz. Nur Artemis durfte sich derartig offene Äußerungen erlauben. In Wahrheit konnte Dora nur das wenigste aus ihren Händen geben, und schon gar nicht mochte sie sich von ihren Picassos trennen.

»Sie müssen das für sich zulassen, Madame Dora«, hatte ihr Artemis erklärt. »So wie man im Äußeren lebt, so sieht es auch im Inneren aus.«

Manchmal sagte Artemis tatsächlich ähnliche Dinge wie Lacan, und insgeheim gab Dora ihrer Haushälterin recht, obwohl ihr jetzt das vertraute Geräusch des plätschernden Regens fehlte, den sie einst in Schüsseln und Wannen aufgefangen hatten.

Alles im Leben hatte zwei Seiten.

Das monotone Geräusch des Regens, sein Eindringen im Dachgeschoss, mochte aufgehört haben, aber immer noch stöhnten die morschen Balken des Hauses im Mistral, wenn der eisige Wind an seinen Läden rüttelte. Immer noch versteckten sich die Skorpione in den Schuhen, huschten über den Steinboden oder verschwanden in Doras verwildertem Garten.

Noch nie war sie von einem gebissen worden.

Manche Dinge änderten sich nie.

Mit den Fingerspitzen tastete sie über die Schachtel, nahm einen Lappen und entstaubte sie.

Sollte sie ein letztes Mal der Verlockung nachgeben und zurücksehen? Mit anderen Augen durch die Linse ihrer Kamera sehen, die Liebenden am Strand beim Golf von Saint-Juan ganz nah heranholen, das einstige Glück einfangen mit seinen leuchtenden Farben, den betörenden Worten und dem Prickeln auf ihrer Haut?

Ja, sie würde die störenden Sandkörner auf dem Objektiv entfernen, die Kratzer ignorieren. Ein halbes Leben lag hinter ihr, zwei Jahrzehnte, als er sie zum ersten Mal berührt hatte. Manchmal war ihr, als sei es gestern gewesen, dann wieder, als sei all das niemals ihr geschehen, sondern einer anderen.

Als sie die Schachtel öffnete, klopfte ihr das Herz bis zum Hals.

Ich bin Dora Maar, sage ich.

Die wenigen darin aufbewahrten Abzüge glichen einer Zeitreise durch ihr Leben, obgleich die Auswahl anders war, als sie erwartet hatte. Sie breitete sieben Bilder auf ihrem Tisch aus. Wann hatte sie jene Auswahl getroffen, warum ausgerechnet diese Bilder? Sie vermochte sich nicht daran zu erinnern.

Auf einem Kinderbild in Buenos Aires war sie im Alter von etwa sieben Jahren in einem braven Kleidchen mit Hut abgebildet. Schon damals blickte sie mit ernstem Gesicht in die Kamera. Schlagartig kam die Erinnerung an die Jahre in Argentinien zurück. Julies Hutgeschäft, Josips Anwesenheit in einer gemeinsamen Wohnung, die damit verbundenen nicht enden wollenden Streitereien, *Tatas* Stadtführungen, bei denen er das von ihm Geschaffene zeigte. Sahnetorte in einem Café auf der Avenida de Mayo. Der Klang der spanischen Sprache, Doras erster Tango.

Sie schloss die Augen: Nie, zu keinem Zeitpunkt ihres Lebens, hatte sie den *Tango Argentino*, den Volkstanz Argentiniens, und dessen erotisches Werben aus ihrem Herzen verbannt. Er gehörte zu ihrem Wesen. Sie glaubte die abgehackte Musik zu hören, der die Tänzer im Vierachteltakt gehorchten und dabei über die Plätze und Straßen von Buenos Aires schritten. Ihre stolze Haltung wechselte dabei zwischen höchster Anspannung und Hingabe. Dass der feurige Tanz bei aller Improvisation dennoch bestimmten Regeln unterlag, hatte sich in Doras Welt nie widersprochen.

Alles begann mit dem *Cabeceo*, der Aufforderung. Sie geschah still, einzig über Augenkontakt, der *Mirada*. Aus größerem Abstand sah man einander an, nickte mit dem Kopf und ging langsam auf den Tanzpartner zu. Man lächelte nicht, Tango war eine bitterernste Angelegenheit.

¡Toma mi mano!

Der Tanz der Tänze eröffnete stets mit dem *Abrazo*, einer Umarmung, gefolgt von den unterschiedlichsten Schrittkombinationen. Dora hatte viele Varianten beherrscht, den Wiegeschritt, die Parade, die der Frau durch abruptes Innehalten inmitten der Bewegung die Gelegenheit zu einer *Caricia*, einer Liebkosung mit dem Spielbein, gab. Es folgten das Teilen einer Achse, das feierliche Eintreten in den Tanzbereich des anderen, das Spiegeln, wobei beide Partner den Tanzfiguren spiegelverkehrt folgten.

Dora stand auf, nahm Haltung an und trat in die Mitte des

Raums. Unter ihren Füßen knirschte der Boden. Sie wiegte ihren Oberköper von rechts nach links, während sie einem imaginären Gegenüber die linke Hand reichte, die andere auf dessen Schulter legte. Sie ging leicht in die Knie, malte mit der Fußspitze ihres ausgestreckten Beins einen Halbmond auf den Boden und neigte den Kopf zur Seite, wobei sie eine Melodie summte. Auf ihren Lippen bildete sich ein wehmütiges Lächeln. Man verlernte den Tango niemals, wenn man ihn einmal beherrscht hatte.

Nach einigen Schrittfolgen setzte sie sich wieder und nahm sich das nächste Foto, ein Porträt von ihr, vor.

Wenige Jahre später war sie zu einer Frau herangereift – mit Bubikopf und makelloser Haut, den Blick vom Fotografen abgewandt. In ihrer ganzen Haltung spiegelte sich die Erwartung eines aufregenden Lebens in Paris wider, aber auch ihr unbeugsamer Wille, alles für ihren Erfolg zu tun, ihr ganzes Talent einzubringen.

Damals war sie knapp zwanzig gewesen, heute näherte sich ihr fünfzigster Geburtstag.

»Was für eine erregende Zeit«, sprach sie zu sich selbst.

Sie strich über die Ränder des nächsten Fotos, das ihre Freundin Jacqueline Lamba zeigte, die sich aus einem Fenster beugte. Dora hatte bei der Aufnahme unten im Garten des Vaste-Horizon gestanden.

Wie lange hatte sie nichts mehr von Jacqueline gehört? Seit Jahren lebte sie als anerkannte Künstlerin in den Vereinigten Staaten, wo sie auch nach ihrer Scheidung von Breton geblieben war. Inzwischen hatte sie wieder geheiratet.

So viele Freunde waren aus Doras Leben verschwunden, auch die wenigen, die ihr aus der gemeinsamen Zeit mit Picasso nach der Trennung geblieben waren.

Da war Nusch mit ihrem Ehemann, ein Foto aus dem Jahr 1937. Nusch und Paul Éluard, beide mit geschlossenen Augen, ein Augenblick voller Intimität, den Dora auf Wunsch Éluards mit ihrer Kamera eingefangen hatte. Er küsste Nuschs Stirn. Die schöne, einzigartige Nusch.

Zehn Jahre später, das versetzte Dora noch immer einen Stich, hatte Nuschs Herz ohne Vorankündigung einfach aufgehört zu schlagen. Die Parallele zu Julies Tod hatte Dora damals wie heute erschüttert, denn kurz vor Nuschs Zusammenbruch hatte sie mit Dora telefoniert. Damals war Dora zu der festen Überzeugung gelangt, sie bringe Unglück über die Menschen.

Heute wusste sie, dass Gott seine Engel zuerst zu sich rief.

Éluard hatte kurz darauf wieder geheiratet, wenige Jahre später war er jedoch seiner Nusch gefolgt und ruhte inzwischen auf dem Père Lachaise in Paris.

»Adieu, Nusch, geliebte Freundin, adieu, Paul, du Magier der Worte«, flüsterte sie und zwang sich, den Blick auf die Porträts von Cocteau und Man Ray zu richten.

Was war aus ihnen geworden?

Cocteaus öffentliches Freundschaftsbekenntnis zu Arno Breker hatte ihm schon während der deutschen Besatzung den Bruch mit vielen Freunden in Paris beschert, dennoch war er nach dem Krieg wie ein Chamäleon in der Kunstszene wiederaufgetaucht. Erst in diesem Jahr war Cocteau Mitglied der ehrwürdigen Académie des Beaux-Arts geworden – ein Affront in Doras Augen.

Man Ray war 1951 mit seiner Ehefrau Juliet aus den Vereinigten Staaten nach Paris zurückgekehrt. Es hieß, er bewohne ein Atelier in der Rue Férou. Irgendwo hatte Dora einmal ein Interview gelesen, in dem er bekannte, nach der Trennung von

Lee Miller in ein tiefes kreatives Loch gefallen zu sein. Seinen geistigen Diebstahl der Solarisation erwähnte er indes mit keiner Silbe. Immer noch galt er als der Vater derselben.

Lee! Warum hatte sie kein Foto von Lee aufgehoben? Dora warf einen Blick in die Schachtel, sah wieder auf und blickte ins Leere. In der Rue de Savoie hortete sie eine ganze Serie von Lee, wohingegen hier kein einziges zu finden war. Nach langem Nachdenken glaubte Dora, die Lücke deuten zu können: Zeigte sie nicht Lees Rückzug aus der Welt der Künste? Die amerikanische Schönheit lebte inzwischen zurückgezogen auf einem Anwesen in England, zusammen mit ihrem britischen Ehemann Penrose und dem gemeinsamen Sohn Anthony.

Ein Foto von Lee aber hatte sich für alle Zeit in Doras Gedächtnis eingebrannt. Bei dem Gedanken daran lachte sie laut auf. Dora hatte es vor Jahren aus der Zeitung ausgeschnitten. Als Kriegsberichterstatterin hatte es sich Lee nach der Kapitulation Deutschlands nicht nehmen lassen, in München Hitlers Wohnung zu inspizieren – und sich in seiner Badewanne fotografieren zu lassen.

Du triumphierst mit deiner Schönheit über das Böse, hatte Dora damals gedacht und auf Lees Armeestiefel vor der Wanne gestarrt. Lee war eine Frau der großen Gesten mit geringstem Körpereinsatz.

Von der Kapelle war ein Glockenschlag zu hören. Dora warf einen Blick aus dem Fenster. Die Dämmerung hatte eingesetzt, und sie knipste das Licht an, um sich die letzten beiden Fotos anzusehen.

Ohne Wehmut betrachtete sie den einzigen Schnappschuss, den sie jemals von Picasso gemacht hatte. Sie wusste noch, wie sie unter der Leiter gestanden hatte, während er oben das Auge Gottes in *Guernica* malte. Sein Gesichtsausdruck wirkte so überrascht, sein Blick war offen, direkt in die Kamera gerichtet. Keine Pose, keine Eitelkeit, nichts war in seinen Zügen zu finden außer Picasso selbst, erregt von der Arbeit und glücklich über deren unzweifelhafte Vollkommenheit.

Die Erinnerung an die gemeinsame Arbeit erfüllte ihr Herz. Nein, sie bereute nichts.

Das letzte Foto weckte intensive Gefühle in ihr, genau wie damals bei der Aufnahme. Roland Penrose war der Fotograf gewesen. Lange ließ sie die Atmosphäre des Bildes auf sich wirken.

Das Paarbild zeigte sie und Picasso im Wasser hüfthoch stehend an einer Badestelle in der Nähe des Golfs von Saint-Juan. Sie beide blickten glücklich in die Kamera, aber dennoch schwebte über ihnen ein exklusiver Moment der Intimität. Nur Picasso und sie wussten um diese innige Zweisamkeit, und keinem Beobachter von außen würde es jemals gelingen, in ihre Welt einzudringen. Selbst noch im Nachhinein gab dieser Moment Dora ein Gefühl der Unverwundbarkeit.

Der Fotograf hatte gerade einmal an der Oberfläche gekratzt, obwohl der Betrachter die Verbundenheit zwischen dem Paar erahnen konnte. Am Ende blieb ihre gegenseitige Anziehung ein großes Geheimnis, eines, das nicht einmal Lacan gelüftet hatte.

»Ich danke dir, Picasso«, flüsterte sie, als nehme sie zwanzig Jahre später ein Geschenk aus seinen Händen entgegen. Picasso hatte so vieles vermocht: Er hatte Liebe, Hass, Freude, Zorn, Verzweiflung, Stärke und Schwäche in ihr geweckt – aber dabei hatte er sie alles fühlen lassen, wozu ihre Seele fähig gewesen war. Kein anderer Mann auf dieser Welt hätte das auch nur im Ansatz vermocht.

Sie spürte, wie dieser Einsicht eine ungeahnte Freiheit entwuchs. Die Freiheit, nichts mehr zu bereuen, die Freiheit, sich ohne Schmerz zu erinnern.

Als es an ihrer Tür klopfte, schrak sie zusammen.

»Wer ist da?«, fragte sie unfreundlich.

»Ich bin es, Claudette«, klang dumpf eine helle Kinderstimme hinter der Tür.

Eilig packte Dora die Fotos zurück in die Schachtel und schob sie von sich weg.

»Komm herein!«

Mit langsamen Schritten näherte sich die Kleine, blieb vor Dora stehen und sah sie erwartungsvoll an. »Du wolltest mich zusehen lassen, wie du zauberst.«

Dora lächelte. »Wie ich zaubere – wie schön du das sagst. Du meinst, wie ich arbeite, nicht wahr?«

Claudette nickte.

Auf dem Tisch lag ein altes Negativ. Wenn sie nicht malte, arbeitete sie nur noch mit alten Negativen, eine Technik, die sie von Man Ray übernommen hatte. Dabei bestückte sie die Negative mit alltäglichen kleinen Gegenständen und solarisierte die Vorlage. Ein neues entfremdetes Bild entstand.

»Das gefällt dir also?«, fragte sie.

Claudette nickte eifrig. »Wenn ich groß bin, will ich tun, was du tust«, flüsterte sie und folgte mit den Augen Doras linker Hand, die Maiskörner auf der Oberfläche des Negativs verteilte.

»Welche Richtung denn? Möchtest du die Welt malen, sie formen oder fotografieren?«

»Alles, was du auch machst. Ich würde auch gern mit Mais arbeiten.«

Dora lachte auf.

»Ich möchte werden wie du«, sagte Claudette ernst.

Dora wischte durch die Luft. »Ich glaube nicht, dass du mir nacheifern solltest. Mein Leben war ganz schön anstrengend, sage ich.«

»Tante Artemis sagt, das sei bei Künstlern immer so. Die fühlen alles viel stärker, weißt du?«

Nachdenklich senkte Dora den Blick und nickte dann. »Vielleicht hat sie recht.«

»Warum sagst du eigentlich immer: *sage ich,* Madame Dora?«

Dora zuckte die Achseln. Es war ihr nicht bewusst gewesen.

Warum tat sie das? Um ihrer Rede Nachdruck zu verleihen oder um sich in der Welt zurechtzufinden, ihre Existenz dingfest zu machen? Um sich in Erinnerung zu rufen, dass sie immer noch existierte – auch *nach* Picasso war sie ein ganzes Wesen, eine Frau, eine Künstlerin, Gottes Geschöpf. Niemals war sie ganz und gar Picassos Geschöpf gewesen, sosehr er auch versucht hatte, sie dazu zu machen.

Hier in Ménerbes hatte sie sich mit Gottes Hilfe neu zusammengebaut. Stück um Stück.

»Warum fragst du?«

»Weil es seltsam klingt.«

»Wenn ich das sage, dann wird das Gesagte für mich ein bisschen wahrer«, gab Dora gedankenverloren zurück.

Sie legte das Negativ in die Schublade, stand auf und bedeutete Claudette, es ihr gleichzutun. »Du musst jetzt gehen, Kind. Komm morgen wieder!«

Gemeinsam verließen sie das Zimmer.

»Gibt es *ein bisschen wahrer*?«, fragte Claudette, während sie noch die Türklinke in der Hand hielt und mit großen Augen zu ihr aufsah.

»Vielleicht. Ich habe es noch nicht herausgefunden.«

Als Artemis und Claudette gegangen waren, lief Dora hinunter in die aufgeräumte Küche und öffnete eine Flasche Wein. Hinter sich glaubte sie Moumoune wahrzunehmen, wie einen Schatten ihrer selbst. Man wusste nie, wo genau sich das Tier befand. Genau wie Doras entfesselte Gedanken konnte es aus dem Nichts auftauchen.

Dreh dich nicht um!

Dora runzelte die Stirn, denn sie erkannte die Klangfarbe sofort. Warm, tief, unnachahmlich. Eine Stimme, zu der schwarze Augen gehörten und Hände, aus denen das Göttliche auf die Leinwand floss.

Sie lauschte. Nichts. Nur Stille. Wo war Moumoune?

Ein Gefühl der Befreiung erfasste sie, und sie spürte, wie sie frei atmen konnte. Die Fotos hatten ihre Erinnerungen zum richtigen Zeitpunkt wiederbelebt. Endlich konnte sie das Erlebte in sich selbst willkommen heißen und es als Teil ihres Lebens akzeptieren. Der Zeitpunkt war gekommen, Picasso und sich selbst zu verzeihen.

Heute wusste sie, dass alles seine Zeit hatte. Der Tango, das Lieben, das Sichverlieren, das Wiederfinden, die Schöpfung, der Schlaf und das Erwachen.

Sie liebte Picassos Genie, seine göttlichen Werke, seinen brillanten Esprit, und niemals würde sie vergessen, wie er mit Haut und Haaren sich hinzugeben vermocht hatte. An seine Kunst, an seine Leidenschaften und unmittelbar vor einer Eroberung an eine neue Frau.

Die letzte Begegnung mit ihm hatte ihr klargemacht, dass sie gar nicht aufhören musste, ihn zu lieben – und dass es ihm wahrscheinlich nicht anders erging.

Der einzige Unterschied zwischen ihnen bestand darin, dass er schmerzhafte Abschiedsprozesse mit neuen Frauen zupflasterte.

Seinem Genie galt all ihre Liebe, den Mann hatte sie sich aus dem Herzen gerissen. Nach jenem Wiedersehen im Château de Castille hatten sich die Dinge in ihr wie nach einer Naturkatastrophe neu geordnet. Das war nicht von heute auf morgen geschehen, aber selbst die dunkelste Nacht stieß irgendwann auf den hellen Morgen.

Sie hatte alles verstanden.

Das Geläut der Kirchenglocken klang dumpf zu ihr hinauf und verkündete die Zeit des Abendgebets. Aber heute würde sie das Gebet gegen ein Ritual tauschen.

Als feiere sie das Jubiläum ihrer Zeitreise, schenkte sie draußen auf ihrer kleinen Terrasse zwei Gläser von jenem nicht etikettierten Roséwein ein, den sie in ihren Anfängen in diesem Haus mit Picasso getrunken hatte.

Schlingen Sie um Ihre Fesseln das Herz Ihres ergebensten Bewunderers.

Sanft löste sich die Umklammerung. Ein Lächeln umspielte ihre schönen Lippen.

Dreh dich nicht um!

Wann hatte sie jemals seine Befehle befolgt?

In so vielen Dingen war sie sich ein Leben lang treu geblieben.

Diese Hartnäckigkeit mochte ihr im Umgang mit anderen geschadet haben, aber so war sie nun einmal, und ihr wacher Geist verstand es, ihre komplizierte Gefühlswelt jeden Tag aufs Neue in Schach zu halten.

In ihrem Herzen erklang eine spanische Volksweise. Ihr Leben nach Picasso hatte sich über die Jahre wie eine leere Leinwand nach und nach mit Bildern gefüllt. Warum musste sie plötzlich an die Diamanttäubchen in der Voliere in der Rue de Savoie denken? Längst gab es sie nicht mehr, aber heute, in diesem Augenblick, flogen sie zusammen mit ihren Gedanken hinaus in die Freiheit. Sie sah ihnen hinterher.

Ich bin Dora Maar, sage ich.

In kleinen Schlucken trank sie ihr Glas leer. Das andere blieb unberührt.

Lautlos verschwand ein Skorpion in der Felsspalte.

EPILOG

Paris, 2019

Claudette erreichte die große Treppe an der Gare de Lyon, die hinab in die Stadt führte. Sie setzte ihre Sonnenbrille auf. Ein strahlender Sommertag empfing sie in der Metropole. Dreißig Minuten Fußweg, der zum großen Teil an der Seine entlangführte, trennten sie von dem für sie größten Ereignis dieses Jahres im Centre Pompidou. Schon in der Bahnhofshalle hatte sie den ersten Hinweis auf die Dora-Maar-Ausstellung gesehen.

Dora Maar – Fotografin und Malerin. Ausstellung im Centre Pompidou vom 5. Juni bis 29. Juli 2019.

Nur deswegen hatte Claudette die Tagesreise von Ménerbes nach Paris auf sich genommen.

Auf der Seine schipperten Touristenboote. Junge Menschen sonnten sich an den Ufern.

Schon nach wenigen Metern entdeckte sie das nächste Plakat an einer Litfaßsäule. Der Anblick ließ ihr Herz höherschlagen. Die surreale Fotografie einer blassen schlanken Frauenhand, die aus einer Muschel herausgewachsen schien, besaß etwas Magisches. Im Hintergrund einer surrealen Welt war ein wolkenverhangener Himmel zu sehen.

»Es ist eine surreale Traumlandschaft«, hatte Dora Maar ihr einmal erklärt.

Damals war Claudette gerade einmal zwölf gewesen, heute näherte sich ihr fünfundsiebzigster Geburtstag.

Den Blick in Richtung Île de la Cité gerichtet, ging sie weiter. Notre-Dame verschwand unter einem riesigen Gerüst. Im

April hatte die berühmte Kathedrale in Flammen gestanden, und die Welt hatte hilflos zusehen müssen, wie Paris ein Stück Identität verlor. Claudette erinnerte sich gut daran, sie hatte bis tief in die Nacht mit Familie und Freunden vor dem Fernseher gesessen und fassungslos auf den schwarzen Rauch, der aus dem Dachstock gequollen war, gestarrt.

Claudette lief weiter, bis sie den Centre Pompidou sehen konnte. Je näher sie kam, desto kühler wirkte die Konstruktion des hochmodernen Gebäudes. Mit seinen langen roten Röhren und den Stahlverbindungen glich es eher einer Fabrik als einem der berühmtesten Museen Frankreichs.

In der Ausstellung herrschte andächtige Stille. Das Rascheln von Kleidung war zu hören. Bedachte Schritte hallten auf den glatten Böden. Manchmal klickte der Auslöser einer Handykamera, unterlegt vom Flüstern der Besucher.

Den Ausstellungskatalog unter den Arm geklemmt, begann Claudette die Räume der Ausstellung zu erkunden. Ein jeder besaß seine eigene Wandfarbe. Weiß. Beige und Petrolfarben. Sie hatte gelesen, dass der besondere Charme des Centre Pompidou in seinen Verwandlungsmöglichkeiten lag, denn im Inneren bargen die Etagen eine Art Baukastensystem, das eine große Anpassungsfähigkeit aufwies, je nachdem, was die Exponate erforderten.

Im ersten Raum empfingen sie Dora Maars Modefotografien, die hinter cremefarbenen Passepartouts in schlichten schwarzen Rahmen hingen. Das Hauptmotiv der Ausstellung, eine elegante Dame in Abendkleid mit großem Rückenausschnitt, die mit erhobenen nackten Armen einen Bühnenvorhang zur Seite schob und deren Hinterkopf ein glitzernder Stern verdeckte, repräsentierte Maars Eintritt als Fotografin in die schillernde Modewelt der dreißiger Jahre.

Das berühmte Gesicht von Nusch Éluard, das hinter Spinnweben für eine Kosmetikfirma die Vergänglichkeit mahnte, stach Claudette ins Auge. Dora musste die zarte, hübsche Frau wie eine Schwester geliebt haben.

Im zweiten Raum befanden sich Maars Sozialfotografien aus Barcelona, London und Paris. Auch wenn sich die Künstlerin im Alter von ihren linken politischen Ideen distanziert hatte – in diesen Bildern zeigte sich ihr soziales Engagement, ihr schonungsloser Blick auf die Randgruppen der Gesellschaft.

Claudette ging weiter.

»Père Ubu«, flüsterte eine Besucherin ihrem Begleiter zu und blieb vor dem seltsamen Wesen stehen, das einst Doras größter Triumph gewesen war. »Die Ikone des Surrealismus.«

»Was soll dieses hässliche Tier darstellen?«, fragte der Mann.

Die Frau zuckte die Achseln. »Das weiß bis heute niemand. Aber man geht von einem Gürteltier aus, einem, das aus ihrer argentinischen Heimat stammt.«

Claudette lächelte und ging in den nächsten Raum. Die Spekulationen würden Dora Maar gefallen. Vor allem, dass es ihr anscheinend gelungen war, viele Fragen über sich und ihre Kunst offenzulassen.

Der »Picasso«-Raum beinhaltete Fotos des Genies, die Dora von ihm gemacht hatte. Schnappschüsse zeugten von ausgelassenen Stunden am Meer, aber Dora hatte auch den ernsten Picasso festgehalten, jenen Mann, der im Anzug posierte und mit bohrendem Blick in die Kamera sah. Niemand hätte es vermocht, die Nähe zwischen Fotografin und Objekt konkret zu benennen, aber Claudette glaubte, die Abgründe zwischen Doras Linse und seinem Gesicht erahnen zu können.

Die Foto-Dokumentation von *Guernica* lenkte die Aufmerksamkeit des Besuchers auf die Entstehung eines Jahrhundertwerks aus Doras exklusiver Perspektive. Ohne es auszusprechen, war es den Kuratoren dennoch gelungen, eines klarzumachen: Es ging an keiner Stelle um Picasso, sondern um Doras Anteil an seiner Arbeit, also immer um sie selbst und ihre künstlerische Entwicklung.

»Es war unsere intensivste Zeit«, glaubte Claudette, die tiefe Stimme Doras zu hören. »Wir tanzten einen nicht enden wollenden Tango.«

Jahrzehnte später verstand Claudette, was sie damit gemeint hatte.

Das Spätwerk Dora Maars im letzten Raum ließ ihr Herz erneut höherschlagen. Hier handelte es sich um jene Arbeiten, deren Entstehung sie zum Teil als Kind oder als heranwachsende Frau hatte verfolgen dürfen.

Vor ihrem persönlichen Lieblingsfoto Dora Maars aus den 1980er Jahren blieb Claudette stehen, und setzte sich auf eine Bank, wo sie es in Ruhe auf sich wirken lassen konnte. Streng genommen war es kein Foto, sondern ein Rayogramm, aber auch ein Teil von Claudettes Biographie.

Erinnerungen kamen in ihr hoch, der Geruch von Farbe in Doras Atelier, die Einmachgläser mit allerlei Zubehör: Maiskörner, Reis, getrocknete Farbsplitter, Petersilie – es gab nichts, was die Künstlerin für ihre Arbeit nicht aufbewahrt und verwendet hätte.

»Ich fotografiere nicht mehr«, hatte Dora mit strengem Gesichtsausdruck auf Nachfragen Claudettes geantwortet. »Ich arbeite nur noch mit alten Fotos und gebe ihnen eine neue Bedeutung. Ich verfremde die Dinge. Der berühmte Man Ray hat diese Technik entdeckt. Sie heißen Rayogramme.«

»Rayogramme«, hatte Claudette leise nachgesprochen, um es sich zu merken.

Das Bild zeigte eine Landschaft, in tiefste Dunkelheit getaucht. Nur einige Sterne, die eher Sternschnuppen glichen, waren am Horizont zu sehen, daneben ein praller Mond, der den Rahmen für die Andeutung eines Gesichts in seinem Inneren bildete. Am unteren Bildrand ragten beleuchtete Gräser in die Höhe, die durch die Perspektive riesengroß wirkten.

»Ist es nicht wunderschön?«, fragte eine Frau ergriffen, die sich neben Claudette setzte.

»Ja«, sagte sie und warf ihr einen Seitenblick zu. Sie schätzte sie halb so alt wie sich selbst, eine hübsche junge Frau mit langem blonden Haar, einen Fotoapparat um den Hals gehängt. Sie trug ein leichtes Sommerkleid.

»Wo sie das Motiv wohl herhatte?«

»Ménerbes«, sagte Claudette und biss sich zugleich auf die Zunge. »Es handelt sich um ein Rayogramm, um eine Arbeit mit alten Negativen.«

Die Frau stutzte. »Sind Sie vom Fach?«

Claudette schüttelte den Kopf. »Es sieht aus wie Maars späte Landschaftsbilder meiner Heimat.«

»Kommen Sie aus Ménerbes? Woher beziehen Sie Ihr detailliertes Wissen?«

Claudette schluckte.

Die Frau richtete sich auf, warf ihr einen fragenden Blick zu, dann sah sie wieder auf das Exponat.

»Es heißt, sie sei seltsam und bigott gewesen, sei täglich in Ménerbes in die Kirche gegangen.«

»Es ist eine Kapelle«, berichtigte Claudette freundlich.

Die Frau nickte. »Man sagt, sie liebte es, ein Geheimnis um sich zu machen.«

»Das Geheimnis war ihr Schutz gegen die Welt«, erwiderte Claudette und presste die Lippen aufeinander.

»Dann liege ich richtig«, sagte die Frau lebhaft und rückte näher an sie heran. »Sie kannten Dora Maar persönlich, nicht wahr?«

Claudette, die den Kopf zur Seite geneigt hatte, sah auf. Ihre Blicke trafen sich.

»Isabelle Lambert, *Paris Match*«, stellte sich die Frau vor. »Ich bin Journalistin.« Sie reichte Claudette die Hand und gab ihr eine Visitenkarte. Dann holte sie mit fahrigen Bewegungen einen kleinen Notizblock, zusammen mit einem gespitzten Bleistift, aus ihrer Umhängetasche und brachte sich in Position. »Es ist mir eine Ehre. Heute ist mein Glückstag. Ich sitze neben einer Frau, die Dora Maar persönlich kannte. Ich bin eine große Bewunderin ihrer Kunst. Darf ich Ihren Namen erfahren?«

Claudette fuhr verlegen über die Konturen des Ausstellungskatalogs und starrte auf das kopflose Modell mit dem Stern. »Mein Name ist Artemis Gilles. Es freut mich sehr.«

Sie reichten einander die Hände.

Der liebe Gott und ihre längst verstorbene Tante Artemis mochten ihr diese kleine Notlüge verzeihen.

Isabelle Lambert schrieb etwas auf ihren Block. »Haben Sie auch mit Kunst zu tun, Madame Gilles?«

»Nein«, antwortete sie abwehrend und ließ ihren kleinen Töpferladen, den sie seit fünfzig Jahren in Gordes betrieb, unerwähnt. »Ich bin schon lange Rentnerin.«

»Können wir uns unterhalten? Ich … Es wäre mir eine große Ehre, Madame Gilles. Haben Sie jemals Picasso in Ménerbes gesehen? Hat sie Ihnen von ihm erzählt? Wie gut kannten Sie Madame Maar?«

»Was heißt schon kennen? Ich hatte das große Glück, ihr zu begegnen«, sagte Claudette mit Unbehagen. Alles in ihr wehrte sich, dieses Gespräch fortzusetzen.

Für einen Moment saß die Vertreterin des Gesellschaftsmagazins *Paris Match* mit offenem Mund da. Sie zappelte unruhig auf der Bank hin und her. »Picasso«, stieß sie hervor. »Ich bin mir sicher, Sie wissen etwas. Vielleicht ist es Ihnen gar nicht bewusst, aber …« Abrupt brach sie ab. »Sie müssen mir unbedingt mehr davon erzählen.«

Sie warf einen zerstreuten Blick in Richtung Ausgang, zog ihr Mobiltelefon aus der Handtasche, tippte mit hektischen Bewegungen ihres Daumens darauf und schwenkte es über ihrem Kopf von rechts nach links. »Kein Empfang. *Mince, alors!*«

Nachdenklich rieb sie sich die Stirn und seufzte anschließend. Dann griff sie nach ihrer Tasche, steckte Block und Stift hinein und warf sie über die Schulter. »Wollen wir uns einfach gleich draußen im Foyer treffen? Ich besorge uns Kaffee. Wir können auch gern essen gehen, was halten Sie von einem gemeinsamen Mittagessen? Ich müsste nur ganz kurz in meiner Redaktion Bescheid geben.«

Im Aufstehen sah sie auf ihre Armbanduhr und anschließend zur Wand, hinter der sich das Foyer befand. »Ich hole uns erst einmal Kaffee. Schwarz? Mit Milch und Zucker? Oder lieber ein Glas Wein? Weiß oder rot?«

»Ich weiß nicht recht«, gab Claudette zögernd zurück.

Die Frau tat ihr leid.

»Kommen Sie, ich bitte Sie! In fünf Minuten im Foyer an der Information, Madame Gilles? Dann sehen wir weiter, in Ordnung? Ich muss unbedingt in meiner Redaktion anrufen.«

Mit aufgerissenen Augen hielt sie ihre gespreizte Hand in die Höhe und bildete mit den Lippen: »Fünf Minuten.«

Claudette nickte und umklammerte den Katalog. Dann sah sie Isabelle Lambert und ihrem blonden Haarschopf hinterher, bis sie durch die Tür verschwand.

Für einen Moment schloss Claudette die Augen. Die Ausstellung hatte sich unmerklich zu füllen begonnen. Stimmen überschnitten einander.

Die Worte *magnifique, formidable, extraordinaire* waren zu hören. Wunderbar, großartig, außergewöhnlich. *Quelle femme!* – Was für eine Frau!

»*C'était la femme de Picasso*«, sagte ein Junge von etwa zwölf Jahren und zeigte auf ein Porträt Dora Maars, auf dem sie nahezu ungeschminkt und schüchtern in die Kamera blickte. *Sie war Picassos Frau.*

Nein, mein Junge, das war sie nicht, lag es Claudette auf der Zunge. Nicht nur.

»*Ce n'était qu'une de ses femmes*«, korrigierte der Vater streng. *Sie war lediglich eine seiner Frauen.*

Und zwar seine am meisten unterschätzte, dachte Claudette, stand auf und trat hinaus ins Foyer, wo sich inzwischen viele Besucher tummelten.

Ohne sich umzudrehen, ging sie durch die Ausgangstür.

Am Pariser Himmel hatten sich inzwischen einige Wolken formiert. Wie anders sah der Himmel über Paris aus als jener, den sie aus dem Lubéron kannte. Dora Maar hatte beide geliebt, jeden auf die ihr eigene Weise.

Ein letztes Mal betrachtete Claudette das meterhohe Porträt Dora Maars am Centre Pompidou. Für einen winzigen Moment schien es ihr, als flackere in Doras furchtlosem Blick jene Frau auf, die Claudette als Kind so sehr bewundert und lieb gewonnen hatte.

Es überlagerte das Antlitz der mürrischen alten Dame, die Claudette drei Jahre vor Doras Tod beim Tee in der Rue de Savoie gesehen hatte. Eine bettlägerige Frau, die nach einem Sturz nicht mehr laufen konnte, die meisten Galeristen verfluchte und fast keinen Besuch mehr empfing. Bei Claudette hatte sie eine Ausnahme gemacht. Manisch wachte Dora in ihrer Fünfzimmerwohnung im Hochparterre über ihre Besitztümer, als verrate sie mit einem lukrativen Picasso-Verkauf eine alte Liebe und am Ende sich selbst.

In einer verschlossenen Glasvitrine des kleinen Salons stand eine auf einem Draht befestigte Amsel, die Picasso in den Kriegsjahren aus Gips und Holzresten geschaffen hatte.

Staunend hatte Claudette damals die mit weißer Farbe bemalten Wände betrachtet. Nur die Insekten, mit ihren langen dünnen Beinen, waren auf einem inzwischen ergrauten Untergrund ausgespart.

»Picasso hat sie gemalt«, hatte Dora stolz erklärt. »Niemals würde ich es erlauben, sie zu überstreichen.«

Jene exklusive Begegnung kam Claudette in den Sinn, während sie das dichte schwarze Haar auf dem Porträt der damals Dreißigjährigen, den leicht schiefen Mund, die geschwungenen Brauen, den unerschrockenen Blick auf sich wirken ließ.

Genau so würde sie Dora in Erinnerung behalten. Nicht als eine von Picassos Frauen, nicht als Muse oder Geliebte, sondern als eine große, unbeugsame Künstlerin.

Claudette griff in ihre Jackentasche, zerknüllte die Visitenkarte und warf sie in den nächsten Mülleimer.

»Es ist ihr Blick«, sprach sie zu sich selbst, als hätte sie des Rätsels Lösung um Doras Ausstrahlungskraft gefunden.

Ja, es war jener magische Blick, der Claudette an einem Frühlingstag, als die Narzissen in Gordes blühten, so viel mit auf den Weg gegeben hatte, zusammen mit Doras klugen Worten, die sie mehr an sich selbst gerichtet und wie ein Gebet gesprochen hatte.

Claudette hatte gebannt zugehört und danach keine Fragen

mehr gestellt. Nur sie und ein altes Haus waren damals zu Zeugen von Doras Kraft, ihrer messerscharfen Selbstwahrnehmung, ihrer Weisheit geworden. Was sie gesagt hatte, war so viel mehr, als eine Ausstellung zu zeigen vermochte.

»Weißt du, Claudette, was ich bin? Ich bin eine Exotin, eine Pariserin, der man die Wurzeln herausgerissen hat, eine Tangotänzerin ohne Tango, eine Argentinierin mit französischer Sprache. Ich bin eine Fotografin ohne Fotoapparat, eine Malerin ohne Pinsel, eine Frau mit einem Treuegelübde vor einem brennenden Altar. Ich habe den zwei Gesichtern der Liebe ins Antlitz gesehen, und das Leben hat mich immer wieder gezwungen, neue Wurzeln zu schlagen. Jeden Tag bete ich darum, dass sie über mich hinauswachsen mögen, über mich und meine Eitelkeit, bis weit hinauf in das unermessliche Reich der Phantasie. Ich bin Dora Maar.«

Nachwort der Autorin

Dieser Roman ist eine Hommage an Henriette Theodora Markovitch, die mir im Laufe meiner intensiven Zeitreise durch ihr Leben sehr ans Herz gewachsen ist. Meine anfängliche Skepsis bezüglich dieser hochkomplexen Frauenfigur und Künstlerin wich schnell einer großen Bewunderung und Solidarität mit ihren Handlungen und ihrem Gefühlsleben. Sich Dora Maar zu nähern bedeutet auch eine gründliche Auseinandersetzung mit Picasso, jenem Mann, der ihre große Liebe war. Leicht haben die beiden es weder sich selbst noch mir als Interpretin gemacht, und zugänglich wurden die Grenzgänger für mich erst, als ich die Widersprüche dieser starken Persönlichkeiten akzeptierte. Nicht zufällig lautet der Titel meines Romans: *Dora Maar und die zwei Gesichter der Liebe*. Darin klingt die ganze Ambivalenz der Geschichte an.

Dora Maar war ihrer Zeit weit voraus. Sie galt als hochintelligent, geheimnisvoll, schillernd, schön und sinnlich – darüber sind sich Zeitzeugen, Biographen und Kunstkenner einig. Wer kennt sie nicht: die berühmte Handschuhszene im Deux Magots, wo die dunkle Schönheit mit ihrem »Messer-Auftritt« Pablo Picasso becircte? Kaum einer macht sich jedoch bewusst, dass sie lange vor dieser schicksalhaften Begegnung eine gefeierte Künstlerin war. Ihr legendäres Foto von *Père Ubu* war bereits um die Welt gegangen und hatte sie zur Ikone der Surrealisten gemacht. In den 1930er Jahren war sie eine der gefragtesten und erfolgreichsten Modefotografinnen von Paris.

Vor allem durch die Äußerungen des berühmten Galeristen und Kunstsachverständigen Heinz Berggruen über Dora Maars Kunst (wie etwa auch in dem hinten genannten Vorwort zum Bildband Dora Maar von Mary Anne Caws) wurde deren Stellenwert stets infrage gestellt. Berggruens Auffassung, sie sei nur die Muse Picassos und keine wirklich eigenständige Künstlerin gewesen, diente den Sachverständigen lange als Richtschnur für die Bewertung ihres Werkes in der Kunstgeschichte. Dass sie Picassos Jahrhundertwerk *Guernica* fotografisch begleitete, ist hinlänglich bekannt. Dass sie, wenn auch nur einen kleinen Teil von *Guernica* nach Picassos Aufforderung gemalt haben soll, gilt bei einigen Kunsthistorikerinnen inzwischen als gesichert. Aber auch unter diesem Aspekt bleibt sie »Handlangerin«, die Frau an Picassos Seite. Dieser Roman möchte zeigen, dass sie weitaus mehr war.

Erst in jüngster Zeit beginnt sich das einseitige Bild der Geliebten und Muse in der Öffentlichkeit zu verändern: Kannten die meisten Dora Maar noch bis vor wenigen Jahren als die *Weinende Frau,* die in der Kunstgeschichte nur als eine Episode im Leben des großen Meisters ihren Platz gefunden hatte, so erfuhr die öffentliche Wahrnehmung Dora Maars durch ihre große Einzelausstellung im Pariser Centre Pompidou im Jahr 2019 endlich eine Korrektur – ein längst überfälliger Schritt für die allgemeine Anerkennung eigenständiger weiblicher Werke, die neben ihren großen männlichen Vorbildern und Geliebten bis dahin nicht gesehen wurden. Lange genug waren Frauen wie Dora Maar auf ihre Rolle als Geliebte und Muse reduziert worden. Endlich würdigte eine Ausstellung gebührend das umfangreiche Gesamtwerk dieser außergewöhnlichen Künstlerin.

Die Beziehung zwischen Maar und Picasso war, wie alle von Leidenschaft geprägten Beziehungen, alles andere als einfach.

Beide waren äußerst starke Charaktere, und so wundert es nicht, dass sich Dora Maar nie als Opfer Picassos gebärdete. Im Gegenteil, stets bot sie ihm die Stirn und nahm den Kampf mit ihm auf. Für mich als Autorin verlieh ihr diese Stärke eine Größe und Nahbarkeit, die mir das Schreiben über sie überhaupt erst ermöglichte. Natürlich war sie in der Liebe verletzlich, verwundbar, doch selbst im tiefsten Schmerz des nahenden Endes dieser einzigartigen Liebe kämpfte sie um ihre Selbstbestimmung und ihre künstlerische Identität. Im Gegensatz zu anderen Frauen Picassos bewahrte Dora Maar ein Leben lang Stillschweigen über ihre Beziehung und deren inneren Kern. Auch Picasso handhabte das weitgehend so.

Es sind vor allem die anderen, die Außenstehenden, die über Dora Maar richten. Zu nennen wären James Lord genau wie ihre Nachfolgerin Françoise Gilot, die in »Leben mit Picasso« behauptet, Picasso hätte sich nie sehr viel aus Dora Maar gemacht. Dem gegenüber stehen Fakten: Picasso hat sieben Jahre seines Lebens mit Dora verbracht, darunter die schwierige Besatzungszeit, die Picasso und sie aufgrund von Ausstellungsverboten und dem Terror der Nazis zum Rückzug ins Private zwangen. Auch weit über die Trennung hinaus hat er sie täglich in der Rue de Savoie besucht. Desinteresse sieht anders aus.

Warum Dora Maar während der Beziehung mit Picasso ihre Fotokunst aufgab und zur Malerei wechselte, ist bis heute nicht geklärt. Verbrieft ist, dass Picasso, wie viele seiner Zeitgenossen, die Fotografie nicht als eigenständige Kunstrichtung betrachtete und Dora zum Malen animierte. Das barg ein für Dora hoffnungsloses Unterfangen: Als Malerin an der Seite eines Genies wie Picasso zunächst ein hohes Maß an Zurückhaltung zu üben ist nur allzu verständlich. Umso bemerkenswerter, dass Dora

Maar nach der Trennung in ihrer späteren Malerei durchaus ihren eigenen Weg und Stil gefunden hat. Sicher bildete ihre Kunst ihren persönlichen Weg aus der Krise.

Lassen Sie mich einige erklärende Worte zur Umsetzung von Realität und Fiktion sagen: Sämtliche im Roman beschriebenen Gemälde und Fotos werden im Anhang mit Entstehungsjahr und Titel (soweit bekannt) benannt. Lediglich das »Gesicht«, das Picasso Dora nach der Begegnung im Deux Magots zukommen lässt, ist frei erfunden, wenngleich Picasso sich dieser Technik nachweislich mehrfach bediente. Bekannt ist das aus einer Serviette gefertigte Bild von Doras verloren gegangenem Malteserhündchen, das er ihr zum Trost schenkte.

Die »Entstehungsgeschichte« zu Dora Maars berühmtestem Werk *Père Ubu* im Musée Nationale d'Histoire Naturelle in Paris anzusiedeln, ist meiner Phantasie geschuldet. Ich fand es sehr naheliegend, dass Dora Maar dort ihr Motiv gefunden hat.

Die traurige im Roman dargestellte Szene bei einem Pariser Frauenarzt und dessen Diagnose sind ebenfalls frei erfunden. Tatsache ist, dass Dora Maar im Sommer 1940 einen Frauenarzt aufsuchte, der ihr »Unfruchtbarkeit« bescheinigte. Über die Ursachen wurde in der Fachliteratur viel spekuliert, was in dem Verdacht gipfelte, Doras Mutter Julie sei gewalttätig gegen ihre Tochter gewesen und habe sie als junges Mädchen in den Unterleib getreten. Belegt ist nichts davon. Dass Julie aber indirekt eine gewisse Verantwortung mitträgt, schwingt in meiner Interpretation der Geschehnisse mit.

Es ist bekannt, dass Dora Maar und Pablo Picasso regelmäßig astrologischen Rat einholten. Die im Kapitel 31 beschriebenen Konstellationen basieren auf den Analysen einer professionellen Astrologin. Das teilweise exzessive Rauchverhalten der Protagonisten entsprach dem damaligen Zeitgeist. Vielen Frauen galt es zudem als Akt der Emanzipation.

Dora Maars komplexe Persönlichkeit war stets geprägt von ihrer Leidenschaft als Künstlerin und Liebende, aber auch von drohendem Kontrollverlust, der sich im Laufe ihres Lebens verschiedene Ventile suchte. Kein Wunder, dass sich die von Kindheit an Entwurzelte nach der Trennung von dem Geliebten zunächst zu verlieren drohte. Der französische Psychoanalytiker Jacques Lacan hat sich als ihr Freund dem Spannungsfeld ihres Charakters mit all seinen Schattenseiten gestellt. Sicherlich kam Dora Maars brillanter Intellekt einer solch reflexiven Seelenreise sehr entgegen.

Absichtlich habe ich ihre dunklen Jahre – ihre Abgründe der Depression unmittelbar nach der Trennung von Picasso – in meinem Roman ausgespart. Erstens gibt es zu wenig Informationen über Lacans Analyse (hier greift auch die ärztliche Schweigepflicht), und zweitens hat sie ihren eigenen Weg aus der Krise immer nur angedeutet, oder enge Freunde haben es getan. Tatsache ist, dass sie zunächst mit Elektroschocks, wie damals durchaus üblich, behandelt wurde und sich anschließend Lacan anvertraute.

Ménerbes bildete eine wichtige Station von Dora Maars *Zeit nach Picasso*, vielleicht die bedeutendste überhaupt. Solange sie gesundheitlich in der Lage dazu war, fuhr sie dorthin, verbrachte die warmen Monate in ihrem Haus und malte.

Ihr Charme, ihre Fähigkeit zur Replik mögen im Alter zurückgetreten sein – ihr wacher Geist, ihr Esprit blieb. Mit ihm ging Hand in Hand ein unverkennbarer Stolz, der sich über alles erheben konnte und den viele als überheblich deuteten. Ich glaube, er war ihr größter Schutz. Auch über ihren Geiz wurde viel geredet, ihn interpretiere ich als Spätfolge einer tiefen Depression, deren Nachwirkungen sich nicht selten im Verarmungswahn zeigen.

Ein Ausflug in die Psychologie offenbart, dass Narzissten und Depressive ein sehr beliebtes Paarmuster bilden: Bei Picasso und Dora trifft das zu. Um es klar zu sagen: Nicht Picasso hat Dora Maar depressiv gemacht. Es war ihre von Kindheit an angelegte Disposition, die mit Picasso zur vollen Entfaltung gelangte. Solange er sie auf Händen trug und sie überschwänglich liebte, bildeten sie das perfekte Künstlerpaar. Die Bewährungsprobe, den Alltag der Liebe, der am Ende des Krieges eine wachsende Normalität einforderte, haben beide nicht bestanden.

Dora Maar wurde neunundachtzig Jahre alt. Zeitgenossen und Freunden galt sie in ihren späten Jahren als schwierig, geizig, ja sogar garstig. Nach einem Sturz lebte sie zurückgezogen in der Rue de Savoie, umgeben von *ihren* Picassos, die sie wie ihren Augapfel hütete. Nur hin und wieder verkaufte sie an Berggruen ein kleines Stück, um Rechnungen zu bezahlen. Am Ende hat sie ein Millionenvermögen hinterlassen. Bis ins hohe Alter war sie über die Preise auf dem Kunstmarkt informiert und wusste genau, welche Ausstellung gerade welche Picassos zeigte.

Ich habe den Roman für meine Figur Dora Maar in Ménerbes in den späten 1950er Jahren ausklingen lassen, weil ich ihr den Frieden mit sich selbst gegönnt habe. Betrachtet man ihre schlichten Landschaftsgemälde dieser Jahre, scheint es mehr als wahrscheinlich, dass sie diesen Frieden tatsächlich gefunden hat. Nach Picasso ging Dora Maar nie mehr eine Liebesbeziehung ein. Trotzdem denke ich, dass sich ihr berühmtes Zitat »Nach Picasso nur noch Gott« auf sein Werk und nicht auf seine Qualitäten als Mann bezog.

Der im Roman am Ende aufgegriffene Zusatz ihrer Rede im Dialog »… sage ich« scheint eine ihrer Marotten in den späten Jahren gewesen zu sein. Ich deute das als eine Art Vergewisserung der eigenen Existenz und Realität – eine Gegenwehr zum drohenden Kontrollverlust, dem sie wohl ein Leben lang sehr nah war.

Ein bedeutender Einschnitt für Dora war sicherlich die letzte Begegnung mit Picasso, die ich in einem Kapitel festgehalten habe, wo es zu einem erneuten Machtkampf zwischen den beiden kam. Die Begegnung ist durch James Lord und andere Zeitgenossen überliefert. Viele Zeugen also, und jeder scheint es besser zu wissen als der andere. In der Tiefe jedoch zeigt sich in der letzten Konversation zwischen den einstigen Liebenden, wie sehr sie auch nach ihrer Trennung miteinander beschäftigt waren. Es scheint, als hätten sie niemals aufgehört, einander zu lieben.

Vier Jahre nach Picassos Tod im Jahr 1973 erreichte Dora Maar eine Anfrage von Picassos Sohn Claude, der lebenslang einen liebevollen Kontakt zu Dora pflegte: Picasso habe eine kleine Schachtel für sie hinterlassen, ein Vermächtnis. Ob er es ihr zuschicken dürfe?

Sie lehnte ab. Sie tat gut daran. Ihr Instinkt hat sie vor Picassos letztem Frontalangriff und der damit verbundenen Demütigung geschützt: Der Inhalt, so erfährt die Nachwelt später, war ein angefertigter Ring mit einem Stachel, den Picasso sorgsam eingearbeitet hatte, so dass sie ihn niemals hätte tragen können. Ein Symbol ihrer zerstörerischen Liebe, der Dorn der Leidenschaft?

Ich mag es nicht beurteilen, aber Werke und Fotos der einstigen Liebenden dokumentieren eine fast unermessliche Inspiration, ausgelöst durch das ewige Rätsel der Liebe und eine Zweisamkeit von schwindelerregenden Höhenflügen mit einem Absturz, der Dora Maars Leben für immer veränderte. Genau wie einst Picassos Eintritt in ihr Leben.

Mit meinem Roman verbinde ich den Wunsch, dass er untermauert, was die Pariser Dora-Maar-Ausstellung 2019 im Centre Pompidou eingeläutet hat: Die öffentliche Wahrnehmung einer eingeständigen und faszinierenden weiblichen Künstlerpersönlichkeit des 20. Jahrhunderts, deren Wesen sich in der intensiven Liebesbeziehung mit Picasso zu entfalten vermochte.

Wer liebt, ist verwundbar. An keiner Liebesbeziehung zeigt sich das so deutlich wie zwischen Dora Maar und Pablo Picasso.

Zuletzt geht mein Dank an alle, die mich bei diesem Projekt mit ihrem Wissen unterstützt haben: Michael Storks, Hajnal Müller, Sabine Herrle, Magdalena Wiechert, Sabine Tuschell, Jutta Däther und Regine Nothacker. Einblicke in die im Roman aufgegriffenen astrologischen Zusammenhänge verdanke ich Hannelore Roller-Bollmann (Mitglied im Deutschen Astrologenverband DVA). Mein herzlicher Dank gilt meinem Agenten Joachim Jessen (Literaturagentur Schlück, Hannover). Meine Lektorin Stefanie Werk hat den Roman von Anfang an mit ihrem bewundernswerten Gespür für Sprache, Handlung und Wirkung begleitet.

Bettina Storks,
Ludwigshafen am Bodensee,
17. März 2021

Liste der im Text erwähnten Kunstwerke

Im Text erwähnte Bilder ohne Titel werden mit kurzer Beschreibung in Klammer gesetzt.

Kapitel 2

Foto: Dora Maar, (Blick auf die Seine), 1930er Jahre
Foto: Dora Maar, (Allee mit Kopfsteinpflaster), 1930er Jahre
Foto: Dora Maar, (Paris nach einem Wolkenbruch), 1930er Jahre
Fotomontage: Dora Maar (doppeltes Profil Doras), 1930er Jahre

Kapitel 4

Foto: Dora Maar, »Haarmeer mit Segelschiff«, 1935, Werbung für Pétrole Hahn (Haaröl)
Fotomontage: Dora Maar, »Hand aus der Muschel«, 1934
Foto: Dora Maar, »Die Jahre lauern euch auf«, 1935
Foto: Dora Maar, (Frau mit Stern), 1936

Kapitel 5

Fotomontage: Dora Maar, »Verbotene Spiele«, 1935

Kapitel 6

Foto: Dora Maar, (Modell im Badeanzug), 1935
Foto: Dora Maar, (Assia), 1934

Kapitel 7

Foto: Dora Maar, »Père Ubu«, 1936

Foto: Dora Maar, »Straßenjunge an der Ecke der Rue de Genets«, 1933

Foto: Dora Maar, »Kein Almosen«, London, 1934

Kapitel 8

Foto: Man Ray, (Solarisiertes Porträt von Dora Maar), 1936

Foto: Man Ray, »Die Tränen«, 1930er Jahre

Kapitel 9

Fotomontage: Dora Maar, »La Liberté«, 1935/36

Fotomontage: Dora Maar, »Der Täuscher«, 1936

Kapitel 11

Öl auf Leinwand: Pablo Picasso, »Dora und der Minotaurus«, 1936

Kapitel 12

Skizze: Pablo Picasso, »Dora und antike Figur«, 1936

Kapitel 13

Skizze: Pablo Picasso, (Dora als Vogel), 1936

Kapitel 15 & 16

Öl auf Leinwand: Pablo Picasso, »Guernica«, 1937

Kapitel 17

Foto: Robert Capa, »The Falling Soldier«, 1936

Kapitel 19

Öl auf Leinwand: Pablo Picasso, »Dora Maar«, 1937

Öl auf Leinwand: Pablo Picasso, »Die weinende Frau« (hiervon gibt es viele Ausführungen, Interpretationen Picassos), 1937

Kapitel 21

Öl auf Leinwand: Pablo Picasso, »Nächtlicher Fischfang in Antibes«, 1939

Kapitel 23

Öl auf Leinwand: Pablo Picasso, »Sich kämmende Frau«, 1940

Kapitel 29

Öl auf Holz: Pablo Picasso, »Bildnis der Dora Maar«, 1942

Kapitel 32

Öl auf Leinwand: Dora Maar, »Die Quais der Seine«, 1944

Brandbild: Pablo Picasso, (Doras Malteserhündchen als Brandbild), ca. 1944/45

Kapitel 40

Gemälde in Öl: Dora Maar, »Himmel und Berge und weiter weißer Himmel«, späte 1950er Jahre

Kapitel 41

Skulptur: Pablo Picasso, »Amsel«, 1943

Literaturliste

Zu Dora Maar und Picasso:

Louise Baring: Dora Maar – Paris in the time of Man Ray, Jean Cocteau, and Picasso. New York 2017.

Dora Maar. Hrsg. von Damarice Amao, Amanda Maddox, Karolina Ziebinska-Lewandowska. Édition Centre Pompidou, Paris 2019.

James Lord: Picasso und Dora Maar – Eine persönliche Erinnerung. Aus dem Englischen von Astrid von dem Borne, München 1994.

Mary Ann Caws: Dora Maar – Die Künstlerin an Picassos Seite. Aus dem Englischen von Anja Gundelach. Mit einem Vorwort von Heinz Berggruen, Berlin 2000.

Brigitte Benkemoun: Finding Dora Maar – An Artist, an Address Book, a Life. Los Angeles 2020.

Tania Förster: Dora Maar – Picassos Weinende. Hamburg 2001.

Slavenka Drakulić: Dora und der Minotaurus. Aus dem Kroatischen von Katharina Wolf-Grießhaber, Berlin: Aufbau 2016.

Gertraude Clemenz-Kirsch: Die Frauen von Picasso. Berlin 2012.

Unda Hörner: Eine Liebe zu dritt – Sieben Porträts. Berlin 2009.

Unda Hörner: Scharfsichtige Frauen – Fotografinnen der 20er und 30er Jahre in Paris. Berlin 2010.

Françoise Gilot: Leben mit Picasso. Aus dem Französischen von Anne-Ruth Strauß, Zürich 1987.

Nicole Avril: Picassos geheimnisvolle Muse. Aus dem Französischen von Christiane Landgrebe, Bergisch Gladbach 2004.

Jean-Charles Gateau: Paul Éluard oder Der sehende Bruder – Biographie ohne Maske. Aus dem Französischen von Roswitha Litzka, Berlin 1994.

Patrick O'Brian: Pablo Picasso – Eine Biographie. Hamburg 1979.

Arianna Stassinopoulos Huffington: Picasso: Genie und Gewalt – ein Leben. Aus dem Englischen von Andrea Galler, Gabriele Burkhardt und Karlheinz Dürr, München 1988.

Psychologische/Psychoanalytische Literatur:

Christine Ann Lawson: Borderline-Mütter und ihre Kinder – Wege zur Bewältigung einer schwierigen Beziehung. Aus dem Englischen von Irmela Köstlin. Gießen 2018.

Bärbel Wardetzki: Weiblicher Narzissmus – Der Hunger nach Anerkennung. München 2007.

Quellennachweise

Ingeborg Bachmann: Gesammelte Werke. Band 4. Herausgegeben von Christine Koschel, Inge von Weidenbaum und Clemens Münster, München 1984.

Erich Fried: Liebesgedichte. Berlin 1995.

Rainer Maria Rilke, Die Gedichte, Berlin 1957

Kurt Tucholsky: Ein Pyrenäenbuch. Hamburg 1976.

Paul Éluard: Gedichte. Aus dem Französischen von Stephan Hermlin, Berlin 1947.

Stephan Hermlin: Gedichte und Nachdichtungen. Berlin/Weimar: Aufbau 1990.

Dora Maar: Unveröffentlichte Gedichte. Zitiert nach: Mary Ann Caws: Dora Maar – die Künstlerin an Picassos Seite. Aus dem Englischen von Anja Gundelach, Berlin 2000.

Das Gedicht von Paul Éluard wurde von der Autorin übersetzt.

Leseprobe

CAROLINE BERNARD
DIE Frau VON MONTPARNASSE
Simone de Beauvoir
und die Suche nach
Liebe und Wahrheit
ROMAN
Frida Kahlo
und die Farben
des Lebens
atb

Kapitel 1

FRÜHJAHR 1927

»*Plus vite,* Jacques, schneller«, rief Simone und lehnte den Kopf aus dem Fenster, damit der Fahrtwind ihr Gesicht streicheln konnte. Eigentlich war der Märztag zu kühl dafür, aber Simone konnte nicht widerstehen und hatte das Fenster heruntergekurbelt.

Sie wollte diesen Moment genießen. Am Vormittag hatte sie ihr Examen in Literatur bestanden, mit Auszeichnung, wie nicht anders zu erwarten gewesen war. Der Abschluss war ein weiterer Schritt hin zu ihrem Traum vom Schreiben, den sie in den vergangenen zwei Jahren zäh verfolgt hatte. Auf der Suche nach einem eigenen Ton ihres Erzählens und einem Thema hatte sie in jeder freien Minute des Tages gelesen. Nichts Geschriebenes war vor ihr sicher. Bei *Shakespeare & Company* in der Rue de l'Odéon lieh sie die Neuerscheinungen aus Amerika, gegenüber bei Adrienne Monnier die Franzosen aus. Manchmal, wenn sie ein Buch unbedingt besitzen wollte, jedoch kein Geld dafür hatte, stahl sie es auch. Bei den Bouquinisten an der Seine las sie im Stehen alles, was ihr in die Hände fiel. Was sie anderswo nicht bekam, bestellte sie in der Bibliothèque nationale, wo sie jeden Tag im Lesesaal arbeitete. Aber dort las sie eher Bücher, die sie für ihr Studium brauchte. Und neben der

Literatur studierte sie natürlich auch das Leben, das Paris, die Stadt des Lichts und der Künste, in all seiner Vielfalt zu bieten hatte. Sie hatte beinahe jede Ausstellung in den Galerien ihres Viertels gesehen und war Stammgast in den großen Museen. Wann immer sie Geld für einen Kaffee hatte, ging sie mit einer Freundin in eines der Cafés am Montparnasse, setzte sich an einen Tisch und hörte den Leuten zu, die dort saßen. Alles interessierte sie, nichts war vor ihrem Wissensdurst und ihrer Neugierde sicher.

Nun, mit der bestandenen Prüfung war sie ihrem Ziel ein gutes Stück näher gekommen. Zu ihrem Entzücken hatte ihr Cousin Jacques vor dem Institut Sainte-Marie auf sie gewartet und ihr mit einem Lächeln die Tür seines neuen Wagens aufgehalten.

»Wie ich sehe, kann auch eine Frau mit Examen attraktiv sein«, sagte er zu ihr. »Darf ich dich zur Feier des Tages zu einem Ausflug einladen?«

Simone war selig. Als Kinder waren Jacques und sie gute Freunde gewesen, später hatte sie den Älteren bewundert. Und jetzt war sie dabei, sich in ihn zu verlieben. Er war ein schöner Mann und kleidete sich in schicke Anzüge. Jacques wohnte mit seiner Schwester und einer Haushälterin in einer großen Wohnung am Boulevard Montparnasse, niemand machte ihm Vorschriften. Er war ein Mann von Welt, der viel ausging, alle angesagten *dancings* und Galerien kannte und Simone mit dem Surrealismus bekannt gemacht hatte. Stundenlang saßen sie zusammen und redeten über Kunst und Literatur. Ihre ansonsten so strenge Mutter erlaubte, dass sie mit Jacques einen Spaziergang machte oder ins Kino ging. Auch ihr Vater mochte ihn und schätzte es, wenn er Simone abends nach Hause brachte und auf einen Plausch mit ihm blieb.

Bei dem Gedanken daran verzog Simone das Gesicht. Ihr Vater und Jacques ergingen sich bei diesen Gelegenheiten in endlosen Erörterungen zu Literatur und Theater, wobei ihr Vater auf die Moderne schimpfte und seine Klassiker lobte. Simone hätte dazu durchaus etwas zu sagen gehabt, aber es war nicht erwünscht, dass sie sich einmischte, das gab ihr Vater ihr deutlich zu verstehen. Eine Frau hatte Männer nicht zu unterbrechen. Wenn Georges sich von ihr zu sehr gestört fühlte, legte er den Arm um Jacques' Schulter und zog sich mit ihm in sein Arbeitszimmer zurück, während Simone vor Wut kochte.

Doch heute gehörte Jacques ganz ihr. Simone klappte die Sonnenblende herunter, um sich im Spiegel zu betrachten. In der letzten Zeit hatte sich ihr Äußeres sehr zu ihrem Vorteil entwickelt, aus dem hässlichen Entlein war ein Schwan geworden. Zwar legte Simone noch immer nicht besonders viel Wert darauf, sich zurechtzumachen, aber in ihren unvorteilhaften Kleidern steckte nun eine schöne junge Frau. Am meisten an ihr selbst gefielen ihr die hellen Augen in der Farbe von Vergissmeinnicht, die in ihrem fein geschnittenen Gesicht leuchteten. Vor ein paar Tagen hatte sie sich das lange Haar zu einem Bubikopf geschnitten, wie es jetzt modern war. Auch ihre Freundin Zaza trug das Haar neuerdings so, und in Verbindung mit ihren Glockenhüten aus Filz sah sie damit bezaubernd aus. Aber Simones Haar war zu dünn, ihr Gesicht zu lang, die Frisur stand ihr nicht, obwohl Maheu das Gegenteil bezeugt hatte. Ihr Kommilitone René Maheu, den sie »das Lama« nannte, war in sie verliebt, obwohl er verheiratet war. Er wurde nicht müde, Dinge an ihr zu bewundern oder hervorzuheben; sei es ihre Schönheit, sei es ihre Klugheit oder auch ihre raue Stimme, mit der sie ihre Argumente wie ein Maschinengewehr verschoss. Doch mit ihrer Frisur irrte er sich, sie war nichts anderes als misslungen. An diesem Tag hatte Simone ein Tuch mit hellen Tupfen in ihr Haar gebunden, um das Schlimmste zu verbergen. Jacques hatte die Veränderung offensichtlich nicht bemerkt, er hatte nur gesagt, wie schön das Tuch zu dem weißen Kragen ihrer Bluse passe. »Du siehst aus wie ein netter junger Mann«, neckte er sie.

Jacques überholte hupend ein anderes Auto und scherte rasant wieder ein. Simone wurde gegen seine Schulter geschleudert. Sie rückte wieder von ihm ab und klappte den Spiegel hoch. Jacques würde nie einen Gedanken an sein Äußeres verschwenden, er sah einfach betörend gut aus. Simone betrachtete sein gut geschnittenes Gesicht von der Seite. Er kniff leicht die Augen zusammen und hatte etwas von einem Abenteurer. Jacques bemerkte ihren Blick und lachte.

»Wir sind gleich da«, sagte er.

»Schade«, gab Simone zurück. Sie hätte noch stundenlang neben ihm sitzen und die Autofahrt genießen können. Sie fuhren in westlicher Richtung stadtauswärts, Jacques hatte extra ihretwegen die Route über die Place de la Concorde genommen, wo sich der Obelisk in einen blassblauen Himmel erhob, und hielt dann auf den Arc de Triomphe zu. Jetzt fuhren sie schon unter den großen Bäumen des Bois de Boulogne hindurch. Sie waren um diese Jahreszeit noch kahl, aber rund um die Rasenflächen sah Simone das Leuchten der Magnolienblüten und das Gelb von Jasmin und Narzissen. »Ist das schön«, seufzte sie und hielt ihre Hand aus dem Fenster, um den kühlen Fahrtwind zu spüren.

»Du findest wirklich an allem etwas Schönes«, sagte Jacques mit einem Kopfschütteln.

»Aber der Frühling in Paris ist doch auch wunderschön. Findest du nicht? Sieh doch nur dieses zarte Grün. Diese Farbe gibt es nur jetzt – wenn du nächste Woche wiederkommst, ist sie schon verschwunden.«

Sie hielt ihr Gesicht mit geschlossenen Augen in die Sonne, die in diesem Augenblick durch die Wolken brach. Dann blickte sie wieder zu Jacques hinüber. Er parkte schwungvoll den Wagen und kam auf ihre Seite hinüber, um ihr die Autotür aufzuhalten.

»Darf ich bitten?«

Simone lächelte ihn an.

»Worauf hast du Lust? Boot fahren oder Eis essen?«

»Beides«, rief sie. »Aber ich muss um acht Uhr zu Hause sein. Papa will mich zur Feier meines Examens einladen.«

Sie mieteten eines der kleinen Boote, die die Form eines Schwans hatten, und ließen sich träge bis in die Mitte des Sees treiben.

Jacques zog ein Buch aus der Tasche seines Jacketts. Es war *Der große Meaulnes*, das Buch von Alain-Fournier, das viele als Nachfolger von Goethes *Werther* sahen, weil es darin um jene Liebe ging – die eine große, unglückliche –, die man nur als ganz junger Mensch fühlen konnte. Der Roman hatte Simone in ein Gefühlschaos versetzt, und seitdem nahm sie ihre zärtlichen Gefühle für Jacques noch intensiver wahr. Und es hatte den letzten Anstoß dazu gegeben, dass Literatur für sie zum Ersatz für die Religion wurde. Simone glaubte an die Macht des Wortes, Romane wurden zu ihrer neuen Bibel, auch wenn ihre Mutter deshalb um das Seelenheil ihrer Tochter fürchtete.

»Du musst mir nicht daraus vorlesen«, sagte sie. »Ich kenne ganze Passagen auswendig.«

»Na gut, wie wäre es mit *La Garçonne*? Deine Frisur würde dazu passen.« Er hat meine Frisur also doch bemerkt, dachte Simone, als er das Buch aus der anderen Tasche zog.

Sie kicherte. Der Roman von Victor Margueritte verursachte zurzeit einen Skandal nach dem nächsten, weil seine Hauptfigur, Monique Lerbier, sich den Heiratsplänen ihrer Eltern widersetzte und ein auch sexuell unabhängiges Leben führte. Natürlich hatte Simone auch dieses Buch gelesen, heimlich, ohne Wissen ihrer Eltern. Und sie hatte bei der Lektüre so manches Mal gedacht, dass sie gern wie diese Monique wäre. Sie winkte ab.

»Kenne ich auch. Lass das bloß nicht Maman sehen, dann darf ich nie wieder allein mit dir ausgehen.«

»Zensiert sie immer noch deine Lektüre?«

Simone schüttelte unwillig den Kopf und dachte daran, wie Françoise früher Seiten, die ihre Töchter nicht lesen sollten, mit Nadeln zusammengesteckt hatte. Simone hatte diese Seiten natürlich immer als Erste gelesen und danach die Nadel wieder exakt in dieselben Löcher gesteckt. »Maman hat es aufgegeben, mich zu erziehen.«

»Dich zu einem passablen Fräulein zu machen, das Chancen auf dem Heiratsmarkt hat«, meinte Jacques.

»Ich? Chancen auf dem Heiratsmarkt? Du weißt, dass ich die nicht habe, weil Papa keine Mitgift zahlen kann.«

»Ich weiß auch, dass du das gar nicht willst.«

»Heiraten schon, aber nicht jeden und bestimmt keinen, den meine Eltern für mich aussuchen.« Simone sah ihn forsch von der Seite an, um festzustellen, ob er ihre Anspielung verstand.

Statt auf ihre Bemerkung einzugehen, legte Jacques sich plötzlich übertrieben in die Riemen, um hektisch zu rudern, dabei waren sie noch ein gutes Stück von einer der künstlichen Inseln entfernt. Er tat gerade so, als würden sie gleich auflaufen.

Aber für den Rest des Nachmittags spielte er wieder den unwiderstehlichen Charmeur.

Jacques brachte sie gerade noch rechtzeitig nach Hause, damit Simone mit ihrem Vater ins Theater gehen konnte.

Während ihr Vater Jacques in sein Arbeitszimmer lotste, um mit ihm »ein Wort unter Männern« zu reden, ging Simone in ihr Zimmer, um sich rasch mit einem Kamm durch die zerzausten Haare zu fahren und das Kopftuch neu zu binden. Ihre Wangen hatten Farbe bekommen, und ihre Haut schien zu strahlen, aber auch das würde wohl nichts daran ändern, dass ihr Vater nichts Schönes an seiner Tochter finden konnte. Worüber er wohl gerade mit Jacques spricht, fragte sie sich. Darüber, dass er und Simone heiraten würden? Für sie würde damit ein Traum in Erfüllung gehen, und ihr Vater müsste schließlich einsehen, dass sie doch einen Mann finden konnte.

Sie seufzte.

Simone verstand nicht, warum ihr Vater so enttäuscht von ihr war. Es hatte sie immer stolz gemacht, wenn er früher von ihr gesagt hatte, sie denke wie ein Mann. Sie hatte gelernt und gearbeitet, um dieser Vorstellung gerecht zu werden. Heute hatte sie ihr erstes Diplom bestanden und ihn damit beeindrucken wollen. Aber er hatte nicht einmal gefragt, worüber sie geprüft worden war. Es interessierte ihn nicht.

Inzwischen lernte Simone schon lange nicht mehr, um ihren Vater zu beeindrucken. Sie war in die Welt des Wissens eingetreten, und jedes Buch, das sie las, weckte in ihr die Neugierde auf das nächste. Sie liebte es, wissenschaftliche Fragen zu durchdringen und Neues zu entdecken, überzeugende Argumente zu haben und andere mit ihrer Klugheit zu überraschen.

Sie schenkte sich selbst ein Lächeln. Dann ging sie zu den anderen.

Kapitel 2

WINTER 1927

Die Vorstellung, dass sie keine standesgemäße, arrangierte Ehe eingehen würde, wie es eigentlich in ihrer gesellschaftlichen Schicht üblich gewesen wäre, schreckte Simone schon lange nicht mehr. Weil ihr Vater den Großteil seines Vermögens in russischen Kriegsanleihen verloren und danach sein verbliebenes Kapital in riskanten Unternehmungen verspekuliert hatte, blieben ihrer Familie die Türen vieler großbürgerlicher Häuser verschlossen.

Simone würde ihr Geld selbst verdienen müssen. Und bevor sie als Schriftstellerin Erfolg hätte, würde sie als Lehrerin arbeiten. Wäre sie ein Mann gewesen, hätte sie auf die École normale supérieure gehen können, die die besten Lehrer des Landes ausbildete. Klug genug wäre sie dafür gewesen, aber Frauen waren dort nicht zugelassen, weshalb sie sich an verschiedenen Schulen, unter anderem am Institut Catholique, am Lycée Sainte-Marie in Neuilly und an der Sorbonne einschrieb, um Mathematik, Literatur, Griechisch und Latein und Philosophie zu studieren. So musste sie den ganzen Tag mit der Métro und dem Bus durch Paris fahren, um von einer Schule zur anderen zu kommen. Zudem verlangte ihre Mutter von ihr, jeden Tag zum Mittagessen zu Hause zu sein. Einerseits gefiel Simone das Unterwegssein, weil sie unbeobachtet war und in Ruhe lesen und träumen konnte, und manchmal stieg sie einfach irgendwo aus und sah sich eine Straße oder ein Viertel an. Aber alles in allem empfand sie ihr Leben doch als ziemlich strapaziös.

Sie rechnete sich aus, dass sie in ungefähr vier Jahren fertig sein würde. Eine Unendlichkeit in ihren Augen. So lange würde sie bei ihren Eltern wohnen und die vielen Vorschriften und Einschränkungen hinnehmen müssen.

»Warum gibst du nicht einfach Privatstunden, das wäre doch nett«, schlug ihre Mutter vor, die sich immer mehr Sorgen um ihr Seelenheil machte. Da hatte ihre Tochter eine kirchliche Schule besucht, in der man den laizistischen Unterricht äußerst kritisch beäugte, und nun wollte sie ausgerechnet Philosophie studieren.

»Du willst den Tapir machen?«, ereiferte sich ihr Vater. »Tapir« war ein abwertender Ausdruck für Privatlehrer. Der Gipfel der Peinlichkeit wäre allerdings für ihn, wenn seine Tochter an einer Schule unterrichtete. Beamte verachtete er noch mehr als Tapire. »Warum studierst du nicht Jura? Damit kann man immer etwas anfangen«, sagte er. Er war selbst Anwalt gewesen, hatte seine Kanzlei jedoch nach dem Krieg aufgeben müssen und danach beruflich nie wieder Tritt gefasst.

Simone konnte es nicht mehr hören. Aber sie legte schon länger keinen Wert mehr auf die Meinung ihres Vaters. Sie brauchte sein Lob nicht mehr. Sie würde ihre Studien abschließen, dann würde sie weitersehen. Als sie ihm das sagte, bekam ihr Vater einen Wutanfall. Simone stand auf und verließ das Zimmer.

Am Abend im Bett fragte Poupette: »Warum musst du immer

anders sein als alle anderen? Warum stößt du alle vor den Kopf und wunderst dich, wenn sie dich nicht mögen?« Es lag ein Vorwurf, aber auch Bewunderung in ihrer Stimme.

Simone musste nicht lange überlegen, um zu antworten. »Ich bin eben anders. Ich will mich nicht in eine Schublade stecken lassen, die andere für mich aussuchen. Ich bin Simone, ich bin ich, nicht jemand, wie andere ihn haben wollen.«

»Das ist anstrengend, oder?«, kam es aus dem anderen Bett.

Simone nickte. Ja, es war anstrengend, manchmal ging es sogar über ihre Kraft. Aber sie konnte nicht anders.